Diogenes Taschenbuch 156

Sherwood Anderson

Ich möchte wissen warum

Ausgewählte Erzählungen
Aus dem Amerikanischen von Karl Lerbs
und Helene Henze

Diogenes

Karl Lerbs übersetzte zehn Erzählungen, ausgewählt aus ›The Triumph of the Egg‹, 1921; Helene Henze übersetzte fünf Erzählungen, ausgewählt aus ›Horses and Men‹, 1923, ›Death in the Woods‹, 1933, und ›The Sherwood Anderson Reader‹ 1947. Die Übersetzungen wurden für diese Neuausgabe durchgesehen und revidiert.

Umschlagzeichnung von Tomi Ungerer

60/78/E/1
ISBN 3 257 20514 7

Amerikanische Autoren im Diogenes Verlag

Sherwood Anderson
Louis Armstrong
John Bellairs
Ambrose Bierce
Ray Bradbury
Harold Brodkey
Raymond Chandler
William Faulkner
Lawrence Ferlinghetti
F. Scott Fitzgerald
Dashiell Hammett
Patricia Highsmith
Ring Lardner
Jack London
Carson McCullers
Ross Macdonald
Herman Melville
Margaret Millar
Howard Moss
Edgar Allan Poe
Henry Slesar
Henry David Thoreau
Mark Twain
Nathanael West

Inhalt

Ich möchte wissen warum

Um vier Uhr früh standen wir auf, damals, an unserm ersten Tag im Osten. Am Abend vorher waren wir am Rand des Städtchens von einem Güterzug geklettert und hatten mit der untrüglichen Witterung der Jungens von Kentucky den Weg durch die Stadt zur Rennbahn und zu den Ställen gefunden. Da wußten wir, daß alles im Lot war. Hanley Turner trieb denn auch gleich einen Nigger auf, den wir kannten: Bildad Johnson, der im Winter immer in Ed Beckers Mietstall arbeitete, bei uns daheim in Beckersville nämlich. Bildad kann gut kochen wie fast alle unsere Nigger, und natürlich hat er Pferde gern; bei uns in Kentucky hat jeder Mensch, der überhaupt einer ist, Pferde gern. Im Frühling geht Bildad ein bißchen auf die Walze. Die Nigger bei uns zulande verstehen sich drauf, jedem Honig um den Bart zu schmieren und ihm fast alles abzuschmeicheln, was ihnen paßt. Bildad streicht mit seinen Schmeichelkünsten um die Stalleute und Trainer in allen Gestüten rund um Lexington herum. Die Trainer kommen nachmittags ins Städtchen; da stehen sie herum und schwatzen, machen vielleicht auch mal eine Partie Poker. Bildad pirscht sich an sie heran. Er erweist ihnen allerhand kleine Gefälligkeiten und redet ihnen von was Gutem zu futtern vor – Brathühnchen zum Beispiel, oder wie man süße Kartoffeln kocht und Maisbrot bäckt. Das Wasser läuft einem im Munde zusammen, wenn man ihn bloß hört.

Dann rückt die Rennsaison heran; die Pferde werden auf die Rennbahnen gebracht, und nachmittags dreht sich das ganze Geschwätz auf den Straßen um die neuen Fohlen. Alle Welt redet darüber, wann sie nach Lexington kommen oder zum Frühjahrsrennen in Churchill Downs oder nach Latonia. Die Jockeys, die unten in New Orleans oder vielleicht auch beim Winterrennen in Havanna auf Kuba gewesen sind, kommen heim und bleiben eine Woche zu Hause, bevor sie wieder losgehen. In dieser Zeit, wenn jedes Wort und jedes Gespräch in Beckersville sich um Pferde und nur um Pferde dreht, wenn die Ställe mit allem Drum und Dran zum Aufbruch rüsten und man in jedem Mundvoll Atemluft die Pferderennen spürt, tritt Bildad plötzlich als Koch bei irgendeinem Stall in Erscheinung. Oft, wenn ich so denke, wie er da so in jeder Saison zu den Rennen geht und im Winter in dem Mietstall arbeitet, wo die Fachleute mit Vorliebe herumstehen und über Pferde schwatzen, dann wünschte ich mir, ich wäre auch so ein Nigger. Es klingt ja ein bißchen verrückt, wenn man es so sagt – aber so geht es mir nun mal mit Pferden: ich bin rein verrückt darauf. Ich kann nichts dafür.

Na, ich muß euch nun erst mal erzählen, was wir taten, um euch in die Geschichte, die ich berichten will, richtig hineinzubugsieren. Wir waren vier Beckersviller Jungens, alles Weiße und Söhne ordentlicher Bürgersleute von Beckersville, und wir setzten es uns in den Kopf, zu den Rennen zu fahren – nicht bloß nach Lexington oder Louisville, o nein –, sondern zu der großen Bahn im Osten, von der wir die Leute in Beckersville immer erzählen hörten: nach Saratoga. Wir waren alle noch hübsch jung, damals. Ich war gerade Fünfzehn geworden und damit der älteste von den vieren. Ich hatte den Plan ausgeheckt, das gebe ich zu, und ich überredete die anderen, es auch mal zu versuchen. Die anderen: das waren Hanley Turner, Henry Rieback und Tom Tumberton. Ich besaß siebenunddreißig Dollar, die ich mir im Winter damit verdient hatte, daß ich abends und samstags in Enoch Myers' Krämerladen aushalf. Henry Rieback besaß elf Dollar; Hanley und Tom aber hatten jeder nur einen. Wir knobelten alles fein aus und saßen mucksstill, bis die Frühjahrsrennen in Kentucky gelaufen und ein paar von unseren Leuten, die fixesten Kerle, die wir am meisten beneideten, weg waren; da zogen wir auch los.

Ich will euch gar nicht erst erzählen, was für eine Schinderei es war, in den Güterzug hinein- und nachher weiterzukommen. Wir fuhren durch Cleveland und Buffalo und andere große Städte und sahen den Niagara. Da kauften wir allerlei Zeug, Reiseandenken und Löffel und Postkarten und

Muscheln mit Bildern von den Wasserfällen drauf, für unsere Schwestern und Mütter, aber nachher fiel uns ein, daß es doch wohl besser wäre, wenn wir das Zeug nicht nach Hause schickten. Wir wollten denn doch die Leute nicht gern auf unsere Spur setzen und womöglich geschnappt werden.

Wir kamen abends in Saragota an, wie ich schon sagte, und gingen zur Rennbahn. Bildad gab uns erst mal was zu futtern. Er zeigte uns einen Platz im Heu oben in einem Schuppen, wo wir schlafen konnten, und versprach uns, seinen Mund zu halten. In dieser Hinsicht sind die Nigger tadellose Kerle. Die verpetzen einen nicht. Wenn man so wie wir von zu Hause ausgerissen ist, trifft man manchmal auch einen weißen Mann, der ein tadelloser Kerl zu sein scheint und einem einen viertel oder halben Dollar oder sonst was schenkt; und nachher geht er mir nichts, dir nichts hin und verpfeift einen. Weiße tun so was wohl, aber niemals ein Nigger. Denen kann man trauen. Die sind netter gegen Jungens. Ich weiß nicht warum.

Es waren in dem Jahr eine Menge Leute von zu Hause bei den Frühjahrsrennen in Saratoga: Dave Williams und Arthur Mullford und Jerry Myers und andere. Dann waren noch viele aus Louisville und Lexington da, die Henry Rieback kannte, aber ich nicht. Das waren berufsmäßige Rennschieber, und Henry Riebacks Vater ist auch so einer. Er ist das, was man einen Zeitungsschreiber nennt, und er ist fast das ganze Jahr über auf den Rennbahnen unterwegs. Im Winter, wenn er nach Beckersville kommt, bleibt er da nicht lange, sondern reist in die großen Städte und spielt Pharo. Er ist ein netter Kerl und freigebig, immer schickt er Henry Geschenke, ein Fahrrad und eine goldene Uhr und eine Pfadfinderausrüstung und allerlei so was.

Mein Vater ist Rechtsanwalt. Er ist auch ein netter Kerl, aber er verdient nicht viel Geld und kann mir so was nicht kaufen. Schließlich bin ich jetzt auch alt genug, um das nicht mehr zu erwarten. Er hat zu mir nie etwas gegen Henry gesagt, aber Hanley Turners und Tom Tumbertons Väter haben was gegen ihn. Geld, so sagen sie zu ihren Jungens, das auf solche Art verdient wird, bringt keinen Segen, und sie wollen, sagen sie, ihre Söhne nicht dazu großgezogen haben, daß sie Rennschieberausdrücke hören und solches Zeug in den Kopf kriegen und womöglich sich noch selbst auf so was einlassen.

Das ist wohl in Ordnung, und ich denke, die Leute wissen, was sie da sagen, aber ich sehe nicht ein, was das mit Henry oder mit Pferden zu tun hat. Deswegen schreibe ich ja diese Geschichte. Ich steh vor einem Rätsel. Ich bin jetzt dabei, ein Mann zu werden, und ich möchte gern recht denken und ein anständiger Kerl sein. Aber ich habe da bei dem Rennen auf der Bahn im Osten was gesehen, worauf ich mir keinen Vers machen kann.

Ich kanns nicht ändern, aber ich bin rein verrückt auf Vollblutpferde. Es war schon immer so mit mir. Als ich zehn Jahre alt wurde und merkte, daß ich für einen Rennreiter zu groß werden würde, bin ich beinahe gestorben vor Kummer. Harry Hellinfinger, der Sohn vom Postmeister in Beckersville, ist schon erwachsen. Zum Arbeiten ist er zu faul, aber er steht mit Vorliebe so auf den Straßen herum und macht seine Witze mit den Jungens; zum Beispiel: er schickt sie in eine Eisenwarenhandlung, um einen Bohrer zu kaufen, mit dem man viereckige Löcher machen kann – und was ihm sonst für Ulk einfällt. Mich hat er auch zum besten gehabt. Er sagte mir, wenn ich eine halbe Zigarre aufäße, würde ich klein bleiben wie ein Stint und gar nicht mehr wachsen, und dann könnte ich vielleicht doch Rennreiter werden. Na, ich tat es denn auch. Als Vater gerade mal nicht aufpaßte, nahm ich ihm eine Zigarre aus der Tasche und würgte sie auf Tod und Leben hinunter. Mir wurde gräßlich elend danach, und der Doktor mußte geholt werden, und genützt hat es nichts. Ich wuchs ruhig weiter. Harry hatte mich angeführt. Ich erzählte, was ich getan hatte und warum, und die meisten Väter hätten mich dafür wohl verhauen, aber meiner tat es nicht.

Na, klein wie ein Stint bin ich also nicht geblieben, und gestorben bin ich auch nicht dran. Geschieht Harry Hellinfinger ganz recht. Dann setzte ich es mir in den Kopf, Stallbursche zu werden, aber damit war es auch nichts. Die meisten Stallburschen sind Nigger, und ich wußte auch, Vater würde es mir nicht erlauben. Hatte gar keinen Zweck, ihn zu fragen.

Wenn ihr nie in eurem Leben so richtig verrückt auf Vollblutpferde gewesen seid, dann habt ihr eben niemals welche so richtig gesehen und versteht es nicht besser. Sie sind wundervoll. Es gibt nichts auf der Welt, das so anmutig und edel und feurig und treu und ich weiß nicht was noch alles ist wie manche Rennpferde. Auf den großen Gestüten, die überall rund um Beckersville liegen, sind Bahnen, auf denen die Pferde frühmorgens trainiert werden. Unzählige Male bin ich vor Tau und Tag aus den Federn gekrochen und zwei oder drei Meilen bis zu den Bahnen gelaufen. Mutter wollte es mir nicht erlauben, aber Vater sagte immer: »Laß ihn nur laufen.« Da holte ich mir denn etwas Brot aus dem Kasten und ein bißchen Butter und Marmelade, schlang es hinunter und sauste los.

Auf dem Geläuf sitzt man dann mit allerlei Leuten, Weißen und Niggern, auf dem Zaun, sie kauen Tabak und schwatzen, und dann werden die Fohlen herausgebracht. Es ist noch früh am Morgen, auf dem Gras liegt funkelnder Tau, auf dem Felde nebenan geht einer hinter dem Pflug, und in dem Schuppen, wo die Stallnigger übernachten, wird was gebraten. Na, und wie so ein Nigger kichern und lachen und einen mit seinem Geschwafel auch zum Lachen bringen kann, das weiß man ja. Ein Weißer kann das nicht, und manche anderen Nigger können es auch nicht, aber ein Stallnigger kann es zu jeder Tages- und Nachtzeit.

Ja, dann werden also die Fohlen herausgebracht, und einige werden von den Stallburschen auch richtig in Karriere geritten; aber auf einem großen Geläuf, das einem reichen Mann gehört – er wohnt, glaube ich, in Chicago –, laufen fast jeden Morgen ein paar Fohlen und einige alte Renngäule und Wallache und Stuten frei herum.

Ich hab so einen Klumpen in der Kehle, wenn ich ein Pferd laufen sehe. Ich meine nicht bei allen Pferden, aber bei manchen. Ich kann sie fast immer gleich herauskennen. Es liegt mir im Blut, wie den Rennstallniggern und Trainern. Selbst wenn sie bloß mit einem Niggerjungen auf dem Rücken so gemütlich vorbeikantern, kann ich sofort sagen, welches ein Sieger ist. Wenn mir die Kehle weh tut und ich nicht richtig runterschlucken kann, dann ist's richtig mit ihm. So einer läuft wie der Satan, wenn er erst mal richtig losgelassen ist. Und es ist ein Wunder, wenn er nicht jedesmal siegt, und kommt bloß daher, daß sie ihn hinter einem andern festkeilen, oder er wird gedrückt, oder er ist beim Start schlecht abgekommen, oder es ist sonst was los. Wollte ich Rennschieber werden, wie Henry Riebacks Vater – ich würde einen Haufen Geld verdienen. Jawohl, das weiß ich, und Henry sagt das auch. Ich brauchte weiter nichts zu tun – bloß warten, bis mir beim Anblick eines Gauls die Kehle weh tut, und dann jeden Cent auf ihn setzen. So würde ich es machen, wenn ich ein Rennschieber werden wollte, aber das will ich nicht.

Wenn man morgens auf den Geläufen ist – nicht auf den Rennbahnen, sondern auf den Trainierbahnen rings um Beckersville –, sieht man solche Gäule wie die, von denen ich eben sprach, nicht allzuoft, aber es ist trotzdem fein da. Jedes Vollbut, das von einem guten Vater und einer guten Mutter ist, kann laufen, wenn der Trainer seine Sache versteht. Wenn es das nicht könnte – wozu wäre es dann nütze, und warum ginge es dann nicht lieber vor dem Pflug?

Na, dann kommen also die Pferde aus den Ställen, mit den Burschen auf dem Rücken, und es ist famos, dabeizusein. Man knufft sich oben auf dem Zaun herum, und in einem fängts an zu kribbeln. Drüben wird Speck gebraten und Kaffee gekocht. Überall riecht es gut. Nichts riecht besser als Kaffee und Mist und Pferde und Nigger und gebratener Speck und Pfeifenrauch da draußen im Freien an solch einem Morgen. Es packt einen ganz ordentlich, jawohl, das tut es.

Aber, um wieder auf Saratoga zurückzukommen – wir waren sechs Tage da, und keine Menschenseele aus Beckersville hat uns gesehen, und es kam überhaupt alles genau so, wie wir es uns gewünscht hatten, schönes Wetter und Pferde und Rennen und alles. Dann schlugen wir uns wieder heimwärts durch, und Bildad gab uns einen Korb mit Brathühnern und Brot und anderem Futtervorrat mit, und ich hatte noch achtzehn Dollar, als wir wieder in Beckersville anlangten. Mutter putzte mich herunter und weinte, aber der Alte sagte nicht viel. Ich erzählte alles, was wir angestellt hatten, bloß eines nicht. Das tat und sah ich allein. Und das ist es, weshalb ich dies alles schreibe. Es hat mich scheußlich gebeutelt. Nachts muß ich immer daran denken. Und jetzt kommt es.

In Saratoga schliefen wir nachts im Heu in dem Schuppen, den Bildad uns gezeigt hatte, und früh und abends aßen wir mit den Niggern, wenn die Rennleute alle weg waren. Die von zu Hause blieben meistens bei den Tribünen und den Buchmachern und kamen nicht dahin, wo die Pferde sind – nur unmittelbar vor einem Rennen, wenn die Pferde gesattelt wurden, kamen sie wohl mal zu den Paddocks. In Saratoga haben wir keine Paddocks in einem offenen Schuppen wie in Lexington und Churchill Downs und auf anderen Bahnen bei uns zulande, sondern die Gäule werden draußen im Freien unter Bäumen gesattelt, auf einem Rasen, der so weich und schön ist wie das Gras in Bankier Bohons Vorgarten bei uns in Beckersville. Es ist herrlich. Die Pferde sind schweißig und nervös und glänzen, und die Zuschauer kommen mit Zigarren im Munde und begucken sie, und die Trainer sind da und die Stallbesitzer, und das Herz klopft einem so, daß man kaum atmen kann.

Dann wird das Signal zum Start geblasen, die Jockeys kommen herausgelaufen und haben ihre seidenen Anzüge an, und unsereins rennt zum Zaun, um einen Platz bei den Niggern zu erwischen.

Ich wünschte mir immer, ich wäre ein Trainer oder Rennstallbesitzer; und auf die Gefahr hin, geschnappt und nach Hause geschickt zu werden, ging ich vor jedem Rennen auf den Sattelplatz. Die andern Jungens taten das nicht, aber ich tat es.

Wir kamen an einem Freitag nach Saratoga, und am Mittwoch darauf sollte das große Mullford Handicap gelaufen werden. ›Middlestride‹ und ›Sunstreak‹ waren genannt. Das Wetter war schön und das Geläuf fest. In der Nacht vor dem Rennen konnte ich nicht schlafen.

Das kam nämlich daher, müßt ihr wissen, daß alle beide Pferde von der Art waren, bei der mir ein Kloß im Halse sitzt, wenn ich sie sehe. ›Middlestride‹ ist lang und sieht ziemlich plump aus und ist ein Wallach. Er gehört Joe Thompson, einem kleinen Stallbesitzer aus unserer Stadt, der bloß ein halbes Dutzend Pferde hat. Das Mullford Handicap geht über eine Meile, und ›Middlestride‹ kann immer nicht richtig vom Start abkommen. Er geht langsam los und liegt bis zur halben Strecke immer hinten, dann aber fängt er an zu laufen, und wenn das Rennen über eineinviertel Meile geht, überholt er alle andern und macht das Rennen.

›Sunstreak‹ ist anders. Er ist ein nervöser Hengst und gehört dem größten Gestüt bei uns, der van Riddle-Farm, Eigentum eines Mr. van Riddle in New York. ›Sunstreak‹ ist wie ein Mädchen, an das man manchmal denkt, das man aber niemals im Leben zu sehen kriegt. Er ist tadellos in Form und wunderschön. Wenn man seinen Kopf sieht, möchte man ihn am liebsten küssen. Sein Trainer ist Jerry Tillford, der mich kennt und schon manches Mal nett zu mir gewesen ist: er läßt mich zum Beispiel zu den Pferden in die Box, damit ich sie mir ganz aus der Nähe besehen kann, und so was. Es gibt auf der ganzen Welt nicht zum zweitenmal etwas so Schönes wie diesen Hengst. Er steht ganz ruhig am Start, und man merkt ihm gar nichts an, aber dabei brennt er innerlich lichterloh. Wenn dann die Schranke hochgeht, schießt er davon, schnell wie der Sonnenstrahl, nach dem er benannt ist. Es tut einem weh, wenn man ihn so sieht. Es geht einem durch und durch. Er streckt sich lang und tief und rennt wie ein Hühnerhund. Ich habe nie etwas anderes so laufen sehen wie ›Sunstreak‹, ausgenommen ›Middlestride‹, wenn der in Fahrt kommt und sich lang macht.

Weiß Gott, ich sehnte mich danach, dieses Rennen und diese beiden Pferde zu sehen – sehnte mich danach und fürchtete mich davor in einem. Unerträglich war mir der Gedanke, eines von unsern beiden Pferden besiegt zu sehen. Nie zuvor haben wir zwei solche Gäule gleichzeitig ins Rennen geschickt. Die alten Kenner aus Beckersville sagten das, und die Nigger sagten es auch. Also war es Tatsache.

Vor dem Rennen ging ich hinüber zu den Paddocks, um zu gucken. Ich warf einen letzten Blick auf ›Middlestride‹, der nicht viel ausmacht, wenn er da so im Paddock steht. Dann sah ich mir ›Sunstreak‹ an.

Es war *sein* Tag. Ich wußte das, sowie ich ihn nur ansah. Ich vergaß alle Vorsicht und ging geradewegs auf ihn los.

Alle Leute aus Beckersville waren da, aber keiner sah mich, keiner außer Jerry Tillford. Der sah mich, und da geschah etwas. Das will ich euch jetzt erzählen.

Da stand ich und sah das Pferd an, und alles tat mir weh vor Aufregung. Ich kann nicht sagen, wie das zuging – aber ich wußte ganz genau, wie es ›Sunstreak‹ zumute war. Er war ganz ruhig und ließ die Nigger seine Beine abreiben, und Mr. van Riddle legte ihm eigenhändig den Sattel auf; innerlich aber war er ein reißender Strom. Er war wie das Wasser oberhalb der Niagarafälle, unmittelbar bevor es herabsaust. An das Rennen dachte dieses Pferd gar nicht. Daran brauchte es nicht zu denken. Es dachte nur daran, wie es sich zurückhalten sollte, bis der Augenblick zum Losgehen gekommen wäre. Ich wußte das. Ich konnte sozusagen richtig in ›Sunstreak‹ hineinsehen. Er hatte vor, ein ganz erstaunliches Rennen zu liefern, und ich wußte das. Er protzte nicht und machte kein Aufhebens mit sich, er bäumte nicht oder vollführte sonstige Mätzchen – er stand nur da und wartete. Ich wußte es, und Jerry Tillford, sein Trainer, wußte es auch. Ich sah auf, und dann blickten wir beide, der Mann und ich, uns in die Augen. Da ging etwas mit mir vor. Ich glaube, ich liebte den Mann ebenso sehr, wie ich das Pferd liebte, weil er wußte, was ich auch wußte. Mir war, als wären wir drei ganz allein auf der Welt, der Mann, das Pferd und ich. Ich weinte, und Jerry Tillford hatte blanke Augen. Dann ging ich weg und stellte mich an den Zaun, um auf das Rennen zu warten. Das Pferd war besser als ich, stetiger war es, und jetzt weiß ich, daß es auch besser als Jerry war. Es war am ruhigsten von uns dreien, und dabei sollte es doch das Rennen machen.

›Sunstreak‹ ging natürlich als Erster durchs Ziel und schlug den Weltrekord über eine Meile. Das habe ich gesehen, und wenn ich nie wieder etwas sehen sollte. Alles kam genau so, wie ichs vorhersah. ›Middlestride‹ blieb am Start zurück und lag hinten, dann holte er auf und wurde Zweiter – gerade wie ich's erwartet hatte. Er wird eines Tages auch mal einen Weltrekord aufstellen. Gegen unsere Beckersviller Pferde soll mal einer was sagen, wenn er kann!

Ich sah dem Rennen ganz gelassen zu, weil ich wußte, wie es gehen würde. Ich war meiner Sache sicher. Hanley Turner und Henry Rieback und Tom Tumberton waren samt und sonders viel aufgeregter als ich.

Etwas Merkwürdiges war mit mir vorgegangen. Ich dachte an Jerry Tillford, den Trainer, und stellte mir vor, wie glücklich der wohl während des ganzen Rennens sein mochte. Ja, ich liebte ihn an jenem Nachmittag mehr als meinen leiblichen Vater. Ich vergaß sogar fast die Pferde, wenn ich so an ihn dachte. Und das machte der Ausdruck, den ich in seinen Augen gesehen hatte, als er da vor dem Beginn des Rennens auf dem Sattelplatz neben ›Sunstreak‹ stand. Ich wußte, wie er ›Sunstreak‹ behütet, wie er mit ihm gearbeitet hatte seit der Zeit, da das Pferd noch ein ganz kleines Füllen war. Er hatte ihn laufen gelehrt, hatte ihm Geduld anerzogen, hatte ihm beigebracht, wann er richtig loslegen muß, und daß ein Pferd nicht ausbrechen darf, niemals. Ihm, das wußte ich, mußte zumute sein wie einer Mutter, die ihr Kind etwas Tapferes und Prächtiges vollbringen sieht. Es war das erstemal in meinem Leben, daß ich für einen Mann so empfand.

Abends, nach dem Rennen, ließ ich Tom und Henry und Hanley im Stich. Ich wollte allein sein, wollte Jerry Tillford nahe sein, wenn es sich irgend machen ließ. Und da geschah es denn.

Die Rennbahn liegt in Saratoga dicht am Rande der Stadt. Sie ist sehr hübsch angelegt, mit immergrünen Bäumen und Rasenplätzen drumherum, und alles ist fein angestrichen und überhaupt herrlich. Jenseits der Bahn kommt man auf eine asphaltierte Straße für Autos, und wenn man darauf ein paar Meilen entlanggeht, kommt man an eine Seitenstraße, die zu einem putzig aussehenden kleinen Farmhaus auf einem Hof führt.

Am Abend nach dem Rennen also ging ich auf dieser Straße dahin, weil ich gesehen hatte, daß Jerry mit ein paar anderen im Auto da hinunterfuhr. Ich glaubte eigentlich gar nicht, daß ich sie finden würde. Ich lief erst einmal ein tüchtiges Stück, dann setzte ich mich an einer Hecke hin, um nachzudenken. Die Richtung stimmte: hier waren sie gefahren. Ich wollte Jerry so nahe sein, wie es nur irgend ging. Ich fühlte mich ihm auch ganz nahe. Bald darauf schlug ich denn auch richtig den Seitenweg ein – warum, weiß ich nicht –

und kam zu dem putzig aussehenden Farmhaus. Ich fühlte mich trostlos einsam und sehnte mich nach Jerry, wie man sich als kleines Kind nachts nach seinem Vater sehnt. Da kam ein Auto angefahren und bog in den Seitenweg ein. Jerry saß darin und Henry Riebacks Vater, Arthur Bedford aus Beckersville und Dave Williams und noch zwei andere, die ich nicht kannte. Sie stiegen aus und gingen ins Haus, bloß Henry Riebacks Vater sträubte sich und schimpfte und sagte, er wollte nicht mit. Es war erst neun Uhr abends, aber sie waren alle betrunken, und das putzige Farmhaus war ein Haus, in dem schlechte Weiber wohnten. Jawohl, das war es. Ich schlich mich an einem Zaun entlang und guckte durch ein Fenster. Und da sah ich es denn.

Es wird mir ewig ein Rätsel bleiben. Ich kann es nicht begreifen. Die Weiber in dem Hause waren häßlich und hatten gemeine Augen, nicht eine von ihnen sah hübsch aus oder war so, daß man ihr gern hätte nahe sein mögen. Und gewöhnlich waren sie obendrein, bis auf eine, die groß war und ein bißchen an den Wallach ›Middlestride‹ erinnerte, nur war sie nicht rassig wie er. Sie hatte einen harten, häßlichen Mund und rote Haare. Ich sah alles ganz genau. Ich kletterte an einem alten Rosenstrauch hoch, und so guckte ich durch ein offenes Fenster. Die Weiber hatten unanständige Kleider an und saßen auf Stühlen im Zimmer herum. Dann kamen die Männer herein, und ein paar von ihnen setzten sich den Weibern auf den Schoß. Überall stank es übel, und übel waren auch ihre Reden – Ausdrücke, wie man sie als Junge wohl in einem Nest wie Beckersville zur Winterszeit in einem Mietsstall hört, auf die man aber nie und nimmer gefaßt ist, wenn Frauen dabei sind. Es war ekelhaft. Ein Nigger ginge niemals in eine solche Spelunke.

Ich sah auf Jerry Tillford. Ich erzählte euch ja schon, was ich für ihn empfunden hatte, weil auch er wußte, was in ›Sunstreak‹ vorging – damals in der Minute, bevor er startete und den Weltrekord aufstellte.

Jerry protzte in dieser üblen Weiberspelunke, wie ›Sunstreak‹ selbst, das wußte ich, niemals geprotzt haben würde. Er hatte diesen Gaul gemacht, sagte er, und er hätte das Rennen gewonnen und den Weltrekord aufgestellt. Er log und plusterte sich auf wie verrückt. Nie im Leben hab ich so einen albernen Quatsch gehört.

Und dann – ja, habt ihr wohl eine Ahnung, was er dann tat? Er sah dieses Weibsbild an – die Magere mit dem harten Mund, die ein bißchen wie der Wallach ›Middlestride‹ aussah, aber nicht rassig wie er –, sah sie an und hatte weiß Gott gerade solch einen Glanz in den Augen wie am Nachmittag auf dem Sattelplatz, als er mich und ›Sunstreak‹ ansah. Da stand ich nun am offenen Fenster, und das könnt ihr mir glauben, ich wünschte, ich wäre auf der Rennbahn bei den anderen Jungens und den Niggern und den Pferden geblieben. Das magere, gemein blickende Weibsstück war zwischen uns, gerade wie ›Sunstreak‹ nachmittags auf dem Sattelplatz.

Und dann, ganz plötzlich, stieg in mir Haß auf gegen den Mann. Ich hätte am liebsten geschrien und mich auf ihn gestürzt und ihn umgebracht. Nie zuvor war mir so zumute gewesen. Eine so rasende Wut schüttelte mich durch und durch, daß mir die Tränen herunterliefen und ich die Fäuste ballte, bis die Fingernägel sich in die Handflächen gruben.

Ja, und Jerrys Augen glänzten immer noch, er schwankte in seiner Trunkenheit hin und her, und dann ging er hin und küßte dieses Weibsbild. Ich aber schlich mich weg und kehrte zur Rennbahn zurück und legte mich hin; aber schlafen konnte ich so gut wie gar nicht. Am andern Tage sammelte ich mir die andern Jungen und startete mit ihnen zur Heimfahrt, aber erzählen tat ich keinem was von dem, was ich gesehen hatte.

Seither hab ich immer dran denken müssen. Ich kann mir keinen Vers drauf machen. Wieder ist es Frühling geworden, ich bin jetzt beinahe Sechzehn und gehe morgens auf die Bahnen wie immer und sehe ›Sunstreak‹ und ›Middlestride‹ und ein neues Fohlen, das ›Strident‹ heißt und sie eines Tages alle miteinander ausstechen wird. Außer mir und zwei oder drei Niggern glaubt das allerdings kein Mensch.

Aber es ist doch alles anders. Die Luft auf den Geläufen schmeckt nicht mehr so gut und riecht auch nicht mehr so gut. Das kommt daher, daß ein Mann wie Jerry Tillford, der doch weiß, was er tut, ein Pferd wie ›Sunstreak‹ laufen sehen und am selben Tag solch ein Weibsbild küssen konnte. Ich kann mir keinen Vers drauf machen. Hol ihn der Teufel, was hat er sich bloß dabei gedacht? Ich muß immer daran denken, wenn ich Pferde sehe und gute Dinge rieche und die Nigger lachen höre. Die Freude an alledem ist mir vergällt. Zuweilen macht es mich so wild, daß ich irgendwem an die Gurgel springen möchte. Es wird mir ewig ein Rätsel bleiben. Warum hat er das getan? Ich möchte wissen warum.

Keime

Er war ein kleiner, sehr nervöser Mann und trug einen Bart. Ich erinnere mich noch deutlich, wie die Sehnenstränge an seinem Hals hervortraten.

Jahrelang hatte er versucht, Kranke nach der Methode zu heilen, die man Psychoanalyse nennt. Diese Idee war die große Leidenschaft seines Lebens. »Ich bin hierher gekommen, weil ich müde bin«, sagte er niedergeschlagen. »Nicht körperlich müde, nein – aber da drinnen, innerlich, ist etwas alt und verbraucht. Ich sehne mich nach Freude. Nur ein paar Tage oder Wochen lang möchte ich einmal alles vergessen, Männer und Frauen und alle die Ursachen, durch die sie zu seelischen Krüppeln werden.«

Wirklicher, tiefer Überdruß gibt der menschlichen Stimme einen ganz bestimmten Klang; man hört ihn gleich heraus. Er ist ein Zeichen dafür, daß ein Mensch mit ganzem Herzen und ganzer Seele sich bemüht hat, auf einem schwer gangbaren Gedankenweg zum Ziel zu kommen. Plötzlich merkt er dann, daß er nicht weiterkann. Irgend etwas in ihm stockt. Und dann gibt es so etwas wie eine kleine Explosion. Manchmal stammelt er völlig sinnlose Worte und Sätze. Kleine Verzweigungen seines Wesens, von deren Vorhandensein er gar nichts wußte, machen sich geltend und wirken sich aus. In solchen Augenblicken prahlt er, wirft mit großen Worten um sich, macht sich regelrecht zum Narren.

So ging es auch mit dem Doktor: er wurde unangenehm laut. Er sprang von seinem Sitz auf der Treppenstufe auf, lief herum und redete. »Sie kommen aus dem Westen. Sie haben sich von den Menschen ferngehalten. Sie haben sich behütet – der Teufel hol Sie dafür! Ich habe das nicht getan –« Ja, nun wurde seine Stimme richtig gellend. »Ich bin in das Leben anderer eingedrungen. Ich habe dem Leben von Männern und Frauen unter die Haut geguckt. Besonders die Frauen habe ich studiert – unsere Frauen meine ich, hier in Amerika.«

»Sie haben sie geliebt?« forschte ich vorsichtig.

»Ja«, sagte er. »Ja, da haben Sie recht. Das hab ich getan. Das ist für mich das einzige Mittel, um an die Dinge heranzukommen. Ich muß versuchen, sie zu lieben. Begreifen Sie, wie das ist? Es ist das einzige Mittel. Liebe muß bei mir am Anfang aller Dinge stehen.«

Ich begann zu ermessen, wie tief sein Überdruß war. »Kommen Sie mit zum See, wir wollen schwimmen«, drängte ich.

»Danke für die verdammte Schinderei! Ich will nicht schwimmen. Ich will herumrennen und brüllen. Eine kurze Weile, ein paar Stunden lang will ich wie ein welkes Blatt sein, das der Wind über die Hügel wirbelt. Ich habe nur einen Wunsch – einen einzigen – mich frei zu machen.«

Wir gingen auf einer staubigen Landstraße dahin. »Sie sind nicht mehr und nicht besser als ich«, sagte ich. »Sie sind wie ein Hund, der sich im Dreck gewälzt hat, und weil Sie eben doch kein Hund sind, ist Ihnen der Geruch Ihres eigenen Fells zuwider.«

Und nun wurde ich meinerseits laut. »Blinder Narr, der Sie sind!« rief ich ungeduldig. »Narren seid ihr, Sie und Ihresgleichen. Auf diesem Weg kommt ihr nicht zum Ziel. Kein Mensch wird jemals die menschliche Seele völlig erforschen können.«

Ich geriet ernstlich in Hitze. »Die Krankheit, die Sie zu heilen glauben, ist die Krankheit aller«, sagte ich. »Was Sie erreichen wollen, kann kein Mensch erreichen. Narr – glauben Sie denn wirklich, daß Liebe mit dem Verstand erfaßt werden kann?«

Wir standen auf der Landstraße und sahen einander ins Gesicht. Die Andeutung eines spöttischen Zuckens spielte um seine Mundwinkel. Er legte seine Hand auf meine Schulter und schüttelte mich. »Wie tüchtig sind wir doch! Wie fein wissen wir mit den Dingen fertig zu werden!«

Er spie diesen Satz von sich; dann drehte er sich um und trat ein paar Schritte von mir weg. »Sie meinen wunder wie klug Sie sind, aber Sie wissen gar nichts!« schrie er. »Es kann nicht erreicht werden, sagen Sie? Doch, es kann! Sie sind ein Lügner. Sie könnten nicht so bestimmt auftreten, wenn Ihnen nicht ein unbestimmtes Etwas, eine letzte Feinheit fehlte. Sie übersehen und verkennen das Wesentliche. Das Leben der Menschen gleicht jungen Bäumen im Wald. Sie werden erdrosselt von kletternden Ranken. Und diese Ranken – das sind gedachte Gedanken und geglaubte Lehren, eingepflanzt von vergangenen Geschlechtern. Auch ich bin bedeckt mit kriechenden, kletternden Ranken, die mich erdrosseln.«

Er lachte bitter. »Das ist der Grund, weswegen ich herumrenne und spielen will«, sagte er. »Ich möchte ein Blatt sein, das der Wind über die Hügel dahinträgt. Ich möchte sterben und wiedergeboren werden – und ich bin doch nur ein Baum, von Ranken überwuchert, der langsam abstirbt. Ich bin des Treibens müde, sehen Sie, und möchte rein und frei werden. Ich bin Forscher aus Liebhaberei, der zaghaft in das Leben anderer eindringt«, schloß er. »Ich bin müde und möchte unschuldig und frei werden. Ich bin bedeckt mit kriechendem, kletterndem Wucherwerk.«

Ein Mädchen aus Iowa kam nach Chicago und mietete sich in einem Haus auf der Westseite ein Zimmer. Sie war etwa siebenundzwanzig Jahre alt und wollte in der Großstadt die fortgeschrittenen Methoden der Musikpädagogik studieren.

Der junge Mann, von dem ich reden will, wohnte ebenfalls in dem Haus auf der Westseite. Sein Zimmer lag im zweiten Stock an einem langen Korridor; das Zimmer des Mädchens mündete, dem seinigen gegenüber, auf denselben Flur.

Das Wesen des jungen Mannes ist sehr fein und zart. Er ist Maler, aber ich spürte schon oft den Wunsch, er könnte sich entschließen, Schriftsteller zu werden. Was er sagt, zeugt von Verständnis, aber seine Malerei ist nicht gerade hervorragend.

Das Mädchen aus Iowa wohnte also ebenfalls in dem Haus auf der Westseite und kam jeden Nachmittag aus der Stadt heim. Sie sah aus wie tausend andere Frauen auch, denen man täglich in den Straßen begegnet. Das einzige, was sie vom großen Haufen der andern unterschied, war dies, daß sie ein wenig behindert war. Ihr rechter Fuß war etwas verkrüppelt, und sie hinkte. Drei Monate lebte sie in dem Haus, in dem sie mit Ausnahme der Wirtin das einzige weibliche Wesen war; und da begannen sich die Gedanken und Wünsche der männlichen Bewohner mit ihr zu beschäftigen.

Die Männer sagten alle dasselbe, wenn sie von ihr sprachen. Bei Begegnungen mit ihr unten im Korridor blieben sie stehen, lachten und tuschelten. »Sie wünscht sich einen Liebhaber«, sagten sie und zwinkerten vielsagend. »Sie weiß es vielleicht selbst nicht, aber was sie braucht, ist ein Liebhaber.«

Wer Chicago und die Männer in Chicago kennt, möchte wohl meinen, daß dies ein leicht erfüllbarer Wunsch ist. Ich lachte darum, als mein Freund – LeRoy heißt er – mir die Geschichte erzählte; aber er blieb ernst. Er schüttelte den Kopf. »So leicht war es gar nicht«, sagte er. »Wenn die Sache so einfach läge, wäre es keine Geschichte.«

LeRoy versuchte es mir zu erklären. »Immer wenn ein Mann sich ihr nahte, geriet sie in Aufregung«, sagte er. »Ständig lächelten sie ihr zu und sprachen sie an. Sie luden sie zum Dinner und zum Theater ein, aber nichts in der Welt konnte sie dahin bringen, daß sie in Gesellschaft eines Mannes über die Straße ging. Sie verließ nach Dunkelwerden überhaupt niemals das Haus. Wenn ein Mann auf dem Flur stehenblieb und sie ins Gespräch zu ziehen versuchte, schlug sie die Augen nieder und lief in ihr Zimmer. Ein junger Verkäufer aus einem Kurzwarengeschäft aber brachte sie eines Tages so weit, daß sie sich mit ihm auf die Treppenstufen vor dem Haus setzte.

Er war ein gefühlvoller junger Mann und ergriff ihre Hand. Als sie hierauf zu weinen begann, verlor er die Fassung und stand auf. Er legte ihr die Hand auf die Schulter und wollte ihr sein Verhalten erklären, aber unter der Berührung seiner Finger bebte ihr ganzer Körper vor Schrecken. »Fassen Sie mich nicht an!« schrie sie. »Berühren Sie mich nicht mit Ihren Händen!« Sie erhob ein gellendes Geschrei; draußen auf der Straße blieben die Leute stehen und horchten. Der Verkäufer rannte fassungslos die Treppe hinauf und in sein Zimmer. Er verriegelte die Tür und lauschte. Es ist eine Finte, sagte er sich mit bebender Stimme. Sie will einen Skandal verursachen. Ich habe ihr nichts getan. Es war der reine Zufall. Was ist denn eigentlich los? Ich habe doch nur eben ihren Arm berührt, weiter nichts.

Wohl ein dutzendmal hatte LeRoy mir von den Erlebnissen des Mädchens aus Iowa in dem Haus auf der Westseite erzählt. Die Männer begannen sie zu hassen. Obwohl sie nichts mit ihnen zu schaffen haben wollte, ließ sie ihnen keine Ruhe: Auf hundert Arten reizte sie sie beständig zu Annäherungsversuchen, die sie, wenn sie wirklich gemacht wurden, zurückwies. Wenn sie nackt im Badezimmer stand, ließ sie die Tür zum Korridor, wo die Männer auf und ab gingen, einen Spalt weit offen. Unten im Wohnzimmer stand ein Sofa; wenn Männer im Zimmer waren, kam sie manchmal herein und warf sich, ohne ein Wort zu sprechen, vor ihren Augen auf dieses Sofa. Ihre Lippen waren ein wenig geöffnet, wenn sie so dalag. Ihre Augen waren starr zur Decke emporgerichtet. Ihr ganzes körperliches Sein schien in gespannter Erwartung. Ihr sinnliches Verlangen erfüllte spürbar die Luft des Raumes. Die Männer standen da und taten, als sähen sie nichts. Sie redeten laut. Ihre Sicherheit geriet ins Wanken, und einer nach dem andern schlich still hinaus.

Eines Nachmittags wurde dem Mädchen das Zimmer gekündigt. Irgendwer, vielleicht der Verkäufer aus dem Kurzwarenladen, hatte etwas zur Wirtin gesagt, und diese zögerte nicht lange. LeRoy hörte, wie sie zu dem Mädchen sagte: »Es ist am richtigsten, Sie ziehen gleich heute abend aus, meine ich.« Sie stand auf dem Korridor vor dem Zimmer des Mädchens. Ihre Stimme gellte durch das ganze Haus.

LeRoy, der Maler, ist lang und dünn; sein ganzes Leben hatte er Ideen gewidmet. Die Leidenschaften des Geistes haben bei ihm die Leidenschaften des Körpers aufgezehrt. Er verdient nur wenig und ist unverheiratet. Vielleicht hat er nie eine Geliebte gehabt. Er ist wohl nicht frei von körperlichen Wünschen, aber sie sind ihm nicht das Wichtigste im Leben.

An jenem Abend, als dem Mädchen aus Iowa das Zimmer gekündigt wurde, geschah folgendes: Sie wartete, bis die Wirtin die Treppe hinuntergegangen war, und kam dann in LeRoys Zimmer. Es war ungefähr acht Uhr abends; er saß am Fenster und las in einem Buch. Sie öffnete die Tür, ohne anzuklopfen. Sie sprach kein Wort, lief zu seinem Platz am Fenster und kniete sich vor ihn nieder. LeRoy sagte, mit ihrem verkrüppelten Fuß habe sie sich wie ein verwundeter Vogel bewegt; ihre Augen brannten, und ihr Atem ging in kurzen keuchenden Stößen. »Nimm mich!« sagte sie; dabei legte sie ihr Gesicht auf seine Knie und zitterte heftig. »Nimm mich! Rasch! *Einmal* muß ein Anfang gemacht werden. Ich kann das Warten nicht mehr aushalten. Nimm mich doch! Jetzt gleich!«

Es ist sicher, daß LeRoy über alles dies höchst verblüfft war. Aus seinen Worten entnahm ich, daß er bis zu diesem Abend das Mädchen kaum bemerkt hatte. Von allen Männern im Haus, vermute ich, war er ihr gegenüber am gleichgültigsten geblieben. Und dann geschah noch etwas anderes. Die Wirtin war dem Mädchen gefolgt, als sie zu LeRoy lief, und nun hatte er es mit beiden Frauen zu tun. Das Mädchen aus Iowa kniete zitternd und verängstigt zu seinen Füßen. Die Wirtin war empört. LeRoy handelte ganz ohne Bedenken. Es kam wie eine Eingebung über ihn. Er faßte die Kniende an der Schulter und schüttelte sie derb. »Komm, nimm dich zusammen!« sagte er rasch. »Ich halte mein Versprechen ja.« Dann wandte er sich zu der Wirtin und lächelte. »Wir waren verlobt und wollten heiraten«, sagte er. »Aber wir haben uns gezankt. Sie zog hierher, um mir nahe zu sein. Sie fühlte sich krank und war aufgeregt. Ich bringe sie weg. Nehmen Sie es bitte nicht weiter übel. Ich bringe sie weg.«

Als das Mädchen mit LeRoy das Haus verließ, hörte sie auf zu weinen und legte ihre Hand in die seine. Alle ihre Ängste waren verflogen. Er machte für sie ein Zimmer in einem andern Haus ausfindig; dann gingen die beiden in einen Park und setzten sich auf eine Bank.

Alles, was LeRoy mir von diesem Mädchen erzählte, bestärkte mich in dem Glauben an den Satz, den ich an jenem Tag in den Bergen dem Doktor entgegenhielt: Man kann in das Leben anderer nicht mit Forschungen eindringen. Die beiden, LeRoy und das Mädchen, saßen da auf der Bank bis Mitternacht und redeten, und auch später sah und sprach er sie noch oft. Zu etwas anderem kam es nicht zwischen ihnen. Später kehrte sie vermutlich nach dem Westen zurück.

In ihrem Heimatstädtchen war sie Musiklehrerin gewesen. Sie war eine von vier Schwestern, die alle denselben Beruf hatten und die, wie LeRoy sagte, alle vier ruhige, begabte Mädchen waren. Ihr Vater war gestorben, noch bevor die Älteste zehn Jahre alt wurde, und fünf Jahre später starb auch ihre Mutter. Die Mädchen besaßen ein Haus und einen Garten. Ich weiß nicht, was es mit der Veranlagung und der Art der Mädchen für eine Bewandtnis hatte; eines steht jedenfalls fest: alle ihre Gespräche und Gedanken gingen immer nur um Frauenangelegenheiten. Keine von ihnen hatte je einen Liebhaber gehabt. Jahre hindurch näherte sich kein Mann dem Haus.

Einzig und allein die jüngste von ihnen, eben die, welche nach Chicago kam, wurde von dieser ganz auf Weibliches beschränkten Lebensführung sichtlich im Wesen getroffen. Es hatte Folgen für ihr Leben. Tagaus, tagein gab sie kleinen Mädchen Klavierunterricht und ging dann nach Hause zu den Schwestern. Als sie fünfundzwanzig Jahre alt war, begann sie an Männer zu denken und von Männern zu träumen. Den ganzen Tag und den ganzen Abend sprach sie mit Frauen über Frauendinge – und sehnte sich dabei unablässig und verzweiflungsvoll danach, von einem Mann geliebt zu werden. Mit dieser Hoffnung im Herzen kam sie nach Chicago. LeRoy erklärte ihr Verhalten gegenüber Männern und ihr sonderbares Benehmen damit, daß sie zuviel gedacht und zu wenig gehandelt habe. »Die Lebenskraft in ihr wurde aus der Bahn gedrängt und zerrissen«, erläuterte er. »Was sie ersehnte, konnte sie nicht bekommen. Der Lebenswille in ihr konnte keinen Ausdruck finden. Und da er sich auf dem normalen Weg nicht Luft machen konnte, bahnte er sich einen anderen. Der Geschlechtstrieb breitete sich über ihren ganzen Körper aus. Er durchdrang jede Faser ihres Wesens. Schließlich war sie die verkörperte, die verdichtete und sozusagen unpersönlich gewordene Geschlechtlichkeit. Gewisse Worte, die Berührung durch eine männliche Hand, manchmal sogar der Anblick eines Mannes auf der Straße – alles das brachte sie aus der Fassung.«

Gestern sah ich LeRoy wieder, und er sprach wieder von dem seltsamen und schrecklichen Schicksal dieses Mädchens. Wir gingen durch die Anlagen am See. Während wir so dahinschritten, stand mir die Gestalt das Mädchens unablässig vor Augen. Mir kam ein Einfall.

»Sie hätten sie zur Geliebten haben können«, sagte ich. »Das war möglich. Vor Ihnen hatte sie keine Scheu.«

LeRoy blieb stehen. Und er machte es genauso wie der Doktor, der sich seiner Fähigkeit, in das Leben anderer einzudringen, so sicher fühlte: er wurde ärgerlich und wütend. Einen Augenblick sah er mich starr an, und dann geschah etwas recht Merkwürdiges: Die Worte, die damals der andere auf der staubigen Landstraße im Hügelland gesprochen hatte, kamen auch aus LeRoys Lippen und wurden wieder gesprochen. Die Andeutung eines spöttischen Zuckens spielte um seine Mundwinkel. »Wie tüchtig sind wir doch! Wie fein wissen wir mit den Dingen fertig zu werden!« sagte er.

Die Stimme des jungen Mannes, der in der großen Stadt mit mir durch den Park am See ging, nahm einen schrillen Klang an. Ich spürte die Müdigkeit und den Überdruß in ihm. Dann aber lachte er und sagte ganz ruhig und sanft: »Es ist nicht so einfach. Sie mit Ihrer Selbstsicherheit sind in Gefahr, den Duft und Zauber alles Lebendigen zu verlieren. Sie übersehen und verkennen das Wesentliche. Nichts Lebendiges kann mit solcher Bestimmtheit erfaßt und abgetan werden. Das Mädchen, sehen Sie – das Mädchen war wie ein junger Baum, den eine kletternde Schlingpflanze erstickt hatte. Und dieses Ding, das sie umklammert hielt, hatte sie vom Licht des Tages abgeschlossen. Sie war eine wunderliche Mißbildung, wie manche Bäume im Walde. Sie war ein so schwieriges Problem, daß die Grübelei darüber die Richtung meines ganzen Lebens verändert hat. Zuerst dachte ich wie Sie. Ich war meiner Sache ganz sicher. Sie würde meine Geliebte werden, meinte ich, und dann wäre die ganze Geschichte in Ordnung.«

Le Roy wandte sich und trat ein paar Schritte von mir weg. Dann kam er zurück und packte meinen Arm. Er war besessen von einem leidenschaftlichen Ernst. Seine Stimme bebte. »Sie brauchte einen Liebhaber, ja, da hatten die Männer im Hause ganz recht«, sagte er. »Sie brauchte einen Liebhaber – und doch wiederum war ein Liebhaber nicht das, was sie brauchte. Das Bedürfnis nach einem Liebhaber war letzten Endes von ganz untergeordneter Bedeutung. Sie brauchte Liebe – lebenslange, ruhige, geduldige Liebe. Sie war eine komische Mißbildung, ja, gewiß – aber dann sind alle Menschen auf der Welt komische Mißbildungen. Wir alle brauchen Liebe. Was für jenes Mädchen das Heilmittel wäre, würde es für uns andern alle miteinander ebenfalls sein. Die Krankheit, an der sie leidet, sehen Sie, ist die Krankheit aller. Wir brauchen Liebe, aber die Beschaffung der Liebespartner für uns ist im Plan der Welt nicht vorgesehen.«

LeRoys Stimme sank tonlos herab, und er schritt schweigend neben mir dahin. Wir wandten uns vom See ab und gingen unter den Bäumen weiter. Ich sah ihn fest an. Die Sehnenstränge an seinem Hals traten hervor. »Ich habe dem Leben unter die Haut gesehen, und mir graut davor«, sagte er nachdenklich. »Ich bin bedeckt mit kriechendem, kletterndem Wucherwerk. Ich kann nicht Liebespartner sein. Ich bin nicht feinsinnig und nicht geduldig genug dafür. Ich zahle alte Schulden ab. Gedachte Gedanken und geglaubte Lehren – Keime, eingepflanzt von vergangenen Geschlechtern – alles das wuchert in meiner Seele und erdrosselt mich.«

Lange Zeit gingen wir so dahin, und LeRoy redete, gab den Gedanken Worte, die ihm in den Sinn kamen. Ich hörte stumm zu. Aus seinem Grübeln klang als Kehrreim wieder, was damals der andere in den Bergen gesagt hatte. »Ich möchte auch so ein totes, verdorrtes Ding sein«, sagte er leise und sah die Blätter an, die im Gras verstreut lagen. »Ich möchte ein Blatt sein, das der Wind dahinwirbelt.« Er hob den Kopf und blickte dahin, wo zwischen den Stämmen der Bäume der See herüberschimmerte. »Ich bin des Treibens müde und möchte rein und frei werden. Aber ich bin bedeckt von kriechendem, kletterndem Wucherwerk. Ich wollte, ich wäre tot, und der Wind trüge mich dahin über die unendlichen Gewässer«, sagte er. »Dieses eine wünsche ich mir, dieses eine vor allem andern in der Welt – rein und frei zu sein.«

Die Andere

Wir liebten einander, meine Frau und ich«, sagte er; und das war eine überflüssige Bemerkung, denn ich hatte ihn nach seiner Neigung für die Frau, die er geheiratet hatte, gar nicht gefragt. Er ging zehn Minuten lang stumm dahin, und dann sagte er es noch einmal. Ich wandte mich zur Seite und sah ihn an. Er begann zu reden und erzählte mir die Geschichte, die ich jetzt zu Papier bringen will.

Es muß die ereignisreichste Woche seines Lebens gewesen sein, damals, als sich das zutrug, das er im Sinn hatte. Er sollte am Freitagnachmittag getraut werden. Am Freitag der Woche zuvor hatte er ein Telegramm erhalten, das ihm seine Berufung auf einen Regierungsposten mitteilte. Und noch etwas anderes war geschehen, das ihn sehr stolz und froh machte. Er schrieb heimlich Verse, und mehrere Gedichte waren während des letzten Jahres in Magazinen für Dichtkunst gedruckt worden. Eine der Gesellschaften, die für die nach ihrer Meinung besten dichterischen Veröffentlichungen des Jahres Preise ausschreiben, hatte seinen Namen an die Spitze ihrer Liste gesetzt. Die Nachricht von seinem Triumph kam in die Zeitungen seiner Heimatstadt, und eine von ihnen brachte auch sein Bild.

Wie man es unter solchen Umständen erwarten darf, war er während der ganzen Woche aufgeregt und in einem Zustand nervöser Hochspannung. Fast jeden Abend besuchte er seine Braut, die Tochter eines Richters. Wenn er kam, fand er stets das Haus voll von Leuten; Briefe, Telegramme, Pakete kamen in großer Zahl. Er hielt sich ein wenig abseits; männliche und weibliche Besucher kamen fortwährend auf ihn zu und sprachen ihn an. Sie beglückwünschten ihn zum Erfolg seiner Bewerbung um den Regierungsposten und zu seinem großen Erfolg als Dichter. Alle Welt schien über ihn des Lobes voll; wenn er heimkam und zu Bett ging, konnte er nicht schlafen. Am Mittwochabend ging er ins Theater; es kam ihm vor, als würde er von allen Leuten im Haus erkannt. Alle nickten sie und lächelten. Nach dem ersten Akt verließen fünf oder sechs Herren und zwei Damen ihre Plätze und sammelten sich um ihn. So bildete sich eine kleine Gruppe. Fremde in derselben Sitzreihe reckten die Hälse und betrachteten ihn. Er war nie zuvor der Gegenstand solcher Aufmerksamkeit gewesen, und nun packte ihn ein Fieber der Erwartung.

Es war, wie er mir bei der Erzählung seines Erlebnisses auseinandersetzte, für ihn eine abenteuerhaft ungewöhnliche Zeit. Er kam sich vor wie einer, der durch die Luft dahinschwebt. Wenn er nach der Begegnung mit so vielen Leuten und das Ohr so voll von Lobeshymnen zu Bett ging, wirbelte ihm der Kopf wie toll. Schloß er die Augen, so war ihm zumute, als dränge ein Haufen von Menschen in sein Zimmer ein. Zuweilen meinte er, die Gedanken aller Leute in der Stadt beschäftigten sich mit ihm und nur mit ihm. Er hatte die wunderlichsten Vorstellungen. So stellte er sich vor, er führe im Wagen durch die Straßen einer großen Stadt. Fenster flogen auf, Menschen rannten aus den Türen der Häuser. »Da ist er! Da kommt er!« riefen sie, und bei diesen Worten erhob sich frohes Geschrei. Der Wagen bog in eine Straße ein, die von dichten Menschenreihen gesäumt war. Hunderttausend Augenpaare waren auf ihn gerichtet. »Da bist du ja! Was für einen Kerl hast du aus dir gemacht!« schien ihr Ausdruck zu sagen.

Mein Freund wußte nicht anzugeben, ob diese Aufregung der Leute darauf zurückzuführen war, daß er neue Gedichte geschrieben hatte, oder ob er sie einer bemerkenswerten Leistung in seiner neuen Regierungsstellung verdankte. Er wohnte zu jener Zeit in einer weit draußen am Rande der Stadt gelegenen Straße, die auf der Höhe eines Uferhanges verlief; vom Fenster seines Schlafzimmers aus blickte er über Bäume und Fabrikdächer hinweg auf einen Fluß. Da er doch nicht schlafen konnte und die Überfülle der auf ihn eindringenden Phantasiegebilde ihn nur noch mehr erregte, verließ er das Bett und versuchte nachzudenken.

Wie es unter solchen Umständen nur natürlich ist, mühte er

sich, seine Gedanken im Zaum zu halten; aber als er am Fenster saß und sich völlig ermuntert hatte, geschah etwas höchst Unerwartetes und Demütigendes. Die Nacht war klar und schön. Der Mond leuchtete. Er wollte von dem Mädchen träumen, das nun bald seine Frau sein würde, wollte Verszeilen für edle Gedichte ersinnen oder Pläne für seine Laufbahn schmieden. Aber zu seiner Bestürzung verweigerte ihm seine Vorstellungskraft ganz und gar den Dienst.

An einer Ecke in der Straße war ein kleiner Zigarren- und Zeitungsverkaufsstand, den ein fetter, etwa vierzigjähriger Mann und eine Frau, ein kleines, rühriges Persönchen mit leuchtenden grauen Augen, versahen. Morgens, ehe er in die Stadt ging, machte mein Freund regelmäßig dort halt, um eine Zeitung zu kaufen. Zuweilen sah er nur den dicken Mann, oft aber war der Mann unsichtbar, und die Frau bediente die Käufer. Sie war, wie mein Freund im Verlauf seiner Erzählung wohl zwanzigmal versicherte, eine höchst alltägliche Person und hatte nichts irgendwie Besonderes oder Bemerkenswertes an sich; aber aus irgendeinem Grunde, den er nicht zu erklären wußte, ergriff ihn in ihrer Nähe eine tiefe Erregung. In jener Woche der Zerstreutheit war sie die einzige Gestalt, die ihm klar und scharf vor Augen stand. Während er sich so sehr danach sehnte, an hohe und edle Dinge zu denken, dachte er doch immer nur an sie. Ehe ihm klar wurde, wie es um ihn stand, hatte sich seine Phantasie der Vorstellung bemächtigt, er hätte ein Liebesverhältnis mit der Frau.

»Ich begriff mich selbst nicht«, sagte er zu mir. »Nachts, wenn die Stadt zur Ruhe gegangen war und ich von Rechts wegen hätte schlafen sollen, dachte ich unablässig an sie. Als dieser Zustand zwei oder drei Tage gedauert hatte, drang der bewußte Gedanke an sie auch in mein Tageleben ein. Ich war schauderhaft durcheinander. Wenn ich meine Braut besuchte, erkannte ich, daß meine Liebe zu ihr durch die andere Verlockung nicht getrübt wurde. Es gab nur eine Frau auf der Welt, mit der ich leben wollte, die ich mir zur Gefährtin wünschte, wenn es galt, meine Fähigkeiten zu beweisen und mir eine Stellung im Leben zu erringen – aber für den Augenblick, verstehen Sie, wünschte ich mir, ich hielte die

Andere in den Armen. Sie war langsam und stetig in mein tiefstes Wesen eingedrungen. Von allen Seiten und Leuten hörte ich, ich sei ein großer Mann und werde Großes vollbringen – und so stand es nun mit mir. An jenem Abend nach dem Theaterbesuch ging ich zu Fuß heim, weil ich wußte, daß ich doch nicht würde schlafen können; da blieb ich, um mein peinigendes Sehnen zu stillen, auf dem Bürgersteig vor dem Tabakladen stehen. Es war ein zweistöckiges Haus, und ich wußte, daß die Frau mit ihrem Mann da oben wohnte. Lange Zeit stand ich so und preßte meinen Körper an die Wand des Hauses; dabei dachte ich an die beiden da drinnen, die gewiß jetzt beieinander im Bett lagen. Der Gedanke erfüllte mich mit Wut.

Dann packte mich eine noch größere Wut auf mich selbst. Ich ging nach Hause und legte mich zu Bett, bebend vor Zorn. Es gibt ein paar Gedichtbücher und einige Bände Prosa, die mich immer im tiefsten bewegt haben; so legte ich auch jetzt einige von ihnen auf das Tischchen neben meinem Bett.

Aber die Stimmen der Bücher waren wie die Stimmen von Toten. Ich vernahm sie nicht. Die gedruckten Worte vermochten nicht in mein Bewußtsein zu dringen. Ich versuchte an das Mädchen zu denken, das ich liebte – aber auch die Gestalt der Geliebten war in weite Ferne entrückt, und mir war, als hätte ich jetzt, gerade jetzt, nichts mit ihr gemein. Ich wälzte mich ruhelos im Bett umher. Es war ein scheußlicher Zustand.

Am Donnerstagmorgen ging ich in den Tabakladen. Da stand die Frau und war allein. Ich glaube, sie wußte, wie mir zumute war. Vielleicht hatte sie ebenso an mich gedacht wie ich an sie. Ein Lächeln, ungewiß und zögernd, spielte um ihre Mundwinkel. Sie trug ein Kleid aus billigem Stoff, das an der Schulter einen Riß hatte. Sie muß zehn Jahre älter gewesen sein als ich. Als ich meine Pennies auf den gläsernen Zahltisch legen wollte, hinter dem sie stand, zitterte meine Hand dermaßen, daß die Geldstücke einen heftig klirrenden Ton gaben. Als ich sprach, hatte die Stimme, die aus meiner Kehle drang, nicht die leiseste Ähnlichkeit mit irgendeinem Laut, der je aus meinem Munde gekommen war. Die Zunge versagte mir den Dienst, ich vermochte nur zu flüstern. ›Sie machen mich ganz verrückt‹, sagte ich. ›Können Sie nicht mal Ihrem Mann weglaufen? Kommen Sie heute abend um sieben in meine Wohnung.‹

Die Frau kam in der Tat abends um sieben in meine Wohnung. An jenem Morgen aber erwiderte sie mir kein Wort. Wohl eine Minute lang standen wir und sahen einander ins Gesicht. Ich hatte alles andere in der Welt vergessen – ich sah nur sie. Dann nickte sie zustimmend, und ich ging. Wenn ich jetzt darüber nachdenke, kann ich mich keines Wortes entsinnen, das ich je von ihr vernommen hätte. Sie kam um sieben in meine Wohnung, und es war dunkel. Wir hatten nämlich damals Oktober, müssen Sie wissen. Ich hatte kein Licht angezündet und meinen Diener weggeschickt.

Tagsüber war ich zu nichts zu gebrauchen. Mehrere Besucher kamen in mein Büro, aber wenn ich mich mit ihnen zu unterhalten versuchte, geriet mir alles durcheinander. Sie brachten meine Zerstreutheit mit meiner bevorstehenden Heirat in Verbindung und gingen lachend weg.

An jenem Morgen, also gerade einen Tag vor meiner Hochzeit, bekam ich einen langen und sehr schönen Brief von meiner Braut. Auch sie hatte nachts nicht schlafen können und war aufgestanden, um den Brief zu schreiben. Alles, was sie darin sagte, war für mein Empfinden höchst deutlich und wirklich, aber sie selbst, die Lebendige, schien in die Ferne gerückt wie ein Vogel, der in ferne Himmelsräume entschwebt – und ich kam mir wie ein verdutzter Junge vor, der barfuß auf der staubigen Landstraße vor einem Farmhaus steht und dem entschwindenden Wesen nachblickt. Ich weiß nicht, ob Sie verstehen, wie ich es meine?

Also der Brief. In ihm offenbarte sie, das erwachende Weib, ihr ganzes Herz. Natürlich wußte sie nichts vom Leben – aber sie war eine Frau. Da lag sie, denke ich mir, im Bett und fühlte sich überreizt und erregt – wie ich. Sie wußte, daß ihrem Leben eine große Wandlung bevorstand, und sie empfand darüber Freude und Furcht zugleich. Da lag sie nun und grübelte über all das. Dann stand sie auf und sprach zu mir – durch dieses Stück Papier. Sie sprach zu mir von ihrer Freude und ihrer Angst. Wie die meisten jungen Mädchen hatte auch sie allerlei Getuschel aufgefangen. In ihrem Briefe gab sie sich sehr zart und fein. ›Wenn wir verheiratet sind, wollen wir lange, lange Zeit vergessen, daß wir Mann und Frau sind‹, schrieb sie. ›Wir wollen nur Menschen sein, weiter nichts. Du mußt daran denken, daß ich unwissend bin, und ich werde mich oft sehr töricht benehmen. Du mußt mich liebhaben und sehr geduldig und gütig mit mir sein. Wenn ich erst mehr weiß, wenn Du mich nach langer Zeit *leben* gelehrt haben wirst, will ich versuchen, Dir alles zu lohnen. Ich will Dich zärtlich und leidenschaftlich lieben. Ich vermag es, das weiß ich gewiß – sonst würde ich gar nicht heiraten wollen. Ich bin voll Furcht, aber ich bin auch glücklich. Oh, ich bin so froh, daß der Tag unserer Hochzeit so nahe ist!‹

Nun begreifen Sie wohl recht, in welch einem bösen Zwiespalt ich war. Als ich in meinem Büro diesen Brief gelesen hatte, fühlte ich mich plötzlich sehr entschlossen und stark. Ich entsinne mich genau, daß ich von meinem Stuhl aufstand und im Zimmer herumlief, voll Stolz bei dem Gedanken, daß ich der Mann einer so vornehm denkenden Frau werden sollte. Sie stand vor meinem Empfinden gerade so da, wie früher ich selbst, bevor ich merkte, wie schwach ich in Wahrheit war. Ja, ich war fest entschlossen, nicht wieder schwach zu werden. Um neun Uhr abends, so war es ausgemacht, sollte ich meine Braut besuchen. Jetzt habe ich mich wieder ganz in der Gewalt, dachte ich. Die Reinheit ihres Wesens hat mich vor mir selbst behütet. Ich gehe jetzt nach Hause und schicke die Andere weg. Am Morgen hatte ich meinem Diener telephonisch mitgeteilt, daß ich ihn abends nicht in der Wohnung haben wollte; nun nahm ich den Hörer ab, um ihm zu sagen, er solle zu Hause bleiben.

Dann aber besann ich mich anders. Ich will ihn auf keinen Fall im Haus haben, dachte ich. Was würde er denken, wenn er sähe, daß ich am Tag vor meiner Hochzeit weiblichen Besuch bekomme? Ich legte den Hörer aus der Hand und machte mich zum Fortgehen fertig. Wenn ich meinen Diener aus dem Haus schicke, so geschieht das nur, weil er nicht hören soll, wenn ich mit der Frau spreche. Ich kann doch nicht roh gegen sie sein. Ich muß ihr doch so etwas wie eine Erklärung geben, redete ich mir ein.

Die Frau kam pünktlich um sieben. Sie können sich vermutlich denken, daß ich sie hereinließ und meinen Vorsatz vergaß. Man darf wohl annehmen, daß ich von vornherein gar nicht die Absicht hatte, anders zu handeln. Es war eine Klingel an meiner Tür, aber die Frau klingelte nicht, sondern klopfte nur ganz leise. Mir ist, als wäre alles, was sie an jenem Abend tat, ganz sanft und ohne Erregung, aber sehr entschieden und rasch gewesen. Drücke ich mich verständlich aus? Als sie kam, stand ich an der Tür, und da stand und wartete ich schon seit einer halben Stunde. Meine Hände bebten wie am Morgen, als die Frau mich ansah und ich die Pennies auf den Zahltisch zu legen versuchte. Als ich öffnete, trat sie rasch ein, und ich nahm sie in die Arme. Wir standen beieinander im Finstern. Da bebten meine Hände nicht mehr. Ich fühlte mich sehr glücklich und stark.

Ich habe versucht, Ihnen alles ganz klar auseinanderzusetzen, aber ich habe Ihnen noch nicht gesagt, was für ein Mensch die Frau ist, die ich geheiratet habe. Ich habe immer nur von der Anderen geredet. Ich erzähle Ihnen nur so obenhin, daß ich meine Frau liebe, und das will für einen Mann von Ihrem Scharfblick natürlich gar nichts besagen. Um die Wahrheit zu gestehen – mir wäre wohler, wenn ich von der Geschichte gar nicht angefangen hätte. Ich muß, das ist unausbleiblich, bei Ihnen den Eindruck erwecken, daß ich die Frau des Tabakhändlers liebe – und sie mich. Aber das trifft nicht zu. Gewiß hat sie in der Woche vor meiner Hochzeit sehr deutlich in meinem Bewußtsein gestanden, aber nach dem Abend, als sie in meine Wohnung kam, schwand sie gänzlich aus meinen Gedanken.

Oder ist auch das nicht wahr –? Ich quäle mich redlich damit, auszudrücken, was in mir vorging. Ich habe behauptet, seit dem Abend, als die Frau zu mir in die Wohnung kam, hätte ich nicht mehr an sie gedacht. Nun, wenn ich wahrheitsgemäß die Tatsachen des Falles berichten soll –: das ist nicht wahr. An jenem Abend ging ich um neun zu meiner Braut, wie sie es in ihrem Brief gewünscht hatte. Die Andere ging mit mir, sozusagen; ich kann Ihnen nicht erklären, wie das war. Nämlich, ich meine so: Sehen Sie, ich hatte gedacht, wenn zwischen mir und der Frau des Tabakhändlers etwas vorginge, so würde ich nicht imstande sein, eine Ehe einzugehen. Das eine oder das andere – aber nicht beides, hatte ich mir gesagt.

Eins steht fest: Als ich an jenem Abend zu meiner Braut ging, erfüllte mich neues Vertrauen auf ein glückliches gemeinsames Leben. Aber ich fürchte, es klingt Ihnen ganz widersinnig, was ich da erzähle. Eben habe ich gesagt, die Andere, die Frau des Tabakhändlers, sei mit mir gegangen. Damit meinte ich nicht, sie habe das in Wirklichkeit getan. Sondern ich wollte sagen, daß etwas von ihrer Treue gegen sich selbst, mit der sie ihrem natürlichen Verlangen folgte, etwas von ihrem Mut, den Dingen ins Gesicht zu sehen, mit mir gegangen war. Ist Ihnen das verständlich? Als ich zu meiner Braut kam, standen da ein Haufen Leute herum. Einige von ihnen waren zugereiste Verwandte, die ich noch nicht kannte. Meine Braut blickte rasch auf, als ich ins Zimmer trat. Mein Gesicht muß strahlend hell gewesen sein. Ich sah sie nie so ergriffen. Sie dachte, ihr Brief hätte mich so im Innersten bewegt, und das hatte er ja auch. Sie sprang auf und lief mir entgegen. Vor allen Leuten, die sich umwandten und uns neugierig anstarrten, sagte sie das, was ihre Seele bewegte. ›Ach, ich bin ja so glücklich!‹ rief sie. ›Du hast mich verstanden. Wir werden ganz einfach nur zwei Menschen sein. Wir brauchen nicht Ehemann und Ehefrau zu spielen!‹

Sie können sich wohl denken, daß es ein allgemeines Gelächter gab, aber ich lachte nicht mit. Mir kamen die Tränen in die Augen. Ich war so glücklich, daß ich am liebsten laut herausgebrüllt hätte. Vielleicht verstehen Sie, wie ich es meine. Vorhin, in meinem Büro, als ich den Brief meiner Braut las, hatte ich mir gelobt: Ich will auf das liebe kleine Mädchen treulich achtgeben. Ich kam mir in diesem Augenblick sehr fein und anständig vor, sehen Sie. Nun, in ihrem Haus, als sie aus ihrem Gefühl kein Hehl machte und alle lachten, sagte ich mir: Wir wollen achtgeben auf uns selbst. Ich flüsterte ihr auch etwas dergleichen ins Ohr. Um die Wahrheit zu sagen: zum erstenmal gab ich mich rückhaltlos. Das hatte die Andere bei mir bewirkt, mit ihrer Art. Vor allen Leuten schloß ich meine Braut fest in die Arme, und wir küßten uns. Die Leute fanden es reizend, daß wir so sehr bewegt waren, als wir uns sahen. Was sie gedacht hätten, wenn ihnen die Wahrheit bekannt gewesen wäre, das weiß Gott allein!

Zweimal habe ich nun schon gesagt, ich hätte nach jenem Abend an die Andere mit keiner Regung mehr gedacht. Das ist in gewissem Sinne wahr – und doch: Zuweilen, abends, wenn ich allein durch die Straßen oder den Park gehe, so wie wir jetzt miteinander gehen, und wenn die Dunkelheit sanft und rasch niedersinkt, so wie heute, dann fühle ich die Andere ganz deutlich, körperlich und seelisch. Nach jener einen Begegnung sah ich sie niemals wieder. Am Tag darauf war ich verheiratet und habe die Straße, wo sie wohnte, nicht mehr betreten. Oft aber, wenn ich so wie jetzt dahingehe, packt mich ein jähes, starkes, erdhaftes Gefühl. Das ist so, als läge ich als Saatkorn in der Krume, und der warme Frühlingsregen rieselte herab. Es ist, als wäre ich nicht ein Mensch, sondern eine Pflanze.

Ja, sehen Sie, und nun bin ich verheiratet, und alles ist in Ordnung. Meine Ehe ist für mich eine wundervolle Tatsache. Wollten Sie sagen, meine Ehe wäre nicht glücklich, so könnte ich Sie einen Lügner nennen, und das wäre unbedingt berechtigt. Ich habe versucht, Ihnen die Sache mit der Anderen zu erzählen. Es ist mir gewissermaßen eine Befreiung, von ihr zu sprechen. Ich habe es sonst noch nie getan. Daß ich fürchtete, Sie würden den Eindruck gewinnen, wir liebten einander nicht, meine Frau und ich – das war Unsinn, und ich weiß selbst nicht, wie ich darauf gekommen bin. Hätte ich nicht unwillkürlich Vertrauen zu Ihrem Verständnis gefaßt, ich hätte geschwiegen. Jetzt habe ich mich natürlich etwas in Aufregung geredet. Heute nacht werde ich an die Andere denken. Das widerfährt mir zuweilen. Nach dem Schlafengehen wird es geschehen. Meine Frau schläft im Nebenzimmer, und die Tür steht immer offen. Wir haben heute nacht Mondschein, und dann fällt immer ein langer Lichtstreifen auf ihr Bett. Ich werde heute um Mitternacht aufwachen. Dann werde ich sie liegen sehen; einen Arm wirft sie im Schlaf immer über den Kopf.

Aber was schwatze ich mir da zusammen? Ein Mann schildert seine Frau nicht, wie sie im Bett liegt. Ich wollte nur sagen, daß ich nach unserem Gespräch heute nacht an die

Andere denken werde. Doch nicht in der Weise, wie in der Woche vor meiner Hochzeit. Ich werde grübeln, was wohl aus der Frau geworden sein mag. Einen Herzschlag lang werde ich sie wieder spüren wie damals, als ich sie fest in den Armen hielt. Ich werde darüber nachdenken, daß ich ihr eine Stunde lang näher war als je einem anderen Menschen. Dann werde ich mir die Zeit ausmalen, in der ich mich meiner Frau ebenso nahe fühlen werde. Sie sehen, sie ist jetzt noch ein erwachendes Weib. Einen Augenblick werde ich die Lider schließen. Dann werden die lebhaften, klugen, entschlossenen Augen jener Anderen in die meinen blicken. Davon wird mir schwindelig werden; dann aber schlage ich rasch die Augen auf und sehe wieder die geliebte Frau, mit der ich mein Leben für immer verbunden habe. Dann werde ich einschlafen, und wenn ich morgen früh erwache, wird mir zumute sein, wie an jenem Abend, als ich nach dem denkwürdigsten Erlebnis meines Daseins die dunkle Wohnung verließ. Verstehen Sie mich recht – was ich sagen will, ist dies: Wenn ich erwache, wird die Andere für mich gänzlich weg und verschwunden sein.«

Das Ei

Mein Vater war, davon bin ich überzeugt, von Natur ein fröhlicher und freundlicher Mann. Bis zu seinem vierunddreißigsten Jahre lebte er als Landarbeiter auf der Farm eines gewissen Thomas Butterworth, in der Nähe der Stadt Bidwell, Ohio. Er nannte damals ein Pferd sein eigen und fuhr jeden Samstagabend in die Stadt, um dort ein paar Stunden dem geselligen Verkehr mit andern Landarbeitern zu widmen. In der Stadt trank er etliche Gläser Bier und stand in Ben Heads Saloon herum, der an Samstagabenden mit stadtfahrenden Landarbeitern vollgepropft war. Man sang Lieder und hieb die Gläser dröhnend auf den Schanktisch. Um zehn Uhr abends fuhr der Vater heim, eine einsame Landstraße entlang, versorgte sein Pferd für die Nacht und verfügte sich ins Bett, mit seinen Daseinsverhältnissen völlig zufrieden. In jener Zeit wurde er keineswegs von dem Verlangen geplagt, in dieser Welt eine höhere Stufe zu erklimmen.

Im Frühling seines fünfunddreißigsten Lebensjahres verheiratete sich mein Vater mit meiner Mutter, die damals Landschullehrerin war, und im nächsten Frühling hielt ich paddelnd und schreiend meinen Einzug in die Welt. Da ging nun mit den beiden Eheleuten eine Veränderung vor. Sie wurden ehrgeizig. Die amerikanische Leidenschaft, im Leben voranzukommen, ergriff sie.

Es ist möglich, daß meine Mutter schuld daran war. Während ihrer Lehrerinnenjahre hatte sie ohne Frage Bücher und Zeitschriften gelesen. Sie hatte, nehme ich an, gelesen, wie Garfield, Lincoln und andere Amerikaner aus Armut zu Berühmtheit und Größe emporgestiegen waren; und als ich in den Tagen ihres Wochenbettes nun so neben ihr lag, mag sie davon geträumt haben, daß ich eines Tages über Menschen und Städte herrschen würde. Jedenfalls steht fest, daß sie meinen Vater dazu überredete, seine Stellung als Farmarbeiter aufzugeben, sein Pferd zu verkaufen und als unabhängiger Mann mit einem eigenen Unternehmen sein Heil zu versuchen. Sie war eine lange, schweigsame Frau mit einer langen Nase und unruhigen grauen Augen. Für sich selbst begehrte sie nichts. Für Vater und mich hegte sie unheilbaren Ehrgeiz.

Das erste Unternehmen, das die beiden wagten, ging übel aus. Sie pachteten zehn Morgen Land, geringen, steinigen Boden, an der Griggs Road, acht Meilen von Bidwell, und fingen darauf eine Kükenzüchterei an. Hier wuchs ich ins Knabenalter hinein, und hier empfing ich meine ersten Eindrücke vom Leben. Es waren von Beginn an Eindrücke des Mißgeschicks; und wenn ich in meiner Wesensart ein schwermütiger Mann bin, geneigt, das Leben von der düsteren Seite zu betrachten, so schreibe ich das der Tatsache zu, daß ich meine Kinderjahre, die eigentlich voll heiteren Glückes hätten sein sollen, auf einer Kükenfarm verbringen mußte.

Wer in solchen Sachen nicht bewandert ist, kann sich keine Vorstellung machen, was für mannigfaltige und tragische Dinge mit einem Küken vor sich gehen können. Es schlüpft aus dem Ei, lebt einige Wochen als ein winziges, federflockiges Etwas, wie du es auf Osterkarten abgebildet siehst; wird dann abschreckend nackt; vertilgt gewaltige Mengen Körner und Mais, die dein Vater mit saurem Schweiß erarbeitet und gekauft hat; bekommt Krankheiten, die man mit Pips, Cholera und dergleichen Namen benennt; steht da und glotzt aus dummen Augen in die Sonne; wird lebensüberdrüssig und stirbt. Ein paar Hennen und dann und wann ein Hahn, den Gott für seine rätselhaften Absichten aufsparen will, kämpfen sich zur Reife hindurch. Die Hennen legen Eier, aus denen wieder andere Küken hervorkommen – und der Kreislauf des Unheils beginnt wieder einmal von vorn. Es ist eine unglaublich verwickelte Geschichte. Die meisten Philosophen müssen auf Kükenfarmen aufgewachsen sein. Man erhofft sich so viel von einem Küken und wird so furchtbar enttäuscht. Wenn die kleinen Küchlein ihre Lebensreise beginnen, sehen sie so munter und aufgeweckt aus und sind in Wahrheit so gräßlich dumm. Sie gleichen so sehr den Menschen, und sie werfen einem nachher die ganze Lebensanschauung über den Haufen. Wenn Krankheit sie nicht umbringt, warten sie, bis deine Hoffnungen ordentlich ins Kraut geschossen sind, und begeben sich alsdann unter die Räder eines Wagens, um zerquetscht und tot in die Hand ihres Schöpfers zurückzukehren. Ungeziefer ist die Plage ihrer Jugendzeit, und Vermögen müssen aufgewandt werden für heilende Pulver. Im späteren Leben habe ich gesehen, daß eine ganze Literatur um das Thema herumgeschrieben worden ist, wie man sich mit der Kükenzucht angeblich ein Vermögen machen kann. Diese Literatur ist zur Lektüre für Halbgötter bestimmt, die vom Baume der Erkenntnis gegessen haben und wissen, was Gut und Böse ist. Es ist eine hoffnungweckende Literatur, und sie setzt harmlosen und ehrgeizigen Leuten, die ein paar Hennen ihr eigen nennen, auseinander, was sie alles tun müssen. Laß dich von solchen Büchern nicht nasführen. Sie sind nicht für dich geschrieben. Geh Gold jagen auf den Eishügeln Alaskas, setze dein Vertrauen in die Ehrenhaftigkeit eines Politikers, glaube meinetwegen, wenn das Herz dich dazu treibt, daß die Welt mit jedem Tage besser wird und daß dem Guten der Sieg über das Böse beschieden ist – aber lies und glaube nicht die gedruckte Weisheit über die Hühnerzucht. Sie ist nicht für dich geschrieben.

Aber ich schweife ab. Meine Geschichte handelt ursprünglich nicht von der Henne, sondern, wenn ich sie richtig erzähle, vom Ei. Zehn Jahre lang plagten mein Vater und meine Mutter sich ab, um unsere Kükenfarm ertragbringend zu machen, dann gaben sie diesen Kampf auf und stürzten sich in einen neuen. Sie zogen in die Stadt Bidwell, Ohio, und versuchten es mit dem Gastwirtsgewerbe. Nach zehn Jahren der Schinderei mit Brutapparaten, die nicht ausbrüteten, und mit winzigen – und in ihrer Art entzückenden – Flaumfederbällen, die zur halbnackten Hühnchenschaft heranwuchsen und ihre Hennenschaft in ein besseres Jenseits verlegten, warfen wir alles beiseite, packten unsere Habseligkeiten in einen Wagen und fuhren auf der Griggs Road gen Bidwell: eine kleine Karawane der Hoffnung auf der Suche nach einem neuen Startplatz, von dem man zum Aufstieg in ein besseres Dasein aufbrechen konnte.

Wir müssen wohl ein kümmerliches Häuflein gewesen sein, vermute ich, und etwa so ausgesehen haben wie Flüchtlinge von einem Schlachtfelde. Mutter und ich gingen auf der Straße. Den Wagen, der unseren Hausrat enthielt, hatte uns Mr. Albert Griggs, ein Nachbar, für den Umzugstag geliehen. Aus den Flanken des Gefährtes starrten die Beine billiger Stühle hervor, hinter dem Haufen von Betten, Tischen und den mit Küchengerät vollgestopften Koffern war eine Lattenkiste mit lebenden Küken untergebracht, und oben auf dem Ganzen schwebte der Kinderwagen, in dem man mich einst ausgefahren hatte. Weshalb wir auch ihn noch verstaut hatten, weiß ich nicht. Es sah bei uns nicht mehr nach Familienzuwachs aus, und seine Räder waren zerbrochen. Wenn die Menschen nur weniges besitzen, hängen sie um so fester an dem, was sie haben. Das ist eine der Tatsachen, die einen im Leben so entmutigen.

Vater lenkte die Pferde. Er war damals ein glatzköpfiger Mann von fünfundvierzig Jahren, ein wenig fett und, infolge des langen Umgangs mit Mutter und den Küken, gewöhnlich schweigsam und mutlos. Während der ganzen zehn Jahre auf der Kükenfarm hatte er als Tagelöhner auf benachbarten Farmen gearbeitet, und das meiste von dem Geld, das er so verdiente, war draufgegangen für Heilmittel gegen Kükenkrankheiten, zum Beispiel ›Wilmers Weißes Wunder‹ oder ›Professor Bidlows Ei-Erzeuger‹ oder andere Präparate, die Mutter in den Geflügelzeitungen angepriesen fand. Zwei kleine Haarbüschel wuchsen auf Vaters Kopf, gerade über den Ohren. Ich erinnere mich, daß ich als Kind oft dasaß und ihn betrachtete, wenn er an Sonntagnachmittagen im Winter im Lehnstuhl am Ofen schlief. Ich hatte damals bereits angefangen, Bücher zu lesen und über meine Beobachtungen nachzudenken; die kahle Fläche auf Vaters Kopf wurde in meiner Phantasie so etwas wie eine breite Straße – so eine Straße, wie Cäsar sie einst entlanggezogen war, wenn er seine Legionen aus Rom hinaus und in die Wunder unbekannter Welten führte. Die Haarbüschel über Vaters Ohren wurden mir zu Wäldern. Ich versank in einen Dämmerzustand zwischen Schlafen und Wachen und sah mich im Traum als ein winziges Etwas ganz allein auf dieser Straße in ein fernes, wunderschönes Land wandern, wo es keine Kükenfarmen gab und wo das Leben eine glückliche, eierlose Angelegenheit war.

Man könnte ein Buch schreiben über unsere Flucht von der Kükenfarm in die Stadt. Mutter und ich gingen die ganzen acht Meilen zu Fuß; sie, um aufzupassen, daß nichts vom Wagen fiel, und ich, um die Wunder der Welt zu betrachten. Auf dem Kutschersitz neben sich hatte Vater seinen kostbarsten Schatz. Davon will ich nun berichten.

Auf einer Kükenfarm, wo Hunderte und gar Tausende von Küken aus den Eiern schlüpfen, ereignen sich zuweilen merkwürdige Dinge. Aus Eiern werden manchmal kleine Scheusale geboren – gerade so wie aus Menschen. So etwas kommt nicht oft vor; unter tausend Geburten vielleicht einmal. Da kommt, seht ihr, ein Küken zur Welt, das hat vier Beine, zwei Paar Flügel, zwei Köpfe oder was nicht noch alles. Diese Wesen bleiben nicht am Leben. Sie kehren rasch in die Hand des Schöpfers zurück, die bei ihrer Erschaffung einen Augenblick gezittert hat. Die Tatsache, daß solche armen kleinen Dinger nicht leben können, war eine der tragischen Fügungen in Vaters Dasein. Er bildete sich ein, wenn es ihm nur einmal gelänge, ein fünfbeiniges Hühnchen bis zur Hennenschaft oder ein zweiköpfiges Hähnchen bis zur Hahnenschaft hochzubringen, so wäre sein Glück gemacht. Sein Traum war, mit solch einem Wundertier auf die Jahrmärkte zu ziehen und sich ein Vermögen damit zu verdienen, daß er es vor anderen Farmersleuten zur Schau stellte.

Jedenfalls hob er sich alle die kleinen Mißgeburten auf, die auf unserer Kükenfarm zur Welt gekommen waren. Sie wurden in Spiritus gesetzt, jede in ein Glas für sich. Alle miteinander hatte er sorgfältig in eine Kiste gepackt und auf unserer Fahrt zur Stadt auf dem Wagensitz neben sich untergebracht. Mit der einen Hand trieb er die Pferde an, mit der anderen umklammerte er die Kiste. Als wir an unserem Bestimmungsort angelangt waren, hob er die Kiste sogleich vom Wagen und nahm die Gläser heraus. Während der ganzen Zeit, da wir in Bidwell, Ohio, eine Gastwirtschaft betrieben, standen die Scheusale in ihren kleinen Glasbehältern auf einem Bord hinterm Schanktisch. Mutter legte zuweilen Verwahrung ein, aber wenn es um seine Kostbarkeiten ging, war

Vater ein Felsen. Die Mißbildungen, erklärte er, seien wertvoll. Die Leute sähen gern etwas Merkwürdiges und Wunderbares.

Habe ich gesagt, wir hätten in Bidwell, Ohio, eine Gastwirtschaft aufgemacht? Da habe ich wohl ein bißchen aufgeschnitten. Die Stadt liegt am Fuße eines niedrigen Hügels und am Ufer eines kleinen Flusses. Die Eisenbahn berührte die Stadt selbst nicht; der Bahnhof lag eine Meile weiter nördlich an einem Ort, der Pickleville hieß. Es hatte am Bahnhof eine Apfelweinkelterei und eine Pökelfleischfabrik gegeben, aber beide waren schon vor unserem Einzug eingegangen. Morgens und abends fuhren Omnibusse auf einer Straße, die Turners Pike hieß, und beförderten die Gäste des Hotels, das an der Hauptstraße von Bidwell lag, vom und zum Bahnhof. Der Gedanke, an diesem entlegenen Platz eine Gastwirtschaft zu eröffnen, war von Mutter ausgegangen. Ein Jahr lang redeten sie davon, und dann ging sie eines Tages hin und mietete ein leerstehendes Geschäftshaus gegenüber dem Bahnhof. Sie hatte die Vorstellung, die Gastwirtschaft müsse Nutzen abwerfen. Immer, sagte sie, würde es hierherum Reisende geben, die auf die abgehenden Züge warteten, und die Leute aus der Stadt würden zum Bahnhof kommen, um auf die ankommenden Züge zu warten. Dann würden sie auch in dem Gasthaus einkehren, um ein Stück Kuchen zu essen und eine Tasse Kaffee zu trinken. Nun, da ich älter bin, weiß ich, daß Mutter von einem anderen Beweggrund geleitet wurde. Sie war ehrgeizig – für mich. Ich sollte es zu etwas bringen in der Welt, sollte in eine Stadtschule gehen und ein Stadtmensch werden.

In Pickleville arbeiteten Vater und Mutter hart – wie sie es immer getan hatten. Zuerst ergab sich die Notwendigkeit, unsere Behausung so herzurichten, daß sie wie ein Gasthaus aussah. Das nahm einen Monat in Anspruch. Vater zimmerte ein Brettergerüst, auf das er Blumentöpfe stellte. Er malte ein Schild, auf das er in großen roten Buchstaben seinen Namen schrieb. Unter seinem Namen stand der scharfe Befehl:

»Essen Sie hier!«

– der so selten befolgt wurde. Ein Schaukasten wurde gekauft und mit Zigarren und Tabak gefüllt. Mutter scheuerte den Fußboden und die Wände des Gastzimmers. Ich ging zur Schule in der Stadt und war froh, von der Farm weg und von der Gegenwart der lebensmüden, trübseligen Küken erlöst zu sein. Dennoch war mir nicht sehr heiter ums Herz. Abends kam ich von der Schule heim, die Turners Pike entlang, und dachte an die Kinder, die ich beim Spielen auf dem Schulhof beobachtet hatte. Da war ein Trupp kleiner Mädchen hüpfend und singend umhergezogen. Ich versuchte das auch. Feierlich auf einem Bein hüpfend, kam ich die gefrorene Straße entlang. »Hippity Hop to the Barber Shop!« sang ich schrill. Dann hielt ich inne und blickte mich unsicher um. Ich hatte Angst, man könnte mich in dieser lustigen Stimmung beobachten. Offenbar entsann ich mich, daß ich auf einer Kükenfarm aufgewachsen war, wo täglich der Tod einkehrte, und offenbar hatte ich das Gefühl, mein Benehmen sei angesichts dieser Vergangenheit unpassend.

Mutter entschied, daß unsere Wirtschaft auch nachts geöffnet sein sollte. Um zehn Uhr abends fuhr ein Personenzug an unserem Haus vorüber nach Norden, und ihm folgte ein Güterzug. Das Personal des Güterzuges mußte in Pickleville rangieren, und wenn sie damit fertig waren, kamen die Leute in unsere Wirtschaft, wo es heißen Kaffee und etwas zu essen gab. Zuweilen bestellte sich auch einer ein Spiegelei. Um vier Uhr morgens kamen sie auf der Rückfahrt wieder durch und kehrten abermals bei uns ein. Das Geschäft begann ein wenig aufzublühen. Mutter schlief nachts, versah am Tage die Wirtschaft und versorgte unsere Kostgänger; Vater schlief am Tage. Er schlief in demselben Bett, das Mutter nachts innegehabt hatte, während ich nach Bidwell zur Schule pilgerte. In den langen Nächten, während Mutter und ich schliefen, kochte Vater Fleisch für die belegten Brote, die in die Frühstückskörbe unserer Gäste wanderten. Und da kam ihm ein Gedanke, wie er es zu etwas bringen könne in der Welt. Der amerikanische Geist kam über ihn. Auch er wurde ehrgeizig.

In diesen langen Nächten, wenn es wenig zu tun gab, hatte Vater Zeit zum Denken. Das war ein Unglück für ihn. Er kam zu dem Ergebnis, der Erfolg habe ihn bisher gemieden, weil es ihm an Heiterkeit mangelte, und er beschloß, sich für die Zukunft eine heitere Lebensanschauung anzueignen.

Am frühen Morgen kam er herauf und legte sich zu Mutter ins Bett. Sie war wach, und die beiden redeten miteinander. Ich, in meinem Bett in der Ecke, lauschte.

Vaters Idee war, sie beide, Mutter und er, sollten versuchen, die Gäste unserer Wirtschaft zu unterhalten. Ich kann mich seiner Worte nicht mehr entsinnen, aber es lief etwa darauf hinaus, daß er auf irgendeine, ihm selbst noch dunkle Weise so etwas wie ein öffentlicher Unterhalter werden wollte. Wenn die Leute, und besonders das junge Volk aus Bidwell, nach Pickleville kamen (was freilich höchst selten der Fall war), so sollte ihnen heitere und belustigende Unterhaltung geboten werden. Aus Vaters Worten wurde mir klar, daß es ihm darauf ankam, den lustigen Gastwirt zu machen. Mutter traute der Sache sicherlich von vornherein nicht, aber sie sagte nichts. Vater war überzeugt, das ganze junge Volk von Bidwell würde ein leidenschaftliches Verlangen nach seiner und Mutters Gesellschaft packen. Gegen Abend würden sie fröhlich singend in hellen Scharen auf der Turners Pike herbeiströmen und sich jauchzend vor Lust und Lachen bei uns versammeln. Gesang und festliche Stimmung würden herrschen. Nun will ich damit freilich nicht sagen, Vater hätte sich über seinen Plan schon so ausführlich geäußert. Er war, wie ich sagte, ein wenig mitteilsamer Mensch. »Sie brauchen was, wo sie hingehen können«, wiederholte er immerzu; »ich sage dir, sie brauchen was, wo sie hingehen können.« An dieser Stelle seines Gedankenganges saß er fest. Die Lücken hat meine eigene Einbildungskraft ausgefüllt.

Zwei oder drei Wochen lang drang Vaters Plan in alles Leben unseres Hauses ein. Wir sprachen nicht viel davon, aber in unserem Alltag versuchten wir ernstlich, die verdrießliche Miene gegen ein fröhliches Lächeln zu vertauschen. Mutter lächelte unsere Gäste an, und ich, von der Ansteckung ergriffen, lächelte unsere Katze an. Vater wurde geradezu ein bißchen fieberhaft in seinem Bemühen, sich beliebt zu machen. In irgendeinem verborgenen Winkel seines Wesens steckte ein Stück Komödiantentum. Allerdings ging er mit seiner Munition an Einfällen gegenüber den Eisenbahnern, die er nachts bediente, sehr sparsam um; offenbar wollte er auf den Besuch eines jungen Herrn oder einer jungen Dame aus Bidwell warten, um seine Fähigkeiten ins Treffen zu führen. Auf dem Schanktisch in der Gaststube stand ein stets mit Eiern gefüllter Drahtkorb, und dieser Drahtkorb muß Vater wohl vor der Seele gestanden haben, als der Belustigungsplan in ihm geboren wurde. Sicherlich war es ein angeborenes Verhängnis, das Vaters Idee vom fröhlichen Wirtshaus mit den Eiern verknüpfte. Sei es, wie es sei – jedenfalls war es ein Ei, das Vaters neuen Aufschwung jäh beendete. Eines Nachts spät erwachte ich von einem Wutgebrüll, das aus Vaters Kehle kam. Wir beide, Mutter und ich, setzten uns sogleich vor Schreck im Bett auf. Mit zitternden Händen zündete Mutter die Lampe an, die zu Häupten ihres Bettes auf einem Tisch stand. Unten fiel die Haustür mit einem Knall ins Schloß, und wenige Minuten später tappte Vater die Stiege herauf. Er hatte ein Ei in der Hand, und diese Hand zitterte wie im Schüttelfrost. In seinen Augen war ein fast irres Funkeln. So stand er und starrte uns an, und ich war überzeugt, er würde das Ei entweder nach Mutter oder nach mir schleudern. Aber dann legte er es behutsam auf den Tisch neben die Lampe und sank vor Mutters Bett in die Knie. Er begann laut zu weinen wie ein Kind, und ich, mitgerissen von seinem Schmerz, weinte mit ihm. So erfüllten wir die kleine Dachkammer mit unserem Jammer. Es klingt lächerlich – aber von dem Schauspiel, das wir darboten, kann ich mich nur noch des einen Bildes erinnern, wie Mutter unablässig mit ihrer Hand über die breite, kahle Straße auf Vaters Schädel strich. Ich habe vergessen, was Mutter zu ihm sagte und wie sie ihn schließlich so weit brachte, daß er erzählen konnte, was da unten vor sich gegangen war. Sein Bericht ist meinem Gedächtnis entfallen. Ich erinnere mich nur noch meines Kummers und meiner Angst – und wie die blanke Bahn auf Vaters Kopf im Lampenlicht glänzte, als er da so vorm Bette kniete.

Was drunten passiert war? Aus irgendeinem mir unerklärlichen Grunde kenne ich die Geschichte so genau, als wäre ich selbst Zeuge von meines Vaters Niederlage gewesen. Man erfährt mit der Zeit so mancherlei Dinge und weiß nicht, woher. An jenem Abend kam ein junger Mann namens Joe Kane, Sohn eines Kaufmanns in Bidwell, nach Pickleville, um seinen Vater abzuholen, der mit dem Zehnuhrzug vom Süden erwartet wurde. Der Zug hatte drei Stunden Verspätung, und Joe kam in unsere Wirtschaft, um bis zur Ankunft die Zeit totzuschlagen. Der Güterzug kam an, und das Personal wurde abgefüttert. Dann blieb Joe Kane in der Gaststube mit Vater allein.

Vom ersten Augenblick an muß der junge Mann durch Vaters Benehmen beunruhigt worden sein. Er hatte den Eindruck, mein Vater sei böse auf ihn, weil er da so lange herumhockte. Da er bemerkte, daß der Wirt sich offensichtlich durch seine Anwesenheit gestört fühlte, wollte er fortgehen. Aber es begann zu regnen, und er verspürte wenig Lust auf den einsamen Weg zur Stadt und zurück. So kaufte er sich eine Fünfcentzigarre und bestellte eine Tasse Kaffee. Er hatte eine Zeitung in der Tasche, zog sie hervor und begann zu lesen. »Ich warte auf den Abendzug. Er hat Verspätung«, sagte er entschuldigend.

Lange Zeit stand mein Vater, den Joe Kane nie zuvor gesehen hatte, und starrte seinen Gast schweigend an. Offenbar hatte er es mit einem Anfall von Lampenfieber zu tun. Wie es so oft im Leben geht: Er hatte sich so oft und so gründlich in diese Lage hineingedacht, daß er nun, da er sich ihr gegenübersah, ein wenig nervös wurde.

Vor allen Dingen wußte er nicht, was er mit seinen Händen anfangen sollte. Eine davon streckte er mit nervösem Ruck über den Schanktisch und schüttelte Joe Kanes Hand. »– gehts Ihnen?« sagte er. Joe Kane legte die Zeitung weg und glotzte ihn an. Vaters Blick fiel auf den Eierkorb, der auf dem Schanktisch stand, und er begann zu reden. »Tja«, fing er stockend an, »also – Sie haben doch von Christoph Columbus gehört, was?« Er schien ärgerlich. »Daß Christoph Columbus ein Schwindler war, mein ich«, erklärte er mit Nachdruck. »Behauptete, er könne machen, daß ein Ei auf der Spitze steht. Behauptete das, weiß Gott, und ging her und knickte die Spitze von dem Ei ein.«

Der Gast mußte den Eindruck haben, mein Vater sei über die Zweideutigkeit des Christoph Columbus außer sich. Er brummte und fluchte. Er erklärte es für eine Schlechtigkeit, den Kindern in der Schule beizubringen, Christoph Columbus sei ein großer Mann gewesen, wo er doch im entscheidenden Augenblick geschwindelt hätte. Hätte behauptet, er könnte machen, daß ein Ei auf der Spitze stände, und als er's vormachen sollte, hätte er einen Kniff gebraucht. Während dieses zornigen Gebrummels über Columbus nahm Vater ein Ei aus dem Korb auf dem Schanktisch und begann auf und ab zu gehen. Er rollte das Ei zwischen den Handflächen. Er lächelte siegesgewiß. Er murmelte etwas über die Einwirkung der menschlichen Körperelektrizität auf ein Ei. Er könnte, sagte er, ohne die Schale zu zerbrechen, durch einfaches Rollen zwischen den Handflächen, das Ei auf der Spitze stehen lassen. Das Ei bekäme durch die Wärme seiner Hände und durch die sanft rollende Bewegung einen anderen Schwerpunkt. Joe Kane zeigte nur mäßiges Interesse. »Ich habe Tausende von Eiern in der Hand gehabt«, sagte Vater. »Von Eiern verstehe ich mehr als irgendein anderer.«

Er stellte das Ei auf den Schanktisch; es fiel um. Er versuchte es wieder und wieder; vorher rollte er das Ei jedesmal zwischen seinen Handflächen und wiederholte seine Worte von der wunderbaren Wirkung der Körperelektrizität und dem Gesetz der Schwere. Als es ihm nach halbstündigem Bemühen gelang, das Ei eine Sekunde lang auf der Spitze balancieren zu lassen, entdeckte er, daß sein Gast gar nicht mehr achtgab. Und als er Joe Kanes Aufmerksamkeit wieder auf sein Kunststück gelenkt hatte, war das Ei schon wieder umgefallen und lag auf der Seite.

Entflammt von einer Leidenschaft, wie sie einen Schaubudenbesitzer erfüllen mag, aber doch ein wenig aus der Fassung gebracht durch den mißglückten Anfang, holte Vater nunmehr die Gläser mit den Hühnermißgeburten von ihrem Bord und begann sie dem Gaste vorzuführen. »Möchten Sie auch wohl sieben Beine und zwei Köpfe haben, wie dies Ding hier?« fragte er und stellte das wunderbarste Stück seines Schatzes auf den Tisch. Ein heiteres Lächeln verklärte seine Züge. Er langte über den Schanktisch und versuchte, Joe Kane auf die Schulter zu klopfen, wie er es einst von den anderen in Ben Heads Saloon gesehen hatte, als er noch ein junger Farmarbeiter war und an Samstagabenden seinen Stadtbummel unternahm. Dem Gast wurde ein wenig übel von dem Anblick der scheußlichen Mißgestalt des Vogels, der da im Spiritus schwamm; er wollte aufstehen und weggehen. Aber Vater kam hinter dem Schanktisch hervor, ergriff den jungen Mann am Arm und führte ihn wieder zu seinem Stuhl. Er war ein bißchen ärgerlich und mußte einen Augenblick das Gesicht abwenden, um sich erst einmal wieder zum Lächeln zu zwingen. Dann stellte er die Gläser wieder auf das Bord. In einem Ausbruch von Freigebigkeit bewirtete er auf eigene Kosten Joe Kane mit einer zweiten Tasse Kaffee und einer zweiten Zigarre. Hierauf ergriff er eine Pfanne und füllte sie aus einem Kruge, der unter dem Schanktisch stand, mit Essig, um, wie er verkündete, ein neues Kunststück vorzuführen. »Ich werde dieses Ei in dieser Pfanne mit Essig erhitzen«, sagte er. »Dann werde ich es durch den Hals einer Flasche bringen, ohne die Schale zu zerbrechen. Wenn das Ei in der Flasche ist, wird es seine ursprüngliche Gestalt wieder annehmen, und die Schale wird wieder hart werden. Dann werde ich die Flasche mit dem Ei darin Ihnen geben. Sie können sie mitnehmen und immer bei sich tragen. Die Leute werden Sie fragen, wie das Ei in die Flasche gekommen ist. Sagen Sie es ihnen nicht. Lassen Sie sie raten, hören Sie? So hat man seinen Spaß an dem Kunststück.«

Vater grinste und blinzelte seinem Gast zu. Joe Kane mag sich gesagt haben, der Mann da vor ihm sei ein bißchen verrückt, aber harmlos. Er trank die gespendete Tasse Kaffee und begann wieder in seiner Zeitung zu lesen. Als das Ei in dem Essig erhitzt war, balancierte Vater es auf einem Löffel zum Schanktisch und holte aus einem Hinterraum eine leere Flasche herbei. Er war ärgerlich, weil der Gast sich gar nicht mehr um ihn kümmerte, als er sein neues Kunststück begann; dennoch machte er sich mit heiterer Miene ans Werk. Lange plagte er sich mit dem Versuche ab, das Ei durch den Flaschenhals zu zwängen. Er stellte die Pfanne mit dem Essig wieder aufs Feuer, um das Ei aufs neue zu erhitzen; dann nahm er es heraus und verbrannte sich die Finger. Nach dem zweiten Bad in dem heißen Essig war die Eierschale ein wenig erweicht, aber noch nicht genügend für seinen Zweck. Er arbeitete und arbeitete, von verzweifelter Entschlossenheit besessen. Als er dem Gelingen seines Versuchs endlich nahe zu sein glaubte, lief der verspätete Zug in den Bahnhof ein, und Joe Kane erhob sich gleichgültig, um zur Tür zu gehen. Vater machte eine letzte verzweifelte Anstrengung, um das Ei seinem Willen gefügig zu machen und den Erfolg herbeizuzwingen, mit dem er seinen Ruf als tüchtiger und unterhaltender Gastwirt begründen wollte. Er zerquetschte das Ei. Er versuchte, ihm einigermaßen grob zu kommen. Er fluchte, und die Schweißtropfen standen ihm auf der Stirn. Das Ei zerbrach ihm in der Hand. Als ihm der Inhalt über die Kleider spritzte, drehte sich Joe Kane, der an der Tür stehen geblieben war, um und lachte.

Ein Wutgebrüll brach aus Vaters Kehle. Er raste herum und stieß eine Flut unverständlicher Worte hervor. Er grapste ein anderes Ei aus dem Drahtkorb auf dem Schanktisch und schleuderte es nach Joe Kane: es sauste hart am Kopf des jungen Mannes vorbei, als er durch die Tür witschte und verschwand.

Vater kam die Treppe herauf zu Mutter und mir mit einem Ei in der Hand. Ich weiß nicht, was er damit vorhatte. Aber ich stelle mir vor, er hatte Lust, es zu vernichten, alle Eier zu vernichten, und Mutter und mich wollte er dabei als Zeugen haben. Als er aber vor Mutter stand, ging eine Wandlung mit ihm vor. Er legte das Ei behutsam auf den Tisch und ließ sich vor dem Bette auf die Knie sinken – wie ich schon erzählt habe. Später entschloß er sich, die Wirtschaft abends zu schließen und die Nächte oben in der Kammer im Bett zu verbringen. In jener Nacht blies er schließlich die Lampe aus, und nach einem langen geflüsterten Gespräch schliefen beide, er und Mutter, ein. Vermutlich schlief auch ich ein, aber mein Schlaf war unruhig. Ich erwachte beim Morgengrauen und betrachtete lange das Ei, das auf dem Tische lag. Ich grübelte verwundert darüber nach, warum es Eier geben müsse, und warum aus dem Ei die Henne käme, die ihrerseits wiederum das Ei legte. Die Frage ging mir ins Blut. Da ist sie denn wohl steckengeblieben, meine ich, weil ich der Sohn meines Vaters bin. Jedenfalls trage ich das Problem noch immer ungelöst im Sinn. Und das bedeutet, so schließe ich, abermals einen vollständigen und unwiderruflichen *Triumph des Eies* – wenigstens soweit meine Familie in Frage kommt.

Lampen ohne Licht

Mary Cochran verließ die Wohnung, in der sie mit ihrem Vater, Doktor Lester Cochran, lebte, um sieben Uhr an einem Sonntagabend. Es war im Juni des Jahres 1908; Mary war damals achtzehn Jahre alt. Sie ging durch die Tremont Street zur Main Street und gelangte, indem sie die Eisenbahngeleise überquerte, in die Upper Main Street, eine aus kleinen Läden und Armeleutehäusern bestehende Straße, die sonntags, wenn nur wenige Menschen unterwegs waren, einen ziemlich verlassenen und trostlosen Anblick bot. Mary hatte ihrem Vater gesagt, sie ginge zur Kirche, aber in Wahrheit beabsichtigte sie nichts weniger als das. Was sie eigentlich wollte, wußte sie selbst nicht. Ich will allein sein und nachdenken, sagte sie sich, als sie unterwegs war. Der Abend, fand sie, versprach viel zu schön zu werden, als daß es sie hätte locken können, in einer muffigen Kirche zu sitzen und einen Mann von Dingen reden zu hören, die mit ihren eigenen Angelegenheiten und Fragen überhaupt nichts zu schaffen hatten. Denn diese Angelegenheiten trieben einer entscheidenden Wende zu, und es war Zeit für sie, ernsthaft über ihre Zukunft nachzudenken.

Die nachdenkliche Stimmung Marys war hervorgerufen durch ein Gespräch, das sie am Abend zuvor mit ihrem Vater gehabt hatte. Ohne irgendwelche Vorbereitung, ganz plötzlich und schonungslos, hatte er ihr mitgeteilt, daß er an einer Herzkrankheit litt, die jeden Augenblick zum Tode führen konnte. Sie standen, als er ihr diese Eröffnung machte, in seinem Sprechzimmer, an das ihre gemeinsamen Wohnräume grenzten.

Es wurde schon dunkel draußen, als sie ins Sprechzimmer kam und ihren Vater vorfand; er saß allein. Das Sprechzimmer und die Wohnräume lagen im zweiten Stock eines alten Fachwerkhauses in dem Städtchen Huntersburg, Illinois;

der Doktor stand, während er sprach, neben seiner Tochter an einem der Fenster, die auf die Tremont Street hinausgingen. Aus der Main Street, gerade um die Straßenecke herum, klang gedämpft das wirre Geräusch des Samstagabendtreibens herüber; der Abendzug nach Chicago, das fünfzig Meilen weiter östlich lag, war soeben durchgefahren. Der Hotelomnibus kam ratternd aus der Lincoln Street und fuhr durch die Tremont Street zum Gasthof an der Lower Main Street. Eine Staubwolke, aufgewirbelt von den Hufen der Pferde, schwebte in der unbewegten Luft. Vereinzelte Fußgänger folgten dem Omnibus; an der Tremont Street war die Reihe der Pfosten, an denen man die Pferde anband, schon dicht besetzt mit Buggies, in denen die Farmer mit ihren Frauen zur Stadt gekommen waren, um die abendlichen Einkäufe zu erledigen und ein bißchen zu schwatzen.

Als der Bahnhofsomnibus vorüber war, bogen noch weitere drei oder vier Buggies in die Straße ein. Vor dem einen stand ein junger Mann und half seiner Freundin beim Aussteigen. Die Art, wie er ihren Arm faßte, wirkte wie eine Liebkosung, und in Mary stieg ein Verlangen auf, das sie schon oft gespürt hatte – das Verlangen, auch einmal so zärtlich von der Hand eines Mannes berührt zu werden. Da, im selben Augenblick fast, machte ihr Vater ihr die Eröffnung, daß sein Ende nahe sei.

Als der Doktor zu sprechen begann, kehrte gerade Barney Smithfield, der an der Tremont Street, gegenüber der Wohnung des Doktors, einen Mietstall besaß, nach dem Abendessen in seinen Betrieb zurück. Er blieb vor der Stalltür stehen, um einer dort versammelten Gruppe von Männern eine Geschichte zum besten zu geben; brüllendes Gelächter war die Antwort. Einer der müßigen Herumlungerer, ein hünenhafter junger Mann in einem karierten Anzug, entfernte sich von den anderen und baute sich vor dem Mietskutscher auf. Er hatte Mary bemerkt und versuchte ihre Aufmerksamkeit zu erregen. Auch er begann eine Geschichte zu erzählen; dabei machte er heftige Gebärden, fuchtelte mit den Armen und blickte von Zeit zu Zeit über die Schulter, um sich zu vergewissern, ob das Mädchen noch am Fenster stand und ihm zusah.

Doktor Cochrans Stimme war kühl und ruhig, als er von seinem nahen Ende sprach. Dem Mädchen war es, als müßte alles, was mit ihrem Vater in Beziehung stand, kühl und ruhig sein. »Ich habe ein Herzleiden«, sagte er ohne Umschweife. »Schon längst hatte ich den Verdacht, daß etwas dergleichen mit mir los sei, und als ich Donnerstag nach Chicago fuhr, ließ ich mich untersuchen. Die Sache steht so, daß ich jeden Augenblick sterben kann. Ich würde dir das nicht sagen, wenn ich nicht einen besonderen Grund hätte –: ich hinterlasse dir nämlich nur wenig Geld, und du mußt dir deshalb irgendwie über die Zukunft schlüssig werden.«

Der Doktor trat näher zum Fenster, an dem seine Tochter stand und sich mit einer Hand am Rahmen hielt. Sie war bei seinen Worten ein wenig bleich geworden, und ihre Hand zitterte. Trotz seiner äußeren Gelassenheit war er ergriffen und wollte sie beruhigen. »Nun, nun«, sagte er langsam, »es wird schon alles gutgehen. Sei nicht traurig. Ich müßte nicht seit dreißig Jahren Arzt sein, um nicht zu wissen, daß in diesen Voraussagen der Herren Fachärzte immer ein gut Teil Unsinn steckt. In meinem Falle heißt das: Wenn einer ein Herzleiden hat, kann er noch jahrelang weiterkrebsen.« Er lachte, aber es klang unbehaglich. »Mir hat sogar mal jemand gesagt: Das beste Mittel, sich ein langes Leben zu sichern, ist ein richtiges Herzleiden.«

Mit diesen Worten wandte sich der Doktor um, verließ das Sprechzimmer und ging die hölzerne Treppe hinunter, die zur Haustür führte. Er hatte, als er mit seiner Tochter sprach, den Wunsch gespürt, ihr den Arm um die Schulter zu legen; da er jedoch im Umgang mit ihr niemals Gefühlsäußerungen gezeigt hatte, konnte er sich von irgendeiner inneren Hemmung nicht ganz frei machen.

Mary hatte dann lange Zeit am Fenster gestanden und auf die Straße hinuntergeblickt. Der junge Mann im karierten Anzug – Duke Yetter hieß er – er hatte seine Geschichte beendet, und es gab abermals brüllendes Gelächter. Sie wandte sich ab und sah zur Tür, durch die ihr Vater eben hinausgegangen war; Angst packte sie. In ihrem ganzen Leben hatte es niemals Wärme, niemals Zärtlichkeit gegeben. Sie erschauerte, obwohl der Abend warm war, und legte mit einer raschen, kindlichen Bewegung die Hand über die Augen.

Die Bewegung entsprach nur dem Wunsch, die Wolke von Angst zu verscheuchen, die sich auf sie herabgesenkt hatte, aber Duke Yetter, der nun ein wenig abseits von den anderen Männern vor dem Mietstall stand, mißdeutete die Geste. Als er sah, wie Mary die Hand hob, lächelte er und sah sich rasch um, um sich zu überzeugen, daß er unbeobachtet war; dann begann er mit dem Kopf zu nicken und mit den Händen zu winken, um ihr zu bedeuten, sie möge auf die Straße kommen und ihm Gelegenheit zu einem Beisammensein geben.

Als Mary am Sonntagabend die Upper Main Street hinter sich hatte, bog sie in die Wilmott Street ein. Hier standen Arbeiterhäuser. In jenem Jahre machte sich in Huntersburg das erste Anzeichen bemerkbar, daß die Fabriken ihren Vormarsch in die kleinen Präriestädte westlich von Chicago angetreten hatten. Ein Möbelfabrikant aus Chicago hatte in dem verschlafenen Landstädtchen eine Fabrik gebaut, in der Hoffnung, so den Arbeitergewerkschaften zu entrinnen, die ihm in der Großstadt Schwierigkeiten zu machen begannen. Die Arbeiter dieser Fabrik wohnten meistens am oberen Ende der Stadt, in der Wilmott, Swift, Harrison und Chestnut Street und in billigen, schlecht gebauten Fachwerkhäusern. Da der schöne Sommerabend lockte, hatten sie sich auf den Veranden vor den Häusern versammelt, und ihre ungezogenen Kinder spielten lärmend im Staub der Straße. Männer mit roten Gesichtern, hemdsärmelig, ohne Rock und Kragen, schliefen auf ihren Stühlen und räkelten sich auf den Grasstreifen oder einfach auf der harten Erde vor den Haustüren.

Die Weiber hatten sich zu Gruppen versammelt und standen schwatzend an den Hecken, welche die Höfe voneinander trennten. Zuweilen erhob sich eine der Weiberstimmen schrill und deutlich aus der stetig rinnenden Stimmenflut, die wie ein murmelnder Fluß durch die heißen, winzigen Straßen plätscherte.

Auf der Straße waren zwei Kinder in Streit geraten. Ein breitschultriger, rothaariger Junge versetzte einem andern, der ein blasses Gesicht mit scharfen Zügen hatte, einen Schlag auf die Schulter. Andere Kinder kamen herbeigerannt. Die Mutter des Rothaarigen machte indessen der vielversprechenden Prügelei ein Ende. »Hör auf, Johnny! Hör auf, sag ich dir! Ich dreh dir den Hals um, wenn du nicht aufhörst!« kreischte sie.

Der blasse Junge wandte sich um und ließ seinen Widersacher stehen. Als er auf dem Gehsteig an Mary Cochran vorbeischlich, sah er zu ihr auf; seine kleinen, stechenden Augen brannten von Haß.

Mary schritt schnell dahin. Dieser seltsame neue Teil ihrer Vaterstadt mit seinem lärmenden, aufgeregten und unbekümmert sich breitmachenden Leben übte eine starke Anziehungskraft auf sie aus. Mit ihrem Hang zu düsteren Gedanken, ihrem reizbaren Wesen fühlte sie sich in dieser mit Menschen vollgestopften Umgebung, wo das Leben ein düsteres Gesicht zeigte, wo Faustschlag und Fluch den Tag regierten, heimisch. Die schweigsame Art ihres Vaters, das Geheimnis, das über dem unglücklichen Eheleben ihrer Eltern lag und das Benehmen der Leute im Städtchen auch ihr gegenüber – das alles hatte sie einsam gemacht; aber so war sie auch in ihrer Neigung bestärkt worden, sich mit den Fragen des Lebens, die ihr Verstand noch nicht bewältigen konnte, auf ihre eigene, eigensinnige und ziemlich trotzige Art auseinanderzusetzen.

Ganz tief in ihr aber wohnte eine gespannte Neugier auf Abenteuer und eine mutige Entschlossenheit, sie zu erleben. Sie glich einem Jungtier aus dem Walde, dem der Flintenschuß des Jägers die Mutter geraubt hat und das, vom Hunger getrieben, drauflos läuft, um sich Futter zu suchen. Wohl zwanzigmal war sie im letzten Jahr abends allein in das neue und rasch wachsende Fabrikviertel der Stadt gegangen. Sie war achtzehn Jahre alt, ihre Körperformen waren schon üppig entwickelt und sie fühlte, daß andere Mädchen aus Huntersburg in ihrem Alter es nicht gewagt hätten, allein in eine solche Gegend zu gehen. Dieser Gedanke machte sie ein wenig stolz, und sie blickte keck um sich, während sie dahinschritt.

Von den Arbeitern in der Wilmott Street, Männern und Frauen, die der Möbelfabrikant in die Stadt gebracht hatte, redeten viele die Sprachen fremder Länder. Mary ging durch das Stimmengewirr und liebte diese fremdartigen Laute. Hier in der Straße war ihr zumute, als hätte sie ihre Vaterstadt verlassen und wäre auf der Reise in ein fremdes Land. In der Lower Main Street und in den Wohnstraßen im östlichen Teil der Stadt, wo die jungen Männer und Mädchen wohnten, die sie ihr Leben lang gekannt hatte, wo die Kaufleute, die Angestellten, die Rechtsanwälte und die bessergestellten amerikanischen Arbeiter Huntersburgs lebten – überall dort fühlte sie immer etwas wie einen heimlichen Gegensatz zu ihrer eigenen Art. Dieser Gegensatz war jedoch nicht auf irgendetwas in ihrem Wesen zurückzuführen. Dessen war sie ganz sicher. Sie hatte sich immer so sehr abseits gehalten, daß man sie in der Tat kaum kannte. Es ist, weil ich die Tochter meiner Mutter bin, sagte sie sich; und sie betrat den Teil der Stadt, wo andere Mädchen ihrer Gesellschaftsklasse lebten, nur selten.

Mary war so oft in der Wilmott Street gewesen, daß sie vielen der Leute schon wie eine Bekannte vorkam. »Sie ist die Tochter irgendeines Farmers und geht gern in der Stadt spazieren«, sagten sie von ihr. Ein rothaariges, breithüftiges Frauenzimmer, das aus einer Haustür kam, nickte ihr zu. Auf einem schmalen Grasstreifen neben einem anderen Hause saß ein junger Mann und lehnte den Rücken gegen einen Baum. Er rauchte eine Pfeife, aber als er aufblickte und Mary sah, nahm er die Pfeife aus dem Mund. Sie meinte, er müsse Italiener sein – sein Haar und seine Augen waren so schwarz. »Ne bella! Ci fai un onore a passare di qua«, rief er, winkte mit der Hand und lächelte.

Mary verließ die Wilmott Street und gelangte auf eine Landstraße. Es kam ihr vor, als müsse schon eine lange Zeit vergangen sein, seit sie ihren Vater verlassen hatte; dabei nahm der Weg in Wirklichkeit nur wenige Minuten in Anspruch. Neben der Straße, auf der Kuppe einer kleinen Anhöhe, stand die Ruine einer Scheune; davor, in einem großen Erdloch, lagen verkohlte Balken als Reste dessen, was ehemals ein Farmhaus gewesen war. Neben dem Loch hatte man einen Steinhaufen aufgeschichtet, der von Schlingpflanzen überwuchert war. Zwischen dem Haus und der Scheune lag ein alter Obstgarten mit einer Wildnis von dichtem, hoch aufgeschossenem Unkraut. Mary bahnte sich einen Weg durch das Gewirr der Pflanzen, von denen viele mit Blüten besät waren, und suchte sich einen Sitz auf einem Stein, der an den Stamm eines alten Apfelbaums gerollt war. So saß sie halb in dem Pflanzendickicht verborgen, und von der Straße her war nur ihr Kopf sichtbar. Fast verdeckt von dem wuchernden Grün, glich sie einer Wachtel, die beim Lauf durch das hohe Gras einen ungewohnten Laut vernommen hat und stehenbleibt, um mit erhobenem Kopf scharf um sich zu äugen.

Mary war schon oft zuvor in diesem verwilderten alten Obstgarten gewesen. Am Fuße des Hügels, auf dem er lag, begannen die Straßen der Stadt, und sie vernahm, wenn sie auf dem Stein saß, von fern das gedämpfte Rufen und Schreien aus der Wilmott Street. Eine Hecke trennte den Obstgarten von den Feldern auf dem Hügelhang. Mary wollte hier sitzen, bis die Dunkelheit sich auf das Land senken würde, und versuchen, einen Plan für ihre Zukunft zu machen. Daß ihr Vater bald sterben müsse, schien ihr wirklich und unwirklich zugleich; der Vater tot – das war ihr ganz unvorstellbar. Bei diesem Gedanken sah sie nicht einen kalten, leblosen Körper, den man in der Erde bestattet – vielmehr war ihr, als werde ihr Vater irgendwohin auf Reisen gehen. So hatte es ja auch ihre Mutter vor langer Zeit gemacht. Sie empfand ein seltsames, gleichsam tastendes Gefühl der Erleichterung bei diesem Gedanken. Also gut, sagte sie sich, wenn es soweit ist, muß ich weg. Ich gehe fort von hier – in die Welt hinaus. Mary war zuweilen mit ihrem Vater für einen Tag nach Chicago gefahren, und der Gedanke, daß sie vielleicht schon bald dort würde leben können, faszinierte sie. Vor ihrem geistigen Auge schwebte die Vision endlos sich dehnender Straßen, in denen sich Tausende von Menschen – fremde Menschen – drängten. Durch solche Straßen zu gehen, unter fremden Menschen ihr Leben zu verbringen, das würde sein, als ob man aus einer wasserlosen Wüste in einen kühlen Wald kommt, wo der Fuß auf einem Teppich von zartem jungem Gras dahinschreitet.

In Huntersburg hatte sie immer wie unter einer Wolke gelebt; nun, da sie eine Frau geworden war, begann die dicke, stickige Luft, die sie immer hatte atmen müssen, sie mehr und mehr zu bedrücken. Gewiß, man hatte ihr im täglichen Leben, im Verkehr mit anderen nie unmittelbar etwas in den Weg gelegt, aber sie fühlte doch, daß da ein Vorurteil gegen sie bestand. In ihrer frühesten Kindheit hatte es einen Skandal im Eheleben ihrer Eltern gegeben. Ganz Huntersburg war davon erschüttert worden, und später, als sie heranwuchs, sahen die Leute sie oft mit spöttischem Mitleid an. »Armes Kind! Es ist zu traurig«, sagten sie. Einmal, an einem bewölkten Sommerabend, als ihr Vater über Land gefahren war und sie allein im Dunkeln am Fenster des Sprechzimmers saß, hörte sie, wie im Gespräch eines Mannes und einer Frau auf der Straße ihr Name erwähnt wurde. Das Paar stolperte im Finstern auf dem Bürgersteig unter dem Fenster vorbei. »Die Tochter von Doktor Cochran ist ein hübsches Mädchen«, sagte der Mann. Die Frau lachte. »Sie wächst jetzt ran, und die Männer gucken sich nach ihr um«, sagte sie. »Ist besser, wenn du dich vor ihr in acht nimmst. Die kommt auch auf die schiefe Ebene. Wie die Mutter, so die Tochter.«

Zehn Minuten oder eine Viertelstunde lang saß Mary auf dem Stein neben dem Apfelbaum im Obstgarten und dachte über das Benehmen der Leute in der Stadt gegen sie und ihren Vater nach. Es hätte uns eigentlich einander näherbringen sollen, sagte sie sich, und sie fragte sich mit einem Gefühl der Spannung, ob die Nähe des Todes vollbringen würde, was die seit Jahren über ihr lastende Wolke nicht vermocht hatte. Sie sah es in diesem Augenblick nicht als grausame Fügung an, daß der Tod so bald schon bei ihrem Vater anpochen sollte. Ja, die Gestalt des Todes erschien ihr in jener Stunde als ein liebenswerter, freundlicher, wohlgesinnter Helfer. Seine Hand sollte ihr die Tür des Vaterhauses und den Weg ins Leben öffnen. Mit der Grausamkeit ihrer jungen Jahre dachte sie zuerst an die abenteuerlichen Möglichkeiten, die ihr das neue Leben bot.

Mary saß ganz still. Im hohen Kraut begannen die Insekten aufs neue ihr unterbrochenes Abendlied. Ein Rotkehlchen flog in den Baum, neben dem Mary saß, und ließ einen kurzen hellen Warnruf hören. Die Menschenstimmen aus dem neuen Fabrikviertel der Stadt klangen leise den Hügelhang hinauf. Sie glichen den Glocken ferner Kathedralen, die zum

Gottesdienst rufen. Da war es, als ob etwas in der Brust des Mädchens zerspränge; sie barg das Gesicht in den Händen und wiegte sich langsam hin und her. Ihr kamen die Tränen, und mit ihnen ein warmes, zärtliches Verlangen, den lebendigen Menschen in Huntersburg nahe zu sein.

Und dann klang von der Straße her ein Ruf. »Hallo, Mädel!« brüllte eine grobe Stimme. Mary sprang rasch auf die Füße. Ihre weiche Stimmung verflog wie ein Windhauch, und heißer Zorn schoß in ihr auf.

Auf der Landstraße stand Duke Yetter. Er hatte bei seinem Schwatz vor dem Mietstall beobachtet, wie sie ihren Sonntagabendgang antrat, und war ihr gefolgt. Als sie durch die Upper Main Street in das neue Fabrikviertel ging, war er seines Sieges sicher. Sie will nicht mit mir gesehen werden, sagte er sich. Na schön. Sie weiß natürlich ganz genau, daß ich ihr nachsteige, aber ich soll nicht in Erscheinung treten, bis sie sich außer Gesichtsweite ihrer Freunde weiß. Sie ist 'n bißchen hochnäsig und muß erst mal etwas geduckt werden. Aber was schert mich das? Sie ist abseits gegangen, um mir Gelegenheit zu geben; vielleicht hat sie auch bloß Angst vor ihrem Alten.

Duke kletterte die kleine Anhöhe neben der Straße hinauf und kam in den Obstgarten; aber als er den von Schlingpflanzen überwucherten Steinhaufen erreicht hatte, stolperte er und fiel. Er stand gleich wieder auf und lachte. Mary hatte nicht auf sein Herankommen gewartet, sondern war auf ihn zugegangen; dann, als sein Lachen die Stille des Obstgartens störte, sprang sie auf ihn zu und versetzte ihm mit der flachen Hand eine kräftige Ohrfeige. Dann wandte sie sich um und lief, wärend er noch dastand und seine Füße aus dem Rankengewickel zu lösen versuchte, hinab auf die Landstraße.

»Wenn Sie mir folgen oder ein Wort sagen, laß ich Sie umbringen!« schrie sie.

Mary ging auf der Landstraße zurück und den Hügelhang hinunter auf die Wilmott Street zu. Bruchstücke der Geschichte, die jahrelang über ihre Mutter im Umlauf war, hatten auch zu ihr den Weg gefunden. Ihre Mutter, hieß es, war vor langen Jahren in einer Sommernacht verschwunden – und ein junger Bummler, der vor Barney Smithfields

Mietstall herumzulungern pflegte, war mit ihr durchgegangen. Nun kam wieder so ein Flegel und versuchte auch ihr, Mary, nachzustellen. Der Gedanke machte sie rasend.

Krampfhaft sann sie auf eine Waffe, mit der sie einen nachdrücklicheren Schlag gegen Duke Yetter führen konnte. In ihrer Verzweiflung verfiel sie auf ihren Vater – den kranken Mann, der dem Tode nahe war. Sie drehte sich um und sah dem jungen Mann, der sich aus dem Pflanzengewirr losgemacht hatte und ihr auf die Straße gefolgt war, ins Gesicht. »Mein Vater sucht schon lange so einen Burschen wie Sie, um ihn totzuschlagen!« schrie sie. »Er sucht sich schon lange so einen wegen der Lügen, die über meine Mutter in der Stadt erzählt worden sind.«

Als sie dem Verlangen, Duke Yetter zu bedrohen, nachgegeben hatte, schämte sie sich sogleich ihres Ausbruchs und ging rasch weiter. Tränen strömten ihr aus den Augen. Duke folgte ihr auf den Fersen, mit hängendem Kopfe. »Ich hab's nicht bös gemeint, Miß Cochran«, verteidigte er sich. »Ich hab's nicht bös gemeint. Sagen Sie Ihrem Vater nichts davon. Ich hab doch nur Spaß gemacht. Wirklich, ich hab's nicht bös gemeint!«

Das Licht des Sommerabends begann zu verblassen, als sie in die Wilmott Street kam; die Gesichter der Leute, die in Gruppen in den dunklen Veranden oder an den Hecken standen, schimmerten als Ovale von sanfter Helle in der Dämmerung. Auch die Stimmen der Kinder klangen nun gedämpft, und auch sie hatten sich zu Gruppen zusammengefunden. Als Mary vorüberging, verstummten sie und sahen mit neugierig geweiteten Augen zu ihr empor. »Das Fräulein kann's nicht weit haben. Sie muß beinahe in der Nachbarschaft wohnen«, hörte sie eine Frauenstimme in englischer Sprache sagen. Als sie den Kopf wandte, sah sie nur eine Gruppe dunkelhäutiger Männer vor einem Haus stehen. Von drinnen war der Klang einer Frauenstimme zu hören, die ein Kind in den Schlaf sang.

Der junge Italiener, der Mary vorhin angerufen hatte und nun offenbar auf seine abendlichen Sonntagsabenteuer ausging, kam auf dem Bürgersteig daher und verschwand rasch wieder im Dunkeln. Er hatte seine Feiertagskleider angezogen; dazu trug er einen steifen schwarzen Hut, einen weißen Stehkragen und eine leuchtendrote Krawatte. Das leuchtende Weiß des Kragens ließ seine braune Haut fast schwarz erscheinen. Er lächelte jungenhaft und lüftete mit linkischer Bewegung den Hut, sprach aber kein Wort.

Mary blickte fortwährend zurück, um sich zu vergewissern, ob Duke Yetter ihr gefolgt war, aber in der ungewissen Beleuchtung war nichts von ihm zu sehen. Ihre zornige, erregte Stimmung legte sich.

Sie wollte noch nicht heimgehen, aber auch für die Kirche war es nun zu spät geworden. Von der Upper Main Street zweigte in östlicher Richtung eine kurze Seitenstraße ab, die ziemlich steil zu einem Bach und einer Brücke hinabführte; dies war einstweilen die Ostgrenze, bis zu der die Stadt sich ausgedehnt hatte. Mary ging die Straße hinunter und blieb im sinkenden Licht auf der Brücke stehen, um zwei Jungen zuzusehen, die im Bach angelten.

Ein breitschultriger, grobgekleideter Mann kam die Straße herab, stellte sich neben sie und sprach sie an. Es war das erstemal, daß sie einen Bewohner der Stadt mit Zuneigung von ihrem Vater sprechen hörte. »Sie sind Doktor Cochrans Tochter, nicht?« fragte er schwerfällig und verlegen. »Sie wissen wohl nicht, wer ich bin, aber Ihr Vater kennt mich.« Er wies auf die beiden Jungen, die mit ihren Angelruten auf dem pflanzenüberwucherten Ufer des Baches saßen. »Das sind meine Jungens. Ich habe aber noch vier Kinder«, erklärte er. »Noch einen Jungen, und dann drei Mädchen. Eine von meinen Töchtern hat eine Stellung in einem Laden. Die ist jetzt so alt wie Sie.« Und dann sagte er ihr, wie er Doktor Cochran kennengelernt hatte. Er sei früher Farmarbeiter gewesen und erst kürzlich in die Stadt gezogen, um in der Möbelfabrik zu arbeiten. Im vergangenen Winter sei er lange Zeit krank gewesen und habe kein Geld gehabt. Und während er im Bett lag, sei einer der Jungen vom Heuboden gefallen und habe sich ein furchtbares Loch in den Kopf geschlagen.

»Ihr Vater kam jeden Tag zu uns, und er hat meinem Tom auch die Wunde vernäht.« Der Arbeiter wandte sich von

Mary ab; er stand, die Mütze in der Hand, und sah zu den Kindern hinunter. »Ich war vollständig herunter, und Ihr Vater sorgte nicht nur für mich und die Kinder – er gab meiner Alten auch Geld, daß wir uns hier in den Stadtläden kaufen konnten, was wir brauchten, Lebensmittel und Medizin.« Der Mann sprach so leise, daß Mary sich zu ihm neigen mußte, um die Worte aufzufangen. Ihr Gesicht berührte fast seine Schulter. »Ihr Vater ist ein guter Mensch, aber ich glaube, er fühlt sich nicht sehr glücklich«, fing er wieder an. »Wir wurden wieder gesund, der Junge und ich, und ich kriegte Arbeit hier in der Stadt, aber er wollte kein Geld von mir annehmen. ›Sie sind gut zu Ihrer Frau und Ihren Kindern, Sie verstehen sich drauf, sie glücklich zu machen. Behalten Sie ihr Geld und verwenden Sie's für Ihre Familie‹, sagte er zu mir. Ja, das sagte er.«

Der Arbeiter verließ die Brücke und ging am Ufer hin bis zu der Stelle, wo die Kinder saßen; Mary lehnte sich über das Geländer und blickte in das langsam ziehende Wasser. Die Schatten unter der Brücke waren fast schwarz, und Mary dachte, so sei auch das Leben ihres Vaters gewesen. Es war wie ein Strom, der immer im Schatten dahinfließt und nie ins Licht der Sonne kommt, dachte sie; und die Angst, daß auch ihr eigenes Leben so im Dunkel dahinrinnen könnte, griff ihr ans Herz. Eine nie gekannte, heiße Liebe zu ihrem Vater überflutete sie wie eine Welle, und ihr war, als fühlte sie, wie seine Arme sie umfaßten. Als Kind hatte sie immer davon geträumt, daß seine Hände sie liebkosten, und nun kehrte dieser Traum wieder. Lange Zeit blickte sie aufs Wasser hinab, und sie faßte den Entschluß, diese Nacht sollte nicht vergehen, ohne daß sie ihrerseits versuchte, den alten Traum Wahrheit werden zu lassen. Als sie wieder aufsah, hatte der Arbeiter am Ufer des Wasserlaufs ein kleines Reisigfeuer angefacht. »Wir fangen hier Schmerlen«, rief er. »Der Feuerschein lockt sie bis dicht ans Ufer. Wenn Sie kommen und es auch mal mit dem Fischen versuchen wollen, sollen die Jungens Ihnen eine Angel leihen.«

»O nein, danke, heute abend nicht«, sagte Mary; und da sie fürchtete, sie finge plötzlich zu weinen an, oder sie könnte dem Mann, wenn er wieder mit ihr spräche, nicht antworten, ging sie eilends weg. »Auf Wiedersehen!« riefen die drei am Ufer laut. Die Worte kamen ganz unwillkürlich aus den drei Kehlen und gaben einen starken, trompetenähnlichen Klang, der wie ein Freudenschrei in Marys trübe, schwermütige Stimmung brach.

Doktor Cochran saß, als seine Tochter fortgegangen war, eine Stunde lang einsam in seinem Sprechzimmer. Es begann dunkel zu werden, und die Männer, die den ganzen Nachmittag drüben vor dem Mietstall auf Stühlen und Kisten gesessen hatten, gingen heim, um zu Abend zu essen. Der Stimmenlärm verebbte, und zuweilen war es fünf Minuten lang ganz still. Aus irgendeiner fernen Straße klang ein Kinderruf. Unmittelbar darauf begannen die Kirchenglocken zu läuten.

Der Doktor gab nicht viel auf sein Äußeres und vergaß zuweilen tagelang, sich zu rasieren. Mit langer, hagerer Hand strich er seinen mehrere Tage alten Stoppelbart. Die Krankheit war ihm schon tiefer ins Mark gedrungen, als er sich eingestehen wollte, und er neigte zu Anfällen völliger Geistesabwesenheit. Oft, wenn er so saß, legte er die Hände in den Schoß und betrachtete sie so angelegentlich und vertieft wie ein Kind. Ihm war, als müßten sie einem andern gehören. Er versank in grüblerisches Sinnen. Es ist doch eine sonderbare Sache mit meinem Körper, dachte er. Da habe ich nun all die Jahre darin gewohnt – und wie wenig habe ich von ihm Gebrauch gemacht! Nun soll er sterben und verfallen – und ich habe doch nie etwas Rechtes mit ihm angefangen. Es wundert mich eigentlich, daß er sich nicht einen anderen Bewohner gesucht hat. Er lächelte traurig über den Einfall, aber er hing ihm weiter nach. Ja, ich habe mir genug Gedanken über die Menschen gemacht, und mir standen diese Lippen da und eine Zunge zur Verfügung – aber ich habe sie eitel Lügen reden lassen. Als meine Ellen noch bei mir war, habe ich es dazu kommen lassen, daß sie mich für kalt und gefühllos hielt, während doch in mir etwas immer und immer an seinen Fesseln riß, um sich zu befreien.

Er dachte daran, wie oft er als junger Mann abends stumm neben seiner Frau in diesem selben Sprechzimmer gesessen hatte, und wie in seinen Händen ein schmerzhaftes Verlangen gezuckt hatte, über die schmale Spanne, die ihn von ihr trennte, hinwegzugreifen, ihre Hände, ihr Gesicht, ihr Haar zu berühren. Ihr Leben war hart gewesen, und der Gedanke an ein ruhiges Dasein in der kleinen Stadt lockte sie.

Nun ja, alle Leute in der Stadt hatten vorausgesagt, daß es mit seiner Ehe ein böses Ende nehmen werde! Seine Frau war Schauspielerin in einer Wandertruppe gewesen, die nach Huntersburg kam und hier Schiffbruch litt. Obendrein wurde das Mädchen krank und hatte kein Geld, die Gasthausrechnung zu bezahlen. Der junge Doktor hatte sich der Sache angenommen, und als die Kranke genesen war, nahm er sie in seinem Buggy auf eine Fahrt über Land mit.

Dann, nach der Hochzeit und nach der Geburt des Kindes, erkannte sie plötzlich, daß sie nicht fähig war, das Leben an der Seite des schweigsamen, kalten Mannes zu ertragen. Das Gerücht wollte damals wissen, sie sei mit einem jungen Windbeutel durchgebrannt, einem Gastwirtssohn, der zur selben Zeit aus der Stadt verschwunden war; aber das Gerede log. Lester Cochran selbst hatte sie nach Chicago gebracht, wo sie bei einer Wandertruppe unterkam, die in die fernen Weststaaten reiste. Dann hatte er sie vor die Tür ihres Gasthauses begleitet und ihr Geld in die Hand gedrückt, worauf er sich stumm, ja sogar ohne einen Abschiedskuß abwandte und wegging.

Noch einmal erlebte der Doktor in Gedanken diesen Augenblick – und noch andere Augenblicke, in denen er tief erregt gewesen und doch äußerlich kühl und gelassen geblieben war. Er grübelte, ob die Frau das wohl erkannt hatte. Wie oft hatte er sich diese Frage schon vorgelegt! Nach jenem Abschiedsabend vor der Tür des Gasthofs hatte sie nie eine Zeile geschrieben. Vielleicht ist sie tot, dachte er wohl zum tausendsten Mal.

Und wieder, wie schon in manchen seltsamen Augenblicken seit mehr als einem Jahr, flossen ihm das Erinnerungsbild seiner Frau und die Gestalt seiner Tochter ineinander. Wenn er sich in solchen Augenblicken bemühte, die beiden Gestalten zu trennen und deutlich zu unterscheiden, so gelang ihm das nicht. Er wandte den Kopf ein wenig und meinte zu sehen, wie durch eine der Türen aus den Zimmern, die er mit seiner

Tochter bewohnte, eine weiße, mädchenhafte Gestalt kam. Die Tür war weiß gestrichen und schwang in einem leichten Luftzug, der durch ein offenes Fenster kam, langsam hin und her. Der Wind fächelte sanft und leise durch den Raum und spielte mit einigen Papieren, die auf einem Pult in der Ecke lagen. Es gab ein leises, raschelndes Geräusch wie von Frauenkleidern. Der Doktor erhob sich und stand zitternd da. »Wer ist da? Mary? – oder du, Ellen?« fragte er heiser.

Auf der Treppe, die von der Straße heraufführte, wurden schwere Tritte hörbar. Jemand öffnete die äußere Tür. Des Doktors krankes Herz flatterte, und er fiel schwer auf den Stuhl zurück.

Ein Mann trat ins Zimmer. Es war ein Farmer, einer von des Doktors Patienten. Als er bis zur Mitte des Zimmers gekommen war, riß er ein Streichholz an, hielt es über den Kopf empor und rief laut: »Hallo!« Dann, als der Doktor aufstand und antwortete, war er so erschrocken, daß ihm das Streichholz aus der Hand fiel und flackernd zu seinen Füßen liegen blieb.

Der junge Farmer hatte stämmige Beine, die seinen Körper trugen wie zwei steinerne Säulen einen schweren Bau. Die kleine Flamme des Streichholzes am Boden zwischen seinen Füßen, die im leichten Windhauch flackerte, warf tanzende Schatten auf die Wände. Doch die verstörte Seele des Doktors wollte von ihren Träumereien nicht lassen, ja, sie zog nur Nahrung aus der neuen Situation.

Er vergaß die Anwesenheit des Farmers, und seine Gedanken durchliefen die Zeitspanne seines Ehelebens. Der flackernde Lichtschein an der Wand rief die Erinnerung an ein anderes tanzendes Licht wach. An einem Sommernachmittag im ersten Jahre seiner Ehe war Ellen, seine Frau, mit ihm über Land gefahren. Sie waren damals dabei, ihre Zimmer mit Möbeln auszustatten, und Ellen hatte in einem Farmhaus einen alten, nicht mehr benutzten Spiegel gesehen, der in einer Scheune gegen die Wand gelehnt war. Der wunderlich altmodisch geformte Rahmen des Spiegels hatte ihre Phantasie angeregt, und die Frau des Farmers hatte ihr den Spiegel geschenkt. Auf der Heimfahrt hatte die junge Frau dann ihrem Gatten gestanden, daß sie ein Kind erwartete, und der

Doktor war durch die Eröffnung so tief erregt wie nie zuvor. Er saß und hielt den Spiegel auf den Knien, während die Frau das Pferd lenkte; als sie ihm die Geburt des Kindes ankündigte, blickte sie von ihm weg über die Felder.

Wie tief war dieser Vorgang in sein Gedächtnis eingebrannt! Die Sonne ging über den jungen Mais- und Haferfeldern neben der Landstraße unter. Die Prärie war schon tiefdunkel; zuweilen lief die Landstraße eine Strecke lang durch Baumreihen, die gleichfalls schon schwarz erschienen im sinkenden Licht.

Der Spiegel auf Lester Cochrans Knien fing die Strahlen der untergehenden Sonne und reflektierte eine große Kugel goldenen Lichtes, die über die Felder und zwischen den Baumästen tanzte. Nun, da er vor dem Farmer stand und die kleine Flamme des am Boden brennenden Streichholzes ihn an jenes andere tanzende Licht erinnerte, glaubte er zu verstehen, weshalb seine Ehe und sein ganzes Leben fehlgeschlagen waren. An jenem lange vergangenen Abend, als Ellen ihm das große Ereignis ihrer Ehe ankündigte, war er stumm geblieben in dem Gefühl, er fände keine Worte, die ausdrükken könnten, was er empfand. So hatte er sich eine Rechtfertigung vor sich selbst aufgebaut. Ich redete mir ein, sie müßte mich auch ohne Worte verstehen – und so ging es auch mit Mary; da habe ich mir mein Leben lang dasselbe eingeredet. Ich war ein Narr und ein Feigling. Immer habe ich geschwiegen, weil ich mich scheute, meine Gefühle auszudrücken – ich tölpelhafter Narr. Ich war ja so stolz und so feige!

»Heute abend aber will ich's tun. Und wenn's mich umbringt – ich zwinge mich, mit dem Mädchen zu sprechen«, sagte er vor sich hin, in Gedanken wieder bei seiner Tochter.

»Wie? Was ist los?« fragte der Farmer, der mit dem Hut in der Hand darauf wartete, mit dem Zweck seines Besuches herauszurücken.

Der Doktor holte sich sein Pferd aus Barney Smithfields Stall und fuhr aufs Land hinaus, um der Frau des Farmers beizustehen, die ihr erstes Kind zur Welt bringen sollte. Sie war mager und schmalhüftig, und das Kind war groß; aber dem Doktor gab sein fiebriger Zustand Riesenkräfte. Er arbeitete wie ein Verzweifelter, während die Frau in ihrer Angst stöhnte und kämpfte. Ihr Mann lief fortwährend aus und ein, zwei Nachbarsfrauen traten in Erscheinung und warteten stumm, ob man ihre Hilfe benötigen würde. Es war schon nach zehn Uhr, als alles getan war und der Arzt sich zur Heimfahrt in die Stadt anschickte.

Der Farmer spannte an und führte den Wagen vor; der Doktor fühlte sich, als er abfuhr, seltsam schwach und stark zugleich. Wie einfach erschien nun das, was er jetzt zu tun hatte! Vielleicht hatte Mary sich, wenn er heimkam, schon schlafen gelegt, aber er würde sie bitten, aufzustehen und ins Sprechzimmer zu kommen. Dann wollte er ihr die ganze Geschichte seiner Ehe und ihres schlimmen Endes erzählen, und er wollte sich dabei keine Demütigung ersparen. Es war etwas sehr Liebes und Schönes im Wesen meiner Ellen, und ich muß in Mary dafür Verständnis wecken; es wird ihr helfen, auch eine so schöne Frau zu werden, dachte er voll Vertrauen auf die Kraft seines Entschlusses.

Er kam um elf Uhr vor dem Tor des Mietstalls an; Barney Smithfield, Duke Yetter und zwei andere saßen da und schwatzten. Der Mietkutscher verschwand mit dem Pferd im Dunkel des Stalles, und der Doktor lehnte sich einen Augenblick an die Wand des Gebäudes. Der Nachtwächter des Städtchens stand bei der Gruppe vor der Stalltür, und es gab einen Streit zwischen ihm und Duke Yetter; aber der Doktor hörte nichts davon, weder die Worte, die hin und her flogen, noch Dukes lautes Gelächter über die Wutausbrüche des Nachtwächters. Eine seltsame, zögernde Stimmung hielt ihn gefangen. Da war etwas gewesen, das er leidenschaftlich wünschte, aber er konnte sich nicht erinnern, was es war. Betraf es Ellen, seine Frau, oder Mary, seine Tochter? Die Gestalten der beiden Frauen waren ihm wieder durcheinandergeraten, und es war, um die Verwirrung zu erhöhen, noch eine dritte Gestalt hinzugekommen: die der Frau, der er soeben Beistand bei der Entbindung geleistet hatte. Alles in ihm war verwirrt. Er ging über den Fahrweg zum Eingang unten an der Treppe, die zu seinem Sprechzimmer führte, blieb dann aber auf der Straße stehen und sah mit starren Augen um sich. Barney Smithfield, der das Pferd versorgt hatte, schloß die Stalltür ab; eine über der Tür hängende Laterne schwang hin und her. Sie warf phantastische tanzende Schatten auf die Gesichter und Gestalten der Männer, die an der Stallwand standen und sich stritten.

Mary saß im Sprechzimmer am Fenster und wartete auf die Rückkehr ihres Vaters. Sie war so in ihre Gedanken vertieft, daß sie Duke Yetters Stimme und das Gespräch der Männer auf der Straße gar nicht hörte.

Als Duke in die Straße gekommen war, hatte sie wieder heißer Zorn gepackt; sie sah ihn wieder vor sich, wie er da in dem Obstgarten auf sie zukam, mit einem Ausdruck anmaßender männlicher Selbstsicherheit in den Augen. Aber gleich darauf vergaß sie ihn und dachte nur noch an ihren Vater. Ein Ereignis aus ihrer Kinderzeit kam ihr in Erinnerung und quälte sie. Als sie fünfzehn Jahre alt gewesen war, hatte ihr Vater sie an einem Nachmittag auf die Fahrt über Land mitgenommen. Er wollte eine kranke Frau in einem fünf Meilen von der Stadt entfernten Farmhaus besuchen; es hatte stark geregnet, und die Landstraßen waren schwer befahrbar. Als sie das Haus des Farmers erreichten, war es schon dunkel. Sie gingen in die Küche und aßen einen kalten Imbiß am Küchentisch. Aus irgendeinem Grund war ihr Vater an jenem Abend jungenhaft und fast fröhlich. Auf dem Weg war er ein wenig gesprächig gewesen. Mary war schon damals lang aufgeschossen, und ihr Körper begann sich zu weiblichen Formen zu runden. Nach dem Essen in der Farmküche ging ihr Vater mit ihr um das Haus, und sie setzte sich auf die schmale Veranda. Einen Augenblick lang blieb ihr Vater vor ihr stehen. Er steckte die Hände in die Hosentaschen, warf den Kopf zurück und lachte beinahe herzlich. »Nun bist du schon bald ein erwachsenes Mädchen«, sagte er. »Sonderbarer Gedanke! Und wenn du nun ein erwachsenes Mädchen bist – was, meinst du wohl, wird dann geschehen? Wie denkst du dir dein Leben dann? Was soll mit dir werden?«

Er setzte sich neben sie, und einen Augenblick hatte sie gemeint, er würde den Arm um sie legen. Dann sprang er auf, ging ins Haus und ließ sie allein im Dunkeln sitzen.

An alles das dachte Mary, aber sie dachte auch daran, daß

sie an jenem Abend in ihrer Kindheit das Entgegenkommen ihres Vaters mit Schweigen hingenommen hatte. Und ihr schien, daß *sie* die Schuld trug an dem Leben, das sie miteinander geführt hatten – sie selbst und nicht der Vater. Der Farmarbeiter, den sie auf der Brücke traf, hatte von ihres Vaters Kälte nichts gespürt. Das kam daher, daß er selbst dem Manne, der ihm in der Stunde der Krankheit und des Mißgeschicks zur Seite stand, warm und mit offenem Herzen begegnet war. Der Arbeiter sei ein guter Vater, hatte ihr Vater gesagt, und sie entsann sich, mit welcher Herzlichkeit die beiden Jungen, die angelnd am Ufer saßen, ihr nachgerufen hatten, als sie sich in der Dunkelheit entfernte. Dieser Mann konnte seinen Kindern ein guter Vater sein, weil sie sich ihm vertrauensvoll hinzugeben vermochten, dachte sie schuldbewußt. Auch sie wollte ihrem Vater dieses herzliche Zutrauen entgegenbringen. Noch bevor die Nacht verging, wollte sie es tun. An jenem längst vergangenen Abend hatte ihr Vater auf der Heimfahrt einen zweiten erfolglosen Versuch gemacht, die Mauer, die ihn von ihr trennte, zu durchbrechen. Durch die Regengüsse waren alle Wasserläufe, die sie überqueren mußten, angeschwollen, und als sie das Städtchen fast erreicht hatten, hielt der Doktor das Pferd auf einer Holzbrücke an. Es tänzelte aufgeregt; aber ihr Vater hielt die Zügel straff und sprach ihm beruhigend zu. Der angeschwollene Strom schoß mit lautem Tosen unter der Brücke dahin; auf einem großen flachen Feld neben der Straße bildete das über die Ufer getretene Wasser einen See. In diesem Augenblick kam der Mond hinter Wolken hervor, und der Wind kräuselte den Wasserspiegel zu kleinen Wellen, auf denen tausend Lichter tanzten. »Jetzt will ich dir von deiner Mutter und von mir erzählen«, sagte ihr Vater heiser. Gerade da aber begannen die Balken der Brücke gefährlich zu knarren, und das Pferd tat einen Satz und raste davon. Als ihr Vater die Gewalt über das erschreckte Tier wiedererlangt hatte, waren sie in den Straßen der Stadt, und er war wieder ganz zu seiner gewohnten abweisenden Schweigsamkeit zurückgekehrt.

Mary saß im Dunkeln am Sprechzimmerfenster und sah den Wagen ihres Vaters in die Straße einbiegen. Als das

Pferd untergebracht war, kam der Doktor nicht, wie er es sonst stets tat, die Treppe herauf ins Sprechzimmer, sondern blieb zögernd vor der Stalltür stehen. Einmal schickte er sich an, die Straße zu überqueren, trat aber dann ins Dunkel zurück.

Unter den Männern, die seit zwei Stunden in ruhigem Gespräch gesessen hatten, brach Streit aus. Jack Fisher, der Nachtwächter des Städtchens, hatte den anderen von einer Schlacht erzählt, in der er während des Bürgerkrieges mitgekämpft hatte, und Duke Yetter machte sich über ihn lustig. Der Nachtwächter geriet in Hitze. Er packte seinen Amtsstab und humpelte auf und ab. Duke Yetters lauter Hohn übertönte das schrille Wutgezänk seines Opfers. »Hättest den Kerl von der Seite packen sollen, sag ich dir, Jack. Jawoll, siehste, hättest den Kerl von der Seite packen sollen, und dann hättest diesem ›Rebel‹ das Füllsel aus dem Bauch boxen sollen. So hätt ich's gemacht!« brüllte Duke und lachte dröhnend. »Den Deubel hättst du, Großmaul!« gab der Nachtwächter zurück, berstend vor ohnmächtiger Wut.

Der alte Soldat ging die Straße entlang, verfolgt vom Gelächter Dukes und seiner Kumpane; Barney Smithfield, der des Doktors Pferd versorgt hatte, kam heraus und schloß die Stalltür ab. Eine Laterne, die über der Tür hing, schwang hin und her. Doktor Cochran schickte sich abermals an, die Straße zu überqueren; als er den Fuß der Treppe erreicht hatte, wandte er sich zu den Männern zurück. »Gute Nacht!« rief er in heiterem Tone. Der sanfte Sommerwind wehte eine Strähne ihres Haares über Marys Wange; sie sprang auf die Füße, als hätte sie aus dem Dunkel eine Hand berührt. Hundertmal hatte sie ihren Vater abends von solchen Fahrten heimkommen sehen, aber noch nie hatte er zu den Schwätzern vor der Stalltür auch nur ein Wort gesprochen. Sie hatte fast das Gefühl, nicht ihr Vater, sondern irgendein anderer käme die Treppe herauf.

Die schweren, schleppenden Schritte dröhnten laut auf den hölzernen Stufen, und Mary hörte, wie ihr Vater den kleinen viereckigen Ärztekoffer, den er stets mit sich führte, hinstellte. Er war immer noch in der ungewöhnlichen, herzlich-heiteren Stimmung, aber in seinem Geist herrschte ein wirrer

Aufruhr. Mary glaubte die dunklen Umrisse seiner Gestalt in der Tür zu erkennen. »Die Frau hat ein Kind bekommen«, sagte die gütige Stimme des Mannes draußen auf dem Treppenabsatz. »Wer? Wer hat ein Kind bekommen? War es Ellen oder jene andere oder meine kleine Mary?«

Eine Flut von Worten strömte von seinen Lippen, Widerspruch und Anklage. »Wer hat ein Kind bekommen? Ich will es wissen. Wer hat ein Kind bekommen? Ach, das Leben der Menschen kommt nicht zur Vollendung. Warum werden immer wieder Kinder geboren?« fragte er.

Dann brach er in Lachen aus; Mary beugte sich vor und umklammerte die Armlehnen ihres Stuhls. »Ein Kind ist geboren worden«, sagte er wieder. »Ist es nicht seltsam, wie, daß *meine* Hände einem Kind auf die Welt geholfen haben, und während all der Zeit hat der Tod neben mir gestanden?«

Doktor Cochran stampfte auf dem Treppenabsatz den Boden. »Meine Füße sind kalt und taub vom Warten – Warten darauf, daß Leben aus Leben kommen sollte«, sagte er mit versagender Stimme. »Die Frau hat gekämpft, und nun muß *ich* kämpfen.«

Stille folgte dem Gestampfe und den müden, schwerfälligen Worten von den Lippen des kranken Mannes. Von der Straße herauf klang abermals Duke Yetters dröhnendes Lachen.

Und dann fiel Doktor Cochran hintenüber und die Stufen hinab auf die Straße. Er tat keinen Schrei; man hörte nur das Poltern seiner Stiefel auf den Stufen und den furchtbaren dumpfen Laut des aufschlagenden Körpers.

Mary rührte sich nicht in ihrem Stuhl. Mit geschlossenen Augen wartete sie. Ihr Herz hämmerte. Ihr wurde so schwach, daß sie einer Ohnmacht nahe war; von Kopf zu Fuß überrann sie in kleinen Wellen ein Gefühl, als ob winzige Wesen mit weichen, haarähnlichen Füßen über ihre Haut krabbelten.

Es war Duke Yetter, der den Toten die Treppe herauftrug und ihn in einem der Räume hinter dem Sprechzimmer auf ein Bett legte. Einer der Männer, die mit ihm vor der Stalltür gesessen hatten, folgte ihm, hob erregt die Hände und ließ sie wieder sinken. Zwischen den Fingern hielt er eine vergessene Zigarette, deren Licht in der Finsternis auf und nieder tanzte.

Brüder

Ich bin in meinem Haus auf dem Lande; es ist Ende Oktober. Es regnet. Hinter meinem Haus ist ein Wald; vorn führt eine Straße vorbei, und jenseits der Straße dehnen sich offene Felder. Die Gegend ist eine sanfte Hügellandschaft und flacht sich plötzlich zur Ebene ab. Etwas mehr als zwanzig Meilen entfernt, hinter dem flachen Land, liegt die Riesenstadt Chicago.

An einem solchen Regentag fallen von den Bäumen zu beiden Seiten der Straße draußen vor meinem Fenster Blätter wie Regentropfen auf die Erde; die gelben, roten und goldenen Blätter fallen rasch und schwer zu Boden. Der Regen schlägt sie mit roher Gewalt herab. Als ein letztes trügerisches goldenes Gleißen tanzen sie durch die Luft. Im Oktober, meine ich, sollten die Blätter vom Wind weit über die Ebene davongetragen werden. Tanzend sollten sie verwehen.

Gestern morgen stand ich bei Tagesanbruch auf und ging hinaus. Draußen war dichter Nebel, in dem ich mich verlor. Ich ging hinab in die Ebene und kehrte zurück ins Hügelland, und überall war vor mir der Nebel wie eine Wand. Und aus dem Nebel sprangen jäh, grotesk verzerrt, die Bäume, wie in den Straßen einer Stadt spätnachts Gestalten von Menschen plötzlich aus dem Finstern in den Lichtkreis einer Laterne treten. Über allem war das Licht des Tages, das allmählich den Nebel durchdrang. Träge zog der Nebel dahin. Langsam bewegten sich die Wipfel der Bäume. Unter den Bäumen war der Nebel dicht und purpurdunkel. Er war wie Rauch, der in den Straßen einer Fabrikstadt lagert.

Ein alter Mann kam aus dem Nebel auf mich zu. Ich kannte ihn wohl. Die Leute hier halten ihn für verrückt. »Er hat einen kleinen Klaps«, sagen sie. Er lebt allein in einem winzigen Haus tief im Wald und hat einen kleinen Hund, den er immer auf dem Arm trägt. Zuweilen begegne ich ihm morgens auf der Landstraße, dann erzählt er mir von Männern und Frauen, die seine Brüder und Schwestern, seine Vettern, Tanten, Onkel, Schwäger sind. Das ist sehr verwirrend. Er kann den Leuten hier in der Gegend nicht nahekommen; so hält er sich denn an einen Namen aus einer Zeitung, und seine Phantasie spielt mit dem Namen. Eines Morgens erzählte er mir, er sei der Vetter eines Mannes namens Cox, der zu der Zeit, da ich dies schreibe, für die Präsidentschaft kandidiert. An einem anderen Morgen erzählte er mir, der Sänger Caruso habe seine, des alten Mannes, Schwägerin geheiratet. »Sie ist die Schwester meiner Frau«, sagte er und preßte den kleinen Hund fest an sich. Seine grauen, wasserhellen Augen sahen mich mit dringender Bitte an. Er wollte, daß ich ihm Glauben schenkte. »Meine Frau war ein süßes, schlankes Mädchen«, sagte er. »Wir wohnten in einem großen Haus, und morgens gingen wir Arm in Arm aus. Nun hat ihre Schwester den Sänger Caruso geheiratet. Er gehört jetzt zu meiner Familie.«

Da mir irgend jemand erzählt hatte, der alte Mann sei niemals verheiratet gewesen, ging ich verwundert weiter. Eines Morgens im Frühseptember traf ich ihn wieder: er saß in der Nähe seines Hauses unter einem Baum am Weg. Der Hund bellte mich an, lief aber weg und verkroch sich in den Armen seines Herrn. Die Chicagoer Zeitungen waren damals voll von der Skandalgeschichte eines Millionärs, dem seine Frau wegen eines Liebesverhältnisses mit einer Schauspielerin die Hölle heiß machte. Der alte Mann erzählte mir, die Schauspielerin sei seine Schwester. Er ist sechzig Jahre alt und die Schauspielerin, von der man so viel in den Zeitungen liest, zwanzig; aber er sprach von ihrer gemeinsamen Kindheit. »Sie würden es sich nicht vorstellen können, wenn Sie uns jetzt nebeneinander sähen«, sagte er, »aber wir waren damals arme Leute. Es ist so, wie ich sage. Wir wohnten in einem kleinen Haus am Fuße eines Hügels. Eines Tages, als ein Unwetter war, hätte der Sturm unser Haus beinah weggefegt. Oh, wie heulte der Sturm! Unser Vater war Zimmermann und baute dauerhafte Häuser, aber unser eigenes Haus hatte er nicht allzu fest gebaut.« Er schüttelte betrübt den Kopf. »Meine Schwester, die Schauspielerin, ist in Schande geraten. Unser Haus ist nicht allzu fest gebaut«, hörte ich ihn noch sagen, als ich auf dem Waldweg weiterging.

Seit einem, vielleicht schon seit zwei Monaten sind die Zeitungen aus Chicago, die jeden Morgen in unser Dorf kommen, voll von der Geschichte eines Mordes. Ein Mann hat seine Frau ermordet, ohne daß man den Beweggrund der Tat durchschauen konnte. Aber es ist ein Gerücht im Umlauf – und es stellt die Sache so dar:

Der Mann, der sich jetzt in Untersuchungshaft befindet und ohne Zweifel gehängt wird, war als Werkmeister in einer Fahrradfabrik angestellt; er lebte mit seiner Frau und deren Mutter in einer Mietwohnung in der Zweiunddreißigsten Straße. Er liebte ein Mädchen, das im Büro der Fahrradfabrik arbeitete. Sie stammte aus einer kleinen Stadt in Iowa und wohnte, als sie nach Chicago kam, zuerst bei ihrer Tante, die aber jetzt tot ist. Dem Werkmeister, einem plumpen, dümmlichen Mann mit grauen Augen, schien dieses Mädchen die schönste Frau der Welt. Ihr Arbeitstisch stand in einem Winkel des Fabrikgebäudes, einer Art Seitenflügel, an einem Fenster, und der Werkmeister hatte sein Pult im Hauptsaal, ebenfalls an einem Fenster. Da saß er nun und notierte in Tabellen die Arbeitsleistung eines jeden Mannes in seiner Abteilung. Wenn er aufblickte, konnte er das Mädchen bei seiner Tätigkeit beobachten. Sie erschien ihm ganz ungewöhnlich liebenswert. Doch es kam ihm nicht in den Sinn, sich an sie heranzumachen oder gar um ihre Liebe zu werben. Er sah sie an, wie etwa ein Mensch zu einem Stern aufblickt oder eine sanfte Hügellandschaft betrachtet, im Oktober, wenn die Blätter der Bäume wie rotes und gelbes Gold leuchten. Sie ist ein reines, jungfräuliches Wesen, dachte er dumpf. Worüber mag sie wohl nachdenken, wenn sie da am Fenster bei der Arbeit sitzt?

Der Werkmeister stellte sich vor, wie es wäre, wenn er das Mädchen aus Iowa in seine Wohnung in der Zweiunddreißigsten Straße und zu seiner Frau und Schwiegermutter mitnähme. Den ganzen Tag in der Fabrik und den ganzen Abend daheim, immer stand ihm ihr Gesicht vor Augen. Wenn er in seiner Wohnung am Fenster stand und auf die

Gleise der Illinois Central Railroad und über die Gleise zum See hinüberblickte, fühlte er das Mädchen neben sich. Unten auf der Straße gingen Frauen, und er sah an jeder Frau einen Zug, in dem sie dem Mädchen aus Iowa glich. Die eine ging wie sie, die andere machte eine Bewegung mit der Hand, die an sie erinnerte. Alle Frauen, die er sah, ähnelten dem Mädchen, das er ins Herz geschlossen hatte – alle außer seiner Frau und seiner Schwiegermutter.

Die beiden Frauen in seinem Haushalt waren ihm etwas Störendes, sie brachten seine Gefühle in Verwirrung. Sie schienen ihm plötzlich häßlich und gewöhnlich. Besonders seine Frau kam ihm vor wie ein fremdes, häßliches Gewächs, das sich auf seinem Körper eingenistet hatte.

Abends, nach der Arbeit in der Fabrik, ging er zum Essen nach Hause. Er war schon immer ein schweigsamer Mann gewesen, und wenn er nicht redete, so achtete niemand darauf. Nach dem Essen ging er mit seiner Frau ins Kino. Er hatte schon zwei Kinder, und seine Frau erwartete ein drittes. Sie kamen oben in der Wohnung an und setzten sich. Das Treppensteigen hatte seine Frau ermüdet. Da saß sie nun neben ihrer Mutter und stöhnte vor Erschöpfung.

Seine Schwiegermutter war die Gutherzigkeit selbst. Sie tat im Haushalt die Arbeit eines Dienstmädchens und bekam keinen Pfennig dafür. Wenn ihre Tochter gern einen Film sehen wollte, winkte sie abwehrend mit der Hand und lächelte. »Ich hab keine Zeit. Ich bleib lieber zu Hause.« Sie nahm ein Buch zur Hand und las. Der Junge wachte auf und weinte. Er wollte auf den Nachttopf gesetzt werden. Die Schwiegermutter besorgte das.

Wenn der Werkmeister und seine Frau heimgekommen waren, saßen die drei Menschen noch eine oder zwei Stunden beisammen, bis es Zeit zum Schlafengehen war. Der Mann tat, als läse er die Zeitung. Er betrachtete seine Hände. Obwohl er sie sorgsam gewaschen hatte, war die Schmiere von den Fahrradgestellen als schwarzer Rand unter den Nägeln haften geblieben. Er dachte an das Mädchen aus Iowa und an ihre weißen, flinken Hände, die über die Tasten der Schreibmaschine spielten. Er fühlte sich schmutzig und unbehaglich.

Das Mädchen in der Fabrik wußte, daß der Werkmeister sich in sie verliebt hatte, und der Gedanke erregte sie ein wenig. Nach dem Tod ihrer Tante war sie in eine kleine Pension gezogen und hatte abends nichts zu tun. Obwohl der Werkmeister ihr nichts bedeutete, hatte sie doch Verwendung für ihn. Er wurde ihr zum Sinnbild. Zuweilen kam er ins Büro und stand einen Augenblick an der Tür. Seine großen Hände waren mit schwarzer Schmiere bedeckt. Sie sah ihn an, ohne ihn zu sehen. Im Geiste sah sie an der Stelle, wo er stand, einen großen, schlanken, jungen Mann. Von dem Werkmeister sah sie nur die grauen Augen, in denen ein seltsames Feuer glomm. Sie drückten Verlangen aus, ein inbrünstiges, demütiges Verlangen. Bei einem solchen Manne brauchte sie nichts zu fürchten, das fühlte sie.

Sie wünschte sich einen Liebhaber, der mit einem solchen Blick in den Augen zu ihr kam. Manchmal, vielleicht alle zwei Wochen einmal, blieb sie ein wenig länger im Büro, als müsse sie noch eine dringende Arbeit beenden. Durch das Fenster sah sie dann, wie der Werkmeister draußen wartete. Wenn alle fort waren, schloß sie ihr Pult ab und trat auf die Straße hinaus. Im selben Augenblick kam der Werkmeister aus dem Fabriktor.

Sie gingen miteinander die Straße entlang, ein halbes Dutzend Häuserblocks weit, bis sie zu der Haltestelle kamen, wo das Mädchen in die Straßenbahn zu steigen pflegte. Die Fabrik lag in einer Vorstadt, die South Chicago hieß. Während sie so dahinschritten, brach der Abend herein. Die Straßen waren von kleinen, ungestrichenen Fachwerkhäusern gesäumt; Kinder mit schmutzigen Gesichtern tollten schreiend im Staub der Straße herum. Die beiden kamen über eine Brücke. Zwei verlassene Kohlenkähne faulten auf dem Fluß.

Er ging neben ihr mit schwerem Schritt und bemühte sich, seine Hände zu verstecken. Er hatte sie vor dem Verlassen der Fabrik gründlich gebürstet, und doch fühlte er sie als rissige, schmutzige Klumpen aus einer groben Masse an seinem Körper hängen. Es kam nur selten vor, daß sie so miteinander gingen, und es dauerte auch nur einen Sommer lang. »Heiß heute«, sagte er. Denn er spach mit ihr nie von etwas anderem als vom Wetter. »Heiß heute. Ich glaube, es gibt Regen.«

Sie träumte von dem Geliebten, der eines Tages zu ihr kommen würde: ein großer, schöner, junger Mann, ein reicher Mann, der Häuser und Ländereien besaß. Der Arbeiter da an ihrer Seite hatte mit ihrer Vorstellung von der Liebe nichts zu tun. Sie ging mit ihm, sie blieb im Büro, bis die anderen fort waren, um unbeobachtet mit ihm gehen zu können – um seiner Augen willen, um jenes seltsamen Blickes willen, der zugleich verlangend, unterwürfig und demütig bittend war. In seiner Gesellschaft gab es keine Gefahr, konnte es keine Gefahr geben. Er würde niemals versuchen, ihr nahe zu kommen, sie mit den Händen zu berühren. Bei ihm war sie sicher.

Abends in seiner Wohnung saß der Mann mit seiner Frau und seiner Schwiegermutter bei der elektrischen Lampe. Im Nebenzimmer schliefen seine beiden Kinder. Bald, in ganz kurzer Zeit, würden sie ein drittes haben. Er war mit seiner Frau in einem Kino gewesen, nun würden sie gleich miteinander schlafen gehen.

Dann würde er wach liegen und denken, würde das Ächzen der Sprungfedern eines Bettes hören: nebenan kroch seine Schwiegermutter zwischen die Laken. Man war einander hier allzu nahe. Er würde wach liegen, tief erregt und voller Erwartung. Was erwartete er denn?

Nichts. Gleich würde eines der Kinder schreien. Es wollte aus dem Bett geholt und auf den Nachttopf gesetzt werden. Nichts Überraschendes, Ungewöhnliches oder Schönes würde oder könnte geschehen. Das Leben war zu eng hier, man saß zu dicht aufeinander. In der Wohnung konnte nichts geschehen, das ihn irgendwie erregte; nicht das, was seine Frau sagte, nicht ihre gelegentlichen lauen Zärtlichkeitsanwandlungen, nicht die Gutherzigkeit seiner Schwiegermutter, die Dienstmädchenarbeit verrichtete, ohne Lohn –

Er saß in der Wohnung unter der elektrischen Lampe und tat, als läse er Zeitung; aber er grübelte. Er betrachtete seine Hände. Sie waren groß und unförmig, Arbeiterhände.

Die Gestalt des Mädchens aus Iowa bewegte sich im Zimmer umher. Mit ihr verließ er die Wohnung und ging durch die Straßen, meilenweit, schweigend. Man brauchte nicht zu sprechen, kein Wort. Er wanderte mit ihr am Ufer eines Meeres, auf dem Kamm eines Gebirges entlang. Die Nacht war klar und still, die Sterne leuchteten. Auch sie war ein Stern. Man brauchte nicht zu sprechen, kein Wort.

Ihre Augen waren wie Sterne, und ihre Lippen glichen sanften Höhen, die sich aus dämmeriger, vom Sternenlicht beschienener Ebene erheben. Sie ist unerreichbar, sie ist weit weg, wie ein Stern, dachte er. Sie ist unerreichbar wie die Sterne – und doch gleicht sie ihnen nicht: denn sie lebt, sie atmet, sie ist da – wie ich.

Eines Abends, es ist jetzt sechs Wochen her oder etwas länger, tötete der Mann, der als Werkmeister in der Fahrradfabrik arbeitete, seine Frau; nun ist er wegen Mordes in Untersuchungshaft. Am Abend, als der Mord geschah, ist er mit seiner Frau wie gewöhnlich ins Kino gegangen; um neun Uhr gingen sie nach Hause. In der Zweiunddreißigsten Straße, an der Ecke des Hauses, in dem sie wohnten, tauchte aus einem Seitengäßchen plötzlich die Gestalt eines Mannes auf und verschwand ebenso plötzlich wieder im Dunkeln. Dieser Vorfall mag dem Werkmeister den Gedanken eingegeben haben, seine Frau zu töten.

Sie kamen an den Eingang des Mietshauses, in dem sie wohnten, und betraten den dunklen Flur. Da, ganz plötzlich und offenbar ohne einen bestimmten Gedanken, holte der Mann ein Messer aus der Tasche. Wenn nun der Mann, der in der Seitengasse verschwand, uns hatte umbringen wollen . . ., dachte er. Dabei klappte er das Messer auf, holte mit dem Arm aus und traf seine Frau. Er stieß zweimal, ein dutzendmal zu – wie ein Irrsinniger. Ein Aufschrei, und seine Frau stürzte zu Boden.

Der Pförtner hatte vergessen, die Gaslampe hinten im Flur anzuzünden. Dies war, so meinte der Werkmeister später, der Grund, daß er die Tat beging – dies und die Tatsache, daß die dunkle, schleichende Gestalt eines Mannes plötzlich aus einem Seitengäßchen auftauchte und wieder verschwand. Gewiß, so sagte er, hätte ich es niemals fertiggebracht, wenn das Gas gebrannt hätte.

Er stand im Flur und suchte seine Gedanken zu ordnen. Seine Frau war tot – und mit ihr das ungeborene Kind. Er hörte, wie oben in den Wohnungen Türen geöffnet wurden. Mehrere Minuten lang geschah nichts. Seine Frau und ihr ungeborenes Kind waren tot – das war alles.

Er lief nach oben; seine Gedanken jagten sich. Im Finstern hinten im Flur hatte er das Messer wieder in die Tasche gesteckt; wie sich später herausstellte, hatte er weder an den Händen noch an den Kleidern Blut. Das Messer reinigte er nachher sorgsam im Badezimmer, als sich die Aufregung ein wenig gelegt hatte. Er erzählte allen Leuten dieselbe Geschichte. »Ein Mann kam aus einer Seitengasse geschlichen und folgte mir und meiner Frau bis zum Haus. Er folgte uns bis in den Hausflur, und da war es dunkel. Der Pförtner hat vergessen, das Gas anzuzünden.« Nun – da habe es einen Kampf gegeben, und in der Dunkelheit sei die Frau getötet worden. Er konnte nicht angeben, wie es zugegangen war. »Es war dunkel. Der Pförtner hat vergessen, das Gas anzuzünden«, sagte er immer wieder.

Einen oder zwei Tage lang stellte man ihm keine weiteren Fragen, und er hatte Zeit, sich des Messers zu entledigen. Weit von seiner Wohnung, in South Chicago, warf er es in den Fluß, da, wo die beiden verlassenen Kohlenkähne unter der Brücke faulten. Es war dieselbe Brücke, über die er gekommen war, wenn er an Sommerabenden mit dem Mädchen zur Straßenbahn ging, dem reinen und jungfräulichen Mädchen, das weit weg und unerreichbar war wie ein Stern – und doch anders als ein Stern.

Dann wurde er verhaftet und gestand sofort alles – erzählte alles. Er wüßte nicht, sagte er, weswegen er seine Frau getötet hatte, und er hütete sich wohl, etwas von dem Mädchen aus dem Büro verlauten zu lassen. Die Zeitungen versuchten, den Beweggrund des Verbrechens zu entdecken. Sie versuchen es immer noch. Irgend jemand hatte ihn an den wenigen Abenden, als er mit dem Mädchen ging, beobachtet; sie wurde in die Angelegenheit verwickelt, und die Zeitungen brachten ihr Bild. Es war eine ärgerliche Sache für sie, aber sie konnte natürlich nachweisen, daß sie nichts mit dem Manne zu schaffen hatte.

Gestern morgen lag wieder schwerer Nebel über unserem Dorf hier am Rande der großen Stadt, und ich machte in der

Frühe einen langen Spaziergang. Als ich aus der Ebene in unser Hügelland zurückkehrte, begegnete ich dem alten Mann, dessen Familie so viele und so seltsame Verzweigungen hat. Er ging eine Weile neben mir her und hielt seinen kleinen Hund in den Armen. Es war kalt; der Hund winselte und fror. Im Nebel sah ich das Gesicht des alten Mannes nur undeutlich. Es bewegte sich langsam und schwankend heran und wieder weg wie die Nebelbänke in den oberen Luftschichten und wie die Wipfel der Bäume. Er sprach von dem Mann, der seine Frau getötet hat und dessen Name in den städtischen Zeitungen, die jeden Morgen in unser Dorf kommen, Schlagzeilen macht. Während er neben mir ging, verwickelte er sich in eine lange Geschichte –: wie er und sein Bruder, der nun ein Mörder geworden sei, früher zusammen gelebt hätten. »Er ist mein Bruder«, sagte er immer wieder und schüttelte den Kopf dabei. Er schien zu fürchten, daß ich ihm nicht glaube. Die Tatsache mußte näher belegt werden. »Wir lebten zusammen als Kinder, der Mann und ich«, fing er wieder an. »Wir spielten miteinander, sehen Sie, in einer Scheune hinter dem Haus unseres Vaters. Unser Vater war Seemann. Daher das Durcheinander mit den Namen. Sie verstehen mich wohl. Wir haben verschiedene Namen, aber wir sind Brüder. Wir hatten den gleichen Vater. Wir spielten miteinander in einer Scheune hinter dem Haus unseres Vaters. Stundenlang lagen wir zusammen in der Scheune im Heu; oh, da war es warm.«

Im Nebel sah der hagere alte Mann wie ein knorriger Baum aus. Dann wurde er ein unbestimmbares Etwas, das im Raum hing. Er schwang hin und her wie der Leib eines Gehenkten am Galgen. Das Gesicht flehte mich an, die Geschichte zu glauben, die mir die Lippen zu erzählen versuchten. In meinem Kopf verwirrten sich alle menschlichen Beziehungen und wurden ein unlösbares Durcheinander. Die Seele des Mannes, der seine Frau getötet hatte, ging in dem Körper des kleinen alten Mannes hier am Straßenrand um. Und sie quälte sich damit, mir die Geschichte zu erzählen, die sie im Gerichtssaal der großen Stadt, vor dem Richter niemals würde erzählen können: die ganze grenzenlose Einsamkeit der Menschen, ihre Sehnsucht nach unerreichbarer Schönheit suchte sich durch den Mund eines zahnlos mummelnden, durch Einsamkeit wunderlich gewordenen alten Mannes auszusprechen, der an einem nebligen Morgen am Rand einer Landstraße stand und einen kleinen Hund in den Armen hielt.

Die Arme des alten Mannes umklammerten den Hund so fest, daß das Tier vor Schmerz zu winseln begann. Etwas wie ein Krampf schüttelte den Leib des Mannes. Es war, als suche sich seine Seele gewaltsam dem Körper zu entwinden, um durch den Nebel, hinweg über die Ebene zu der großen Stadt zu fliegen – zu dem Sänger, dem Politiker, dem Millionär, dem Mörder, zu seinen Brüdern, Vettern und Schwestern da in der großen Stadt. Die Inbrunst, die den alten Mann erbeben ließ, war furchtbar, und ich erbebte vor Mitleid. Die Arme des Alten umklammerten den Leib des kleinen Hundes so fest, daß das Tier vor Schmerz wimmerte. Ich trat auf ihn zu und zwang ihm die Arme auseinander; der Hund fiel zu Boden. Da lag er und wimmerte. Sicher war er verletzt. Vielleicht waren ihm Rippen eingedrückt. Der alte Mann starrte auf den Hund zu seinen Füßen, wie im Flur des Mietshauses der Arbeiter aus der Fahrradfabrik auf seine tote Frau gestarrt hatte. »Wir sind Brüder«, sagte der alte Mann abermals. »Wir haben verschiedene Namen, aber wir sind Brüder. Unser Vater ging zur See – Sie verstehen mich wohl.«

Ich sitze in meinem Haus auf dem Land, und es regnet. Ich blicke auf das abfallende Hügelland; dann kommt die weite Ebene, und hinter der Ebene liegt die große Stadt. Vor einer Stunde ging der alte Mann an meiner Tür vorüber, aber der kleine Hund war nicht bei ihm. Vielleicht hat der alte Mann seinen Gefährten totgedrückt, als wir im Nebel miteinander redeten. Vielleicht ist der Hund jetzt tot, wie die Frau des Arbeiters und ihr ungeborenes Kind. Die Blätter der Bäume auf beiden Seiten der Straße draußen vor meinem Fenster fallen wie Regentropfen; die gelben, roten und goldenen Blätter fallen rasch und schwer zu Boden. Der Regen schlägt sie mit roher Gewalt herab. Als ein letztes trügerisches Gleißen tanzen sie durch die Luft. Im Oktober, meine ich, sollten die Blätter vom Wind weit über die Ebene davongetragen werden. Tanzend sollten sie verwehen.

Die Tür der Falle

Winifred Walker war sich über gewisse Dinge durchaus im klaren. Sie begriff, daß ein Mann, den man hinter Gitterstäbe gesetzt hat, sich im Gefängnis befindet. Eine Ehe war für sie eine Ehe.

Auch für Hugh Walker, ihren Mann, war sie das, wie er durch Erfahrung merkte. Aber damit begriff er es immer noch nicht. Es wäre wohl besser für ihn gewesen, wenn er es begriffen hätte, denn dann hätte er vielleicht schließlich sich selbst gefunden. Aber er begriff es, wie gesagt, nicht. Nach seiner Verheiratung glitten fünf oder sechs Jahre vorüber wie die Schatten windbewegter Bäume, die an einer Wand ihr Spiel treiben. Er war wortkarg und ging umher wie in einer Betäubung. Morgens und abends, tagein, tagaus sah er seine Frau. Hier und da regte sich ein Gefühl in ihm, und er küßte sie. Drei Kinder wurden geboren. Er gab Mathematikunterricht an dem kleinen College der Stadt Union Valley, Illinois. Und wartete.

Worauf? Er begann sich selbst diese Frage vorzulegen. Zuerst klang sie schwach, wie ein Echo, in sein Bewußtsein. Bald aber ließ sie ihn nicht mehr los. Ich verlange Antwort! schien sie zu sagen. Lauf nicht so stumpf durchs Leben. Richte deine Aufmerksamkeit auf mich.

So kam er vor seinem Haus an. Er war nicht darauf angewiesen, von seinem Gehalt als Lehrer an dem kleinen College zu leben; er besaß ein ziemlich geräumiges und behaglich eingerichtetes Haus. Es waren zwei schwarze Dienerinnen da; die eine kümmerte sich um die Kinder, die andere kochte und besorgte die Hausarbeit. Die Kinderfrau hatte die Gewohnheit, ganz zart und leise schwermütige Negerlieder zu singen. Zuweilen blieb Hugh an der Haustür stehen und lauschte. Durch die Glasscheibe der Tür konnte er in das Zimmer blikken, wo seine Familie beisammen war. Zwei der Kinder spielten auf dem Fußboden mit Bauklötzen. Seine Frau nähte. Die alte Negerin saß in einem Schaukelstuhl und hielt das jüngste Kind, ein Säugling noch, im Arm. Der ganze Raum schien im Zauberbann ihres summenden Singsangs. Auch Hugh geriet in ihren Bann. Er stand stumm und wartete. Die Stimme trug ihn weit weg, irgendwohin – in Wälder, am Rand sumpfiger Gewässer dahin. Er konnte seine Gefühle nicht in Worte fassen. Er hätte viel darum gegeben, wenn er zu klaren Gedanken fähig gewesen wäre. Er betrat das Haus. Da bin ich also, sagte es in ihm. Da bin ich. Dies ist mein Haus, dies sind meine Kinder.

Er betrachtete Winifred, seine Frau. Sie war in den Jahren der Ehe ein wenig plump geworden. Vielleicht macht sich die Mutterschaft bei ihr geltend; sie hat drei Kinder gehabt, dachte er.

Die alte Negerin ging, vor sich hin summend, hinaus und nahm das jüngste Kind mit. Hugh und Winifred führten ein Gespräch in Bruchstücken. »Wie ist's dir heute ergangen, Lieber?« fragte sie. »Gut«, antwortete er.

Wenn die beiden größeren Kinder in ihr Spiel vertieft waren, konnte er ungehindert seinen Gedanken nachhängen. Seine Frau störte ihn niemals, aber die Kinder kamen manchmal und wollten mit ihm spielen. Am frühen Abend, nachdem die Kinder zu Bett gebracht waren, zerbrach nichts die Muschelschalen, in denen er hauste. Ein Professor von seinem College kam mit seiner Frau zu Besuch, oder er besuchte mit Winifred irgendeinen Nachbarn. Man redete dies und das. Auch wenn sie beide, er und Winifred, allein daheim waren, redeten sie dies und das. »Die Fensterläden fangen an sich zu lockern«, sagte sie. Das Haus war alt und hatte grüne Läden. Sie lockerten sich fortwährend und schlugen nachts mit lautem Geklapper in ihren Angeln hin und her.

Hugh antwortete irgend etwas; zum Beispiel: er würde die Läden durch einen Zimmermann in Ordnung bringen lassen. Dann schweiften seine wandernden Gedanken ab, weg von seiner Frau, hinaus aus dem Haus, in andere Bezirke. Auch ich bin ein Haus, und meine Läden sind locker, sagte es in ihm. Ja, er hatte das Gefühl, in einer Muschel zu leben, und suchte sich daraus zu befreien. Um eine ablenkende Unterhaltung zu vermeiden, nahm er ein Buch zur Hand und tat, als lese er. Als auch seine Frau zu lesen begann, beobachtete er sie scharf und eindringlich. So und so war ihre Nase, so und so waren ihre Augen. Eine bestimmte kleine Handbewegung war ihr eigen: Wenn sie in die Seiten eines Buches vertieft war, hob sie langsam die Hand, berührte damit ihre Wange – ließ sie wieder sinken. Ihr Haar war nicht sehr ordentlich frisiert. Seit sie verheiratet war und Kinder hatte, gönnte sie ihrem Körper nicht mehr viel Pflege. Wenn sie las, sackte er lässig im Stuhl zusammen. Er wurde unförmig. Sie hatte ihr Rennen gelaufen.

So umspielten Hughs Gedanken die Gestalt seiner Frau, aber er war ihr nicht wirklich nahe. Mit seinen Kindern erging es ihm ebenso. Zuweilen, aber nur für kurze Augenblicke, waren sie ihm lebendige Wesen, so lebendig wie sein eigener Leib. Dann aber schienen sie lange Zeit hindurch in große Ferne entrückt, wie die leise summende Stimme der Negerin.

Seltsamerweise war die Negerin für ihn immer etwas ganz Wirkliches. Er spürte ein stummes Einverständnis zwischen ihm und der Negerin. Sie befand sich außerhalb seines Lebenskreises. Er konnte sie betrachten, wie man einen Baum betrachtet. Manchmal, abends, wenn er mit dem Buch in der Hand dasaß und tat, als lese er, und wenn sie die Kinder oben im Haus zu Bett gebracht hatte, ging die alte schwarze Frau leise durch das Zimmer in die Küche. Dabei sah sie nicht Winifred an, sondern Hugh. Ihm war, als sähe er ein seltsames sanftes Licht aus ihren alten Augen leuchten. Ich verstehe dich, mein Sohn, schienen die Augen zu sagen.

Hugh war entschlossen, Ordnung in sein Leben zu bringen, wenn er es irgend vermochte. Also – ans Werk! sagte er, als redete er zu einer dritten Person im Zimmer. Für sein Gefühl war ein Dritter anwesend, und dieser Dritte steckte in ihm selbst, in seinem Körper. Mit ihm sprach er.

Hm, da ist die Frau, dies Menschenkind, das ich geheiratet habe. Sie hat etwas Abgeschlossenes an sich, etwas Erfülltes, sagte er, als redete er laut. Zuweilen war es ihm in der Tat, als hätte er laut gesprochen, und er warf einen raschen, forschenden Blick nach seiner Frau. Aber sie las weiter, in ihr

Buch vertieft. Ja, so wird es wohl sein, fuhr er fort. Sie hat diese Kinder da geboren. Sie sind vollendete Tatsachen für sie. Aus ihrem Körper sind sie hervorgegangen, nicht aus meinem. Ihr Körper hat etwas geleistet. Nun ruht er aus. Wenn sie ein bißchen auseinanderfließt, so ist das durchaus in der Ordnung.

Er stand auf, murmelte irgendeine belanglose Entschuldigung und verließ Zimmer und Haus. Schon in seinen Jünglings- und jungen Mannesjahren war er oft lange Zeit hindurch ziellos irgendwohin über Land gewandert; es überkam ihn wie Anfälle einer in gewissen Zeitabständen wiederkehrenden Krankheit, aber es hatte geholfen. Diese Wanderungen brachten zwar keine Lösung, aber sie ermüdeten den Körper, und wenn er körperlich müde war, konnte er schlafen. Nach vielen Tagen des Wanderns und Schlafens trat eine Wandlung ein. Das Empfinden für die Wirklichkeit des Lebens wurde in ihm auf eine wunderliche Weise wiederhergestellt. Es geschah durch irgendein einfaches Erlebnis. Ein Mann, der auf der Straße vor ihm herging, warf einen Stein nach einem Hund, der bellend aus einem Farmhaus gerannt kam. Es war vielleicht Abend, und er wanderte durch sanft gewelltes Hügelland. Plötzlich kam er auf eine Anhöhe und hatte freien Ausblick. Vor ihm senkte sich der Weg und verlor sich in der Dunkelheit; aber wenn er sich nach Westen wandte, sah er über Felder hinweg ein Farmhaus liegen. Die Sonne war untergegangen, aber noch glomm ein schwaches Leuchten am westlichen Horizont. Eine Frau kam aus dem Farmhaus und ging zu einem Stall hinüber. Er konnte ihre Gestalt nicht deutlich erkennen. Sie schien etwas zu tragen – sicher einen Milchkübel; sie wollte im Stall eine Kuh melken.

Der Mann auf der Straße, der den Stein nach dem Hund geworfen hatte, wandte sich um und bemerkte Hugh. Er schämte sich ein wenig, weil er vor dem Hund Angst gehabt hatte. Einen Augenblick sah es aus, als wollte er warten und Hugh ansprechen, dann aber übermannte ihn die Verlegenheit, und er ging eilends davon. Er war ein Mann in mittleren Jahren, nun aber sah er ganz plötzlich und überraschend wie ein Junge aus.

Auch die undeutliche Gestalt der Frau, die in der Ferne zu

dem Stall ging, machte halt und blickte zu Hugh hinüber. Es war unmöglich, daß sie ihn gesehen hatte. Sie trug ein weißes Kleid, und ihr Körper stand in schattenhaftem Umriß vor dem schwärzlichen Grün der Bäume im Obstgarten. Noch immer stand sie und blickte herüber, und ihm war es, als sähe sie ihm gerade in die Augen. Er hatte das sonderbare Gefühl, als habe eine unsichtbare Hand sie aufgehoben und zu ihm getragen. Und er meinte, ihr ganzes Leben sei ihm vertraut, ebenso wie das Leben des Mannes, der den Stein nach dem Hunde geworfen hatte.

In seinen jungen Jahren hatte Hugh, wenn das Leben seinem Griff entglitt, endlose Wanderungen gemacht, bis Erlebnisse dieser Art ihn wieder ins Lot brachten; dann konnte er auf einmal wieder arbeiten und unter Menschen leben.

Nach seiner Verheiratung ging er, wenn er einen solchen Abend daheim verbracht hatte, ebenfalls fort und schlug einen schnellen Schritt an, sobald das Haus hinter ihm lag. So rasch wie möglich verließ er die Stadt und wanderte auf einer Landstraße dahin, die durch die weite, in wellenförmigen Erhebungen sich dehnende Prärie führte. Ich kann jetzt natürlich nicht mehr ganze Tage umherlaufen, wie ich es früher getan habe, dachte er. Es sind da gewisse Tatsachen in meinem Leben, und ich muß den Tatsachen ins Auge sehen. Winifred, meine Frau, ist eine Tatsache, und meine Kinder sind Tatsachen. Ich muß die Tatsachen mit den Händen greifen. Ich muß für sie und mit ihnen leben. Das ist die Art, wie die Menschen ihr Leben zu führen haben.

Hugh verließ das Städtchen und kam auf eine Straße, die zwischen Maisfeldern dahinlief. Er war ein Mann von athletischem Körperbau und trug weite, lose Kleidung. Verstört, in ratlosem Zwiespalt, ging er weiter; er fühlte sich als Mann, fähig, seinen Platz im Leben auszufüllen – und fühlte sich zugleich unfähig und hilflos.

Die Landschaft dehnte sich nach allen Richtungen in offener Weite. Es war immer schon dunkel, wenn er solche Wanderungen machte, und er konnte nichts unterscheiden, aber die Empfindung der Weite war immer lebendig in ihm. Alles schreitet unablässig fort, nur ich stehe still, dachte er. Seit sechs Jahren gab er nun schon Unterricht an dem kleinen

College. Da waren junge Männer und Mädchen in einen Raum gekommen, und er hatte sie unterrichtet. Aber das bedeutete nichts. Es war ein Spiel mit Worten und Zahlen gewesen. Es war ein Bemühen gewesen, geistige Kräfte zu wecken.

Wozu?

Das war die alte Frage, die immer wiederkam, immer Antwort forderte, wie ein kleines Tier, das sein Futter verlangt. Hugh versuchte es gar nicht mehr zu antworten; er gab es auf. Er schritt rasch aus und suchte sich körperlich zu ermüden. Er zwang sich, seine Aufmerksamkeit auf kleine Dinge zu richten, um die großen Fernen zu vergessen. Eines Abends bog er von der Straße ab und umwanderte ein ganzes Maisfeld. Er zählte die Stauden in jeder Furche und berechnete danach die Zahl der Stauden auf einem ganzen Feld. Es muß ungefähr zwölfhundert Kolben Mais tragen, das Feld da, sagte er sich, als ob die Frage für ihn Bedeutung hätte. Er zupfte eine kleine Handvoll Fasern aus einem Kolben und spielte damit. Er versuchte, sich daraus einen gelben Schnurrbart zu machen. Da wäre ich erst ein Kerl, wenn ich so einen netten gelben Schnurrbart hätte, dachte er.

Eines Tages in seinem Klassenzimmer begann Hugh plötzlich, seine Schüler mit neuer Anteilnahme zu betrachten. Ein junges Mädchen hatte seine Aufmerksamkeit erregt. Sie saß neben dem Sohn eines in Union Valley wohnenden Kaufmanns, und der junge Mann schrieb etwas auf die Rückseite eines Heftes. Sie sah hin und wandte den Kopf weg. Der junge Mann wartete.

Es war Winter, und der Sohn des Kaufmanns hatte das Mädchen gebeten, mit ihm zum Schlittschuhlaufen zu gehen. Aber das wußte Hugh nicht. Er fühlte sich plötzlich alt. Als er an das Mädchen eine Frage richtete, geriet sie in Verwirrung. Ihre Stimme zitterte.

Nach Schluß des Unterrichts geschah etwas Unerwartetes. Hugh forderte den Kaufmannssohn auf, noch einen Augenblick dazubleiben; als er dann mit dem jungen Manne allein war, übermannte ihn jäh die Wut. Aber seine Stimme klang kalt und fest. »Junger Mann«, sagte er, »Sie kommen nicht hierher, um Ihre Hefte zu verschmieren und Ihre Zeit zu verplempern. Wenn ich dergleichen noch einmal sehe, werde ich etwas tun, worauf Sie nicht gefaßt sind. Ich werfe Sie aus dem Fenster. Merken Sie sich das!«

Hugh machte eine abschließende Handbewegung, und der junge Mann verließ bleich und stumm das Zimmer. Hinterher war es Hugh miserabel zumute. Mehrere Tage lang dachte er über das Mädchen nach, das ganz zufällig seine Aufmerksamkeit erregt hatte. Ich will sie kennenlernen. Ich will ihr Wesen erforschen, dachte er.

Es war nichts Ungewöhnliches, daß die Lehrer am College in Union Valley ihre Schüler bei sich zu Hause empfingen. So beschloß Hugh, das Mädchen einzuladen. Er dachte mehrere Tage daran. Schließlich traf er sie an einem Spätnachmittag; sie ging vor ihm her den Weg von der Anhöhe, auf der das Schulgebäude stand, hinab.

Das Mädchen hieß Mary Cochran. Sie war erst vor wenigen Monaten auf die Schule gekommen, aus einem Städtchen namens Hunterburg, Illinois, das ohne Zweifel Union Valley aufs Haar glich. Hugh wußte weiter nichts von ihr, als daß ihr Vater tot war – vielleicht auch ihre Mutter. Er beschleunigte seinen Schritt, um sie einzuholen. »Miß Cochran!« rief er und merkte überrascht, daß seine Stimme ein wenig zitterte. Warum bin ich denn so versessen darauf? fragte er sich.

Nun begann ein neues Leben im Hause Hugh Walkers. Es tat dem Mann wohl, jemanden im Hause zu haben, der nicht unmittelbar zu ihm gehörte; und Winifred Walker und den Kindern war die Anwesenheit des Mädchens willkommen. Ja, Winifred lud sie dringend zum Wiederkommen ein. So kam sie denn mehrmals in der Woche.

Es war Mary Cochran sehr lieb, in einer Familie zu verkehren, wo Kinder waren. An Winternachmittagen zog sie mit einem Schlitten zu einem kleinen Hügel in der Nähe des Hauses und nahm die beiden Jungen mit. Sie jubelten. Mary Cochran zog den Schlitten den Hügel hinauf, die Kinder folgten. Dann sausten sie alle miteinander hinunter.

Das rasch zur Frau heranreifende Mädchen verkehrte mit Hugh auf eine Art, die deutlich zeigte, daß er in ihrem Leben keinerlei Rolle spielte. Sie und der Mann, der eine so plötzliche und tiefe Zuneigung für sie gefaßt hatte, wußten einander wenig zu sagen, und Winifred Walker hatte Mary Cochran als Zuwachs zum Haushalt hingenommen, ohne Fragen zu stellen. Oft ging sie nachmittags, wenn die beiden Negerinnen beschäftigt waren, weg und ließ die größeren Kinder unter Marys Obhut.

An Spätnachmittagen gingen Hugh und Mary zuweilen miteinander vom College nach Haus. Im Frühjahr arbeitete er in dem verwilderten Garten. Es war darin umgegraben und gepflanzt worden, aber er nahm Hacke und Harke und machte sich allerlei zu schaffen. Die Kinder spielten mit Mary vorm Haus. Hugh hatte keinen Blick für die Kinder; er sah nur das Mädchen an. Sie ist einer von den Menschen, mit denen ich lebe, mit denen ich nach Meinung der Leute arbeite, dachte er. Aber sie gehört nicht zu mir, wie Winifred und die Kinder da. Ich könnte zu ihr gehen, ihre Finger berühren, sie betrachten – dann weggehen und sie niemals wiedersehen.

Der Gedanke tat ihm wohl in seiner zerrissenen Stimmung. Abends, bei seinem gewohnten Ausgang, war wohl wieder das stete Gefühl der Ferne in ihm mächtig, aber es lockte ihn nicht, weiter und immer weiter zu wandern, stundenlang wie ein halb Verrückter zu rennen, sich zu quälen, als gelte es, eine undurchdringliche Mauer zu durchbrechen.

Er dachte an Mary Cochran. Sie kam aus einem Landstädtchen. Sie war wie Millionen andere amerikanische Mädchen. Er grübelte, was wohl in ihr vorging, wenn sie in seinem Unterricht saß, neben ihm durch die Straßen von Union Valley ging, mit den Kindern im Hof neben dem Haus spielte.

An einem Winternachmittag, als es schon stark dämmerte und Mary mit den Kindern im Hof einen Schneemann baute, ging er nach oben und stand dann im Dunkeln am Fenster. Er sah die schlanke, straffe Gestalt des Mädchens, schattenhaft in dem trüben Licht, wie sie sich flink bewegte. Ja, ihr ist noch nichts geschehen. Vielleicht wird etwas aus ihr – vielleicht auch nicht. Sie ist wie ein junger Baum, der noch keine Frucht getragen hat, dachte er. Dann ging er in sein Zimmer und saß lange im Finstern. An jenem Abend dehnte er seinen gewohnten Spaziergang nicht lange aus, sondern kehrte sehr bald zurück und ging wieder in sein Zimmer. Er schloß sich ein. Unbewußt wollte er verhindern, daß Winifred käme und ihn in seinen Gedanken störte. Das tat sie zuweilen.

Tagaus, tagein las sie Romane. Sie las die Romane von Robert Louis Stevenson. Wenn sie damit fertig war, fing sie wieder von vorn an.

Manchmal kam sie nach oben, blieb an der Tür stehen und erzählte ihm irgendeinen Vorfall oder eine altkluge Äußerung, mit der eines der Kinder sie überrascht hatte. Manchmal kam sie auch ins Zimmer und löschte das Licht. Am Fenster stand ein Sofa. Sie setzte sich auf den Rand des Sofas. Eine Veränderung ging mit ihr vor. Es war wieder, wie es vor der Hochzeit gewesen war. Neues Leben regte sich in ihr. Er setzte sich zu ihr, sie streckte die Hand aus und berührte sein Gesicht.

Heute abend wollte Hugh nichts dergleichen. Er stand einen Augenblick im Zimmer, schloß dann die Tür auf und trat an die Treppe. »Sei leise, wenn du heraufkommst, Winifred. Ich habe Kopfweh und will versuchen zu schlafen«, log er.

Als er in sein Zimmer zurückgekehrt war und sich wieder eingeschlossen hatte, fühlte er sich in Sicherheit. Er zog sich nicht aus, sondern warf sich auf das Sofa und löschte das Licht.

Er dachte an Mary Cochran, die Schülerin, aber er war überzeugt, daß sie ihn auf eine ganz unpersönliche Weise beschäftigte. Sie war für ihn dasselbe wie die Frau, die er im Hügelland zum Melken gehen sah, damals, als er ein junger Bursche war und kreuz und quer das Land durchstreifte, um die in ihm brennende Ratlosigkeit zu löschen. Sie bedeutete in seinem Leben dasselbe wie der Mann, der den Stein nach dem Hund warf.

Ja, sie ist noch unfertig; sie ist wie ein junger Baum, wiederholte er in Gedanken. So geht es mit den Menschen. Sie entwachsen der Kindheit ganz plötzlich. So wird es auch mit meinen Kindern gehen. Meine kleine Winifred, die jetzt noch nicht sprechen kann, wird plötzlich ein Mädchen wie diese

Mary sein. Ich habe Mary Cochran aus keinem bestimmten Grund zum Gegenstand meines Nachdenkens erwählt. Durch eine unbekannte Ursache war ich dem Leben fern, und sie hat mich ihm wieder nahegebracht. Das hätte ebensogut durch etwas anderes geschehen können – durch ein Kind, das auf der Straße spielte, durch einen alten Mann, den ich die Treppe hinaufsteigen und in ein Haus gehen sah. Sie gehört nicht zu mir. Eines Tages werde ich sie aus den Augen verlieren. Winifred und die Kinder aber werden hier bleiben, immer, und auch ich werde immer hier bleiben. Wir sind eingekerkert durch die Tatsache, daß wir zueinander gehören. Diese Mary Cochran ist frei – oder richtiger: sie ist frei in bezug auf unseren Kerker. Ohne Zweifel wird sie sich nach einer gewissen Zeit ihren eigenen Kerker bauen, aber dann werde ich nichts damit zu schaffen haben.

Als Mary Cochran drei Jahre lang das College in Union Valley besucht hatte, war sie beinahe ein fester Bestandteil des Walkerschen Haushalts geworden. Noch immer kannte sie Hugh nicht. Aber sie kannte die Kinder besser als er, vielleicht gar besser als die eigene Mutter. Im Herbst zog sie mit den Jungen in die Wälder, um Nüsse zu suchen. Im Winter lief sie mit ihnen auf einem kleinen Teich in der Nähe des Hauses Schlittschuh.

Winifred nahm ihre Anwesenheit hin, wie sie alles hinnahm: die Dienste der beiden Negerinnen, die Geburt der Kinder, das schweigsame Wesen ihres Mannes.

Und dann barst Hughs Schweigsamkeit, die sein ganzes Eheleben hindurch gedauert hatte, jäh und unerwartet. Er ging an jenem Tag mit einem Deutschen heim, der am College den Lehrstuhl für neuere Sprachen innehatte, und geriet mit ihm in einen heftigen Streit. Er blieb auf der Straße stehen und sprach mit den Leuten. Als er sich dann im Garten zu schaffen machte, pfiff und sang er.

Eines Nachmittags im Herbst kam er nach Hause und fand die ganze Familie im Wohnzimmer versammelt. Die Kinder spielten auf dem Fußboden, die Negerin saß am Fenster, hielt das Jüngste im Arm und summte leise eines ihrer Negerlieder. Auch Mary Cochran war da. Sie las in einem Buch.

Hugh ging geradewegs auf sie zu und sah ihr über die

Schulter. In diesem Augenblick kam Winifred ins Zimmer. Er griff nach dem Buch und riß es dem Mädchen aus der Hand. Sie sah ihn erschrocken an. Mit einem Fluch warf er das Buch ins Feuer, das im offenen Kamin hinter einem Gitter brannte. Eine Flut von Worten brach aus ihm hervor. Er verwünschte Bücher und Menschen und Schulen. »Zum Teufel mit dem ganzen Krempel!« sagte er. »Warum müssen Sie das Leben aus Büchern kennenlernen? Was treibt Sie dazu? Was treibt die Leute, über das Leben zu schreiben? Warum *leben* sie's nicht lieber? Warum können sie das Bücherlesen und Tüfteln und Zur-Schule-Laufen nicht bleibenlassen?«

Er wandte sich um und sah seine Frau an, die ihn mit einem sonderbar unsicheren und doch starren Blick betrachtete. Die alte Negerin stand auf und ging rasch hinaus. Die beiden größeren Kinder fingen an zu weinen. Hugh fühlte sich kreuzunglücklich. Er sah bald das erschrockene Mädchen, das auch Tränen in den Augen hatte, bald seine Frau an. Seine Finger zerrten nervös an seinem Rock. Den beiden Frauen kam er in diesem Augenblick wie ein Junge vor, den man beim Naschen in der Speisekammer erwischt hat. »Ich habe mich mal wieder von einem meiner verrückten Wutanfälle hinreißen lassen«, sagte er und sah seine Frau an, aber seine Worte waren in Wirklichkeit an das Mädchen gerichtet. »Aber ich meine es ernster, als es jetzt wohl den Anschein hat. Nicht Ihr Buch war es, was mich aufbrachte – es war etwas anderes. Ich sehe so vieles, was man im Leben tun kann, und ich tue so wenig.«

Er ging hinauf in sein Zimmer und war verwundert über sich selbst. Warum hatte er die beiden Frauen belogen, warum belog er sich selbst immer wieder?

Ja – belog er sich denn? Er bemühte sich, die Frage zu beantworten, aber er konnte es nicht. Es ging ihm wie einem, der im Dunkeln über einen Korridor tappt und an eine türlose Wand gerät. Das alte Verlangen, dem Leben wegzulaufen, sich körperlich zu erschöpfen, packte ihn wieder wie ein Anfall von Irrsinn.

Lange stand er in seinem Zimmer im Dunkeln. Die Kinder hörten auf zu weinen, und es wurde wieder stiller im Haus. Er hörte die ruhige Stimme seiner Frau; gleich darauf fiel die

Hintertür mit einem Knall ins Schloß: Mary Cochran war gegangen.

Dann ging das häusliche Leben wieder unverändert seinen Gang. Hugh aß stumm seine Mahlzeit und unternahm danach einen langen Spaziergang. Zwei Wochen lang kam Mary Cochran nicht ins Haus, dann traf er sie eines Tages in den Anlagen beim College. Sie hatte jetzt keinen Unterricht mehr bei ihm. »Bitte meiden Sie unser Haus nicht, weil ich so grob war«, sagte er. Das Mädchen wurde rot und antwortete nicht; aber als er nachmittags heimkam, war sie im Hof und spielte mit den Kindern. Er begab sich sogleich in sein Zimmer. Ein hartes Lächeln erschien einen Augenblick auf seinem Gesicht. Sie ist ganz und gar nicht mehr wie ein junger Baum. Jetzt ist sie beinahe schon wie Winifred. Es ist fast, als gehörte sie hierher, als gehörte sie zu mir und meinem Leben, dachte er.

Mary Cochrans Besuche im Walkerschen Haushalt fanden ein jähes Ende. Eines Abends, als Hugh in seinem Zimmer war, kam sie mit den beiden Jungen herauf. Sie war zum Essen dageblieben und brachte nun die Jungen zu Bett. Das war ein Vorrecht, auf das sie pochte, wenn sie zum Dinner blieb.

Hugh war sogleich nach dem Essen eiligst in sein Zimmer gegangen. Er wußte, wo seine Frau war. Sie saß unten bei der Lampe und las in einem der Bücher von Robert Louis Stevenson.

Lange Zeit hörte Hugh die Stimmen seiner Kinder aus dem Stockwerk über ihm. Und dann geschah es.

Mary Cochran kam die Treppe herab, die an der Tür seines Zimmers vorüberführte. Sie blieb stehen, kehrte um und ging wieder hinauf, in das Zimmer der Kinder. Hugh stand auf und trat in den Korridor hinaus. Sie war wieder zu den Kindern gegangen, weil sie plötzlich das heftige Verlangen hatte, Hughs Ältesten, der damals neun Jahre alt war, zu küssen. Sie betrat das Zimmer auf Zehenspitzen und betrachtete lange die beiden Jungen, die eingeschlafen waren und von ihrer Anwesenheit nichts merkten. Dann trat sie leise ans Bett und küßte den Ältesten ganz sanft. Als sie das Zimmer verließ, stand Hugh draußen im Dunkeln und wartete auf sie.

Er nahm ihre Hand und führte sie die Stufen hinunter in sein Zimmer.

Sie hatte furchtbare Angst, und diese Angst erweckte in ihm ein seltsames Gefühl der Freude. »Ja ja«, sagte er, »Sie können noch nicht verstehen, was Ihnen hier passieren wird, aber der Tag wird kommen, wo Sie es verstehen. Ich werde Sie küssen, und dann werde ich Sie bitten, dies Haus zu verlassen und nie mehr wiederzukommen.«

Er nahm sie fest in die Arme und küßte sie auf die Wangen und die Lippen. Als er sie dann zur Tür führte, konnte sie sich kaum aufrecht halten, so bebte sie vor Angst und neuem, nie gekanntem Verlangen. Mühsam tastete sie sich die Treppe hinunter und ins Wohnzimmer. Jetzt wird sie lügen, dachte er, und sogleich hörte er ihre Stimme von unten her wie ein Echo seiner Gedanken. »Ich habe schreckliches Kopfweh. Ich muß schleunigst nach Hause«, hörte er sie sagen. Ihre Stimme war dunkel und schwer. Das war nicht mehr die Stimme eines jungen Mädchens.

Jetzt ist sie nicht mehr wie ein junger Baum, dachte er. Ein Gefühl des Stolzes und der Freude erfüllte ihn. Als er hörte, wie die Hintertür des Hauses leise geschlossen wurde, tat sein Herz einen Sprung. Ein seltsamer, flackernder Glanz kam in seine Augen. Auch sie wird eingekerkert werden, aber ich habe nichts damit zu schaffen. Sie wird mir niemals gehören. Meine Hände werden niemals einen Kerker für sie bauen, dachte er mit grimmiger Freude.

Das Mädchen aus Neuengland

Ihr Name war Elsie Leander; sie verbrachte ihre Jugendjahre auf der Farm ihres Vaters in Vermont. Seit mehreren Generationen hatten die Leanders alle auf derselben Farm gelebt und alle schlanke Mädchen geheiratet; so war auch Elsie schlank. Die Farm lag im Schatten eines Gebirges, und der Boden war nicht sehr fruchtbar. Seit die Leanders hier lebten, hatten sie in allen Generationen sehr viele Söhne und wenige Töchter in die Welt gesetzt. Die Söhne waren nach dem Westen oder in die Stadt New York gegangen, die Mädchen waren daheimgeblieben und hatten die Gedanken gedacht, die den neuenglischen Mädchen gewöhnlich kommen, wenn sie zusehen müssen, wie die Nachbarsöhne ihnen einer nach dem andern gen Westen davonlaufen.

Elsies Vaterhaus war ein kleines weißes Fachwerkgebäude. Trat man zur Hintertür hinaus, so kam man an einer kleinen Scheune und einem Hühnerstall vorbei auf einen Pfad, der hügelaufwärts in einen Obstgarten führte. Die Bäume waren alle alt und knorrig. Jenseits des Obstgartens fiel der Hügel steil ab, und nackter Felsgrund kam zum Vorschein.

Noch diesseits der Hecke ragte ein großer grauer Felsblock hoch aus dem Boden auf. Wenn Elsie dort oben saß, mit dem Rücken an den Felsblock gelehnt, den zerklüfteten felsigen Hang zu Füßen, sah sie mehrere mächtige Berghöhen vor sich, die scheinbar ganz nahe waren; zwischen ihr und den Bergen lagen viele kleine Felder, von säuberlich gebauten Steinwällen umgeben. Überall Felsgestein, wohin der Blick fiel. Mächtige Blöcke, zu schwer, um von der Stelle bewegt zu werden, ragten mitten auf den Feldern aus dem Boden. Die Felder glichen Schalen mit einer grünen Flüssigkeit, die sich im Herbst grau und im Winter weiß färbte. Die Berge, trügerisch nahe, in Wirklichkeit weit entfernt, glichen Riesen, die jeden Augenblick die Hand ausstrecken konnten, um die

Gefäße eins nach dem andern zu fassen und die grüne Flüssigkeit zu trinken. Die großen Blöcke auf den Feldern sahen wie die Daumen der Riesen aus.

Elsie hatte drei Brüder, die älter waren als sie, aber sie hatten alle die Heimat verlassen. Zwei von ihnen waren zu ihrem Onkel in den Westen gegangen, der älteste lebte in New York City, wo er sich verheiratet hatte und zu Geld gekommen war. Der alte Leander hatte in seinen jungen Jahren und in seinem Mannesalter unablässig hatte gearbeitet und sich's sauer werden lassen, dann aber begann der in New York lebende Sohn seinen Eltern Geld zu schicken, und seitdem ging es ihnen besser. Noch immer arbeitete der Alte tagaus, tagein im Stall und auf den Feldern, aber über die Zukunft machte er sich keine Sorgen mehr. Elsies Mutter besorgte morgens den Haushalt; nachmittags saß sie in dem winzigen Wohnzimmer in einem Schaukelstuhl und dachte an ihre Söhne, während sie Tischdecken und Schutzdeckchen für Stuhllehnen häkelte. Sie war eine schweigsame, sehr dünne Frau, mit sehr mageren, knochigen Händen. Sie machte es sich im Schaukelstuhl nicht bequem, sondern stand häufig mit einem Ruck auf, und beim Häkeln hielt sie den Rücken so kerzengerade wie ein Unteroffizier.

Mutter und Tochter sprachen selten miteinander. Zuweilen, wenn Elsie nachmittags zu ihrem Lieblingsplatz am Felsen oben im Obstgarten ging, kam ihr Vater aus dem Stall und hielt sie an. Er legte ihr die Hand auf die Schulter und fragte, wohin sie ging. »Zum Felsen«, sagte sie dann, und der Vater lachte. Sein Lachen klang wie das Kreischen einer verrosteten Türangel, und seine Hand, die auf Elsies Schulter lag, war dünn wie ihre Hände und die Hände ihrer Mutter. Kopfschüttelnd kehrte er in den Stall zurück. Sie ist wie ihre Mutter. Sie ist selbst wie ein Felsen, dachte er. Am oberen Ende des Fußweges, der vom Haus zum Obstgarten führte, war ein dichtes Wachsmyrtengebüsch. Der Farmer kam aus dem Stall wieder heraus und wollte seiner Tochter nachsehen, wie sie den Pfad hinaufstieg, aber sie war schon hinter dem Gebüsch verschwunden. Er blickte an seinem Haus vorbei auf die Felder hinaus und zu den Bergen hinüber. Auch er sah die grünen Felder, die Gefäßen glichen, und die schroffen, düsteren Berge. Die Muskeln seines verbrauchten alten Körpers zogen sich ein wenig, kaum wahrnehmbar, zusammen. Lange Zeit stand er schweigend da; aber er kannte aus langer Erfahrung die Gefährlichkeit des Grübelns, und so kehrte er in den Stall zurück, um sich der Ausbesserung eines oft geflickten landwirtschaftlichen Gerätes zu widmen.

Der in New York City lebende Leander hatte einen Sohn, einen mageren, reizbaren Jungen, der Elsie ähnlich sah. Er starb, als er dreiundzwanzig Jahre alt war; einige Jahre später starb auch der Vater und vererbte sein Geld den alten Leuten auf der Farm in Neuengland. Die beiden nach dem Westen ausgewanderten Leanderschen Söhne waren beim Bruder ihres Vaters geblieben, bis sie zu Männern herangewachsen waren. Dann nahm Will, der jüngere, eine Stellung bei der Eisenbahn an. Er verunglückte an einem Wintermorgen. Der Tag war kalt, es hatte geschneit; als der Güterzug, den er als Schaffner begleitete, den Bahnhof der Stadt Des Moines verlassen hatte, wollte Will Leander über die Wagendächer laufen. Dabei glitt er aus und stürzte kopfüber zwischen zwei Wagen ins Leere. Das war sein Ende.

Von der jüngeren Generation waren also nur noch Elsie und ihr Bruder Tom, den sie niemals gesehen hatte, am Leben. Ihre Eltern hatten den Plan, in den Westen zu gehen; sie sprachen zwei Jahre lang darüber, ehe es zur Entscheidung kam. Dann war ein drittes Jahr erforderlich, um die Farm zu Geld zu machen und Vorbereitungen zu treffen. Während dieser ganzen Zeit dachte Elsie über die Veränderung, die ihrem Leben bevorstand, nicht viel nach.

Die Eisenbahnreise in den Westen aber rüttelte Elsie aus ihrer Bewegungslosigkeit auf. Trotz ihrer kühlen Haltung dem Leben gegenüber wurde sie erregt. Ihre Mutter saß sehr gerade und steif auf ihrem Platz im Schlafwagen, ihr Vater wanderte im Gang auf und ab. Nach einer Nacht, in der Elsie mit brennendroten Wangen hellwach im Bett gelegen hatte und ihre dünnen Finger ruhelos auf den Laken ihrer Schlafkoje gespielt hatten, während der Zug durch kleine und große Städte raste, Hügel hinaufkroch und in waldige Täler hinabschoß, stand sie auf, zog sich an und saß den ganzen Tag am Fenster, um die neue Landschaft zu betrachten. Einen

Tag und eine zweite schlaflose Nacht hindurch fuhr der Zug durch flaches Land, wo jedes einzelne Feld so groß war wie in Elsies Heimat eine ganze Farm. Kleine Städte erschienen und verschwanden in steter Folge. Das ganze Land war allem, was sie je gekannt, so völlig unähnlich, daß es ihr vorkam, als wäre sie selbst nicht mehr dieselbe. In dem Tal, wo sie geboren war und ihr ganzes bisheriges Leben verbracht hatte, war alles begrenzt und schien endgültig. Nichts konnte sich ändern. Die winzigen Felder waren am Boden festgeschmiedet. Sie saßen unverrückbar an ihrem Platze, von alten Steinmauern umgeben. Die Felder, gleich den Bergen, die auf sie herabsahen, waren so unwandelbar wie die vorüberziehenden Tage. Elsie hatte das Gefühl, so sei es immer gewesen und würde immer so sein.

Elsie saß wie ihre Mutter aufrecht da und hielt den Rücken so kerzengerade wie ein Unteroffizier. Der Zug durchquerte in rascher Fahrt die Staaten Ohio und Indiana. Ihre Hände lagen wie die ihrer Mutter fest ineinandergefaltet in ihrem Schoß. Ein zufällig Vorübergehender hätte die beiden Frauen für Gefangene halten können, die man gefesselt und auf ihren Sitzen festgebunden hatte. Es wurde dunkel, und Elsie legte sich abermals hin. Wieder lag sie wach, wieder röteten sich ihre mageren Wangen, aber sie dachte neue Gedanken. Ihre Hände waren nun nicht mehr gefaltet und zupften auch nicht mehr unruhig an der Bettdecke. Zweimal in dieser Nacht reckte sie sich und gähnte – etwas, das sie noch nie im Leben getan hatte. Der Zug hielt in einer Kleinstadt in der Prärie, und da mit einem der Räder des Wagens, in dem Elsie lag, etwas nicht in Ordnung war, kamen die Bahnarbeiter mit flammenden Fackeln, um es zu flicken. Es gab ein großes Gehämmer und Geschrei. Als der Zug wieder fuhr, bekam sie Lust, aufzustehen und im Wagengang auf und ab zu gehen. Ihrer Phantasie erschienen die Männer, die das Wagenrad in Ordnung gebracht hatten, als neue Menschen eines neuen Landes, die mit starken Hammerschlägen das Tor ihres Gefängnisses aufgebrochen hätten. Sie hatten den Plan, den sie sich für ihr Leben gemacht hatte, für immer zertrümmert.

Sie war voller Freude, daß der Zug nach Westen, immer nach Westen fuhr. Sie hätte immer so dahinfahren mögen, geradewegs ins Unbekannte. Ihr war es, als führe sie nicht mehr in einem Zug, sondern als wären ihr Flügel gewachsen, und sie flöge durch den Raum dahin. In den langen Jahren, in denen sie auf der Farm in Neuengland einsam an dem Felsen saß, hatte sie die Gewohnheit angenommen, laut zu denken. Ihre dünne Stimme unterbrach die Stille des Schlafwagens, und ihr Vater und ihre Mutter, die gleichfalls beide wach lagen, setzten sich in ihren Kojen auf, um zu lauschen.

Tom Leander, der einzige noch lebende Mann seiner Generation in der Familie, war ein vierzigjähriger, zur Beleibtheit neigender Mann mit schlaffer Haltung. Mit zwanzig Jahren hatte er die Tochter eines benachbarten Farmers geheiratet, und als seine Frau eine kleine Summe Geldes erbte, zog er mit ihr in die Kleinstadt Apple Junction, Iowa, wo er eine Kolonialwarenhandlung eröffnete. Das Geschäft ging ebenso gut wie seine Ehe. Als sein Bruder in New York City starb und seine Eltern und seine Schwester sich entschlossen, in den Westen zu kommen, hatte Tom bereits eine Tochter und vier Söhne.

Auf der Prärie nördlich der Stadt, mitten auf einer weiten Ebene, die mit Maisfeldern bedeckt war, stand ein unfertiges Ziegelsteinhaus. Es hatte einem reichen Farmer namens Russell gehört, der mit diesem Bau das großartigste Haus des ganzen Distrikts errichten wollte – aber als die Arbeiten fast vollendet waren, fand er sich ohne Geld und schwer verschuldet. Die Farm, die aus mehreren hundert Morgen Maispflanzungen bestand, wurde in drei kleine Farmen zerlegt und verkauft; aber das gewaltig große, unfertige Ziegelsteinhaus wollte niemand haben. Jahrelang stand es leer; seine Fenster starrten auf die Felder hinaus, die jetzt bis dicht vor die Haustür bebaut waren.

Als Tom das Russellsche Haus kaufte, leiteten ihn zwei Beweggründe. Er war überzeugt, daß die Leanders in Neuengland eine ziemlich großartige Familie gewesen waren. Seine Erinnerung an die Farm seines Vaters im Tal von Vermont war schattenhaft, aber wenn er seiner Frau davon erzählte, sprach er sehr bestimmt. »Wir haben gutes Blut in uns, wir Leanders«, sagte er dann und reckte seine Schultern. »Wir bewohnten ein großes Haus. Wir galten was.«

Aber Tom hatte noch einen andern Grund, dafür zu sorgen, daß seine Eltern sich in ihrer neuen Umgebung heimisch fühlten. Er war kein willensstarker Mensch, und wenn er als Ladenbesitzer so gut vorangekommen war, so verdankte er seinen Erfolg in hohem Maße der unermüdlichen Tatkraft seiner Frau. Sie kümmerte sich nicht viel um ihren Haushalt, und ihre Kinder waren sich selbst überlassen wie junge Tiere; aber in allem, was den Laden betraf, war ihr Wort Gesetz.

Wenn nun sein Vater Eigentümer des Russellschen Hauses war, so würde das sein, Toms, Ansehen bei seinen Nachbarn ein für allemal sichern, davon war Tom überzeugt. »Sie sind an ein großes Haus gewöhnt, sag ich dir«, erklärte er seiner Frau. »Meine Familie ist gewohnt, auf großem Fuß zu leben, das kann ich dir sagen.«

Die leidenschaftliche Erregung, die sich Elsies auf der Eisenbahn bemächtigt hatte, verflog beim Anblick der grauen, öden Landflächen in Iowa – aber eine Nachwirkung davon blieb in ihr monatelang zurück. Das Leben der drei spielte sich in dem großen Ziegelhaus kaum anders ab als all die Jahre hindurch in dem kleinen Haus in Neuengland. Sie richteten sich in drei oder vier Zimmern im Erdgeschoß ein. Nach ein paar Wochen kam ihr Hausrat, der als Frachtgut aufgegeben war, an und wurde in einem von Toms Geschäftsfuhrwerken aus dem Städtchen zur Farm hinausgeschafft. Drei oder vier Morgen Land waren mit großen Bretterstapeln bedeckt, die der verkrachte Farmer zum Bau von Stallungen hatte verwenden wollen. Toms Leute schafften die Bretter weg, und Elsies Vater machte sich daran, einen Garten anzulegen. Im April waren die Leanders angekommen, und sobald sie sich im Haus eingerichtet hatten, begann das Pflügen und Säen auf den Feldern ums Haus. Elsie Leander fiel in die Gewohnheit zurück, der sie ihr Leben lang gefolgt war. Hier in ihrem neuen Heim gab es keinen Obstgarten mit knorrigen Stämmen, umgeben von einer halbverfallenen Steinmauer. Auf allen Feldern, die sich hier nach Norden, Süden, Osten und Westen ins Unendliche dehnten, waren alle Hecken und Zäune aus Draht und sahen gegen den schwarzen Grund der frischgepflügten Erde wie Spinngewebe aus.

Aber da war das Haus selbst. Es ragte empor wie eine Insel aus dem Meer. Seltsam – dieses Haus, das noch nicht zehn Jahre stand, erweckte den Eindruck hohen Alters. In seiner unnötigen Größe war es, das fühlte Elsie, einem uralten menschlichen Trieb entsprungen. An der Ostseite war eine Tür als Zugang zu einer Treppe, die zum oberen Teil des Hauses führte; diese Tür war stets verschlossen. Ein Aufgang von zwei oder drei Steinstufen war davor. Hier konnte Elsie sitzen, den Rücken gegen die Tür lehnen und in die Ferne starren, ohne gestört zu werden. Beinahe ihr zu Füßen begannen die Felder und schienen sich weiter, immer weiter bis ins Unendliche zu erstrecken. Sie glichen den Wassern eines Meeres. Männer kamen, pflügten und säten. Riesige Pferde zogen wie eine Prozession über die Prärie dahin. Ein junger Mann, der sechs Pferde lenkte, kam geradewegs auf Elsie zu. Sie war gebannt. Jedes der Pferde hatte, wie es so mit gesenktem Kopfe daherkam, die mächtige Brust eines Riesen. Auch die milde Frühlingsluft, die über den Feldern lag, roch wie Meeresluft. Die Pferde waren Riesen, die auf dem Grunde des Meeres heranzogen. Mit der Brust zerteilten sie die Wasser des Meeres. Sie drängten das Wasser des Meeres über die Ufer. Und auch der junge Mann, der sie lenkte, war ein Riese.

Elsie saß auf der oberen Stufe der Steintreppe und preßte ihren Rücken gegen die geschlossene Tür. Im Garten hinter dem Haus war ihr Vater bei der Arbeit; sie hörte ihn. Er jätete mit der Harke das dürre Unkraut aus dem Boden, den er für den Hausgarten umgraben wollte. Er hatte stets auf einem winzigen, eingezäunten Grundstück gearbeitet und wollte das auch hier tun. Auf dem riesigen, offenen Gelände würde er, das wußte Elsie, mit kleinen Werkzeugen arbeiten, kleine Dinge mit unendlicher Sorgfalt tun, kleine Nutzpflanzen anbauen. Und im Haus würde die Mutter sitzen und kleine Schutzdecken häkeln. Sie selber würde sich klein machen. Sie würde sich an die Haustür drücken und sich den Blicken zu entziehen suchen. Nur das Gefühl, das sie zuweilen packte und das sie nicht in Gedanken fassen konnte – dieses Gefühl würde grenzenlos sein.

Die sechs Pferde machten an der Hecke kehrt; dabei verwickelten sich die beiden Flankenpferde in ihren Strängen.

Der Lenker fluchte wild. Dann wandte er sich um, sah dem blassen Mädchen ins Gesicht, riß mit einem zweiten Fluch die Köpfe der Pferde herum und trieb sein Gespann wieder davon. Elsie wartete nicht auf seine Rückkehr, sondern ging ins Haus und setzte sich mit verschränkten Armen in ein Zimmer. Das Haus wurde ihr zum Schiff; es fuhr über ein Meer, auf dessen Grund Riesen hin- und herzogen.

Der Mai kam, dann der Juni. Auf den großen Feldern schritt die Arbeit stetig fort, und Elsie gewöhnte sich ein wenig an den Anblick des jungen Mannes auf dem Feld, das bis an die Stufen der Treppe reichte. Manchmal, wenn er seine Gäule bis an das Drahtgitter trieb, lächelte er und nickte ihr zu.

Im August, wenn die große Hitze kommt, schießt der Mais auf den Feldern in Iowa so hoch empor, daß die Stauden den Stämmen junger Bäume gleichen. Die Maisfelder werden zu Wäldern. Die Arbeit mit dem Kultivator hat aufgehört, und das Unkraut wuchert üppig zwischen den Furchen. Die Männer mit den riesenhaften Pferden sind nicht mehr da. Über den unendlichen Feldern brütet Schweigen.

Als in jenem ersten Sommer nach Elsies Ankunft im Westen die Zeit der Maisernte kam, erwachte Elsie, halb schon aufgerüttelt durch die seltsame Stimmung der Eisenbahnfahrt, zu neuem Leben. Sie fühlte sich nicht mehr als gleichgültiges hageres Mädchen mit dem steif gereckten Rücken eines Unteroffiziers, sondern als etwas Neues – als etwas ebenso seltsam Fremdes wie das neue Land, in dem sie nun lebte. Eine Zeitlang wußte sie nicht, was mit ihr los war. Der Mais auf den Feldern war so hoch geworden, daß sie nicht mehr in die Ferne blicken konnte. Er ragte ringsum wie eine Mauer, und das Haus ihres Vaters stand auf einem winzigen freien Platz wie hinter Gefängniswänden. Zuerst war Elsie davon bedrückt. Da war sie nun, dachte sie, in ein weites, offenes Land gekommen, nur um sich nun gründlicher eingesperrt zu fühlen als je zuvor.

Dann kam ihr ein Einfall. Sie stand auf, stieg drei oder vier Stufen hinunter und setzte sich so, daß sie sich fast auf gleicher Höhe mit dem Erdboden befand.

Sogleich fühlte sie sich erleichtert. Sie konnte nicht über den Mais hinwegsehen, aber sie konnte darunter hindurchsehen. Die Stauden hatten lange, breite Blätter, die sich über die Furchen berührten. So wurden die Furchen zu langen, überwölbten Gängen, die ins Unendliche verliefen. Aus der schwarzen Erde wuchs Unkraut und bildete einen weichen grünen Teppich. Gedämpftes Licht fiel von oben herein. Diese Gänge zwischen den Furchen waren von geheimnisvoller Schönheit. Es waren Laubengänge, die ins Leben hinausführten. Elsie stand von den Stufen auf, trat zaghaft an das Drahtgitter heran, das sie von dem Feld trennte, griff hindurch und umspannte mit der Hand einen Maisschaft. Dann, als sie den starken jungen Schaft berührte und einen Augenblick fest mit der Hand umschlossen hatte, erschrak sie. Rasch lief sie zur Treppe zurück, setzte sich wieder hin und verbarg das Gesicht in den Händen. Ihr Körper bebte. Sie versuchte sich vorzustellen, wie sie durch die Hecke schlüpfte und durch einen dieser Laubengänge wanderte. Der Gedanke hatte etwas Verlockendes, aber auch Beängstigendes. Sie erhob sich schnell und ging ins Haus.

In einer Samstagnacht im August fand Elsie keinen Schlaf. Gedanken, bestimmter als sie sie je zuvor gekannt hatte, drängten sich in ihr Bewußtsein. Es war eine stille, heiße Nacht, ihr Bett stand nahe am Fenster. Ihr Zimmer war der einzige bewohnte Raum im zweiten Stock des Hauses. Um Mitternacht kam eine leichte Brise aus Süden auf; als Elsie sich im Bett aufsetzte und hinausschaute, sah das Feld mit den Maisquasten da unten wie die Oberfläche eines Meeres aus, die ein Windhauch kräuselnd bewegt.

Ein Raunen erhob sich im Maisfeld, und raunende Gedanken und Erinnerungen erwachten in ihr. Die langen, breiten, saftigen Blätter der Stauden waren in der großen Hitze verdorrt; wenn der Wind durch die Felder ging, rieben sie sich raschelnd aneinander. Fern, weit in der Ferne erhob sich ein Ruf wie von tausend Stimmen. Sie glichen, dachte sie, den Stimmen von Kindern. Aber diese Kinder waren nicht wie die ihres Bruders Tom, die derben, lauten Tierchen glichen – sie waren ganz anders, waren zarte kleine Wesen mit großen Augen und dünnen, empfindsamen Händen. Eins nach dem andern kamen sie und schmiegten sich in Elsies Arme. Dies Phantasiebild erregte sie so, daß sie sich im Bett aufsetzte, ein Kissen mit den Armen umklammerte und es fest an die Brust drückte. Das blasse, nervöse Gesicht ihres Neffen, der bei seinem Vater in New York gelebt hatte und im Alter von dreiundzwanzig Jahren gestorben war, tauchte in ihrer Erinnerung auf. Es war, als hätte der junge Mann plötzlich das Zimmer betreten. Sie ließ das Kissen los und saß lauschend gespannt, wartend da.

Dieser Harry Leander war im Sommer des letzten Jahres vor seinem Tod auf die Farm nach Neuengland zu Besuch gekommen. Er war einen Monat lang geblieben und hatte fast jeden Nachmittag mit Elsie auf dem Felsblock im Obstgarten gesessen. Eines Nachmittags, als sie beide lange geschwiegen hatten, begann er zu reden. »Ich möchte nach Westen gehen und da leben«, sagte er. »Ja, ich möchte im Westen leben. Ich möchte stark werden und ein Mann sein«, wiederholte er. Seine Augen füllten sich mit Tränen.

Sie standen auf, um ins Haus zurückzukehren, und Elsie schritt schweigend neben dem jungen Mann her. Dieser Augenblick war ein Höhepunkt in ihrem Leben. Eine fremde, bebende Gier nach etwas, das sie noch nicht erlebt hatte, war in ihr mächtig geworden. Sie gingen stumm durch den Obstgarten; beim Wachsmyrtengebüsch aber blieb ihr Neffe auf dem Weg stehen und wandte ihr das Gesicht zu. »Gib mir einen Kuß!« sagte er drängend und trat auf sie zu.

Eine flatternde Unsicherheit packte Elsie und übertrug sich auf den jungen Mann. Als er seine überraschende Bitte ausgesprochen hatte und ihr so nahe gekommen war, daß sie seinen Atem auf ihrer Wange spürte, wurde sein Gesicht glühend rot, und seine Hand bebte in ihrer Hand. »Ja, ich wollte, ich wäre stark. Ich wollte nur, ich wäre stark«, sagte er seufzend. Dann wandte er sich um und ging ins Haus.

In diesem neuen, fremden Haus, das wie eine Insel aus dem Meer der Maisfelder ragte, schien nun Harry Leanders Stimme wieder zu sprechen und den Stimmenchor der Kinder zu übertönen, den Elsie von den Feldern her zu hören meinte. Sie verließ das Bett und ging in dem matten Licht, das durch das Fenster hereinfiel hin und her. Ihr Körper bebte heftig.

»Gib mir einen Kuß!« bat die Stimme, und um sie zum Schweigen zu bringen und auch die antwortende Stimme in ihrem Inneren zum Schweigen zu bringen, kniete sie vor dem Bett nieder, nahm das Kissen wieder in die Arme und preßte ihr Gesicht hinein.

Tom Leander pflegte seine Eltern sonntags mit seiner Familie zu besuchen. Die Gäste kamen etwa um zehn Uhr morgens. Wenn der Wagen von der Landstraße abbog, die an dem Russellschen Grundstück vorüberführte, machte Tom sich durch Rufen bemerkbar. Zwischen dem Haus und der Straße war nämlich ein Feld, und man konnte den Wagen, wenn er den schmalen Feldweg durch die Maispflanzung fuhr, vom Hause aus nicht sehen. Wenn Tom gerufen hatte, sprang seine Tochter Elizabeth, ein mageres Mädchen von sechzehn Jahren, vom Wagen. Und dann stürmten Toms Kinder alle fünf über das Feld zum Haus. Ihr wildes Jauchzen tönte durch die stille Morgenluft.

Der Kaufmann brachte Lebensmittel aus seinem Laden mit. Wenn das Pferd ausgeschirrt und im Stall versorgt war, trug er mit seiner Frau die Pakete ins Haus. Seine vier Jungen verschwanden mit ihrer Schwester in den nahen Feldern. Drei Hunde, die dem Wagen von der Stadt her nachgelaufen waren, begleiteten sie. Zwei oder drei Nachbarskinder und manchmal auch ein junger Mann von einer benachbarten Farm gesellten sich zu ihnen und machten den Spaß mit. Elsies Schwägerin ließ sie mit einem Wink der Hand losziehen. Und mit derselben gleichsam wegwischenden Handbewegung tat sie auch Elsie ab. Feuer wurden angezündet, und Speisegerüche erfüllten das Haus. Elsie ging hinaus und setzte sich auf die Treppe. Durch die sonst so stillen Maisfelder hallten das Geschrei der Kinder und Hundegebell.

Tom Leanders Älteste, Elizabeth, war, wie ihre Mutter, voller Tatendrang. Sie war mager und lang aufgeschossen, wie alle Mädchen in der Familie ihres Vaters, aber stark und lebhaft. Insgeheim wünschte sie, sich wie eine Erwachsene zu benehmen, aber wenn sie es damit versuchte, machten ihre Brüder sich über sie lustig, und die Eltern ermunterten sie zu der Neckerei. »Hab dich doch nicht so!« sagten sie. Wenn

Elizabeth aber allein mit ihren Brüdern und zwei oder drei Nachbarsjungen auf die Felder kam, tobte sie ebenso wie ein Junge. Sie rannte mit ihren Freunden ausgelassen um die Wette, hinter den Hunden her, die Kaninchen jagten. Ab und zu kam mit den Kindern auch ein junger Mann von einer Nachbarfarm. Dann wußte sie nicht, was sie mit sich anfangen sollte. Gern wäre sie gesittet auf den Feldwegen spazierengegangen, aber sie fürchtete das Gelächter ihrer Brüder; in ihrer Verzweiflung tobte und lärmte sie noch lauter als die Jungen. Sie kreischte und jauchzte, rannte wild drauflos und zerriß sich das Kleid, wenn sie bei der Verfolgung der Hunde über Drahtzäune kletterte. War ein Kaninchen gefangen und getötet, so entriß sie es den Zähnen der Hunde. Das Blut des sterbenden kleinen Tieres tropfte auf ihr Kleid. Sie schwang die Beute jauchzend über dem Kopf.

Der Farmarbeiter, der den ganzen Sommer über auf dem Feld vor Elsies Lieblingsplatz gearbeitet hatte, verliebte sich in das junge Mädchen aus der Stadt. Wenn die Familie des Kaufmanns sonntags morgens zu Besuch kam, erschien auch er, aber er traute sich nicht bis ans Haus heran. Sobald die Jungen mit den Hunden durch die Felder tobten, ging er zu ihnen. Auch er war schüchtern und wollte nicht, daß die Jungen merkten, warum er kam; wenn er sich dann einmal mit Elizabeth allein sah, wurde er verlegen. Eine Weile gingen sie stumm nebeneinander her. Die Jungen und die Hunde, verborgen durch den Wald der Maisstauden, umkreisten die beiden in weiten Bogen. Der junge Mann hatte etwas auf dem Herzen, das er fürs Leben gern gesagt hätte; aber wenn er es in Worte zu fassen versuchte, wurde ihm die Zunge dick, und seine Lippen waren heiß und trocken. »Also«, sagte er, »wie wär's wenn wir beide, Sie und ich –«

Dann wußte er nicht weiter; Elizabeth ließ ihn stehen und rannte hinter ihren Brüdern her, und für den Rest des Tages gelang es ihm nicht mehr, sie von ihnen zu trennen und mit ihr abseits zu gehen. Sobald er dann zu den anderen stieß, tobte sie am lautesten von der ganzen Gesellschaft. In wilder Tatenlust, mit flatternden Haaren und zerrissenem Kleid, Wangen und Hände mit blutigen Schrammen bedeckt, führte sie ihre Brüder bei der endlosen, wilden Jagd auf Kaninchen an.

Der Augustsonntag, der auf Elsie Leanders schlaflose Nacht folgte, war heiß und bewölkt. Sie fühlte sich am Morgen fast krank, und sobald die Besucher aus der Stadt ankamen, schlich sie sich weg und setzte sich auf die Seitentreppe am Haus. Die Kinder liefen in die Felder. Da packte Elsie ein fast übermächtiges Verlangen, mit ihnen über die Feldwege zu rennen, zu jauchzen und zu toben. Sie stand auf und ging hinter das Haus. Ihr Vater war im Garten bei der Arbeit. Er jätete das Unkraut in den Reihen der Gemüsebeete. Im Haus hörte sie ihre Schwägerin wirtschaften. Tom saß neben seiner Mutter vor der Haustür und schlief. Elsie kehrte zu ihrer Treppe zurück, aber nur um gleich wieder aufzustehen und an den Drahtzaun zu gehen, der das Maisfeld begrenzte. Sie kletterte ungeschickt hinüber und tat ein paar Schritte zwischen den Stauden. Sie streckte die Hand aus und berührte die straffen Schäfte. Dann, plötzlich, bekam sie Angst und sank in die Knie auf den Teppich aus Unkraut, der den Boden bedeckte. Lange Zeit kniete sie so und lauschte den fernen Stimmen der Kinder.

Eine Stunde verging. Nun war es Zeit zum Essen; Elsies Schwägerin kam aus der Hintertür und rief. Aus der Ferne tönte Antwortgeschrei; die Kinder kamen herbeigerannt. Sie kletterten über den Zaun und liefen lärmend durch den Garten. Elsie stand auf. Sie wollte, da sie sich unbeobachtet glaubte, eben versuchen, wieder über den Zaun zu klettern, als sie ein Rascheln im Mais hörte. Elizabeth Leander kam zum Vorschein. Neben ihr ging der Farmarbeiter – derselbe, der wenige Monate vorher den Mais auf diesem Feld gepflanzt hatte. Elsie sah die beiden langsam zwischen den Reihen herankommen. Sie schienen nun ganz vertraut miteinander. Der Mann griff zwischen den Maisschäften hindurch und berührte die Hand des Mädchens; Elizabeth lachte verlegen, lief ihm davon und kletterte rasch über den Zaun. In der Hand hielt sie den schlaffen Körper eines Kaninchens, das die Hunde zur Strecke gebracht hatten.

Der Farmarbeiter ging weg; als Elizabeth im Hause verschwunden war, kletterte auch Elsie über den Zaun. Drinnen traf sie ihre Nichte; das Mädchen stand im Rahmen der Küchentür und hielt das tote Kaninchen an einem Bein. Das andere hatten ihm die Hunde weggerissen. Als sie den Blick der Älteren fühlte, der hart und voll Abneigung war, schämte sie sich und verließ rasch die Küche. Sie warf das Kaninchen auf einen Tisch im Wohnzimmer und lief aus dem Zimmer. Das Blut des Tieres lief über das zarte Blumenmuster einer weißen Tischdecke, die Elsies Mutter gehäkelt hatte.

Die Sonntagsmahlzeit, die alle Leanders um den Tisch versammelte, verlief in trägem Schweigen. Nach dem Essen spülten Tom und seine Frau das Geschirr und setzten sich dann zu den Eltern vor die Haustür, worauf sie sogleich einschliefen. Elsie ging zu ihrem Platz auf der Seitentreppe; als sie sich aber wieder verlockt fühlte, auf die Felder hinauszugehen, stand sie auf und kehrte ins Haus zurück.

Die fünfunddreißigjährige Frau schlich wie ein ängstliches Kind auf Zehenspitzen durch das große Haus. Das tote Kaninchen auf dem Tisch im Wohnzimmer war nun kalt und steif geworden. Sein Blut war auf der weißen Tischdecke eingetrocknet. Elsie ging hinauf, aber nicht in ihr Zimmer. Etwas wie Unternehmungsgeist ergriff sie. Oben im Haus waren viele Zimmer, und in einigen von ihnen hatte man kein Glas in die Fensterrahmen gesetzt; statt dessen waren die Fensteröffnungen mit Brettern vernagelt. Das Licht stahl sich in dünnen Streifen durch die Ritzen der Bretter.

Elsie schlich die Treppe hinauf, ging an der Tür ihres Schlafzimmers vorbei, öffnete Türen, trat in diesen, dann in jenen Raum. Überall bedeckte dicker Staub den Fußboden. In der Stille hörte sie das Schnarchen ihres Bruders, der vor der Haustür in seinem Stuhl schlief. Das schrille Geschrei der Kinder klang gedämpft herüber wie aus weiter Ferne. Es glich den Stimmen der ungeborenen Kinder, die in der Nacht aus den Feldern nach ihr gerufen hatten.

Da kam ihr die straffe, stille Gestalt ihrer Mutter in den Sinn, die draußen vor der Tür neben ihrem Sohn saß und darauf wartete, daß der Tag in die Nacht überging. Bei dem Gedanken stieg ihr ein Klumpen in der Kehle hoch. Sie sehnte sich nach etwas und wußte nicht, was es war. Plötzlich machten ihr ihre Gefühle Angst.

In einem Zimmer auf der hinteren Seite des Hauses war

eins der Bretter am Fenster zerbrochen; ein Vogel war hereingeflogen und fand den Ausgang nicht mehr. Elsies Anblick ängstigte das Tier. Es flatterte wild herum. Seine schwirrenden Flügel wirbelten Staub auf, der im Licht tanzte. Elsie stand reglos; auch sie war tief erschreckt – nicht durch den Anblick des Vogels, sondern durch die Nähe des Lebendigen. Wie dieser Vogel, so war auch sie eine Gefangene. Der Gedanke griff ihr ans Herz. Sie wäre gern hinausgegangen, dahin, wo ihre Nichte Elizabeth mit dem jungen Farmarbeiter durch die Maisfelder ging – aber sie war eingesperrt wie der Vogel hier im Zimmer. Ruhelos lief sie auf und ab. Der Vogel flog hin und her. Dann setzte er sich auf die Fensterbank, nahe der Stelle, wo das Brett losgebrochen war. Sie sah starr in die schreckerfüllten Augen des Tieres, und das Tier erwiderte ihren Blick. Dann flog es weg, hinaus durch das Fenster – und Elsie machte kehrt und rannte wie gejagt die Treppe hinunter und hinaus auf den Hof. Sie kletterte über das Gitter und lief mit gebeugten Schultern durch einen der Laubengänge.

Als Elsie in die Unendlichkeit der Maisfelder hinauslief, war sie von dem einzigen Wunsch beseelt, ihrem bisherigen Dasein zu entrinnen und ein neues, süßeres Leben zu finden, das da irgendwo in den Feldern für sie verborgen liegen mußte. Nachdem sie lange gelaufen war, kam sie an einen Drahtzaun und kletterte hinüber. Ihr Haar löste sich und fiel ihr über die Schultern. Ihre Wangen röteten sich, und in diesem Augenblick sah sie wie ein junges Mädchen aus. Als sie über den Zaun kletterte, riß sie sich vorn ein großes Loch ins Kleid. Einen Augenblick waren ihre kleinen Brüste entblößt, dann bedeckte sie sie mit der Hand und raffte die Ränder des Stoffs zusammen. Aus der Ferne klangen die Stimmen der Kinder und das Bellen der Hunde. Ein sommerliches Gewitter drohte schon seit Tagen; nun begannen sich schwarze Wolken über den ganzen Himmel auszubreiten. Als sie in erregter Hast dahinlief, lauschend stehenblieb, dann wieder weiterrannte, schlugen die dürren Maisblätter gegen ihre Schultern, und ein feines Geriesel gelben Staubes fiel aus den Quasten auf ihr Haar. Ein dauerndes Rascheln begleitete sie auf ihrem Weg. Der Staub lag wie eine goldene Krone um ihren Kopf. Aus dem Himmel über ihr klang ein leiser, murrender Laut, wie das Knurren riesiger Hunde, an ihr Ohr.

Sie war besessen von dem Gedanken, sie werde nun, da sie sich endlich in die Felder gewagt hatte, ihnen nie wieder entrinnen. Wütende Schmerzen zuckten durch ihren Leib. Sie mußte sofort haltmachen und sich setzen. Lange saß sie mit geschlossenen Augen da. Ihr Kleid wurde staubig. Kleine Insekten, die im Boden unter den Maispflanzen leben, kamen aus ihren Löchern und krabbelten über ihre Beine. Aus einem dunklen Bedürfnis heraus, warf sie sich auf den Rücken und lag mit geschlossenen Augen ganz still da. Ihre Beklommenheit verflog. Es war warm und eng in diesen überwölbten Wegen. Der Schmerz in ihrer Seite ließ nach. Sie öffnete die Augen und sah zwischen den breiten grünen Maisblättern hier und dort ein Stück des schwarzen, drohenden Himmels. Sie wollte sich nicht Angst machen lassen und schloß die Augen wieder. Ihre magere Hand hielt den Riß in ihrem Kleid nun nicht mehr zusammen, und ihre kleinen Brüste waren entblößt. Sie hoben und senkten sich mit ihrem Atem in krampfhaft zuckenden Stößen. Elsie warf die Arme über den Kopf und blieb still liegen.

Es schien ihr, als ob Stunden vergingen, während sie so ruhig und hingegeben unter den Maisstauden lag. Tief in ihr regte sich ein Gefühl, daß etwas geschehen würde, das sie über sich hinausheben und sie von ihrer Vergangenheit und der Vergangenheit ihrer Familie losreißen werde. Aber ihre Gedanken waren nicht klar. Sie lag nur da und wartete, wie sie auf dem Felsblock im Obstgarten der Farm in Vermont gewartet hatte, tagelang, monatelang – damals, als sie noch ein junges Ding war. Ein tiefer, grollender Laut kam aus dem Himmel über ihr – aber der Himmel und alles, was sie je gekannt hatte, schien weit weggerückt, und sie hatte nichts damit gemein.

Nach einer langen Stille – ihr kam es vor, als wäre ihre Seele außerhalb des Körpers gewesen, so wie sie es im Traume tut – hörte sie eine Männerstimme rufen. »Aho! Aho! Aho!« rief die Stimme; dann, nach einer abermaligen Stille, kam Antwort. Jemand bahnte sich laut raschelnd den Weg durch das Feld, erregte Kinderstimmen plapperten durcheinander. Ein Hund kam durch den Gang gerannt, wo Elsie lag, und blieb neben ihr stehen. Seine kalte Nase berührte ihr Gesicht, und sie richtete sich auf. Da lief er weg. Die Jungen kamen vorbei; sie sah die nackten Beine in einem der Laubengänge aufleuchten und verschwinden. Tom Leander war durch das Herannahen des Gewitters aus der Ruhe gescheucht und wollte seine Familie rechtzeitig zur Stadt bringen. Sein fortwährendes Rufen klang vom Haus her, und die Stimmen der Kinder antworteten von den Feldern.

Elsie saß am Boden und preßte die Hände aneinander. Ein seltsames Gefühl der Enttäuschung hatte sich ihrer bemächtigt. Sie stand auf und ging langsam in der Richtung, die sie die Kinder hatte einschlagen sehen. Sie kam an einen Zaun und kletterte hinüber, wobei sie sich ein zweites Loch ins Kleid riß. Einer ihrer Strümpfe hatte sich gelöst und war über den Schuh herabgeglitten, das lange, stachlige Unkraut hatte ihre Beine geritzt, so daß sie kreuz und quer mit roten Schrammen bedeckt waren, aber sie war unempfindlich gegen den Schmerz.

So folgte sie gedankenlos den Kindern, bis sie das Haus ihres Vaters vor sich sah; dann setzte sie sich wieder hin. Wieder krachte ein lauter Donnerschlag, und wieder hörte man Tom Leanders Rufen, diesmal schon fast zornig. Er rief nach Elizabeth; Ton und Echo seiner tiefen Männerstimme rollten in den Gängen unter dem Mais dahin wie Donner.

Dann erschien Elizabeth, begleitet von dem jungen Farmarbeiter. Die beiden blieben dicht bei Elsie stehen, und der Mann nahm das Mädchen in die Arme. Elsie hatte sich, als sie das Paar kommen hörte, mit dem Gesicht nach unten zu Boden geworfen und sich so niedergeduckt, daß sie die beiden beobachten konnte, ohne selbst gesehen zu werden. Als sich die Lippen der beiden begegneten, schlossen sich Elsies gespannte Hände krampfhaft um einen der Maishalme. Ihre Lippen preßten sich in den Staub. Als sie weg waren, hob sie den Kopf. Feiner Staub bedeckte ihre Lippen.

Abermals senkte sich Schweigen auf die Felder – lange Zeit, wie es ihr schien. Die raunenden Stimmen ungeborener Kinder, die ihre Einbildungskraft im Rauschen der Felder zu vernehmen geglaubt hatte, wurden zu lautem Geschrei. Der

Wind wehte stärker und stärker. Die Maisstauden drehten und beugten sich. Elizabeth verließ nachdenklich das Feld, kletterte über das Gitter und sah sich ihrem Vater gegenüber. »Wo bist du gewesen? Was hast du gemacht?« fragte er. »Glaubst du eigentlich, daß wir gar nicht nach Hause wollen?«

Als Elizabeth auf das Haus zuging, folgte ihr Elsie, auf Knien und Händen kriechend, wie ein kleines Tier, und als sie den Zaun entdeckte, der das Haus umgab, setzte sie sich hin und bedeckte das Gesicht mit den Händen. Etwas in ihr schwankte und wirbelte, so wie jetzt die Häupter der Maispflanzen unter der Gewalt des Windes schwankten und wirbelten. Sie saß mit dem Rücken zum Haus, und als sie die Augen öffnete, blickte sie wieder in die langen, geheimnisvollen Laubengänge.

Ihr Bruder brach mit seiner Familie auf. Als Elsie den Kopf wandte, sah sie sein Gespann im Trab aus dem Hof hinter dem Haus biegen. Und nun schien ihr das Farmhaus inmitten der Felder, von allen Frauen der jüngeren Generation verlassen, umbraust vom Wind, der ödeste und einsamste Ort auf der ganzen Welt.

Ihre Mutter kam aus der Hintertür des Hauses. Sie lief zu der Treppe, wo, wie sie wußte, ihre Tochter gewöhnlich saß, und begann, als sie sie nicht fand, aufgeregt zu rufen. Es kam Elsie gar nicht in den Sinn, zu antworten. Ihr war, als ginge die Stimme der alten Frau sie nichts an. Es war eine dünne Stimme, und sie wurde bald vom Wind und dem tosenden Rauschen der Felder verschlungen. Das Gesicht dem Haus zugewandt, sah Elsie mit starren Augen ihrer Mutter zu, die in aufgeregter Hast um das Haus herumlief und dann hineinging. Die Hintertür fiel mit lautem Knall ins Schloß. Da brach das Unwetter mit Donnergetöse los. Breite Wassergüsse fegten über die Felder dahin. Wassergüsse fegten über den Körper des Mädchens. Und auch in ihr brach der Sturm, der sich seit Jahren zusammengeballt hatte, los. Schluchzende Laute drangen aus ihrer Kehle. Sie überließ sich einem Ansturm des Schmerzes, der doch nur zu einem Teil wirklich Schmerz war. Tränen strömten aus ihren Augen und zogen kleine Furchen durch die Staubschicht auf ihren Wangen.

Zuweilen, wenn der Sturm einen Augenblick den Atem anhielt, hob sie den Kopf und lauschte. Durch die wirre Masse nassen Haares, das ihre Ohren bedeckte, durch das Prasseln der Millionen Regentropfen, die in dem Gehäuse aus Mais auf den Erdboden schlugen, hörte sie die schwachen Stimmen ihrer Eltern, die aus dem Haus nach ihr riefen.

Krieg

Ich verdanke die Geschichte einer Frau, die ich in der Eisenbahn traf. Der Wagen war überfüllt, und ich setzte mich neben sie. Es war auch ein Mann da, der zu ihr gehörte – ein schwächlicher, weibisch aussehender Bursche in einem schweren braunen Kanevasrock, wie ihn Fuhrleute im Winter tragen. Der Mann ging im Wagengang auf und ab. Er hätte gern meinen Platz neben der Frau gehabt, aber das wußte ich damals noch nicht.

Die Frau hatte ein grobes Gesicht und eine dicke Nase. Irgend etwas mußte ihr passiert sein: ein Schlag oder ein Stoß hatte sie getroffen, oder sie war gefallen. Man kann der Natur nicht zutrauen, daß sie eine so breite, dicke und häßliche Nase hervorbringt. Die fremde Frau sprach ein ausgezeichnetes Englisch. Ich argwöhne heute, daß sie von dem Mann im braunen Kanevasrock genug hatte; sie reiste wohl schon seit Tagen, vielleicht seit Wochen mit ihm und war froh, daß sich ihr Gelegenheit bot, ein paar Stunden in Gesellschaft eines anderen Menschen zu verbringen.

Jeder weiß, wie einem zumute ist, wenn man mitten in der Nacht in einem überfüllten Zug sitzt. Wir fuhren durch das westliche Iowa und das östliche Nebraska. Es hatte tagelang geregnet, und die Felder waren überflutet. Da es eine wolkenlose Nacht war, kam der Mond auf, und das Bild, das man durch das Wagenfenster sah, war seltsam und von hoher, fremdartiger Schönheit. Es prägt sich tief ein: die schwarzen, kahlen, in dichtgedrängten Gruppen stehenden Bäume; Tümpel, auf deren Spiegel der Widerschein des Mondes glänzt –, ein flüchtiger Glanz, da der Zug schnell dahinrollt; das Geratter der Räder; die Lichter in einsamen Farmhäusern – und zuweilen der Lichterschwarm einer kleinen Stadt, die der Zug auf seinem eiligen Lauf nach Westen durchquert.

Die Frau kam direkt aus dem vom Krieg heimgesuchten Polen; sie war diesem gepeinigten Land durch Gott weiß was für märchenhafte Anstrengungen mitsamt ihrem Liebhaber entronnen. Sie gab mir eine Ahnung vom Krieg; und sie erzählte mir die Geschichte, die ich euch wiedererzählen will.

Ich weiß nicht mehr, wie unser Gespräch begann; ich kann auch nicht sagen, wieso meine seltsame Stimmung so sehr der ihren glich, und wieso ihre Erzählung gewissermaßen ein Teil der geheimnisvollen, ruhigen Nacht da draußen vor dem Wagenfenster wurde und ihr tiefer Sinn mir zu Herzen ging.

Eine Schar polnischer Flüchtlinge zog von einem Deutschen bewacht über eine Landstraße in Polen. Der Deutsche war ein Mann von vielleicht fünfzig Jahren und trug einen Bart. In meiner Vorstellung sah er ganz ähnlich aus wie ein Professor für neuere Sprachen an einem College bei uns in Amerika, in Des Moines, Iowa, etwa – oder in Springfield, Ohio. Wahrscheinlich war er ein vierschrötiger, robuster Kerl, mit einer Vorliebe für schwere Kost – wie eben solche Leute sind. Auch war er natürlich ein Büchernarr und neigte in seinem Denken zu einer rauhen Lebensanschauung. Er war in den Krieg gewissermaßen hineingeschleppt worden, weil er Deutscher war, und hatte seine Seele mit der deutschen Machtphilosophie durchtränkt. Und doch lebte, vermute ich, in seinem Kopf eine andere Vorstellung – ganz schwach, aber doch als stete Beunruhigung; so las er, um seiner Regierung mit ganzem Herzen dienen zu können, Bücher, die sein Gefühl für die mächtige, schreckliche Sache, für die er kämpfte, wiederherstellen sollten. Da er die Fünfzig überschritten hatte, war er nicht an der Front, sondern mußte für die Flüchtlinge sorgen; er brachte sie aus ihrem verwüsteten Dorf zu einem Lager nahe einer Bahnlinie, wo sie verpflegt werden konnten.

Die Flüchtlinge waren sämtlich Bauern, mit Ausnahme der Frau, die jetzt in Amerika neben mir im Zug saß, ihres Geliebten und ihrer Mutter, einer alten Frau von fünfundsechzig Jahren. Sie hatten einen kleinen Landbesitz gehabt, und die übrigen Leute hatten in ihrem Dienst gestanden.

Da zog nun also diese Gesellschaft auf einer Landstraße in Polen dahin, unter der Obhut des Deutschen, der schwerfällig weiterstapfte und sie vorwärtstrieb. Er war hart in seinem beharrlichen Drängen, und die alte Frau von fünfundsechzig Jahren, offenbar die Anführerin der Flüchtlinge, war fast ebenso hart in ihrer ständigen Weigerung, weiterzugehen. In Dunkelheit und Regen blieb sie auf der schlammigen Landstraße stehen, und ihre Leute standen um sie herum. Wie ein störrisches Pferd schüttelte sie den Kopf und murmelte Worte in polnischer Sprache. »Ich will in Frieden gelassen werden. Nur das will ich. In Frieden will ich gelassen werden – weiter nichts«, sagte sie immer und immer wieder; und jedesmal kam dann der Deutsche, legte ihr die Hand auf den Rücken und schob sie vorwärts – so daß ihr Weg durch diese schaurige Nacht eine ständige Wiederholung desselben Geschehens war: sie blieb stehen und murmelte; er schob sie weiter. Sie haßten einander von ganzem Herzen, die alte Polin und der Deutsche.

Der Trupp kam zu einer Baumgruppe am Ufer eines seichten Wasserlaufes; der Deutsche ergriff die alte Frau am Arm und schleppte sie durch das Flußbett. Die anderen folgten. Immer und immer wieder sagte sie: »Laßt mich in Frieden! Ich will in Frieden gelassen werden – weiter nichts.«

Unter den Bäumen machte der Deutsche ein Feuer an. Mit kaum glaublicher Geschicklichkeit trieb er es in wenigen Minuten zu einer hellen Flamme empor; die Streichhölzer und sogar einige Stücke trockenen Holzes entnahm er einem kleinen, mit Gummi gefütterten Beutel, den er in der Brusttasche seines Rockes trug. Dann holte er Tabak heraus, setzte sich auf einen vorspringenden Wurzelstrunk, rauchte und starrte auf die Flüchtlinge, die sich auf der anderen Seite des Feuers um die alte Frau drängten.

Der Deutsche schlief ein. Und damit begann die Sache für ihn eine böse Wendung zu nehmen. Er schlief eine Stunde lang, und als er aufwachte, waren die Flüchtlinge weg. Ihr könnt euch wohl vorstellen, wie er aufsprang, wie er mit mächtigen Schritten durch den seichten Flußlauf watete und auf der aufgeweichten Landstraße zurückstapfte, um seine Schar wieder zusammenzuholen. Natürlich war er voller Wut; aber erschrocken war er nicht. Er wußte, er brauchte nur einfach weit genug auf der Straße zurückzulaufen, wie wenn einer verlaufenes Vieh wieder einsammeln will.

Und dann, als der Deutsche die Schar eingeholt hatte, gab es einen Kampf zwischen ihm und der alten Frau. Sie unterbrach ihr Gemurre von ›In-Frieden-Lassen‹ und sprang auf ihn los. Die eine ihrer Greisinnenhände packte seinen Bart, die andere grub sich in die dicke Haut seines Nakkens.

Der Kampf auf der Landstraße dauerte lange. Der Deutsche war müde und nicht so kräftig, wie er aussah, und eine unbestimmte Regung hinderte ihn, die alte Frau mit einem Faustschlag niederzuschlagen. Er packte sie an den mageren Schultern und drängte sie vorwärts, und sie stemmte sich zurück. Es sah aus, als wollte sich jemand an seinen Stiefelstrippen in die Höhe ziehen. So rangen sie beide, fest entschlossen, den Kampf nicht verloren zu geben; aber sie waren nicht sehr stark.

Und so begannen auch ihre Seelen miteinander zu ringen. Die Frau in der Eisenbahn machte mir das ganz klar begreiflich, aber es wird wohl schwer sein, auch euch das Verständnis dafür zu vermitteln. Ich hatte ja die Nacht und die geheimnisvollen Schauer dieser Fahrt als Helfer zum Verständnis. Es war etwas ganz Körperhaftes, dieser Kampf der beiden Seelen im trüben Licht der regnerischen Nacht auf der einsamen, aufgeweichten Landstraße. Die Luft war erfüllt von diesem Kampf; die Flüchtlinge, die sie umringten, standen schlotternd da. Gewiß, sie schlotterten vor Kälte und Schwäche – aber es war noch etwas anderes. Überall in der Luft fühlten sie das gleiche Drängen, den gleichen Widerstand. Die Frau sagte, sie hätte mit Freuden ihr Leben hergegeben, wenn sie es damit hätte fernhalten können – oder für ein Streichholz, für einen Menschen, der ein Licht in diese Dunkelheit brachte; und ihr Mann habe dasselbe empfunden. Es war, als ob der Wind aus entgegengesetzten Richtungen bliese, als ob eine weiche, geschmeidig gleitende Wolke sich härtete und vergeblich eine andere Wolke aus dem Raum zu drängen versuchte.

Dann war der Kampf zu Ende; die alte Frau und der Deutsche fielen erschöpft auf die Straße. Die Flüchtlinge traten näher und warteten. Sie dachten, es würde noch etwas kommen – ja, sie wußten, daß noch etwas kommen mußte.

Das Gefühl dafür hatten sie sich bewahrt, sie drängten sich zusammen, vielleicht stöhnten sie leise.

Was nun geschah, ist der entscheidende Punkt in dieser Geschichte. Die Frau in der Eisenbahn erklärte es mir sehr anschaulich. Die beiden Seelen kehrten, sagte sie, nach dem Kampf in die Leiber zurück – nur daß die Seele der alten Frau in den Körper des Deutschen schlupfte und die Seele des Deutschen in den Körper der alten Frau.

Nun war natürlich alles ganz einfach. Der Deutsche setzte sich an den Straßenrand, schüttelte den Kopf und sagte, er wolle in Frieden gelassen werden; in Frieden wolle er gelassen werden, weiter nichts, sagte er. Die alte Polin zog ihm die Papiere aus der Tasche und trieb ihre Begleiter auf der Landstraße zurück. Sie drängte sie rücksichtslos und hart weiter, und wenn sie ermatteten, stieß sie sie mit den Fäusten.

Die Geschichte war damit noch nicht zu Ende. Der Geliebte der Frau – er war Lehrer gewesen – nahm die Papiere an sich und ging mit seiner Geliebten außer Landes. Aber die Einzelheiten sind meinem Gedächtnis entschwunden. Ich weiß nur noch dies: wie der Deutsche da am Straßenrand saß und murmelte, er wolle in Frieden gelassen werden; und wie die erschöpfte alte Polin ihre müden Gefährten mit barschen Worten durch die Nacht weitertrieb, zurück in ihre Heimat.

Aus dem Nirgends ins Nichts

I

Rosalind Wescott, ein hochgewachsenes kräftig aussehendes Mädchen von siebenundzwanzig Jahren, ging in der Nähe der kleinen Stadt Willow Springs, Iowa, auf den Bahngeleisen entlang. Es war an einem Augusttag etwa um vier Uhr nachmittags; vor drei Tagen war sie aus Chicago, wo sie eine Stellung hatte, in ihr Heimatstädtchen gekommen.

Willow Springs hatte zu jener Zeit ungefähr dreitausend Einwohner. Seither ist es gewachsen. Es war da ein viereckiger Marktplatz mit einem Rathaus in der Mitte, und an den vier Seiten des Platzes lagen Geschäfte. Dieser Marktplatz war kahl und ohne Grünanlagen; von ihm aus gingen Straßen mit Fachwerkhäusern, lange, gerade Straßen, die schließlich zu Landstraßen wurden und auf die flache Prärie hinausführten.

Rosalind Wescott hatte jedermann erzählt, sie sei nur zu einem kurzen Besuch nach Haus gekommen, sie habe ein bißchen Heimweh gehabt; ihr eigentlicher Grund aber war der, daß sie mit ihrer Mutter über eine gewisse Frage sprechen wollte. Doch nun, als sie zu Hause war, fühlte sie sich außerstande, mit irgend jemand zu reden. Ja, es fiel ihr sogar schwer, es im Haus bei den Eltern auszuhalten, und immer, Tag und Nacht, quälte sie das Verlangen, aus der Stadt zu flüchten. Als sie so in der heißen Nachmittagssonne auf den Gleisen dahinschritt, haderte sie unaufhörlich mit sich selbst. Ich bin schrullig und wunderlich geworden, dachte sie. Wenn ich's nun doch mal tun will, warum tue ich's nicht einfach, anstatt mir so viel Schererei zu machen?

Die Gleise liefen östlich von Willow Springs zwei Meilen durch Maisfelder, über flaches Land. Dann kam eine kleine

Senke und eine Brücke über den Willow Creek. Der Wasserlauf war schon ausgetrocknet, und das Bett, durch das im Herbst, Winter und Frühling der Bach floß, war eine graue Bahn aus geborstenem Schlamm; aber an seinen Ufern standen Bäume. Rosalind verließ den Bahndamm und setzte sich unter einen der Bäume. Ihre Wangen waren gerötet, und ihre Stirn war feucht. Als sie den Hut abnahm, fiel ihr Haar wirr herab, und ein paar Strähnen klebten auf ihrem heißen, feuchten Gesicht. Die Stelle, wo sie saß, sah aus wie eine große Mulde, die von hohem Mais gesäumt war. Vor ihr war ein staubiger Pfad, der dem Lauf des Baches folgte; auf ihm kehrten die Kühe abends von den fernen Weideplätzen zurück. Ein großer Kuhfladen lag nahe bei Rosalinds Platz. Er war mit grauem Staub bedeckt, und blanke schwarze Käfer krochen auf ihm. Sie rollten den Dung zu Kugeln und schufen so die Brutstätten für eine neue Generation von Käfern.

Rosalind hatte für ihren Besuch in der Heimat eine Zeit gewählt, wo jedermann sonst den Wunsch hatte, das heiße, staubige Städtchen zu verlassen. Niemand hatte sie erwartet, und sie hatte sich nicht angemeldet. Als sie an einem heißen Morgen in Chicago aufgestanden war, hatte sie schnell entschlossen ihren Koffer gepackt; am Abend desselben Tages war sie schon in Willow Springs, in dem Haus, wo sie bis zu ihrem einundzwanzigsten Lebensjahr bei ihren Eltern gelebt hatte. Sie war mit dem Hotelomnibus vom Bahnhof gekommen und trat unangekündigt ins Haus. Ihr Vater war an der Pumpe bei der Küchentür beschäftigt, ihre Mutter kam ihr zur Begrüßung im Wohnzimmer entgegen; sie trug eine fleckige Küchenschürze. Alles im Haus war genauso, wie es immer gewesen war. »Ich wollte mal wieder für ein paar Tage nach Hause kommen«, sagte sie, setzte ihren Koffer ab und küßte ihre Mutter.

Mutter und Vater Wescott freuten sich, ihre Tochter zu sehen. Am Abend des Ankunftstages waren sie aufgeregt, und es wurde ein besonders festliches Essen bereitet. Nach dem Essen ging Vater Wescott wie gewöhnlich in die Stadt, aber er blieb nur ein paar Minuten weg. »Ich will bloß mal eben zur Post laufen und die Abendzeitung holen«, sagte er zur Entschuldigung. Rosalinds Mutter zog ein sauberes Kleid an, und dann saßen sie miteinander im Dunkeln auf der Veranda und plauderten ein wenig. »Es ist wohl jetzt heiß in Chicago? Ich will in diesem Herbst 'ne tüchtige Menge Obst einkochen. Wohnst du noch immer auf der Nordseite? Es muß nett sein, wenn man abends da im Park am See spazierengehen kann.«

Rosalind saß unter dem Baum bei der Eisenbahnbrücke, zwei Meilen von Willow Springs entfernt, und sah den Mistkäfern bei der Arbeit zu. Ihr ganzer Körper war erhitzt vom Weg in der Sonne, und das dünne Kleid klebte ihr an den Beinen. Es wurde schmutzig vom Staub, der auf dem Gras unter dem Baum lag.

Sie war aus der Stadt und dem Elternhaus weggelaufen. So hatte sie es nun schon an allen drei Tagen ihres Besuches gemacht. Sie ging nicht von Haus zu Haus, um ihre alten Schulfreundinnen zu besuchen – die Freundinnen, die, im Gegensatz zu ihr, in Willow Springs geblieben waren und sich da versorgt und festgesetzt hatten. Wenn sie einer von ihnen – sie schoben Kinderwagen, und zuweilen lief noch ein zweites Kind hinter ihnen drein – morgens auf der Straße begegnete, blieb sie stehen. Man redete ein paar Minuten miteinander. »Wie heiß es ist! Hast du noch immer dieselbe Wohnung in Chicago? Hoffentlich können wir, mein Mann und ich, acht oder vierzehn Tage verreisen und die Kinder mitnehmen. Es muß doch nett sein, daß deine Wohnung in Chicago so nah am See liegt.« Dann flüchtete Rosalind.

Damit hatte sie nun alle Stunden des Besuches verbracht, den sie ihrer Mutter und ihrem Heimatstädtchen abstattete – mit dem Versuch zu flüchten.

Flüchten – wovor? Rosalind verteidigte sich vor sich selbst. Irgend etwas hatte sie ihrer Mutter sagen wollen – hatte gehofft, es sagen zu können; deshalb war sie aus Chicago gekommen. Hatte sie aber wirklich den Wunsch, mit der Mutter über diese Dinge zu sprechen? Hatte sie gemeint, sie hätte plötzlich genug Kraft, dem Leben und seinen Widrigkeiten ins Angesicht zu blicken, sobald sie die Luft ihrer Heimatstadt atmen würde?

Es hatte wirklich überhaupt keinen Sinn gehabt, daß sie die heiße, beschwerliche Fahrt von Chicago machte, nur um ihre Tage damit zu verbringen, auf staubigen Landstraßen oder auf Bahngeleisen zwischen Maisfeldern in der erstickenden Hitze herumzulaufen.

Ich muß doch eine Hoffnung gehabt haben – eine Hoffnung, die unerfüllbar ist, dachte sie matt.

Willow Springs war ein ziemlich belangloses, ödes Nest, eins unter Tausenden solcher Städte in Indiana, Illinois, Wisconsin, Kansas, Iowa; aber in ihrer Stimmung schien es ihr noch trostloser, als es ohnehin schon war.

Sie saß unter dem Baum am trockenen Bett des Willow Creek und dachte an die Straße, in der ihre Eltern lebten, in der sie selbst gelebt hatte, bis sie erwachsen war. Sie dankte es nur einer Folge zufälliger Umstände, daß sie nicht jetzt noch dort leben mußte. Ihr einziger Bruder, zehn Jahre älter als sie, hatte sich verheiratet und war nach Chicago gezogen. Er hatte sie zu einem Besuch eingeladen, und als sie einmal in der Großstadt war, entschloß sie sich zum Bleiben. Ihr Bruder war Handlungsreisender und also viel unterwegs. »Warum willst du nicht hier bei Beß bleiben und Stenographie lernen?« fragte er. »Wenn du nachher keinen Gebrauch davon machen willst, brauchst du's ja nicht zu tun. Vater kann sehr gut für dich sorgen. Ich dachte nur, es würde dir vielleicht Spaß machen – das Lernen meine ich.«

Das war vor sechs Jahren, dachte Rosalind müde. Sechs Jahre lang bin ich nun ein Stadtmensch gewesen. Ihre Gedanken gingen sprunghaft zu anderen Dingen über. Bilder kamen und schwanden. Damals, als sie in der großen Stadt Stenotypistin geworden war, kam es wie ein Erwachen über sie. Schauspielerin wollte sie werden; und sie besuchte abends eine Theaterschule. In dem Büro, wo sie angestellt war, arbeitete ein junger Mann, ein Buchhalter. Sie gingen miteinander aus, ins Theater oder zu einem Abendspaziergang im Park. Sie küßten sich. Dann kehrten ihre Gedanken rasch wieder zu ihren Eltern zurück, in die Straße in Willow Springs, in der sie bis zu ihrem einundzwanzigsten Lebensjahr gelebt hatte.

Es war eigentlich nur das Ende einer Straße. Vom Fenster

ihres Elternhauses hatte man den Ausblick auf sechs andere Häuser. Wie gut kannte sie die Straße und die Leute in den Häusern! Ja – kannte sie sie denn? Von ihrem achtzehnten bis zu ihrem einundzwanzigsten Lebensjahr war sie zu Hause geblieben, hatte ihrer Mutter im Haushalt geholfen, hatte gewartet – auf irgend etwas. Andere junge Männer in Willow Springs warteten ebenso wie sie. Auch sie waren von der städtischen High School mit der Schlußprüfung abgegangen, und ihre Eltern hatten nicht die Absicht, sie aufs College zu schicken. Da konnte man eben nichts tun als warten. Einige von ihnen – ihre Mutter und die Freundinnen ihrer Mutter nannten sie im Gespräch immer noch ›die Kinder‹ – hatten unter den jungen Männern Freunde, die sich an Sonntagen, manchmal auch mittwochs oder donnerstags als Abendbesuch einstellten. Andere wurden plötzlich fromm; sie gingen zu Bibelandachten, wurden tätige Mitglieder irgendeiner kirchlichen Vereinigung. Es war ebenso viel Eifer wie Spielerei dabei.

Rosalind tat nichts von alledem. In diesen schwer erträglichen drei Jahren in Willow Springs hatte sie nichts getan als eben – gewartet. Morgens gab es Arbeit im Haushalt, und der Rest des Tages schwand von selbst dahin. Abends ging der Vater in die Stadt, und sie saß bei der Mutter. Gesprochen wurde nicht viel. Wenn sie dann zu Bett gegangen war, lag sie wach, seltsam erregt, voll Verlangen nach einem Ereignis, das doch niemals kommen würde. Die Geräusche des Hauses störten ihre Gedanken. Was ging ihr da alles durch den Kopf!

Sie sah eine lange Reihe von Gestalten, die sich immer von ihr entfernten. Zuweilen sah sie sich auf dem Bauch am Rand einer Schlucht liegen. Aber das war keine gewöhnliche Schlucht: sie hatte marmorne Wände, und in den Marmor waren seltsame Figuren gemeißelt. Breite Stufen führten hinab – immer hinab und in die Ferne. Menschen schritten die Stufen hinunter, zwischen den marmornen Wänden, weg von ihr – immer hinab und in die Ferne.

Was für Menschen? Wer waren sie? Woher kamen sie? Wohin gingen sie? Rosalind schlief nicht – sie war hellwach. Ihr Schlafzimmer war völlig dunkel. Die Wände und die

Decke des Raumes wichen zurück. Ihr war, als schwebe sie frei in der Luft, über der Schlucht – der Schlucht mit den Wänden aus weißem Marmor, auf denen wunderschöne Lichter spielten.

Es waren Gestalten von Männern und Frauen, die da die breiten Stufen hinabschritten und sich in unendliche Ferne verloren. Zuweilen kam auch ein einzelnes junges Mädchen daher, das ihr selbst glich, aber lieblicher und reiner war als sie. Die andere ging mit schwingendem Schritt, ging rasch und frei wie ein schönes junges Tier. Ihre Arme und Beine glichen den schlanken Wipfelzweigen der Bäume, die im sanften Winde schwingen. Auch sie schritt hinab und in die Ferne.

Andere folgten ihr auf den marmornen Stufen. Junge Männer kamen einzeln daher. Ein ehrwürdiger Greis ging mit einem schönen Mädchen vorüber. Welch ein auffallender Mann! In seinem alten Körper war, das fühlte man, ungeheure Stärke. Tiefe Falten furchten sein Gesicht, und seine Augen blickten traurig. Man ahnte, er kannte das Leben in allen Höhen und Tiefen, aber er hatte etwas Kostbares in sich lebendig erhalten. Dieses Kostbare war es auch, das in den Augen der fremden Frau wie ein seltsames Feuer brannte. Auch diese beiden schritten die Stufen hinab und in die Ferne.

Hinab und in die Ferne schritten noch andere – wie viele andere – Männer und Frauen, Knaben und Mädchen, einsame Greise, alte Frauen, die an Stöcken daherhumpelten.

Wenn Rosalind so im Hause ihres Vaters wach im Bette lag, glühten ihre Wangen. Sie bemühte sich, etwas von alledem festzuhalten, etwas davon zu begreifen.

Aber sie vermochte es nicht. Die Geräusche des Hauses brachen in ihren Wachtraum. Der Vater war an der Pumpe bei der Küchentür. Er pumpte einen Wassereimer voll. Gleich würde er ihn ins Haus bringen und beim Küchenausguß auf eine Kiste setzen. Dabei würde dann ein wenig Wasser auf den Boden verschüttet werden: das klang, als berühre ein nackter Kinderfuß patschend die Erde. Dann würde der Vater die Uhr aufziehen. Das Tagewerk war geschafft. Gleich darauf würde sie das Stapfen seiner schweren Füße oben im Schlafzimmer der Eltern hören, und er würde sich zu Mutter ins Bett legen.

Die abendlichen Geräusche in ihrem Elternhaus waren für Rosalind in dieser Zeit ziemlich gräßlich gewesen. Als sie dann unverhofft in die große Stadt gekommen war, mochte sie nie mehr daran denken. Gewiß – in Chicago wurde die Stille der Nächte zerschnitten und zerfetzt durch tausend Geräusche: durch Autos, die durch die Straßen rasten, durch die Schritte verspäteter Heimkehrer auf den zementierten Bürgersteigen nach Mitternacht, durch das Gebrüll und Geschimpf Betrunkener in den Sommernächten; aber alles das, dieser ganze Lärm war Stille, verglichen mit den Geräuschen in ihrem Elternhaus. Die immer wiederkehrenden, hallenden Geräusche der Großstadtnächte glichen nicht den immer wiederkehrenden Geräuschen des Hauses in Willow Springs. Sie entsprachen nicht gewissen furchtbaren Wirklichkeiten des Lebens, sie hingen nicht so unmittelbar mit dem Leben zusammen, sie waren nicht beängstigend wie die Geräusche jenes Hauses in der stillen Straße des Städtchens Willow Springs. Wie oft hatte sie da in der großen Stadt inmitten der lauten Geräusche der Nacht darum gerungen, den kleinen Geräuschen zu entrinnen! Ihres Vaters Schritte klangen auf den Stufen der Küchentreppe. Jetzt setzte er den Wassereimer auf die Kiste beim Küchenausguß. Oben sackte der Körper ihrer Mutter schwer ins Bett. Das Wachtraumbild der weiten, marmorbekleideten Schlucht, durch die schöne Menschen schritten, zerstob. Da war das leise Platschen des Wassers auf dem Küchenfußboden. Es war, als berühre ein nackter Kinderfuß patschend die Erde. Rosalind hätte am liebsten laut geschrien. Ihr Vater schloß die Küchentür. Nun zog er die Uhr auf. Gleich würden seine Schritte auf der Treppe zu hören sein. –

Man sah sechs Häuser von den Fenstern des Wescottschen Hauses. Im Winter stieg Rauch aus sechs Ziegelschornsteinen zum Himmel auf. Das Nachbarhaus unmittelbar nebenan war ein kleines Fachwerkgebäude; es wurde bewohnt von einem Mann, der fünfunddreißig Jahre alt war, als Rosalind einundzwanzig wurde und in die Großstadt ging. Der Mann war unverheiratet; seine Mutter, die ihm den Haushalt besorgt hatte, war in demselben Jahr gestorben, in dem Rosalind von der Schule abging. Seither lebte er allein. Er nahm seine Hauptmahlzeiten im Gasthof am Markt ein, aber sein Frühstück bereitete er sich selbst; auch das Bettmachen und das Säubern des Hauses besorgte er selbst. Zuweilen ging er, wenn Rosalind auf der Veranda saß, langsam am Wescottschen Hause vorbei. Dann hob er den Kopf und sprach sie an. Ihre Augen begegneten sich. Er hatte eine lange Nase, die wie ein Habichtschnabel gekrümmt war; sein Haar war lang und ungepflegt.

Rosalind dachte manchmal an ihn. Es ärgerte sie ein wenig, daß er zuweilen leise, als wollte er sie nicht stören, durch ihre Tagträume schlich.

Als sie an jenem Tage am ausgetrockneten Bett des Baches saß, dachte Rosalind an diesen Junggesellen, der nun die Vierzig überschritten hatte und seit ihren Kindheitstagen mit dem Bild ihrer Straße verbunden war. Sein Haus war vom Anwesen der Wescotts durch einen Pfahlzaun getrennt. Zuweilen vergaß er morgens, die Vorhänge zu schließen, und Rosalind, die bei der Morgenarbeit war, sah ihn im Unterzeug herumlaufen. Das war – man mochte nicht daran denken.

Der Mann hieß Melville Stoner. Er besaß ein kleines Vermögen und brauchte nicht zu arbeiten. An manchen Tagen verließ er das Haus nicht und ging nicht zu den Mahlzeiten in den Gasthof, sondern saß den ganzen Tag auf dem Stuhl und hatte die Nase in einem Buch vergraben.

In einem andern Haus an der Straße wohnte eine Witwe, die eine Kükenzucht betrieb. Zwei oder drei ihrer Hennen waren das, was die Leute in der Straße ›Fliegaufs‹ nannten. Sie flogen über die Hecke und rissen aus, und dabei kamen sie fast immer in den Hof des Junggesellen. Die Nachbarn lachten. Sie meinten, das habe eine tiefere Bedeutung. Wenn die Hühner in den Hof des ledigen Stoner geflogen waren, rannte die Witwe mit einem Stecken in der Hand hinter ihnen her. Melville Stoner kam aus dem Haus und blieb auf der kleinen Veranda stehen. Die Witwe rannte durch die Hoftür und schwang wild die Arme; die Hühner machten ein großes Gegacker und flogen über den Zaun. Dann liefen sie über die Straße zum Haus der Witwe. Die Frau blieb einen Augenblick an Stoners Gartentor stehen. Im Sommer, wenn im Wescottschen Haus die Fenster offenstanden, konnte Rosalind hören, was die beiden miteinander sprachen. In Willow Springs galt es nicht für schicklich, daß eine ledige Frau mit einem ledigen Manne an der Tür seiner Junggesellenbehausung stand und schwatzte. Die Witwe war darauf bedacht, die Bräuche zu achten. Aber sie blieb trotzdem noch einen Augenblick; ihr nackter Arm ruhte auf dem Torpfosten. Was für blanke, begehrliche Augen sie hatte! »Wenn meine Hühner Sie stören, so fangen Sie sie doch und drehen Sie ihnen den Hals um!« sagte sie hitzig. »Ich bin immer froh, wenn ich Sie auf der Straße daherkommen sehe«, versetzte Melville Stoner und verbeugte sich. Rosalind glaubte zu bemerken, daß er sich über die Witwe lustig machte. Er war ihr plötzlich lieb darum. »Ich würde Sie ja niemals zu sehen bekommen, wenn Sie nicht hinter den Hühnern herlaufen müßten. Tun Sie ihnen also nichts zuleide«, sagte er und verbeugte sich abermals.

Einen Augenblick zögerten die beiden noch und sahen einander in die Augen. Aus einem Fenster des Hauses beobachtete Rosalind die Witwe. Gesprochen wurde weiter nichts. Es war etwas im Wesen der Frau, das Rosalind damals nicht begriff; es war nichts als lüsterne Sinnlichkeit gewesen. Das gerade erwachende Mädchen im Haus nebenan hatte damals die Frau gehaßt.

Rosalind sprang von ihrem Sitz unter dem Baum auf und kletterte auf den Bahndamm. Sie dankte allen himmlischen Mächten, daß sie dem Leben in dem Städtchen Willow Springs entronnen und durch einen Zufall in die Großstadt geraten war. Chicago ist gewiß alles andere als schön; es ist nichts weiter als ein großes, lautes, schmutziges Dorf; aber es herrscht doch wenigstens Leben darin, dachte sie. Rosalind meinte, daß sie in Chicago ein wenig Lebenserfahrung erworben hatte – wenigstens in den letzten zwei oder drei Jahren ihres Aufenthaltes dort. Sie hatte Bücher gelesen, von deren Vorhandensein man in Willow Springs keine Ahnung hatte; sie hatte Sinfoniekonzerte besucht; sie hatte ein wenig Verständnis für die Wirkung von Linien und Farben gewonnen und hatte kluge, gelehrte Menschen über solche Dinge sprechen hören. In Chicago, inmitten der wirbelnden und wimmelnden Millionen, hörte man wenigstens menschliche Stimmen. Zuweilen sah man Menschen – oder hörte von ihrem Wirken –, die, wie der schöne alte Mann auf den marmornen Stufen in Rosalinds Kinderträumen, etwas Unschätzbares in sich lebendig erhalten hatten.

Noch etwas kam hinzu – und das war das Wesentlichste von allem: In den beiden letzten Jahren hatte sie Stunden und Tage in der Gesellschaft eines Mannes verbracht, mit dem sie reden konnte. Die Gespräche hatten sie geweckt. Durch sie, das fühlte sie, war sie erst wahrhaft zur Frau geworden.

Ich weiß jetzt, was das hier in Willow Springs für Menschen sind und was aus mir selbst in dieser Umgebung geworden wäre, dachte sie. Und sie fühlte sich befreit und fast glücklich. An einem Wendepunkt in ihrem Leben war sie zurückgekehrt, in der Hoffnung, sie würde ein wenig mit ihrer Mutter sprechen – oder, wenn sich das als unmöglich erwies, in der Gegenwart der Mutter ein Gefühl schwesterlicher Gemeinschaft empfinden. Tief im Wesen jeder Frau, so hatte sie gemeint, lag etwas verborgen, das bei einem Anruf hervorbrechen und anderen Frauen entgegenströmen mußte. Nun fühlte sie, daß diese Hoffnung, dieser Traum, dieses Verlangen ganz und gar trügerisch gewesen waren. Diese Stunde jedoch, in der sie über das Städtchen und seine Menschen nachdachte, in der großen flachen, von Maisfeldern begrenzten Mulde, wo kein Windhauch die Luft bewegte und sie die Käfer, die für eine neue Generation von Käfern sorgten, bei der Arbeit beobachtete – diese Stunde hatte ihr doch ein wenig Klärung gebracht. Und so war ihr Besuch in Willow Springs schließlich doch zu etwas gut gewesen.

Rosalinds Körper hatte viel von der Spannkraft und Frische der ersten Jugend bewahrt. Ihre Beine waren stark und ihre Schultern breit. Mit schwingenden Schritten ging sie auf den Geleisen nach Westen zur Stadt zurück. Die Sonne neigte sich rasch dem Untergang zu. Als Rosalind an einem großen Maisfeld über die Spitzen der Stauden in die Ferne blickte, sah sie auf einer staubigen Landstraße ein Auto fahren. Die Räder des Wagens wirbelten eine Staubwolke auf, durch die das Sonnenlicht spielte. So wurde die ziehende Staubwolke zu einem goldenen Regen, der sich über die Felder senkte. Wenn eine Frau am nötigsten braucht, was das Schönste und Wahrste in einer anderen Frau ist, so wird sie es meist vergebens suchen – selbst bei der eigenen Mutter, dachte Rosalind bitter. Es gibt gewisse Dinge, die jede Frau allein durchkämpfen muß, es gibt einen Weg, auf dem sie allein wandern muß. Vielleicht führt er nur dahin, wo er noch häßlicher und schrecklicher ist; dennoch – wenn sie nicht will, daß der Tod über sie kommt und sich in ihr einnistet, während ihr Leib noch lebt, so muß sie diesen Weg gehen.

Sie war eine Meile weit auf dem Bahndamm entlanggelaufen, als sie plötzlich stehenblieb. Während sie unter dem Baum am Bach saß, war ein Güterzug ostwärts vorbeigefahren – und nun lag neben den Gleisen im Gras ein Mann. Er lag reglos da; das Gesicht war im hohen, versengten Gras verborgen. Rosalind vermutete, er müsse vom Zug erfaßt und getötet worden sein. Plötzlich war sie aus ihren Grübeleien herausgerissen, sie wandte sich um und ging lautlos auf Zehenspitzen weg, sorgfältig von Schwelle zu Schwelle tretend. Dann blieb sie wieder stehen. Vielleicht war der Mann im Gras gar nicht tot – vielleicht war er nur verletzt, furchtbar verletzt. Sie konnte ihn nicht so da liegen lassen. Sie sah ihn im Geist vor sich, verstümmelt, aber noch mit dem Tode ringend – und sich selbst, als Retterin daneben. Leise schritt sie auf den Schwellen zurück. Die Beine des Mannes schienen unverletzt, und neben ihm lag sein Hut. Er sah ganz so aus, als hätte er ihn dahingelegt, bevor er sich zum Schlafen ausstreckte – aber man schläft doch nicht mit der Nase im Gras und an einem so heißen, ungemütlichen Platz! Sie trat näher. »He – Sie!« rief sie. »Sie, Herr – sind Sie verletzt?«

Der Mann im Gras setzte sich auf und sah sie an.

Er lachte. Es war Melville Stoner – der Mann, an den sie eben noch gedacht hatte und durch den sie in ihren Gedanken zu gewissen klaren Schlüssen über die Nutzlosigkeit ihres Besuches in Willow Springs gelangt war. Er sprang auf die Füße und nahm seinen Hut vom Boden auf. »Sieh mal einer an – Miss Rosalind Wescott«, sagte er herzlich. Er kletterte über einen kleinen Damm und stand neben ihr. »Ich wußte wohl, daß Sie zu Besuch nach Hause gekommen waren – aber was machen Sie denn hier draußen?« fragte er, und redete dann, ohne eine Antwort abzuwarten, weiter: »Welch ein glücklicher Zufall! Nun habe ich das Vergnügen, mit Ihnen nach Hause zu gehen. Sie können mir diese Gunst kaum abschlagen, nachdem Sie mich so kräftig angerufen haben.«

Sie gingen miteinander auf dem Bahndamm weiter, er mit dem Hut in der Hand. Rosalind stellte im stillen fest, daß er wie ein riesiger Vogel aussah, ein würdevoller, weiser alter Vogel – ein Geier vielleicht, dachte sie. Eine Weile schwieg er, dann begann er zu reden und erklärte ihr, weshalb er so dagelegen hatte, die Nase im Gras vergraben. Dabei blinzelte er sonderbar mit den Augen, und Rosalind fragte sich, ob er sich wohl über sie lustig machte, wie er sich damals über die Witwe mit den Hühnern lustig gemacht hatte.

Er steuerte aber nicht geradewegs auf das Thema los, und Rosalind fand es seltsam, daß sie da nun so neben ihm herging und redete. Sie hörte ihm mit plötzlich erwachender Spannung zu. Er war soviel älter als sie – und gewiß auch klüger. Welch ein Irrtum war es gewesen, zu meinen, sie wüßte viel mehr als alle Leute in Willow Springs! Da kam nun dieser Mann und redete – und seine Worte klangen so ganz anders als alles, was sie je aus dem Mund eines Bewohners ihrer Heimatstadt zu hören bekommen hatte.

»Ich möchte Ihnen etwas über mich sagen – aber so schnell geht das nicht«, fing er an. »Seit Jahren habe ich mir gewünscht, Ihrer habhaft zu werden und mit Ihnen zu reden; heute habe ich nun Gelegenheit dazu. Sie sind jetzt fünf oder sechs Jahre weggewesen und sind nun eine erwachsene Frau. Sie müssen mich recht verstehen«, fügte er rasch hinzu, »mein Wunsch, Sie zu treffen und ein wenig zu erforschen, ist eigentlich etwas ganz Unpersönliches. Es geht mir mit allen Menschen so. Vielleicht ist das der Grund, weshalb ich einsam lebe, weshalb ich unverheiratet geblieben bin und niemals nahe Freunde hatte. Ich bin zu – gierig. Ich bin ein sehr ungemütlicher Gesellschafter.«

Rosalind sah den Mann in einem ganz anderen Licht und war gefesselt und überrascht. In der Ferne tauchten die Häuser des Städtchens auf. Melville Stoner versuchte auf einer der Schienen zu balancieren, verlor aber schon nach wenigen Schritten das Gleichgewicht und rutschte ab. Seine langen Arme wirbelten durch die Luft. Rosalind fühlte sich mit einem Mal seltsam angeregt. In einem Augenblick glich Melville Stoner einem alten Manne, im nächsten war er wie ein Junge. In seiner Gegenwart drängten sich ihre Gedanken, die sich schon den ganzen Nachmittag gejagt hatten, erregter denn je.

Als er wieder zu sprechen begann, schien er die beabsichtigte Erklärung vergessen zu haben. »Wir haben hier Wand an Wand gelebt, aber wir haben niemals miteinander gesprochen«, sagte er. »Als ich noch ein junger Mann war und Sie ein kleines Mädchen, saß ich oft zu Hause und dachte an Sie. Wir sind Freunde gewesen, ja Freunde. Damit will ich sagen: wir haben dieselben Gedanken gehabt.«

Dann redete er vom Leben in der Großstadt, wie auch sie es geführt hatte, und verurteilte es. »Hier in Willow Springs ist es öde und stumpfsinnig, aber ihr Großstädter habt auch eure besondere Art von Stumpfsinn«, sagte er. »Ich bin froh, daß ich dort nicht zu leben brauche.«

Während der ersten Zeit ihres Aufenthaltes in Chicago hatte Rosalind etwas erlebt, das sie tief erregte. Sie kannte außer ihrem Bruder und ihrer Schwägerin keinen Menschen und fühlte sich mitunter sehr einsam. Wenn sie die ewige Eintönigkeit der Gespräche im Haus des Bruders nicht mehr ertragen konnte, ging sie in ein Konzert oder ins Theater. Ein- oder zweimal, als sie kein Geld für die Theaterkarte hatte, faßte sie sich ein Herz und ging allein durch die Straßen, rasch ausschreitend, ohne nach rechts oder links zu blikken. Wenn sie dann im Theater saß oder durch die Straßen ging, hatte sie manchmal eine seltsame Empfindung. Jemand sprach ihren Namen aus, ein Ruf drang an ihr Ohr. Geschah es im Konzert, blickte sie rasch um sich. Alle Gesichter, die sie sah, trugen jenen sonderbaren, halb gelangweilten, halb erwartungsvollen Ausdruck, den man gewöhnlich auf den Gesichtern der Leute sieht, wenn sie der Musik lauschen. Im ganzen Theater schien kein Mensch auf sie, Rosalind, zu achten. Wenn der Ruf auf der Straße oder im Park zu ihr drang, war sie immer völlig allein. Er schien aus der Luft oder hinter einem Baum hervorzukommen. Und nun, als sie mit Melville Stoner auf dem Bahndamm ging, war ihr, als wäre der Ruf von ihm ausgegangen. Sie sah ihn an: Er war offenbar in seine Gedanken vertieft und versuchte Worte dafür zu finden. Er hatte lange Beine und ging mit einem komisch hüpfenden Schritt. Der Vergleich mit einem großen Vogel, einem Meervogel etwa, der weit im Binnenland gestrandet ist, ging Rosalind nicht aus dem Sinn; aber diese Ähnlichkeit war es nicht, die ihr den Gedanken eingab, der Ruf sei von ihm gekommen. In ihm war etwas anderes, ein anderer Mensch verborgen. Rosalind stellte sich vor, der Ruf käme diesmal von einem Knaben, einem helläugigen Knaben, wie sie ihn einst in ihren nächtlichen Wachträumen gesehen hatte – von einem jener Knaben, die über die Marmortreppe hinunter in die Ferne schritten. Der Knabe ist im Körper dieses sonderbaren, vogelähnlichen Mannes verborgen, sagte sie sich überrascht. Der Gedanke regte ihre Vorstellungskraft an. Er gab über vieles im Wesen von Männern und Frauen Aufschluß. Ein Satz, den sie als Kind in der Sonntagsschule in Willow Springs gehört hatte, kam ihr wieder in den Sinn: »Und Gott der Herr sprach zu mir aus einem brennenden Busch.« Fast hätte sie die Worte laut gesagt.

Melville Stoner lief auf den Schwellen und redete. Er schien ganz vergessen zu haben, daß er ihr hatte erklären wollen, weshalb er da so mit der Nase im Gras gelegen hatte; er sprach von seinem einsamen Leben in Willow Springs. Rosalind suchte ihre eigenen Gedanken beiseite zu drängen und ihm zuzuhören, aber es wollte ihr nicht recht gelingen. Ich kam hierher in der Hoffnung, mich dem Leben ein wenig näher zu fühlen, dachte sie; ich wollte für ein paar Tage die Gesellschaft eines Mannes meiden, um über ihn nachdenken zu können. Ich hoffte, bei meiner Mutter zu finden, was ich suchte. Die Hoffnung hat getrogen. Es wäre doch seltsam, wenn mir das, wonach ich mich sehne, durch diese zufällige Begegnung mit einem andern Mann gegeben würde, dachte sie. Und sie grübelte weiter. Sie hörte wohl die Worte, die der Mann neben ihr sprach, aber auch ihre Gedanken formten sich zu unausgesprochenen Worten. Etwas in ihr war plötzlich entspannt und frei. Seit dem Augenblick, an dem sie vor drei Tagen in Willow Springs den Zug verließ, hatte sie ständig eine starke innere Spannung gefühlt. Nun war das völlig vorüber. Sie sah Melville Stoner an, und er richtete zuweilen den Blick auf sie. Da war ein Ausdruck in seinen Augen, etwas wie ein Lachen – ein spottendes Lachen. Seine Augen waren grau, von einem kalten Grau, wie die Augen eines Vogels.

»Es ist mir in den Sinn gekommen – ich dachte – ja, also Sie sind unverheiratet geblieben in den sechs Jahren, seit Sie in die Großstadt gingen. Es wäre doch sonderbar und ein bißchen erheiternd, wenn Sie wie ich wären – wenn Sie nicht heiraten oder einem andern Menschen nahekommen könnten«, hörte sie ihn sagen.

Dann sprach er wieder von seinem täglichen Leben. »Ich sitze manchmal den ganzen Tag im Haus, auch wenn draußen schönes Wetter ist«, sagte er. »Sie haben mich sicher so sitzen sehen. Zuweilen vergesse ich das Essen. Ich lese den ganzen Tag Bücher und suche mich selbst zu vergessen; und dann kommt die Nacht, und ich kann nicht schlafen. Wenn ich Schriftsteller wäre oder malen oder musizieren könnte, wenn ich überhaupt drauf aus wäre, alles auszudrücken, was in mir vorgeht – ja, dann wäre es anders. Freilich würde ich nicht schreiben wie andere. Ich wüßte von dem, was die Leute tun, nur wenig zu sagen. Was tun sie denn? Und zu was ist es nütze? Ja, sehen Sie – da bauen sie große Städte, so wie die, in der Sie leben, und kleine Städte, wie Willow Springs; sie haben diesen Schienenweg gebaut, auf dem wir hier gehen, sie heiraten und setzen Kinder in die Welt, morden, stehlen und benehmen sich bei alledem wie die Kinder. Wozu ist das alles nütze? Sehen Sie – wir gehen jetzt hier in der heißen Sonne. Noch fünf Minuten, und wir sind in der Stadt; dann gehen Sie in Ihr Haus und ich in meins. Sie essen zu Abend mit Ihrem Vater und Ihrer Mutter. Dann geht Ihr Vater aus, und Sie sitzen mit Ihrer Mutter auf der Veranda vorm Hause. Geredet wird nicht viel. Ihre Mutter sagt, daß sie die Absicht hat, Obst einzukochen. Dann kommt Ihr Vater nach Hause, und Sie gehen alle schlafen. Ihr Vater holt einen Eimer Wasser von der Pumpe bei der Küchentür. Er bringt ihn herein und setzt ihn auf eine Kiste beim Küchenausguß. Dabei wird ein wenig Wasser verschüttet und es gibt ein leises Platschen auf dem Küchenfußboden –«

»Ach!«

Melville wandte sich zur Seite und sah Rosalind scharf an; sie war ein wenig bleich geworden. Ihre Gedanken rasten wie eine führerlose Lokomotive. In diesem Melville Stoner war eine Kraft, die sie entsetzte. Mit der Aufzählung dieser wenigen alltäglichen Tatsachen war er jäh in ihr geheimstes Leben eingedrungen. Es war fast, als wäre er in ihr Schlafzimmer gekommen, wo sie wach lag und grübelte. Ja, er war zu ihr ins Bett gekommen. Er lachte wieder – ein unfrohes Lachen. »Ich will Ihnen was sagen: Wir wissen recht wenig, wir Amerikaner, ob wir nun in der Kleinstadt oder in der Großstadt leben«, sagte er schnell. »Wir sind immer in Hast. Wir halten uns alle für verpflichtet, immerzu tätig zu sein. Ich sitze still und denke. Wenn ich Lust zum Schreiben hätte, so wüßte ich schon, was ich täte. Ich würde die Gedanken aller Leute enthüllen. Da wären sie entsetzt, das würde ihnen einen Schrekken einjagen, wie? Ich würde Ihnen sagen, was Sie heute nachmittag gedacht haben, als Sie mit mir auf dem Bahndamm gingen. Ich würde Ihnen sagen, was Ihre Mutter zur selben Zeit gedacht hat und was sie Ihnen gern sagen möchte.«

Rosalinds Gesicht war kreideweiß geworden, und ihre Hände zitterten. Sie verließen den Bahndamm und kamen in die Straßen von Willow Springs. Da ging mit Melville Stoner eine Wandlung vor. Nun war er plötzlich nur noch ein vierzigjähriger Mann, ein wenig verwirrt durch die Gegenwart des Mädchens, ein wenig verlegen.»Ich muß Sie jetzt verlassen, ich gehe ins Gasthaus«, sagte er. Seine Füße machten ein schurrendes Geräusch auf dem Bürgersteig. »Ach ja, ich wollte Ihnen noch erklären, weshalb Sie mich da so gefunden haben, die Nase im Gras vergraben«, fing er wieder an. Seine Stimme hatte einen ganz veränderten Klang: Es war die Stimme des Knaben, deren Ruf Rosalind aus dem Mund des Mannes vernommen hatte, als sie auf dem Bahndamm gingen und miteinander sprachen. »Zuweilen kann ich das Leben hier nicht mehr aushalten«, sagte er fast wild und fuchtelte mit seinen langen Armen. »Ich bin zu viel allein. Es kommt so weit mit mir, daß ich mich selbst hasse. Dann muß ich aus der Stadt rennen.«

Er sah Rosalind nicht an, sondern blickte zu Boden. Seine großen Füße schurrten nervös auf den Steinen. »Einmal, im Winter, habe ich gemeint, ich würde verrückt«, sagte er. »Mir fiel zufällig ein Obstgarten ein, fünf Meilen von der Stadt entfernt, zu dem ich mal im Herbst gegangen war, als die Birnen reif waren. Es war eine fixe Idee. Es war bitterkalt, aber ich lief die fünf Meilen und kam in den Obstgarten. Der Boden war gefroren und mit Schnee bedeckt, aber ich kratzte den Schnee weg. Ich wühlte mein Gesicht ins Gras. Damals im Herbst, als ich zum erstenmal dort war, war der Boden mit reifen Birnen übersät. Duft stieg von ihnen auf. Sie waren bedeckt mit Bienen, die wie trunken darüberhinkrochen, in einer Art Verzückung. An diesen Duft hatte ich mich erinnert. Um seinetwillen kam ich her, und ich wühlte das Gesicht ins gefrorene Gras. Die Bienen, damals, waren trunken von Leben – und ich hatte das Leben entgleiten lassen. Immer habe ich das Leben entgleiten lassen. Es entfernt sich von mir – immer mehr. Ich habe es auch immer so empfunden, als entfernten sich die Menschen von mir. In diesem Frühjahr wanderte ich auf dem Bahndamm bis zu der Brücke über den Willow Creek. Veilchen blühten im Gras. Damals nahm ich sie kaum wahr, aber heute dachte ich daran. Mit den Veilchen war es wie mit den Menschen, die sich von mir entfernen. Ein unsinniges Verlangen packte mich, ihnen nachzurennen. Mir war, als schwebte ich wie ein Vogel durch den Raum. Ich war besessen von der Überzeugung, daß mir etwas entgangen sei und daß ich ihm nacheilen müsse.«

Melville Stoner hielt inne. Auch er war bleich geworden, auch seine Hände zitterten. Rosalind spürte ein fast unwiderstehliches Verlangen, ihre Hand auszustrecken und seine Hand zu berühren. Sie hätte rufen, schreien mögen: »Ich bin hier. Ich bin nicht tot. Ich lebe!« Aber sie stand stumm und sah ihn starr an, so wie ihn damals die Witwe, die Eigentümerin der ›Fliegaufs‹ ,angesehen hatte. Melville Stoner bemühte sich, die leidenschaftliche Erregung, in die er sich hineingeredet hatte, zu bezwingen. Er verbeugte sich und lächelte. »Ich hoffe, es ist Ihre Gewohnheit, auf Eisenbahngeleisen spazierenzugehen«, sagte er. »Dann weiß ich künftig doch, was ich mit meiner Zeit anfangen soll. Wenn Sie nach Willow Springs kommen, werde ich auf den Geleisen mein Lager aufschlagen. Sicherlich haben Sie, wie die Veilchen, dort Ihren Duft zurückgelassen.« Rosalind sah ihn an. Er machte sich über sie lustig, wie er sich damals über die Witwe lustig gemacht hatte, die an seinem Zaun stand. Aber das war ihr gleich. Als er sie verlassen hatte, ging sie langsam durch die Straßen. Die Worte, die ihr vorhin auf dem Bahndamm eingefallen waren, kamen ihr wieder in den Sinn, und sie wiederholte sie immer wieder: »Und Gott der Herr sprach zu mir aus einem brennenden Busch.« Sie sprach sie vor sich hin, bis sie in ihrem Elternhaus angekommen war.

Rosalind saß auf der Veranda des Hauses, in dem sie ihre Kindheit verlebt hatte. Ihr Vater war zum Abendessen nicht nach Hause gekommen. Er handelte mit Kohlen und Bauholz und besaß einige rohgezimmerte Schuppen, die auf der Westseite der Stadt an einem Nebengleis standen. Dort hatte er ein kleines Kontor mit einem Ofen und mit einem Pult im Fensterwinkel. Auf dem Pult lagen in großen Stößen unbeantwortete Briefe und Rundschreiben von Bergwerks- und Bauholzgesellschaften. Eine dicke Schicht Kohlenstaub lag darauf. Den ganzen Tag saß der alte Wescott in diesem Kontor wie ein Tier im Käfig; aber er war, im Gegensatz zu gefangenen Tieren, offenbar nicht unzufrieden und wußte nichts von Unruhe. Er war der einzige Kohlen- und Bauholzhändler in Willow Springs. Wenn die Leute eine dieser beiden Waren brauchten, so mußten sie zu ihm kommen. Eine andere Wahl hatten sie nicht. Er war zufrieden. Morgens, wenn er in sein Kontor kam, las er die Zeitung aus Des Moines; dann, wenn niemand ihn störte, saß er den ganzen Tag da, im Winter beim geheizten Ofen, an den langen heißen Sommertagen bei offenem Fenster – anscheinend unberührt vom Wandel der Jahreszeiten auf den Feldern, ohne Gedanken, ohne Hoffnung, ohne Bedauern darüber, daß sein Leben zu einem alten Plunder wurde.

Rosalinds Mutter hatte bereits mit dem Obsteinkochen

begonnen, von dem sie mehrmals gesprochen hatte. Sie kochte Stachelbeermarmelade ein. Rosalind hörte das Brodeln der Töpfe aus der Küche. Die Mutter ging schweren Schrittes hin und her. Mit zunehmendem Alter begann sie dick zu werden.

Rosalind war müde vom vielen Denken. Es war ein an Erregungen reicher Tag gewesen. Sie nahm ihren Hut ab und legte ihn neben sich. Die Fenster des Stonerschen Hauses waren wie Augen, die starr und vorwurfsvoll auf sie blickten. »Ja, siehst du wohl, du bist voreilig gewesen«, sagte das Haus. Es verhöhnte sie. »Du meintest, du wüßtest wunder was von den Menschen. Gar nichts weißt du!« Rosalind stützte den Kopf in die Hände. Es war schon so – sie hatte sich getäuscht. So wie der Mann in dem Haus da waren gewiß andere Leute in Willow Springs auch. Er war nicht, wie sie angenommen hatte, ein stumpfsinniger Bürger eines langweiligen Städtchens, einer, der nichts vom Leben wußte. Hatte er nicht Worte gesprochen, die sie im Tiefsten trafen, hatte er sie nicht völlig aus der Fassung gebracht?

Rosalind machte eine Erfahrung, die bei nervösen Menschen nichts Ungewöhnliches ist. Ihr Verstand, des Denkens müde, hörte nicht auf zu denken, sondern arbeitete schneller denn je. Aber die Gedanken bewegten sich nicht in der gewohnten Ebene. Sie glichen einem Flugzeug, das den Boden verläßt und sich in die Lüfte hebt. Sie klammerte sich an eine Idee, die Melville Stoner ausgesprochen hatte oder die doch in seinen Worten enthalten war: Jeder Mensch hat zwei Stimmen in sich, und jede ringt darum, sich vernehmlich zu machen.

Eine neue Gedankenwelt hatte sich ihr eröffnet. Es gab am Ende doch einen Weg, das Wesen der Menschen zu ergründen. Vielleicht war es doch möglich, ihre Mutter und das Leben ihrer Mutter, ihren Vater, den Mann, den sie liebte, und sich selbst zu verstehen. Da war die Stimme, die im Innern sprach. Worte drängten sich auf die Lippen. Sie formten sich in der Sprache, die der Mensch sich geschaffen hatte. Zumeist besaßen die Worte kein Eigenleben. Sie waren aus alten Zeiten überliefert, und viele von ihnen waren gewiß einst starke, lebendige Wortwesen, die aus dem Tiefsten, aus dem Urschoß der Menschheit stammten. Sie hatten eine Fessel gesprengt.

Früher hatte sie lebendigen Wahrheiten Ausdruck verliehen. Dann waren sie immer wieder gesagt worden, von den Lippen vieler Menschen, endlos, gleichgültig.

Sie dachte an die Gespräche von Männern und Frauen, die sie in der Straßenbahn, in Wohnungen, auf ihren Spaziergängen in den Parkanlagen Chicagos gehört hatte. Ihr Bruder, der Handlungsreisende, und seine Frau hatten an den langen Abenden, die sie mit ihnen in der Wohnung verbrachte, fast gleichgültige Gespräche geführt. Es ging mit ihnen wie mit all den andern. Die Lippen der Menschen sprachen Worte, aber ihre Augen redeten eine andere Sprache. Zuweilen drückten die Lippen Zuneigung aus, während aus den Augen Haß glitzerte. Manchmal war es auch umgekehrt. Welch ein Durcheinander!

Es war klar, daß in den Menschen etwas verborgen lag, das nur ausnahmsweise zum Ausdruck kam. Wenn einer erschrokken oder erregt war, dann hatten die Worte, die von seinen Lippen kamen, eigene Prägung, dann waren sie lebendig. Der Wachtraum, der sie in den Nächten ihrer Kindheit manchmal heimgesucht hatte, kehrte zurück. Wieder sah sie die Menschen auf der marmornen Treppe, die die Stufen hinabschritten – fort in die Unendlichkeit. Auch in ihr begannen sich Worte zu formen, die danach drängten, ausgesprochen zu werden. Sie hungerte nach einem Menschen, zu dem sie diese Worte sagen konnte; schon wollte sie aufstehen, um zu ihrer Mutter zu gehen, die in der Küche Stachelbeermarmelade kochte. Dann aber blieb sie doch sitzen. »Sie gehen hinab in die Halle der verborgenen Stimmen«, flüsterte sie vor sich hin. Die Worte erregten und berauschten sie wie vorhin die Worte aus dem Mund Melville Stoners. Ihr war zumute, als wäre sie plötzlich erstaunlich gewachsen – geistig wie körperlich. Sie fühlte sich in ihrer Phantasie selbst mit schwingenden Armen und Schultern eine marmorne Treppe hinabschreiten, wie einst das Mädchen in ihrem Wachtraum – hinunter zu den verborgenen Geheimnissen der Menschen, in die Halle der leisen Stimmen. Nun werde ich begreifen – was werde ich nicht begreifen? dachte sie.

Dann kamen ihr Zweifel, und sie zitterte ein wenig. Melville Stoner war, als sie mit ihm auf dem Bahndamm ging, tief in ihr Inneres eingedrungen. Ihr Leib war wie ein Haus, durch dessen Tür er eingetreten war. Er hatte von den nächtlichen Geräuschen in ihrem Elternhaus gewußt – von der Arbeit ihres Vaters am Brunnen, dem Platschen des verschütteten Wassers auf dem Fußboden. Selbst als sie noch ein Kind war und sich da oben in ihrem dunklen Schlafzimmer allein gewähnt hatte, war sie nicht allein gewesen. Der seltsame, vogelähnliche Mann aus dem Haus nebenan war bei ihr gewesen, in ihrem Zimmer, in ihrem Bett. Jahre nachher noch hatte er sich der unheimlichen kleinen Geräusche des Hauses erinnert und hatte gewußt, wie sehr sie sich davor gefürchtet hatte. Und auch in seinem Wissen lag etwas Unheimliches. Er hatte geredet, hatte ausgesprochen, was er wußte, aber dabei war ein Lächeln in seinen Augen – und vielleicht auch Spott.

Im Hause der Wescotts nahmen die Küchengeräusche ihren Fortgang. Ein Mann, der auf einem Feld gearbeitet hatte – er war schon beim herbstlichen Pflügen –, schirrte seine Pferde vom Pflug los. Er war weit weg, jenseits des Straßenendes, auf einem Feld, das ein wenig aus der Ebene anstieg. Rosalind sah starr hinüber. Der Mann spannte die Pferde vor einen Wagen. Sie sah ihn wie durch ein umgedrehtes Fernrohr. Nun würde er die Pferde zu einem Farmhaus lenken und sie in einem Stall unterbringen. Dann würde er in ein Haus gehen, wo seine Frau bei der Arbeit war. Vielleicht kochte sie, wie Rosalinds Mutter, Stachelbeermarmelade. Er würde etwas brummen, wie es ihr Vater tat, wenn er abends aus seinem heißen kleinen Kontor an den Schienen nach Hause kam. »'n Abend!« würde er sagen, matt, gleichgültig, stumpfsinnig. So war das Leben.

Rosalind wurde ihrer Grübelei müde. Der Mann auf dem Feld war auf seinen Wagen gestiegen und fuhr davon. Gleich würde von ihm nichts mehr zurückgeblieben sein als eine dünne Staubwolke, die durch die Luft zog. Im Haus hatte die Stachelbeermarmelade nun lange genug gekocht. Die Mutter machte sich daran, sie in Gläser zu füllen. Diese Arbeit rief eine neue Folge kleiner Geräusche hervor. Rosalind dachte wieder an Melville Stoner. Jahrelang hatte er dagesessen und auf Geräusche gelauscht. Es war etwas Verrücktes daran.

Und auch sie selbst hatte sich in einen halb wahnsinnigen

Zustand gebracht. Ich muß ein Ende machen damit, sagte sie sich. Ich bin wie ein Saiteninstrument, dessen Saiten zu straff gespannt sind. Müde verbarg sie das Gesicht in den Händen.

Und dann ging ein Erschauern durch ihren Körper. Es hatte schon seinen Grund, daß Melville Stoner zu dem geworden war, was er jetzt war. Es gab einen verschlossenen Eingang zu der marmornen Treppe, die hinab und in die Ferne führte, ins Unendliche, in die Halle der leisen Stimmen; und der Schlüssel zu diesem Tor hieß Liebe. Wärme durchströmte sie wieder. Wissen braucht nicht zu Überdruß zu führen, dachte sie. Vielleicht war das Leben doch eine siegreiche Kraft. Rosalind wollte, daß ihr Besuch in Willow Springs für ihr Leben fruchtbar wurde. Vor allem wollte sie sich wirklich ihrer Mutter nähern, wollte den Weg zum Leben der Mutter finden. Das wird dann mein erster Schritt auf der Marmortreppe sein, dachte sie, und ihre Augen füllten sich mit Tränen. Gleich würde ihr Vater zum Abendessen heimkommen, aber nach dem Essen würde er vielleicht ausgehen. Dann würde sie mit ihrer Mutter allein sein. Gemeinsam würden sie dann ein wenig in das Geheimnis des Lebens eindringen, sich in schwesterlicher Gemeinsamkeit finden. Dann konnte über die Frage gesprochen werden, über die sie so gern mit einer verständnisvollen Gefährtin sprechen wollte. So würde dann ihr Besuch in Willow Springs und bei ihrer Mutter doch noch ein befriedigendes Ergebnis bringen.

II

Die Geschichte der sechs Jahre, die Rosalind in Chicago verbrachte, ist die Geschichte Tausender unverheirateter Frauen, die in den Büros der großen Städte arbeiten. Nicht wirtschaftliche Notwendigkeit zwang sie zu ihrer Arbeit oder hielt sie dabei fest; sie betrachtete sie nicht als einen Beruf, weder jetzt noch für die Zukunft. Als sie die Stenographieschule verlassen hatte, wechselte sie eine Zeitlang mehrmals die Stellung, hatte mit der Zeit immer mehr Routine, war aber niemals mit besonderer Anteilnahme bei dem, was sie tat. Es war ihr nur ein Mittel, die langen Tage hinzubringen.

Ihr Vater, der außer den Kohlen- und Bauholzlagern drei Farmen besaß, schickte ihr monatlich hundert Dollar. Ihr Gehalt verbrauchte sie für die Kleidung, so daß sie sich besser anzog als ihre Arbeitskolleginnen.

Über eines war sie sich völlig klar: Sie hatte nicht den Wunsch, nach Willow Springs zurückzukehren und bei ihren Eltern zu leben; und nach einer Weile wurde ihr klar, daß sie es auch bei ihrem Bruder und seiner Frau nicht mehr aushalten konnte. Zum ersten Male gingen ihr wirklich die Augen auf für die Großstadt, die sich vor ihr ausbreitete. Wenn sie in der Mittagspause über den Michigan Boulevard ging oder in ein Restaurant kam, oder wenn sie abends mit der Straßenbahn heimfuhr, sah sie Männer und Frauen beieinander. Ebenso, wenn sie im Sommer an Sonntagnachmittagen im Park oder am See spazierenging. In der Straßenbahn sah sie einmal, wie ein junges Mädchen – sie war klein und hatte ein rundes Gesicht – ihre Hand in die Hand ihres Begleiters legte. Bevor sie es tat, blickte sie sich nach allen Seiten um, als wolle sie sich vergewissern, ob auch alle es sahen. Es sollte Rosalind und den andern Frauen im Wagen etwas zu verstehen geben. Es war, als hätte das Mädchen laut gesagt: »Er gehört mir. Daß ihm keine zu nahe kommt!«

Kein Zweifel, Rosalind erwachte aus der in Willow Springs üblichen Stumpfheit, in der sie ihre Mädchenjahre verbracht hatte. Dies wenigstens hatte die Großstadt bei ihr bewirkt. Die Stadt war gewaltig. Sie griff stürmisch immer weiter um sich. Man brauchte nur seine Füße über das Pflaster laufen zu lassen, so kam man in fremde Straßen und sah immer andere Gesichter.

An Samstagnachmittagen und sonntags wurde nicht gearbeitet. Dies war im Sommer die Zeit zum Ausgehen; man ging in den Park, man mischte sich mit einem halben Dutzend junger Leute aus dem Büro unter die fremde bunte Menge in der Halsted Street, man verbrachte einen Tag in den Sanddünen am Michigansee. Man war erregt, man war hungrig, hungrig – nach einem Gefährten. Das war es. Man wollte etwas besitzen, einen Mann – mit ihm Ausflüge machen, seiner sicher sein, ihn besitzen.

Sie las Bücher, die immer von Männern oder vermännlichten Frauen geschrieben waren. Die Art, wie diese Schriftsteller das Leben betrachteten, war grundlegend falsch. Der Irrtum war nicht neu. Zu Rosalinds Zeit aber drückte er sich schärfer aus. Jemand hatte einen Schlüssel gefunden, mit dem sich die Tür zu den Geheimnissen des Lebens aufschließen ließ. Andere bemächtigten sich des Schlüssels und drängten sich hinein. Die Geheimkammer des Lebens war von einer lärmenden, gemeinen Menge erfüllt. Alle Bücher, die sich mit dem Leben befaßten, taten es durch den Mund der Menge, die eben erst in das Heiligtum eingedrungen war. Der Verfasser hatte den Schlüssel in der Hand. »Sex!« schrie er. »Wer die Geschlechtlichkeit begreift, wird das Geheimnis des Lebens erkennen.«

Das alles war gut und schön und manchmal auch ganz fesselnd, aber mit der Zeit wurde die Masche langweilig.

Einmal, an einem Sonntagabend – sie wohnte damals noch bei ihrem Bruder – lag sie in ihrem Zimmer im Bett. Am Nachmittag hatte sie einen Spaziergang gemacht und war in einer Straße im Nordwesten der Stadt einer Prozession begegnet. Das Bild der Heiligen Jungfrau wurde durch die Straßen getragen. Die Häuser waren geschmückt, und Frauen lehnten sich aus den Fenstern. Alte Priester in weißen Gewändern kamen langsam daher. Starke junge Männer trugen das Gestell mit dem Bild der Jungfrau. Die Prozession machte halt. Jemand stimmte mit lauter, heller Stimme ein Lied an. Andere Stimmen fielen ein. Kinder liefen herum und sammelten Geld. Bei alledem verstummten keinen Augenblick die lauten Geräusche der alltäglichen Unterhaltung. Frauen riefen über die Straße hinweg andere Frauen. Junge Mädchen gingen auf den Bürgersteigen und lachten leise, wenn sich die weißgekleideten jungen Männer, die sich um das Bild der Jungfrau drängten, umwandten und ihnen nachschauten. An jeder Straßenecke standen Händler mit Nüssen, Süßigkeiten und Eis.

Abends im Bett ließ Rosalind das Buch sinken, in dem sie gelesen hatte. »Die Verehrung der Heiligen Jungfrau ist eine Ausdrucksform des Geschlechtstriebs«, stand da.

Schön – aber was soll das? Wenn es wahr ist – was soll das heißen?

Sie stand auf und ließ ihr Nachthemd fallen. Auch sie war eine Jungfrau. Was sollte das heißen? Sie wandte sich langsam hin und her und betrachtete ihren starken jungen Körper. Das war also das Ding, in dem der Geschlechtstrieb lebte. Es war ein Ding, an dem der Geschlechtstrieb anderer sich stillen konnte. Was sollte das besagen?

Da lag nun ihr Bruder im Zimmer nebenan und schlief bei seiner Frau. In Willow Springs, Iowa, war ihr Vater gerade in diesem Augenblick dabei, an der Pumpe bei der Küchentür einen Wassereimer zu füllen. Gleich würde er ihn in die Küche bringen und auf die Kiste beim Küchenausguß setzen.

Rosalinds Wangen waren gerötet. Es war ein seltsames und liebliches Bild, wie sie da in ihrem Zimmer in Chicago nackt vor dem Spiegel stand. Sie war so voller Lebenskraft – und doch hatte sie das Gefühl, nicht zu leben. Ihre Augen glänzten vor Erregung. Immer noch wandte sie sich langsam hin und her und verrenkte sich den Hals, um die Rückseite ihres nackten Körpers zu betrachten. Vielleicht lerne ich's – das Denken, sagte sie sich. Es steckte ein grundlegender Irrtum in der Art, wie die Menschen das Leben auffaßten. Das war etwas, das sie wußte, und es war ebenso wichtig wie das, was die klugen Leute wußten und worüber sie Bücher schrieben. Auch ihr war etwas über das Leben aufgegangen. Ihr Körper war noch jungfräulich. Was bedeutete das? Wenn der Geschlechtstrieb, der darin wohnt, befriedigt ist – inwiefern wäre das Problem meines Lebens damit gelöst? Ich bin jetzt einsam. Wenn ich den Geschlechtstrieb befriedigte, wäre ich nicht minder einsam, das ist sicher.

III

Rosalinds Leben in Chicago war einem Gewässer vergleichbar gewesen, das zu seiner Quelle zurückläuft. Erst floß es geradeaus, dann stockte es, wand sich, beschrieb einen Bogen. Gerade in der Zeit, als sie zu erwachen begann, nahm sie eine neue Stellung in einer auf der Nordwestseite der Stadt gelegenen Klavierfabrik an, die an einem Nebenarm des Chicago River lag. Sie wurde die Sekretärin des Prokuristen dieser Fabrik. Er war ein schlanker, nicht sehr großer Mann von achtunddreißig Jahren, mit mageren, weißen, nervösen, beweglichen Händen und grauen Augen, deren Blick umwölkt und gequält war. Zum ersten Mal tat Rosalind die Arbeit, die ihre Lebenstage verschlang, mit wirklicher Anteilnahme. Ihr Chef hatte die verantwortungsvolle Aufgabe, über die Kreditwürdigkeit der Kunden zu entscheiden, aber er eignete sich nicht für seinen Posten. Er war nicht gerissen genug und hatte in kurzer Zeit zwei kostspielige Fehlgriffe getan, bei denen die Gesellschaft Geld verloren hatte. »Ich habe zu viel zu tun. Meine Zeit ist zu sehr mit Kleinkram belastet. Ich brauche Hilfe hier«, hatte er in sichtlicher Verlegenheit erklärt, und Rosalind wurde angestellt, um ihn von der Kleinarbeit zu entlasten.

Ihr neuer Chef hieß Walter Sayers und war der einzige Sohn eines im Gesellschafts- und Klubleben Chicagos seinerzeit wohlbekannten Lebemannes. Jedermann hatte ihn für reich gehalten, und er war bemüht gewesen, seine Lebenshaltung der Meinung der Leute anzupassen. Sein Sohn Walter wollte Sänger werden und verließ sich darauf, daß er ein ansehnliches Vermögen erben werde. Mit dreißig Jahren verheiratete er sich und war, als drei Jahre später sein Vater starb, bereits Vater von zwei Kindern.

Und dann fand er sich plötzlich ohne einen Penny Vermögen. Er konnte singen, aber seine Stimme war nicht überwältigend. Sie reichte nicht dazu aus, ihm auch nur einen einigermaßen anständigen Lebensunterhalt zu verschaffen. Glücklicherweise besaß seine Frau etwas eigenes Vermögen, und dieses Geld, das er in der Klavierfabrik anlegte, verhalf ihm zu seiner Stellung als Prokurist der Gesellschaft. Das Ehepaar zog sich vom gesellschaftlichen Leben zurück und siedelte in ein bequemes Haus in einem Vorort über.

Walter Sayers verzichtete nicht nur auf das Musizieren, sondern auch auf alle musikalischen Neigungen. Viele seiner neuen Nachbarn aus dem Vorort gingen am Freitagnachmittag ins Konzert; er tat nichts dergleichen. Was kommt dabei heraus, wenn ich mich selbst quäle und an ein Leben denke, das mir verschlossen ist? sagte er sich. Seiner Frau gegenüber heuchelte er wachsendes Interesse an seiner Arbeit in der

Fabrik. »Das ist wirklich etwas, an dem man Gefallen finden kann. Diese Arbeit ist wie ein Spiel – als ob man Menschen auf einem Schachbrett hin und her schöbe. Ich werde sie noch lieben lernen«, sagte er.

Wirklich hatte er auch versucht, sich für seine Arbeit zu interessieren, aber es war ihm nicht gelungen. Sosehr er sich auch mühte – er brachte es nicht fertig, die Tatsache, daß Gewinn oder Verlust seiner Gesellschaft von seiner Urteilsfähigkeit abhing, als bedeutsam für sich selbst anzusehen. Es war eine Angelegenheit von Verlust oder Gewinn, und Geld bedeutete ihm nichts. Das ist Vaters Schuld, dachte er. Solange er lebte, hat Geld mir nie etwas bedeutet. Ich bin falsch erzogen worden, ich bin schlecht vorbereitet für den Lebenskampf. Daher war er überängstlich und verpaßte Geschäfte, die der Gesellschaft ohne weiteres hätten zufallen können. Dann wieder war er zu wagemutig in der Einräumung von Kredit und die Folge waren neue Verluste.

Seine Frau war durchaus glücklich und mit ihrem Dasein zufrieden. Zum Haus gehörten vier oder fünf Morgen Land, und sie ging darin auf, Blumen und Gemüse zu züchten. Der Kinder wegen hielt sie eine Kuh. Mit einem jungen Neger als Gärtner beschäftigte sie sich den ganzen Tag im Garten, grub, düngte die Wurzeln der Stauden und Sträucher, pflanzte ein und pflanzte um. Wenn ihr Mann abends in seinem Auto aus der Fabrik heimgekommen war, faßte sie ihn am Arm und führte ihn eifrig herum. Die beiden Kinder trabten hinterdrein. Die Frau liebte den Garten sehr. Sie standen an einer niedrig gelegenen Stelle am Ende des Gartens, und sie sprach von der Notwendigkeit, Entwässerungsrohre anzulegen. Der Plan regte sie richtig auf. »Es ist das beste Land in der ganzen Gegend, wenn es erst entwässert ist«, sagte sie. Dann bückte sie sich und grub mit einem Spaten die weiche, schwarze Erde um. Duft stieg auf. »Sieh! sieh doch nur, wie schwer und schwarz sie ist!« rief sie eifrig. »Sie ist nur ein bißchen zu naß, weil Wasser darauf gestanden hat.« Es war, als nähme sie ein störrisches Kind in Schutz. »Wenn sie dräniert ist, nehme ich Kalk, um sie mild zu machen«, fügte sie hinzu. Sie glich einer Mutter, die sich über die Wiege eines schlummernden Säuglings beugt. Ihre Begeisterung war ihm lästig.

Als Rosalind ihre Stellung in seinem Büro antrat, hatten die schwelenden Feuer des Hasses, die unter der Oberfläche seines Lebens glommen, schon stark an seiner Kraft gezehrt. Sein Körper sackte schlaff in seinem Schreibtischsessel zusammen, und tief eingegrabene Furchen der Mutlosigkeit lagen um seine Mundwinkel. Nach außen hin war er immer freundlich und heiter, aber auf dem Grunde seiner umwölkten, gepeinigt blickenden Augen brannten die Feuer des Hasses langsam und unablässig. Es war, als bemühe er sich, aus einem unruhigen Traum zu erwachen, der ihn in Bann hielt – einem Traum, der ihn ein wenig ängstigte und der kein Ende nahm. Er hatte einige nervöse Gewohnheiten angenommen. Auf seinem Pult lag ein scharfer Brieföffner. Wenn er den Brief eines Kunden der Firma las, nahm er den Brieföffner und stach damit kleine Löcher in den Lederbezug des Pults. Wenn er mehrere Briefe zu unterschreiben hatte, nahm er den Federhalter und stieß ihn beinahe grimmig ins Tintenfaß. Dann tauchte er ihn, bevor er unterschrieb, ein zweitesmal heftig ein. Manchmal tat er das ein dutzendmal hintereinander.

Mitunter erschrak Walter Sayers vor dem, was unter der Oberfläche in ihm vorging. Um seine Samstagnachmittage und Sonntage totzuschlagen, wie er sagte, hatte er angefangen, sich mit Photographie zu beschäftigen. Die Kamera entführte ihn aus dem Haus, und er brauchte den Garten nicht mehr zu sehen, wo seine Frau und der Neger mit Graben beschäftigt waren; er ging auf die Felder und in die Wälder, die unmittelbar an den ländlichen Vorort grenzten. Sie befreite ihn von dem Geschwätz seiner Frau und ihrem ewigen Plänemachen für die Zukunft des Gartens: Im Herbst sollten am Haus Tulpenzwiebeln gesetzt werden, da sollte ferner eine Hecke aus Fliederbüschen angelegt werden, die das Haus von der Straße abschloß.

Die Bewohner der anderen Häuser an der Vorstadtstraße verbrachten die Samstagnachmittage und die Sonntagvormittage damit, daß sie ihre Autos instand setzten. Am Sonntagnachmittag fuhren sie dann nebst Familie irgendwohin und saßen dann kerzengerade und stumm am Steuer. Sie verbrachten die Nachmittagsstunden mit einer raschen Fahrt über Landstraßen. Der Wagen fraß die Stunden auf. Und am Ende des Weges lauerten der Montagmorgen und die Arbeit in der Großstadt. Sie fuhren wie die Verrückten darauf zu.

Eine Zeitlang machte die Beschäftigung mit der Kamera Walter Sayers beinahe glücklich. Die aufmerksam prüfende Betrachtung von Lichtwirkungen auf einem Baumstumpf oder dem Gras einer Wiese – das war etwas, das irgendwie mit seinem Wesen in Einklang stand. Es war eine der groben Wirklichkeit entrückte Beschäftigung, die Zartgefühl erforderte. Er richtete sich oben im Haus eine Dunkelkammer ein und verbrachte darin die Abende. Da tauchte man die Filme in den Entwickler, hielt sie gegen das Licht, tauchte sie wieder ein. Die Nerven, welche die Tätigkeit der Augen beherrschen, waren in angespannter Erregung. Man fühlte sich ein wenig bereichert, ein wenig ...

An einem Sonntagnachmittag durchquerte er ein kleines Wäldchen und kam auf den Hang eines niedrigen Hügels. Er hatte einmal irgendwo gelesen, das niedrige Hügelland südwestlich von Chicago, in dem der Vorort lag, sei einst das Ufer des Michigansees gewesen. Die niedrigen Hügel erhoben sich unvermittelt aus dem Flachland und waren mit Wald bedeckt. Jenseits ihrer Kette begann das Flachland aufs neue. Da dehnte sich die Prärie ins Unendliche. So, dachte Walter Sayers, ging es auch mit dem Leben der Menschen. Das Leben war zu lang. Es verlangte die stete, endlose Verrichtung immer derselben unbefriedigenden Aufgabe. Er saß auf dem Hang und blickte über das Land.

Er dachte an seine Frau. Da hinten war sie, in dem Vorort zwischen den Hügeln; war in ihrem Garten und sorgte für das Wachstum ihrer Pflanzen. Das war doch eine edle Beschäftigung; darüber sollte man sich eigentlich nicht ärgern.

Nun ja, als er sie heiratete, hatte er mit seinem eigenen Vermögen gerechnet. Dann hätte er sich irgendeine Arbeit ausgesucht. Geld hätte keine Rolle dabei gespielt, und dem Erfolg hätte man nicht nachzulaufen brauchen. Er hatte gemeint, seinem Leben einen Sinn geben zu können. Freilich, wie sehr er auch gearbeitet und sich geplagt hätte – ein großer Sänger wäre er nicht geworden. Aber was wollte das besagen? Es gab einen Weg im Leben, auf dem solche

Dinge bedeutungslos waren. Die zarten Schatten der Dinge waren es, auf die man achten mußte. Auf der grasbewachsenen Ebene, die sich vor ihm ausdehnte, spielte das Nachmittagslicht. Es war wie ein Hauch, ein farbiger Atemhauch, von roten Lippen über das graue, tote, versengte Gras hingeatmet. So könnte es auch mit dem Gesang sein, könnte Schönheit aus seinem Innern, aus seinem Körper strömen.

Wieder fiel ihm seine Frau ein, und das schlummernde Licht in seinen Augen wurde zur Flamme. Er kam sich niederträchtig und ungerecht vor. Aber das wollte nichts besagen. Wo lag die Wahrheit? Wurde nicht seine Frau, die immer im Garten grub und die eine ständige Folge kleiner Triumphe feierte, die ihr Leben nur am Wechsel der Jahreszeiten maß – ja, wurde sie nicht alt und mager, bekam sie nicht scharfe, gewöhnliche Züge?

Ihm schien es so. Es lag ein selbstgefälliges Behagen darin, wie sie dem schwarzen Land grünes und blühendes Wachstum entlockte. Es war klar, daß sich so etwas machen ließ und daß es Befriedigung bereitete. Es war nicht viel anders, als wenn man ein Geschäft hochbringt und Geld dabei verdient. Im tiefsten Grund spielte dabei etwas Gewöhnliches mit. Seine Frau fuhr mit den Händen in die schwarze Erde. Sie tastete herum und liebkoste die Wurzeln der wachsenden Pflanzen. Sie faßte den schlanken Stamm eines jungen Baumes auf eine ganz bestimmte Art an – etwas wie Besitzbewußtsein lag darin.

Es war nicht zu leugnen, daß Schönes dabei vernichtet wurde. Unkraut wuchs im Garten – zarte, schöngeformte Pflanzen. Sie riß sie aus, ohne sich etwas dabei zu denken. Er hatte sie dabei beobachtet.

Er selbst – ja, er selbst war auch aus der Erde gerissen worden. Hatte er sich nicht mit einer Frau und heranwachsenden Kindern abfinden müssen? Verbrachte er nicht seine Tage mit einer Arbeit, die er verabscheute? Der Zorn in seiner Seele loderte hell auf und wurde ihm brennend bewußt. Warum sollte ein Unkraut, das vernichtet zu werden verdiente, Anspruch auf ein Nutzpflanzendasein erheben? Und war diese dilettantische Spielerei mit der Kamera nicht auch

Selbstbetrug? Er wollte nicht Fotograf werden. Er hatte einmal Sänger werden wollen.

Er stand auf und ging auf dem Hügelhang weiter; dabei betrachtete er immer noch die Schattenspiele über der Ebene zu seinen Füßen. Wenn er nachts an der Seite seiner Frau lag – machte sie es da nicht zuweilen mit ihm wie mit dem Garten? Irgend etwas wurde aus ihm herausgerissen, und etwas anderes wuchs an dessen Stelle – etwas, von dem sie wollte, daß es wuchs. Ihre Zärtlichkeit glich seiner Spielerei mit der Kamera – sie war ein Zeitvertreib für das Wochenende. Seine Frau begegnete ihm ein wenig zu bestimmt – zu selbstsicher. Sie raufte zartes Unkraut aus, damit die Dinge, die sie haben wollte – Gemüse nannte er sie verächtlich –, damit das Gemüse wachsen konnte. Liebe ist ein Duft, die Nuance eines Tones, der aus der Kehle über die Lippen kommt. Sie ist wie das Nachmittagslicht auf dem versengten Gras. Die Unterhaltung eines Gartens und Blumenzucht hatten nichts damit zu schaffen.

Seine Finger zuckten wie im Krampf. Die Kamera hing an einem Riemen, den er über der Schulter trug. Er packte den Riemen und ging auf einen Baum zu. Er schwang den Apparat über den Kopf und schmetterte ihn gegen den Baum. Ein scharfer, splitternder Laut – die empfindlichen Teile des Apparates waren zerbrochen – aber es klang ihm wie Musik in den Ohren. Es war, als wäre ihm plötzlich ein Lied auf die Lippen gekommen. Abermals schwang er den Apparat, und abermals schmetterte er ihn gegen den Stamm.

IV

Als Rosalind ihre Arbeit im Büro von Walter Sayers begann, ging eine Veränderung mit ihr vor; schon vom ersten Tag an war sie nicht mehr das junge Mädchen aus Iowa, das von Büro zu Büro trieb, aus einer Mietskaserne im Norden Chicagos in die andere zog, schwächliche Versuche machte, durch Bücherlesen ein wenig Wissen über das Leben zu erwerben, ins Theater ging, allein durch die Straßen wanderte. In der neuen Stellung hatte ihr Leben sofort Zweck und Ziel;

zugleich aber kam eine Gefühlsverwirrung in ihr auf, die sie später Hals über Kopf nach Willow Springs und zu ihrer Mutter trieb.

Das Büro war ein ziemlich großer Raum im dritten Stock des Fabrikgebäudes, dessen Mauern unmittelbar am Ufer des Flusses standen. Rosalind kam morgens um acht Uhr und machte die Tür des Büros hinter sich zu. In einem großen Raum jenseits eines schmalen Korridors, von ihrem Arbeitsraum durch zwei dicke Glaswände getrennt, war das Hauptbüro der Gesellschaft. Dort standen die Schreibtische der Vertreter, mehrerer Sekretärinnen, eines Buchhalters und zweier Stenotypistinnen. Rosalind vermied die nähere Berührung mit diesen Leuten. Sie hatte das Bedürfnis, allein zu sein, möglichst viele Stunden nur in Gesellschaft ihrer Gedanken zu verbringen.

Sie kam um acht, aber ihr Chef erschien nicht vor neun oder halb zehn. So hatte sie das Zimmer eine oder zwei Stunden morgens und am Spätnachmittag für sich allein. Sobald sie die Tür zum Korridor geschlossen hatte und allein war, fühlte sie sich zu Hause. Selbst im Elternhaus war das nie so gewesen. Sie zog ihren Mantel aus, ging in dem Raum herum und rückte hier und da einen Gegenstand zurecht. Am Abend hatte eine Negerin den Fußboden geputzt und den Staub vom Chefs-Schreibtisch gewischt, aber Rosalind nahm ein Staubtuch und säuberte ihn noch einmal. Dann öffnete sie die eingegangenen Briefe, las sie und ordnete sie zu kleinen Stößen. Gern hätte sie einen Teil ihres Gehalts für Blumen ausgegeben und sah im Geiste üppig blühende Pflanzen in kleinen Körben die grauen Wände schmücken. Vielleicht mache ich das später einmal, dachte sie.

Die Wände des Raumes beschützten sie. Was macht mich hier so glücklich? fragte sie sich. Ihr Chef –? Sie kannte ihn ja kaum. Er war ein schüchterner Mann und ziemlich klein –

Sie trat an eines der Fenster und blickte hinaus. Nahe der Fabrik führte eine Brücke über den Fluß, und darüber flutete ein Strom von schwerbeladenen Karren und Lastwagen. Der Himmel war grau von Rauch. Nachmittags, wenn ihr Chef gegangen war, stand sie dann wieder am Fenster. Es ging nach Westen, und sie sah die Sonne untergehen. Dies Alleinsein in den Stunden des Spätnachmittags war wundervoll. Welch ein gewaltiges Ding war die Stadt, in der sie jetzt lebte! Aus irgendeinem Grund war es ihr, als wäre sie erst jetzt, wo sie bei Walter Sayers arbeitete, von der Großstadt völlig akzeptiert worden – wie auch von dem Zimmer, in dem sie ihre Arbeit tat. Am Spätnachmittag drangen die Strahlen der untergehenden Sonne durch große Wolkenbänke. Die ganze Stadt schien sich in den Raum zu heben: sie löste sich von der Erde und wuchs in die Luft empor. Alles war phantastisch verwandelt. Starre, strenge Fabrikschornsteine, die über Tag steif, kalt, leblos in die Luft ragten und schwarzen Rauch ausspien, waren nun schlank aufsteigende Pfeile aus Glanz und schillernder Farbe. Die langen Schornsteine lösten sich von den Gebäuden und hoben sich steil in die Lüfte. Auch die Fabrik, in der Rosalind war, hatte solch einen Schornstein. Auch er sprang steil auf. Ihr war, als würde auch sie vom Boden gehoben; das war ein seltsames Gefühl des Schwebens. Mit welch erhabenem Gang verabschiedete sich der Tag und ging über die große Stadt hinweg! Die Stadt, die Fabrikschlote – alles sah ihm sehnsüchtig und verlangend nach.

Morgens kamen Möwen vom Michigansee, um in den Abfällen unten auf dem Fluß ihre Nahrung zu suchen. Der Fluß war chrysoprasfarben. Die Möwen schwebten darüber hin, wie zuweilen abends die ganze Stadt vor Rosalinds Augen zu schweben schien. Sie waren anmutige, freie Geschöpfe voller Leben. Sieghaft waren sie. Wenn sie ihre Nahrung suchten, ja selbst wenn sie Abfälle aufpickten, waren ihre Bewegungen anmutig und schön. Sie bogen und sie drehten sich im Flug. Sie warfen sich herum, schwebten und senkten sich dann in langgeschwungenem Bogen zum Fluß hinab, berührten nur wie kosend das Wasser und stiegen wieder empor.

Rosalind stellte sich auf die Zehenspitzen. Hinter ihr, durch zwei Glaswände von ihr getrennt, waren andere Menschen, aber hier, in diesem Raum, war sie allein. Sie gehörte hierher. Wie seltsam war ihr zumute! Sie gehörte auch zu Walter Sayers, ihrem Chef. Sie kannte ihn kaum, und doch gehörte sie zu ihm. Sie warf die Arme über den Kopf und versuchte linkisch, einige Bewegungen der Vögel nachzuahmen.

Ihr Ungeschick beschämte sie ein wenig; sie drehte sich um und ging auf und ab. Ich bin fünfundzwanzig Jahre alt; das ist eigentlich ein bißchen spät, um mir jetzt noch die Anmut und Leichtigkeit eines Vogels anzueignen, dachte sie. Mit Groll dachte sie daran, wie langsam, schwerfällig und stumpf die Bewegungen ihrer Eltern gewesen waren, und daß sie sich selbst als Kind ebenso bewegt hatte. Warum hat man mich nicht Anmut an Körper und Seele gelehrt? Warum hält es in meiner Heimat niemand der Mühe wert, Anmut und Schönheit zu pflegen? flüsterte sie vor sich hin.

Wie wurde sich Rosalind nun ihres Körpers bewußt! Sie ging durch den Raum und versuchte leicht und anmutig zu gehen. In dem Hauptbüro hinter den Glaswänden sprach plötzlich jemand mit lauter Stimme, und Rosalind erschrak. Sie lachte verlegen. Übrigens meinte sie zu wissen, warum sie in ihrer neuen Stellung nach körperlicher Anmut und Schönheit strebte und die Stumpfheit und Dumpfheit ihrer jungen Jahre abzustreifen bemüht war; und sie glaubte lange Zeit an diesen Grund: das alles, meinte sie, sei der Tatsache zu verdanken, daß die Fenster der Fabrik nach Westen und auf den Fluß hinausgingen, daß sie morgens die Möwen ihre Nahrung suchen und abends die Sonne durch die Rauchwolken in einem flammenden Farbenmeer versinken sah.

V

An dem Augustabend, als Rosalind in Willow Springs auf der Veranda ihres elterlichen Hauses saß, kam Walter Sayers von der Fabrik heim – in den Vorort, wo seine Frau ihren Garten hatte. Nach dem gemeinsamen Abendessen ging er mit den beiden Jungen hinaus auf die Gartenwege, aber sie wurden seiner Schweigsamkeit bald überdrüssig und liefen zur Mutter zurück. Der junge Neger kam von der Küchentür und schloß sich der Gruppe an. Walter setzte sich auf eine Gartenbank, die hinter Büschen verborgen stand. Er zündete sich eine Zigarette an, aber er rauchte nicht. Der Rauch stieg in ruhigem Gekräusel durch seine Finger hoch, während sie in sich selbst verbrannte.

Er schloß die Augen, saß ganz still und versuchte an nichts zu denken. Die zarten Schattenschleier des Abends spannen ihn ringsum ein. Lange saß er so, reglos, wie eine Statue, auf der Bank. Er ruhte sich aus. Er lebte – und lebte doch nicht. Der von Spannung erfüllte Körper, sonst so tätig und beweglich, war ein Ding ohne Wille geworden. Er war weggeworfen, auf die Bank im Gebüsch; da saß er nun und wartete, bis sein Bewohner ihn wieder bezog.

Dieses Schweben zwischen Bewußtsein und Unbewußtsein erlebte er nur selten. Da war zwischen ihm und einem Mädchen etwas, das in Ordnung gebracht werden mußte; und das Mädchen war fort. Sein ganzes Leben war durcheinandergeraten. Nun sehnte er sich nach Ruhe. Die Einzelheiten seines Lebens waren aus seinem Gedächtnis verschwunden. An jene Frau dachte er nicht, wollte auch gar nicht an sie denken. Es war doch lächerlich, daß er sie so sehr vermißte. Er fragte sich, ob er je für Cora, seine Frau, ähnliches empfunden hatte. Vielleicht hatte er das. Nun war sie ihm nahe – nur ein paar Meter entfernt. Es war schon fast dunkel, aber sie war immer noch mit dem Neger an der Arbeit – grub den Boden um, liebkoste die Erde, hegte ihre Pflanzen – irgendwo in der Nähe.

Wenn quälende Gedanken ihn nicht störten und sein Herz ruhig war wie ein See im Hügelland an einem stillen Sommerabend, kamen ihm allerlei Gedanken. Ich möchte dich lieben – aus weiter Ferne. Bleib in weiter Ferne. Die Worte stiegen in ihm auf, wie der Rauch seiner Zigarette langsam zwischen seinen Fingern emporstieg. Bezogen sie sich auf Rosalind Wescott? Sie war nun schon drei Tage fort. Hoffte er, daß sie niemals wiederkehrte, oder bezogen sich die Worte auf seine Frau?

Er hörte seine Frau in scharfem Ton sprechen. Eins der Kinder war beim Umhertollen auf eine Pflanze getreten. »Wenn ihr euch nicht in acht nehmt, dürft ihr überhaupt nicht mehr in den Garten.« Laut rief sie: »Marian!« Ein Mädchen kam aus dem Haus und brachte die Kinder weg.

Auf dem Weg zum Haus sträubten sie sich. Dann liefen sie zurück und wollten ihre Mutter küssen. Erst wehrte sie ab, dann ließ sie sich's gefallen. Denn der Kuß der Kinder war Unterwerfung unter ihr Schicksal: Es hieß Gehorsam. »Walter!« rief die Stimme seiner Frau, aber er antwortete nicht. Drei Laubfrösche begannen zu quaken. Der Kuß ist Unterwerfung. Jede körperliche Berührung mit einem anderen ist Unterwerfung, grübelte er.

So sprachen die leisen Stimmen in Walter Sayers noch einige Zeit weiter. Plötzlich hatte er Lust zu singen. Man hatte ihm gesagt, seine Stimme sei klein, von geringem Umfang, und er würde niemals ein großer Sänger werden. Das war sicher richtig, aber hier, in diesem Garten, an diesem stillen Sommerabend, war eine kleine Stimme gerade richtig. Sie würde der kleinen Stimme in seinem Innern gleichen, die manchmal, wenn er ruhig und entspannt war, leise flüsterte. Eines Abends, als er mit Rosalind in seinem Auto aufs Land gefahren war, hatte er plötzlich dasselbe empfunden wie jetzt: Er hatte damals den Wagen in ein Feld gesteuert und hatte dann angehalten. Lange saßen sie schweigend nebeneinander. Ein paar Kühe kamen heran, zartgraue Schattengestalten in der Dunkelheit, und blieben nahe am Wagen stehen. Plötzlich fühlte er sich als neuer Mensch in einer neuen Welt, und er begann zu singen. Er sang dasselbe Lied wieder und immer wieder; dann saß er eine Weile stumm da. Schließlich wandte er den Wagen und steuerte auf einem Fußweg wieder auf die Landstraße zurück. Dann fuhr er Rosalind zu ihrer Wohnung in der Stadt.

An einem Sommerabend in dem stillen Garten öffnete er die Lippen, um dasselbe Lied zu singen. Er wollte seine Stimme erklingen lassen, wie es der Laubfrosch tat, der irgendwo da oben im Geäst eines Baumes verborgen saß. Er wollte seine Stimme sich aufschwingen lassen, hinauf in die Zweige der Bäume, weg vom Erdboden, wo die beiden da, seine Frau und der junge Neger, ihr Spatenhandwerk trieben.

Aber das Lied blieb ungesungen. Seine Frau begann zu sprechen, und beim Klang ihrer Stimme verging ihm die Lust am Singen. Weshalb war sie nicht stumm geblieben wie damals die andere?

Dann begann er ein Spiel zu spielen. Ab und zu, wenn er allein war, ging es ihm wie jetzt. Sein Körper, so schien es ihm, wurde wie ein Baum oder eine Pflanze. Das Leben durchströmte ihn ungehemmt. Er hatte früher davon geträumt, Sänger zu werden, aber in solchen Augenblicken hätte er auch Tänzer sein mögen. Es hätte ihn unendlich glücklich gemacht, wie die Wipfel junger Bäume im Wind hin und her zu schwingen, sich hinzugeben, wie sich verdorrtes Unkraut auf einem sonnversengten Feld den wechselnden Schatten hingab, immer die Farbe ändernd, in jedem Augenblick sich verwandelnd; zu leben im Leben wie im Tod, immer nur zu leben, ohne Angst und Scheu; das Leben durch seinen Körper strömen zu lassen, ihm nicht zu widerstehen – zu tanzen.

Die Kinder waren mit Marian, dem Kindermädchen, ins Haus gegangen. Seine Frau mußte nun aufhören mit Graben, denn es war zu dunkel geworden. Es war August, und für Farmen und Gärten war die Zeit der Ernte gekommen, aber seine Frau vergaß es. Sie machte schon Pläne für das kommende Jahr. Sie kam auf dem Gartenweg von dem Neger begleitet auf ihn zu. »Hier wollen wir Erdbeeren pflanzen«, sagte sie. Die sanfte Stimme des Negers murmelte Zustimmung. Es war ersichtlich, daß der junge Mann ihre Gärtnerleidenschaft ganz und gar teilte. Er kannte ihre Wünsche, noch bevor sie ausgesprochen waren, er ging ganz auf in seinem Dienst.

Die Kinder, denen Walter Sayers durch den Körper seiner Frau zum Leben verholfen hatte, waren ins Haus und zu Bett gebracht worden. Sie fesselten ihn an das Leben, an seine Frau, an diesen Garten, an die Fabrik am Flußufer in der großen Stadt.

Sie waren nicht *seine* Kinder. Plötzlich war er sich dessen ganz klar bewußt. *Seine* Kinder waren von ganz anderer Art. Wir Männer haben Kinder ebenso wie die Frauen, dachte er. Die Kinder kommen aus unserem Körper. Sie spielen um uns. Ja, es schien ihm, als ob gerade in diesem Augenblick Kinder, die seiner Phantasie entstammten, rings um seine Bank spielten. Lebendige Wesen, die in seinem Innern wohnten und dennoch herauskommen konnten, liefen nun über die Gartenwege, wiegten sich auf den Zweigen der Bäume, tanzten im sanften Licht.

Er rief sich Rosalind Wescotts Gestalt ins Gedächtnis. Sie war fort, war in ihre Heimat gefahren. Er hatte im Büro einen Brief gefunden, der ihm mitteilte, sie werde wohl mehrere Tage wegbleiben. Zwischen ihm und Rosalind bestand das Verhältnis, wie es sonst zwischen Chefs und Angestellten üblich ist, schon längst nicht mehr. Ein solches Verhältnis, ganz gleich, ob es sich um männliche oder weibliche Angestellte handelte, setzte gewisse Eigenschaften voraus, die er nicht besaß.

In diesem Augenblick wünschte er Rosalind zu vergessen. Auch sie hatte unaufhörlich einen inneren Kampf zu bestehen. Beide hatten sie sich danach gesehnt, einander zu gehören, aber er hatte gegen diesen Wunsch angekämpft. Sie hatten auch darüber gesprochen. »Es kann nichts daraus werden«, sagte er. »Wir würden beide zu sehr leiden.«

Es war doch recht ehrenhaft von ihm, daß er sich gegen eine stärkere Bindung und Vertiefung ihres Verhältnisses wehrte. Wenn sie jetzt bei mir wäre, hier im Garten, würde das überhaupt nicht besagen. Wir könnten ein Liebespaar sein – und dann vergessen, daß wir es sind, sagte er sich.

Seine Frau kam auf dem Weg daher und blieb in seiner Nähe stehen. Immer noch redete sie mit leiser Stimme weiter und machte Pläne für ein neues Jahr der Gartenarbeit. Der Neger wartete neben ihr; seine Gestalt stand als schwarze, bewegliche Masse vor den Blättern eines niedrigen Strauches. Cora Sayers trug ein weißes Kleid. Walter sah sie ganz deutlich. In der ungewissen Beleuchtung erschien sie mädchenhaft und jung. Sie hob die Hand und umfaßte den Stamm eines jungen Baumes. Die Hand war ein selbständiges, vom Körper getrenntes Wesen. Unter ihrem Druck schwankte der Baum ein wenig. Die weiße Hand bewegte sich langsam hin und her im Raum.

Rosalind Wescott war nach Hause gefahren, um mit ihrer Mutter über ihre Liebe zu sprechen. In ihrem Brief hatte sie jedoch nichts darüber geschrieben, aber Walter Sayers wußte, daß es der Zweck ihres Besuches in ihrem Heimatstädtchen war. Es schien ihm seltsam genug, so etwas zu tun – mit andern Leuten über seine Liebe zu reden, sie ihnen erklären zu wollen.

Die Nacht hatte für Walter Sayers, das Menschenwesen, das da stumm im Garten saß, etwas Körperhaftes. Nur die Kinder seiner Phantasie verstanden sie. Auch die Nacht war ein lebendiges Wesen. Es kam auf ihn zu, es hüllte ihn ein. Die Nacht ist die süße kleine Schwester des Todes, dachte er. Seine Frau stand ganz nahe. Ihre Stimme war sanft und leise – sanft und leise war auch die Stimme des Negers, wenn er auf ihre Bemerkungen über die künftige Arbeit im Garten Antwort gab. Es schwang Musik in der Stimme des Negers – etwas wie Tanzrhythmus. Walter dachte über ihn nach.

Der junge Neger war in großer Bedrängnis gewesen, bevor er in das Sayersche Haus kam. Er war ein ehrgeiziger junger Schwarzer und hatte auf die Stimmen der Menschen gehört, auf die Stimmen, die in Amerika Tag und Nacht nicht verstummten. Er wollte es zu etwas bringen im Leben, wollte sich Bildung aneignen. Rechtsanwalt hatte der Neger werden wollen.

Wie weit hatte er sich entfernt von seinem Volk, von den Schwarzen in den Wäldern Afrikas! Rechtsanwalt wollte er werden in einer amerikanischen Großstadt. Was für eine Idee!

Ja, und dann war er in Bedrängnis geraten. Er hatte es fertiggebracht, sich durchs College durchzuarbeiten, und hatte dann ein Rechtsanwaltsbüro eröffnet. Eines Abends, auf einem Spaziergang, kam er durch Zufall in eine Straße, wo eine Stunde zuvor eine Frau, eine Weiße, ermordet worden war. Man fand den Körper der Frau, dann den Neger, der durch die Straße ging. Coras Bruder, der Rechtsanwalt war, hatte ihn vor der Verurteilung als Mörder bewahrt; dann, als sein Schützling freigesprochen und aus der Haft entlassen war, bat er seine Schwester, den jungen Neger als Gärtner einzustellen. Denn in seinem Beruf hatte der Schwarze nun keine Chance mehr. »Er hat Furchtbares durchgemacht und ist nur durch einen glücklichen Zufall dem Tod entronnen«, hatte der Rechtsanwalt gesagt. Cora Sayers hatte den jungen Mann aufgenommen. Sie hatte ihn an sich und ihren Garten gefesselt. Ja, es war klar, daß die beiden aneinander gebunden waren. Man kann einen andern nicht binden, ohne selbst gebunden zu werden.

Cora Sayers hatte dem Neger nichts mehr zu sagen, und er ging auf dem Gartenweg zur Küchentür. Er hatte ein Zimmer in einem Gartenhäuschen an der Grenze des Grundstücks. In seinem Zimmer hatte er Bücher und ein Klavier. Abends sang er manchmal. Auch jetzt ging er in sein Zimmer. Indem er Bildung erwarb, hatte er sich von seinem Volk getrennt.

Cora Sayers ging ins Haus, und Walter blieb allein zurück. Nach einer Weile kam der Neger still auf dem Weg daher. Er blieb bei dem Baum stehen, an derselben Stelle, wo eben noch die weiße Herrin zu ihm gesprochen hatte. Er legte die Hand an den Stamm des jungen Baumes, an dieselbe Stelle, wo ihre Hand gelegen hatte. Dann ging er still weg. Seine Füße bewegten sich völlig geräuschlos auf dem Gartenpfad.

Eine Stunde verging. In seinem Häuschen an der Grenze des Gartens begann der Neger leise zu singen. Zuweilen tat er das mitten in der Nacht. Was war das für ein Leben, das er geführt hatte! Er war von seinem schwarzen Volk getrennt worden, von den warmblütigen braunen Mädchen, auf deren blauschwarzer Haut goldfarbene Lichter spielten; er hatte sich durch ein nordstaatliches College durchgearbeitet und sich unter die Gönnerschaft anmaßender Leute gebeugt, welche die schwarze Rasse heben wollten – hatte auf sie gehört, hatte sich an sie gekettet, hatte versucht, den Weg zu gehen, den sie für richtig hielten.

Nun war er in dem kleinen Haus da am Rande des Gartens. Walter dachte über das nach, was ihm seine Frau von dem Mann berichtet hatte. Sein Erlebnis im Gerichtssaal hatte ihn furchtbar verschüchtert, und er mochte das Sayerssche Grundstück überhaupt nicht mehr verlassen. Sein Wissen, die Bücher, die er las, hatten sein Wesen verändert. Er konnte nicht mehr zu seinem Volk zurückkehren. In Chicago wohnten die Schwarzen meistens eng zusammengepfercht in ein paar Straßen auf der Südseite der Stadt. »Ich will als Sklave leben«, hatte er zu Cora Sayers gesagt. »Sie können mir ja Lohn geben, wenn Ihnen das so lieber ist, aber ich kann nichts damit anfangen. Ich will Ihr Sklave sein. Es würde mich glücklich machen zu wissen, daß ich Ihren Garten nie mehr zu verlassen brauchte.«

Der Schwarze sang mit leiser Stimme ein Lied. Es wehte daher wie ein leichter Wind, der die Oberfläche eines Teiches kräuselt. Worte hatte es nicht. Er hatte es von seinem Vater gehört, und der hatte es wiederum seinem Vater abgelauscht. Im Süden, in Alabama und Mississippi, sangen die Schwarzen dieses Lied, wenn sie die Baumwollballen auf die Flußdampfer rollten. Sie hatten es von längst verstorbenen Generationen übernommen, die auch Baumwollballen gerollt hatten. Schwarze Männer hatten es in ihren Booten auf den Flüssen Afrikas gesungen, lange bevor es Baumwollballen und Flußdampfer gab. Da kamen junge Neger in Booten die Flüsse herab an ein Dorf, das sie in der Morgendämmerung angreifen wollten. Damals war es ein Lied der Krieger gewesen. Es war an die Frauen in dem bedrohten Dorf gerichtet und enthielt Zärtlichkeit und Drohung zugleich. »Wenn der Morgen kommt, werden wir eure Gatten und Brüder und Liebsten töten. Dann werden wir ins Dorf kommen, zu euch. Wir halten euch fest im Arm. Wir lehren euch vergessen. Mit der Glut unserer Liebe, mit unserer Kraft werden wir euch vergessen lehren.« Dies war der Text des uralten Lieds. Walter Sayers dachte an mancherlei kleine Erlebnisse. Manchmal kam seine Frau nachts zu ihm, wenn der Neger sang. Es standen zwei Betten in ihrem gemeinsamen Schlafzimmer oben im Haus. Sie saß aufrecht im Bett. »Hörst du ihn, Walter?« fragte sie. Dann setzte sie sich zu ihm auf den Bettrand; mitunter drängte sie sich auch in seine Arme. Einst, in den Dörfern Afrikas, standen die Männer auf und rüsteten sich zum Kampf, wenn das Lied vom Fluß her erklang. Der Gesang war Herausforderung und Hohn. Nun war das alles verschwunden. Das Haus des jungen Negers stand an der Grenze des Gartens, und Walter war mit seiner Frau oben in dem größeren Haus, das etwas erhöht stand. Nun war es ein trauriges Lied, erfüllt von der Schwermut des schwarzen Volkes. Tief darin verborgen lag etwas Unnennbares, das ans Licht wollte. Cora Sayers wußte, was es bedeutete. Eine Saite in ihrem innersten Wesen schwang mit. Sie streckte die Hand aus, sie berührte, liebkoste das Gesicht ihres Mannes und seinen Körper. Der Gesang weckte in ihr den Wunsch, ihn in die Arme zu schließen, ihn zu besitzen.

Es war schon spät, und es wurde ein wenig kühl im Garten. Der Neger sang nicht mehr. Walter Sayers stand auf und ging zum Haus, aber er trat nicht ein; statt dessen ging er durch ein Gartentor auf die Straße und wanderte durch den Vorort, bis er aufs freie Feld hinauskam. Der Mond schien nicht, aber die Sterne glitzerten hell. Eine Zeitlang hastete er schnell dahin und sah sich um, als fürchte er einen Verfolger; dann aber bog er von der Landstraße ab und schritt langsam über eine weite, ebene Wiese. Eine Stunde wanderte er so, dann machte er halt und setzte sich auf einen kleinen, mit trockenem Gras bedeckten Erdhügel. Er empfand unklar, daß es ihm unmöglich war, diese Nacht in seinem Haus zu verbringen. Morgen früh würde er dann in sein Büro gehen und warten, bis Rosalind käme. Und dann –? Er wußte nicht, was er dann tun würde. Ich muß irgendeine Ausrede finden. Morgen früh muß ich Cora anrufen und ihr irgendeine alberne Geschichte erzählen, dachte er. Es war doch eigentlich lächerlich, daß er als erwachsener Mann nicht einmal eine Nacht außerhalb des Hauses, unter freiem Himmel verbringen konnte, ohne Erklärungen geben zu müssen. Der Gedanke ärgerte ihn; er stand auf und ging weiter. Aber im Sternenlicht, in der lauen Nacht, auf der weithin sich dehnenden Ebene verflog der Ärger bald, und er begann leise zu singen. Er sang nicht das Lied, das er an jenem Abend immer wieder wiederholt hatte, als er neben Rosalind im Wagen saß und die Kühe neugierig herankamen. Er sang das Lied, das der Neger sang, das Flußlied der jungen schwarzen Krieger, das die Sklavenfron gedämpft und die Schwermut mit Farben gesättigt hatte. Aber als Walter Sayers es sang, klang das Lied viel weniger schwermütig. Er schritt fast fröhlich dahin, und in dem Gesang, der von seinen Lippen kam, klang etwas wie Spott und Herausforderung.

Wenn man in Willow Springs aus der kleinen Straße, in der die Wescotts wohnten, herauskam, gelangte man auf ein Maisfeld. In Rosalinds Kindheit war da eine Wiese gewesen, und daran grenzte der Obstgarten.

An Sommernachmittagen saß das Kind dort oft einsam am Ufer eines kleinen Wasserlaufs, der ostwärts zum Willow Creek floß und die Felder der Farmer auf seinem Weg entwässerte. Das Bachbett bildete eine kleine Senke in der tellerflachen Landschaft. Rosalind lehnte sich mit dem Rücken gegen einen alten Apfelbaum; ihre bloßen Füße berührten fast das Wasser. Die Mutter erlaubte ihr nicht, barfuß durch die Straßen zu laufen; sobald sie aber in den Obstgarten kam, zog sie die Schuhe aus. Das gab ihr ein köstliches Gefühl der Nacktheit.

Über sich, durch die Zweige der Bäume, sah das Kind den unendlichen Himmel. Dichtgeballte weiße Wolken zerrissen zu Fetzen und vereinten sich wieder. Die Sonne verschwand hinter einer solchen Wolkenmasse, und graue Schatten zogen eilig über die Felder in der Ferne. Alles, was Rosalinds kindliche Welt war – das elterliche Haus, Melville Stoner, der in seinem Haus saß, das Geschrei der anderen Kinder in der Straße – alles das war weit weg. In diesem stillen Garten zu sitzen, das war, wie wenn man nachts wach im Bett lag, nur noch wohliger und schöner. Hier gab es keine dumpfen Hausgeräusche, und die Luft war süßer und reiner. Das Kind hatte sich ein Spiel ausgedacht. Die Apfelbäume im Obstgarten waren alt und knorrig, und sie hatte ihnen allen Namen gegeben. Sie versank in eine Träumerei, die sie ein wenig ängstigte und doch köstlich war: Nachts – so stellte sie sich vor –, wenn sie drüben im Haus in ihrem Bett schlief und wenn in Willow Springs alles zur Ruhe gegangen war, hoben hier im Garten die Bäume ihre Wurzeln aus der Erde und gingen umher. Die Gräser unter den Bäumen, die Büsche an der Hecke – sie alle zogen die Wurzeln aus der Erde und rannten wie toll herum. Sie tanzten einen wilden Tanz. Die alten Bäume, gesetzten alten Herren gleich, neigten einander die Häupter zu und redeten. Und beim Reden schwankten ihre Körper ein wenig hin und her. Die Büsche und blühenden Kräuter rannten in großen Kreisen zwischen den Gräsern herum. Die Gräser aber hüpften an ihrem Platz auf und ab.

Manchmal, wenn das Kind Rosalind an warmen hellen Nachmittagen an den Baum gelehnt saß, spielte sie das Traumspiel vom tanzenden Leben, bis sie Angst bekam und es aufgeben mußte. Auf den nahen Maisfeldern arbeiteten Männer mit dem Pflug. Die Pferde bahnten sich mit breiter Brust und starken Schultern den Weg durch die Stauden; es gab ein leises, raschelndes Geräusch. Dann und wann rief eine laute Männerstimme: »Hü, Joe! Willst du wohl ran, Frank!« Die hühnerbesitzende Witwe hatte einen kleinen, bösartigen Hund, der zuweilen einen regelrechten Wutkrampf bekam und der ohne ersichtlichen Grund sinnlos und hitzig bellte. Rosalind schloß sich gegen alle Geräusche ab. Sie schloß die Augen und versuchte, in das Reich zu gelangen, das jenseits alles Lärmens der Menschen liegt. Nach einer Weile gelang ihr das auch. Sie hörte nur noch einen sanften, lieblichen Ton murmelnder Stimmen wie aus weiter Ferne. Dann geschah es: Mit einem heftig reißenden Geräusch zogen sich die Bäume aus der Erde und standen frei. Mit wuchtigen Schritten gingen sie aufeinander zu. Nun kamen die tollgewordenen Büsche und blühenden Kräuter gerannt und tanzten einen wilden Tanz, nun hüpften die lustigen Gräser. Rosalind konnte nicht lange in diesem Traumland weilen. Es war allzu toll, allzu lustig darin. Sie öffnete die Augen und sprang auf die Füße. Nun war alles wieder in Ordnung. Die Bäume standen unerschütterlich im Boden verwurzelt da; die Kräuter und Büsche waren auf ihre Plätze an der Hecke zurückgekehrt, die Gräser lagen schlafend auf der Erde. Rosalind fühlte, daß ihr Vater, ihre Mutter, ihr Bruder, alle Leute, die sie kannte, nicht billigen würden, daß sie sich hier aufhielt. Die Welt des tanzenden Lebens war eine liebliche, aber verworfene Welt. Das wußte sie. Manchmal war sie selbst ein wenig verrückt; dann gab es Schläge oder Schelte. Die tolle Welt ihrer Träume mußte abgewehrt werden. Sie machte ihr ein wenig Angst. Einmal, als sie die Erscheinung gehabt hatte, schrie sie auf und lief laut weinend zur Hecke. Ein Mann, der den Pflug lenkte, hielt seine Pferde an und kam auf sie zu.

»Was ist denn los?« fragte er scharf. Sie konnte es ihm nicht sagen; so erfand sie eine Lüge. »Eine Biene hat mich gestochen«, sagte sie. Der Mann lachte. »Das wird wieder besser. Zieh lieber deine Schuhe an«, sagte er.

Die Zeit der schreitenden Bäume und tanzenden Gräser war in Rosalinds Kinderjahren gewesen. Später, als sie von der Willow Springs High School abgegangen war und drei Jahre des Wartens im Elternhaus verbracht hatte, bevor sie nach Chicago ging, hatte sie Erlebnisse anderer Art im Obstgarten gehabt. Damals hatte sie schon Romane gelesen und mit anderen jungen Mädchen Gespräche geführt. Sie wußte nun manche Dinge – und wußte eigentlich doch nichts. In einer Dachkammer ihres Elternhauses stand eine Wiege, in der sie und ihr Bruder als kleine Kinder geschlafen hatten. Eines Tages kam sie in die Dachkammer und entdeckte die Wiege. Das dazugehörige Bettzeug war in eine Kiste verpackt; sie holte es und richtete die Wiege her, als sollte ein Kind hineingelegt werden. Und dann, als sie es getan hatte, schämte sie sich. Ihre Mutter konnte ja die Treppe heraufkommen und es sehen. Sie legte die Kissen schnell wieder in die Kiste und lief die Treppe hinunter und ihre Wangen brannten vor Scham.

Welch eine Verwirrung! Eines Tages kam sie zu einer Schulfreundin, die kurz vor der Hochzeit stand. Auch ein paar andere Mädchen waren da, und sie wurden alle in ein Schlafzimmer geführt, wo die Ausstattung der Braut auf einem Bett ausgebreitet lag. Was für zarte, duftige Dinge waren das! Alle Mädchen gingen hin und betrachteten sie, auch Rosalind. Einige von ihnen waren befangen, andere kühn. Eine war darunter, ein mageres Ding ohne Brüste. Ihr Körper war platt wie ein Brett, sie hatte eine dünne, schrille Stimme und ein hageres Gesicht mit scharfen Zügen. Dieses Mädchen wiederholte plötzlich immer wieder: »Wie süß! Wie süß! Wie süß!« Und wie sie es rief, klang es nicht wie eine menschliche Stimme – es klang wie die Klage eines verwundeten Tieres, das irgendwo tief im Wald seinem Schicksal hilflos überlassen ist. Dann fiel das Mädchen neben dem Bett auf die Knie und begann bitterlich zu weinen. Sie konnte, sagte sie, den Gedanken, daß ihre Schulfreundin heiraten sollte, nicht ertragen. »Tu es nicht! O Mary, tu es nicht!« flehte sie. Die anderen lachten, aber für Rosalind war der Vorfall unerträglich. Sie lief aus dem Haus.

Dies war eines ihrer Erlebnisse; aber es gab noch mehr solche. Eines Tages sah sie auf der Straße einen jungen Mann. Er war Verkäufer in einem Laden, und Rosalind kannte ihn nicht. Dennoch spielte ihre Phantasie mit dem Gedanken, sie sei mit ihm verheiratet. Dann schämte sie sich solcher Gedanken.

Alles erfüllte sie mit Scham. Wenn sie an Sommernachmittagen in den Obstgarten kam, lehnte sie sich mit dem Rücken an den Apfelbaum und zog Schuhe und Strümpfe aus, wie sie es als Kind getan hatte; aber die Welt ihrer Kinderträume war dahin, und nichts konnte sie zurückbringen.

Rosalinds Körperformen waren weich, aber ihr Fleisch war fest und stark. Sie verließ ihren Platz am Baum und legte sich flach auf den Boden. Sie preßte ihren Körper ins Gras, gegen die feste, harte Erde. Nun war ihr, als ob Denken, Phantasie und alles geistige Leben aus ihr gewichen sei; sie war nur noch ein mit dem Körper lebendes Wesen. Die Erde drückte von unten gegen ihren Körper. Ihr Körper drückte gegen die Erde. Dunkelheit war um sie her. Sie war eingekerkert. Sie stemmte sich gegen die Mauern ihres Gefängnisses. Dunkelheit war ringsum, und alle Geräusche verstummten. Ihre Finger packten eine Handvoll Gräser und spielten mit den Halmen.

Dann lag sie ganz still, aber sie schlief nicht. Es gab da etwas, das nichts mit dem Boden unter ihr oder den Bäumen oder den Wolken am Himmel zu tun hatte, das zu ihr kommen, in sie eindringen wollte, ein weißes Wunder des Lebens.

Aber es konnte nicht Wirklichkeit werden. Sie öffnete die Augen. Da über ihr war der Himmel, und die Bäume standen stumm ringsum. Wieder lehnte sie den Rücken an einen der Stämme. Mit Widerwillen dachte sie daran, daß es Abend wurde und sie nun den Obstgarten verlassen und ins Haus zurückkehren mußte. Sie war es so leid! Und in diesem Überdruß erschien sie den anderen gleichgültig und ziemlich stumpfsinnig. Wo war das Wunder des Lebens? Es war nicht in ihr, es war nicht auf der Erde. Es mußte wohl im Himmel zu finden sein. Bald wurde es nun dunkel, dann leuchteten die Sterne. Vielleicht gab es keine Wunder im Leben dieser Welt. Es war verbunden mit Gott. Sie sehnte sich danach, sofort Gottes Haus zu betreten, dort unter den hellen, starken Männern und Frauen zu weilen, die gestorben waren und Dumpfheit und Schwere der Erde hinter sich gelassen hatten. Der Gedanke an sie hob ein wenig ihre trübe Stimmung, und wenn sie am Spätnachmittag den Obstgarten verließ, schritt sie manchmal fast leichtfüßig dahin. Etwas wie Anmut schien in ihren hochaufgeschossenen, starken Körper gekommen zu sein.

Als Rosalind ihr Elternhaus und das Städtchen Willow Springs, Iowa, verließ, war sie davon überzeugt, das Leben sei eine durch und durch schmutzige Angelegenheit. Sie empfand etwas wie Haß auf die Welt und die Menschen. In Chicago schien es ihr zuweilen unglaublich, wie häßlich die Welt aussah. Sie versuchte dieses Gefühl abzuschütteln, aber es haftete an ihr. Sie ging durch die menschenwimmelnden Straßen, und die Häuser waren häßlich. Ein Meer von Gesichtern flutete auf sie zu. Es waren die Gesichter von Toten. Und die tote Dumpfheit, die auf ihnen lag, war auch in ihr. Auch sie konnten die Mauern ihres Wesens nicht durchbrechen, um zum weißen Wunder des Lebens zu gelangen. Das weiße Wunder des Lebens –? Vielleicht gab es so etwas gar nicht. Es hatte wohl nur in ihrer Einbildung existiert. Ja, etwas im Leben war von Grund aus schmutzig. Der Schmutz war auf ihr und in ihr. Einmal, als sie abends auf dem Weg zu ihrer Wohnung im Norden über die Brücke an der Rush Street ging, blickte sie plötzlich auf und sah den chrysoprasfarbenen Fluß auf seinem Weg vom See ins Inland. Ganz in der Nähe stand eine Seifenfabrik. Die Bewohner der großen Stadt hatten den Lauf des Flusses verändert, hatten ihn vom See ins Inland gelenkt. Einer von ihnen hatte an der Stelle, wo der Fluß in die große Stadt und den Wohnbereich der Menschen kam, eine große Seifenfabrik errichtet. Rosalind blieb stehen und blickte über den Fluß hinweg zum See. Männer und Frauen, Lastwagen, Automobile bewegten sich schnell an ihr vorbei. Sie waren schmutzig. Sie selbst war schmutzig. Das

Wasser eines ganzen Meeres, Millionen Stück Seife könnten mich nicht reinwaschen, dachte sie. Der Schmutz des Lebens war, so schien es ihr, auch ein Teil ihres eigenen Wesens. Fast übermächtig wurde die Versuchung, auf das Brückengeländer zu klettern und in den chrysoprasfarbenen Fluß zu springen. Sie bebte wie im Krampf. Mit gesenktem Kopf, den Blick auf das Pflaster der Brücke geheftet, ging sie schnell weiter.

Und nun saß Rosalind als erwachsene Frau im Haus der Wescotts mit ihrem Vater und ihrer Mutter beim Abendessen. Aber keiner von den dreien aß. Sie stocherten in dem Essen herum, das Mutter Wescott gekocht hatte. Rosalind sah ihre Mutter an und dachte an die Worte Melville Stoners:

»Wenn ich Lust zum Schreiben hätte, wüßte ich schon, was ich täte. Ich würde die Gedanken aller Leute enthüllen. Da wären sie entsetzt, das würde ihnen einen Schrecken einjagen, wie? Ich würde ihnen sagen, was sie heute nachmittag gedacht haben, als Sie mit mir hier auf dem Bahndamm gingen. Ich würde Ihnen sagen, was Ihre Mutter zur selben Zeit gedacht hat und was sie Ihnen gern sagen möchte.«

Was hatte Rosalinds Mutter in diesen drei Tagen gedacht, seit ihre Tochter so unerwartet nach Hause gekommen war? Was für Gedanken machten sich Mütter wohl über das Leben, das ihre Töchter führten? Hatten Mütter ihren Töchtern etwas Wichtiges zu sagen? – und wenn ja, wann fanden sie es an der Zeit, es zu sagen?

Sie sah ihre Mutter forschend an. Das Gesicht der alten Frau war grob und schlaff. Sie hatte graue Augen, wie Rosalind, aber ihre Augen waren stumpf wie die eines Fisches, der im Schaufenster eines Ladens in der Stadt auf Eis liegt. Die Tochter empfand ein leises Grauen bei dem, was sie im Gesicht der Mutter las, und ihre Kehle war wie zugeschnürt. Es war ein peinlicher Augenblick. Eine seltsame Spannung lag in der Luft des Zimmers. Alle drei standen gleichzeitig vom Tisch auf.

Rosalind half der Mutter beim Spülen, und der Vater setzte sich mit einer Zeitung ans Fenster. Rosalind vermied es, ihrer Mutter noch einmal ins Gesicht zu sehen. Ich muß mich sammeln, wenn ich imstande sein will, zu sagen, was ich sagen möchte, dachte sie. Sonderbar – im Geist sah sie das hagere, vogelähnliche Gesicht Melville Stoners und das leidenschaftliche, müde Gesicht von Walter Sayers; sie schwebten im Raum über der Mutter, die sich über den Küchenausguß beugte und die Teller spülte. Und auf beiden Gesichtern lag ein spöttisches Lächeln. Du meinst, du kannst es, aber du kannst es nicht. Du bist ein dummes kleines Mädchen, schienen die Männer zu sagen.

Rosalinds Vater fragte sich, wie lange seine Tochter wohl noch bleiben werde. Nach dem Abendessen wäre er gern aus dem Haus verschwunden und ausgegangen, aber dabei hatte er ein schlechtes Gewissen, denn er meinte, es wäre unhöflich gegen seine Tochter. Während die beiden Frauen das Geschirr spülten, setzte er den Hut auf, ging in den Hof hinter dem Haus und spaltete Holz. Rosalind setzte sich auf die Veranda vor dem Haus. Das Abwaschen und Abtrocknen waren beendet, aber sie wußte, daß ihre Mutter noch eine halbe Stunde lang in der Küche herumpusseln würde. So machte sie es immer. Sie rückte alles mehrmals zurecht, sie nahm die Schüsseln auf und setzte sie wieder hin. Sie hing an ihrer Küche. Es war, als habe sie Angst vor den Stunden, die sie noch hinbringen mußte, bevor sie hinauf zu Bett gehen und in Schlaf und Vergessen sinken konnte.

Als Henry Wescott um die Hausecke bog und sich seiner Tochter gegenübersah, war er ein bißchen verlegen. Er wußte nicht, was los war, aber er fühlte sich ungemütlich. Einen Augenblick blieb er stehen und sah sie an. Sie strahlte vor Leben. Ein Feuer flammte in ihren grauen, klaren Augen. Ihr Haar war goldblond wie seidige Maisquasten. In diesem Augenblick war sie eine echte und bezaubernde Tochter des Maislandes, wohl wert von einem Sohn des Maislandes leidenschaftlich geliebt zu werden – wenn dieses Land einen Sohn erzeugt hätte, der ebenso voller Leben war wie diese Tochter, die es achtlos hatte in die Fremde ziehen lassen. Henry Wescott hatte gehofft, sich unbemerkt davonstehlen zu können. »Ich will noch mal ein bißchen in die Stadt gehen«, sagte er unbeholfen. Aber er zögerte noch einen Augenblick. Irgendein altes, schlummerndes Gefühl erwachte in ihm, war geweckt durch die verwirrende Schönheit seiner

Tochter. Ein Flämmchen flackerte auf zwischen den ausgebrannten Sparren des alten Hauses, das sein Körper war. »Siehst hübsch aus, Mädchen«, sagte er einfältig. Dann kehrte er ihr den Rücken, ging durch den Hof zur Gartentür und trat auf die Straße hinaus.

Rosalind folgte ihrem Vater zur Gartentür und sah ihm nach, wie er durch die kurze Straße ging und um die Ecke bog. Die Stimmung, in die sie das Gespräch mit Melville Stoner versetzt hatte, ergriff wieder Besitz von ihr. War es möglich, daß es ihrem Vater ebenso ging wie zuweilen diesem Melville Stoner? Trieb die Vereinsamung ihn an den Rand des Wahnsinns, rannte auch er durch die Nacht auf der Suche nach einer verlorenen, einer verborgenen und halb vergessenen Schönheit des Lebens?

Als ihr Vater um die Ecke verschwunden war, trat sie durch das Tor auf die Straße hinaus. Ich will mich unter den Baum im Obstgarten setzen, bis Mutter mit ihrer Trödelei in der Küche fertig ist, dachte sie.

Henry Wescott ging durch die Straßen, bis er auf den freien Platz beim Gerichtsgebäude kam, und begab sich in Emanuel Wilsons Eisenwarenhandlung. Zwei oder drei andere Männer gesellten sich alsbald zu ihm. Abend für Abend saß er in der Gesellschaft dieser Männer und sprach kein Wort. Es war ihm eine Zuflucht vor seinem Haus und seiner Frau. Die andern fanden sich aus demselben Grund ein. So kam es zu einer schwächlichen, entarteten Form männlicher Kameradschaft. Einer aus der Runde, ein Maler, ein kleiner alter Mann, war unverheiratet und lebte bei seiner Mutter. Er selbst war schon nahe an die Sechzig, aber seine Mutter lebte noch. Darum wunderte man sich, wenn der Maler abends etwas über die gewohnte Zeit ausblieb, und erging sich in Vermutungen: Es kam Unruhe auf, schwebte einen Augenblick in der Luft und senkte sich wieder wie Staub in einem leeren Haus. Man fragte sich: Machte der Maler die Hausarbeit, spülte er das Geschirr, kochte er das Essen, fegte er, machte er die Betten – oder tat seine schwache alte Mutter das alles? Emanuel Wilson gab eine Geschichte zum besten, die er schon oft erzählt hatte. Er hatte sie früher als junger Mann in einem Städtchen in Ohio gehört. Dort wohnte ein alter Mann, gerade so einer wie der Maler; und auch seine Mutter lebte noch und wohnte bei ihm. Sie waren arm und hatten im Winter nicht genug Bettzeug, um sich beide warmzudecken. Dann krochen sie miteinander in dasselbe Bett. Es war eine harmlose Angelegenheit, nicht anders, als wenn eine Mutter ihr Kind ins Bett nimmt.

Henry Wescott saß im Laden, hörte der Geschichte zu, die Emanuel Wilson zum zwanzigsten Male erzählte, und dachte dabei an seine Tochter. Ihre Schönheit machte ihn stolz und gab ihm ein leises Gefühl der Überlegenheit über seine Freunde. Es war ihm nie zuvor in den Sinn gekommen, daß seine Tochter schön war. Warum hatte er ihre Schönheit nie zuvor bemerkt? Warum war sie aus Chicago, das an einem See lag, in der Augusthitze nach Willow Springs gekommen? War sie wirklich aus Chicago gekommen, weil sie sich danach sehnte, ihre Eltern wiederzusehen? Einen Augenblick schämte er sich seines schwerfälligen Körpers, seiner abgetragenen Kleider, seines unrasierten Gesichts; dann erlosch das Flämmchen wieder, das in ihm aufgeflackert war. Der Maler kam, und der matte Abglanz männlicher Freundschaft, an der Henry Wescott so zäh hing, war wieder da.

Rosalind saß im Obstgarten an den Apfelbaum gelehnt. An dieser selben Stelle, in dieser selben Haltung hatte sie in ihrer Kindheit den Traum vom tanzenden Leben geträumt, hierher war sie nach ihrem Abgang von der Willow Springs High School gekommen, als sie versuchte, die Mauer zu durchbrechen, die sie vom Leben trennte. Die Sonne war untergegangen, die Schatten der Bäume wurden länger, und der Abend spann seine grauen Schleier über das Gras. Seit langem hatte sich niemand um den Garten gekümmert und mancher Baum stand dürr und unbelaubt. Die Schatten der toten Äste glichen langen, mageren Armen, die über das graue Gras tasteten, die ihre langen, mageren Finger reckten und sich hineinkrallten. Kein Wind regte sich; es kam eine finstere, mondlose Nacht, eine jener heißen, dunklen, sternenschimmernden Nächte des flachen Landes.

Bald würde das letzte Licht verschwunden sein. Schon waren die langsam wandernden Schatten auf dem Gras kaum noch erkennbar. Rosalind fühlte Tod überall ringsum, im Obstgarten und der kleinen Stadt. Etwas, das Walter Sayers einmal gesagt hatte, war ihr plötzlich wieder lebhaft gegenwärtig: »Wenn Sie allein sind auf dem offenen Feld, allein in der Nacht, dann versuchen Sie einmal, sich der Nacht, der Dunkelheit, dem Schatten der Bäume hinzugeben. Wenn Sie sich diesen Dingen wirklich ganz hingeben, so wird das Erlebnis Ihnen ein tief erregendes Wissen bescheren. Sie werden erkennen, daß die Weißen, die das Land seit mehreren Generationen besitzen, die überall Siedlungen gebaut, Kohle aus der Erde gefördert, das Land mit Eisenbahnen überzogen und mit kleinen und großen Städten bedeckt haben – sie besitzen in Wahrheit nicht einen Zollbreit Boden auf dem ganzen Kontinent. Das Land gehört immer noch einer Rasse, die nicht mehr existiert. Die Indianer sind, obwohl fast völlig ausgerottet, noch immer die Herren des amerikanischen Kontinents. Ihre Phantasie hat dieses Land mit Geistern, Göttern und Dämonen bevölkert. Und das ist so, weil sie das Land in ihrer Zeit geliebt haben. Den Beweis für das, was ich sage, erblicken Sie überall. Wir haben unseren Städten keine schönen Namen geben können, weil wir die Städte nicht schön zu bauen vermochten. Wenn eine amerikanische Stadt einen schönen Namen hat, so ist er dieser anderen Rasse gestohlen – der Rasse, die das von uns bewohnte Land noch immer besitzt. Wir alle sind hier fremd. Wenn Sie nachts allein sind auf offenem Feld, irgendwo auf amerikanischem Boden, so versuchen Sie, sich der Nacht hinzugeben. Sie werden erfahren, daß die weißen Eroberer nur den Tod in sich trugen und daß das Leben nur den rothäutigen Menschen blieb, die verschwunden sind.«

Die Geister der beiden Männer, Walter Sayers und Melville Stoner, beherrschten Rosalinds Denken. Sie fühlte das. Es war, als wären sie hier neben ihr im Gras des Obstgartens. Sie war überzeugt, daß Melville Stoner nach Hause zurückgekehrt war und sie hören würde, wenn sie ihn laut riefe. Was wollten die beiden von ihr? Liebte sie auf einmal zwei Männer, die beide älter waren als sie? Die Schatten der Zweige lagen wie ein Teppich auf dem Boden im Obstgarten, wie ein weicher, aus zartem Stoff gesponnener Teppich, auf dem die Schritte völlig lautlos waren. Beide Männer kamen über den Teppich auf sie zu. Melville Stoner wohnte ganz nahe, Walter Sayers kam aus weiter Ferne zu ihr. Geisterhaft nahte er sich. Die beiden Männer hatten etwas gemeinsam: ein männliches Wissen, das sie ihr mitteilen wollten.

Sie erhob sich und blieb zitternd an dem Baum stehen. In was für einen Zustand war sie durch eigene Schuld geraten! Wie lange sollte das noch dauern? Zu was für einem Wissen über Leben und Tod wurde sie geleitet? Sie war mit einem so einfachen Anliegen zurückgekehrt: Sie liebte Walter Sayers und wollte sich ihm hingeben; aber bevor sie es tat, mußte sie ihre Heimatstadt sehen und mit ihrer Mutter sprechen. Es war wie ein Ruf, dem sie folgen mußte. Sie hatte gemeint, sie würde den Mut haben, ihrer Mutter ihre Liebe zu gestehen. Sie wollte sprechen – und dann warten, was die alte Frau ihr erwidern würde. Wenn die Mutter sie verstand und mit ihr fühlte, was wäre das für ein schönes Geschenk. Wenn die Mutter sie nicht verstand – nun, so hatte sie eben als Tochter eine alte Schuld bezahlt, eine alte, verschwiegene Verpflichtung abgetragen.

Die beiden Männer – was wollten sie von ihr? Was hatte Melville Stoner mit der Sache zu schaffen? Sie verdrängte seine Gestalt aus ihren Gedanken. Die Gestalt des anderen, Walter Sayers, hatte etwas weniger Aggressives, weniger Anspruchsvolles. An ihn hielt sie sich.

Sie schlang den Arm um den Stamm des alten Apfelbaums und legte die Wange an seine rauhe Rinde. In ihr war eine solche Spannung, eine solche Erregung, daß sie am liebsten ihre Wange an der Rinde des Baumes gerieben hätte, bis sie blutete, bis körperlicher Schmerz die schmerzhaft gewordene innere Spannung betäubte.

Seit die Wiese zwischen dem Obstgarten und dem Ende der Straße in ein Maisfeld verwandelt worden war, mußte Rosalind, um auf die Straße zu gelangen, durch einen Heckenweg gehen, unter einem Drahtzaun durchkriechen und den Hof der verwitweten Kükenzüchterin durchqueren. Tiefes Schweigen lag über dem Obstgarten; als sie unter dem Zaun durchgekrochen war und den Hof hinterm Haus der Witwe erreicht hatte, mußte sie sich den Weg durch eine Öffnung zwischen dem Hühnerhaus und einer Scheune suchen, indem sie sich mit den Händen an den rauhen Bretterwänden entlangtastete.

Ihre Mutter saß wartend auf der Veranda; und auf der Veranda des Nachbarhauses saß Melville Stoner. Rosalind sah ihn im Vorbeigehen und erschauerte ein wenig. Was für ein finsteres, geierähnliches Wesen er ist! Er ernährt sich vom Tod – vom Schimmer verstorbener Schönheit, von toten Geräuschen in der Nacht, dachte sie. Als sie das Wescottsche Haus erreicht hatte, warf sie sich auf den Boden der Veranda und lag auf dem Rücken, die Arme über dem Kopf ausgestreckt. Ihre Mutter saß neben ihr in einem Schaukelstuhl. Am Ende der Straße stand eine Laterne; durch die Zweige der Bäume fiel ein schwacher Lichtstrahl auf das Gesicht der alten Frau. Wie war es weiß und still und leichenhaft! Rosalind schloß die Augen. Ich darf sie nicht ansehen, sonst verliere ich den Mut, dachte sie.

Sie hatte es nicht eilig mit dem Anliegen, um dessentwillen sie hergekommen war. Es würde noch zwei Stunden dauern, bis der Vater heimkam. Das Schweigen der Dorfstraße wurde durch Lärm gestört, der aus dem Haus gegenüber kam. Zwei Jungen rannten im Eifer des Spiels durch alle Zimmer, knallten die Türen zu und riefen einander. Ein kleines Kind fing an zu schreien, und eine Frauenstimme schimpfte dazwischen. »Wollt ihr wohl aufhören?« rief die Stimme. »Seht ihr denn nicht, daß ihr das Kleine geweckt habt? Jetzt kann ich sehen, wie ich's wieder zum Schlafen kriege.«

Rosalinds Finger schlossen sich zur Faust. »Ich bin nach Hause gekommen, um dir etwas zu sagen. Ich liebe einen Mann und kann ihn nicht heiraten. Er ist älter, erheblich älter als ich und schon verheiratet. Er hat zwei Kinder. Ich liebe ihn, und ich glaube, er liebt mich auch – nein, ich *weiß*, daß er mich liebt. Und ich will seine Geliebte werden. Aber ich wollte kommen und es dir sagen, ehe es geschieht.« Sie sprach mit leiser, klarer Stimme. Und sie fragte sich, ob Melville Stoner ihr Geständnis wohl hören konnte.

Nichts geschah. Der Stuhl, in dem Rosalinds Mutter saß, hatte langsam hin und her geschaukelt und dabei leise geknarrt. Das Knarren dauerte an. Das Kindergeschrei im

Nachbarhaus war verstummt. Nun war es gesagt, weshalb sie aus Chicago zu ihrer Mutter gekommen war; sie fühlte sich erleichtert und beinahe glücklich. Beide Frauen schwiegen lange. Rosalinds Gedanken wanderten. Gleich würde sich zeigen, wie ihre Mutter es aufgenommen hatte. Verdammung würde die Antwort sein. Vielleicht aber würde die Mutter gar nichts sagen, bis der Vater heimkam, und es ihm dann erzählen. Man würde sie als eine Verworfene verfluchen und aus dem Haus weisen. Aber das machte alles nichts.

Rosalind wartete. Wie es Walter Sayers ging, als er in seinem Garten saß, so ging es nun auch ihr. Ihre Seele schien den Körper zu verlassen und davonzuschweben – weg von der Mutter zu dem Mann, den sie liebte.

Eines Abends – es war ein so stiller Sommerabend wie heute – war sie mit Walter Sayers aufs Land hinausgefahren. Schon vorher hatte er an manchem anderen Abend und viele Stunden lang im Büro mit ihr gesprochen. In ihr hatte er einen Menschen gefunden, zu dem er sprechen konnte, zu dem zu sprechen ihm wohltat. Wie viele Tore zum Leben hatte er vor ihr geöffnet! Es war ein Gespräch ohne Ende. In ihrer Gegenwart fühlte er sich befreit, erlöst von der Spannung, die ihn sonst quälte. Er hatte ihr erzählt, wie er hatte Sänger werden wollen und darauf verzichten mußte. »Es lag nicht an meiner Frau oder an den Kindern«, hatte er gesagt. »Sie hätten ohne mich leben können. Aber ich hätte ohne *sie* nicht leben können, das ist das Unglück. Ich bin ein vom Leben besiegter Mann, es war mir bestimmt, zu unterliegen – und ich brauchte etwas, an das ich mich halten, mit dem ich meine Niederlage begründen konnte. Darüber bin ich mir jetzt klar. Ich bin ein unselbständiger Mensch. Ich werde niemals wieder versuchen zu singen, denn ich habe nun wenigstens *ein* Verdienst: ich weiß, was es heißt, besiegt zu sein. Ich kann es tragen.«

Dies war es, was Walter Sayers an jenem Sommerabend gesagt hatte, als sie neben ihm in seinem Wagen saß; und dann begann er plötzlich zu singen. Dann öffnete er ein Gattertor und lenkte den Wagen stumm durch einen grasbewachsenen Heckenweg auf eine Wiese. Die Lichter hatte er gelöscht, und der Wagen rollte langsam dahin. Als Walter gebremst hatte, kamen ein paar Kühe heran und blieben nahe am Wagen stehen.

Und dann begann Walter Sayers zu singen – erst leise, dann, als er das Lied wieder und immer wieder sang, mit wachsendem Mut. Rosalind war so glücklich, daß sie am liebsten laut geweint hätte. Ich bin die Ursache, daß er nun singen kann, dachte sie stolz. Wie leidenschaftlich liebte sie den Mann in diesem Augenblick – und doch war das Gefühl, das sie empfand, wohl nicht Liebe. Auch Stolz mischte sich darunter. Für sie war es ein Augenblick des Triumphs. Aus der Dunkelheit, aus dem finsteren Verlies seiner Enttäuschung war er zu ihr emporgestiegen. An ihrer Hand hatte er den Mut dazu gefunden.

Sie lag zu Füßen ihrer Mutter auf der Veranda des Wescottschen Hauses und versuchte zu denken, bemühte sich um Klarheit über ihre Gefühle und Wünsche. Nun hatte sie ihrer Mutter gesagt, sie wolle Walter Sayers' Geliebte werden; und kaum hatte sie es ausgesprochen, kamen ihr auch schon Zweifel, ob es wahr sei. Sie war eine Frau, und ihre Mutter war eine Frau. Was würde die Mutter ihr zu sagen haben? Was sagten Mütter zu ihren Töchtern? Und das männliche Element im Leben – was wollte es? Sie kam über ihre Wünsche und Triebe zu keiner Klarheit. Vielleicht konnte das, was sie im Leben ersehnte, durch die Gemeinschaft mit einer anderen Frau – mit ihrer Mutter erfüllt werden? Wie seltsam wäre es und wie schön, wenn Mütter vor ihren Töchtern plötzlich zu singen anfingen, wenn dem Dunkel und der Stummheit alter Frauen ein Lied entspränge?

Männer verwirrten Rosalind, hatten es von jeher getan. Gerade heute abend hatte ihr Vater sie zum erstenmal seit Jahren wirklich angesehen. Er war vor ihr stehengeblieben, als sie auf der Veranda saß – und da hatten seine Augen einen ganz seltsamen Ausdruck gehabt. Ein Feuer brannte in seinen alten Augen, wie sie es manchmal in denen Walters wahrgenommen hatte. Sollte dieses Feuer sie ganz verzehren? Wollte das Schicksal, daß die Frau am Mann, der Mann an der Frau verbrennt?

Vor einer Stunde im Obstgarten hatte sie deutlich gefühlt,

wie die beiden Männer, Melville Stoner und Walter Sayers, stumm auf dem weichen Teppich, den die schwarzen Schatten der Bäume bildeten, auf sie zukamen.

Und nun kamen sie wieder zu ihr. Ihre Gedanken tasteten sich näher und an ihr innerstes Wesen heran. Schweigen hüllte die Straßen des Städtchens Willow Springs wie ein Mantel ein. War es das Schweigen des Todes? War auch ihre Mutter gestorben? Saß sie nun leblos im Stuhl neben ihr?

Das leise Knarren des Lehnstuhls hörte nicht auf. Von den beiden Männern, deren Geist sie umschwebten, war der eine, Melville Stoner, kühn und verschlagen. Er kam ihr allzu nahe, wußte allzuviel von ihr. Er kannte keine Scheu. Walter Sayers aber war gütig. Er war vornehm und ein verständnisvoller Mensch. Sie begann sich vor Melville Stoner zu fürchten. Er war ihr allzu nahe, wußte allzuviel von der dunklen, stumpfen Seite ihres Lebens. Sie wandte den Kopf zur Seite und starrte ins Dunkel, dahin, wo Melville Stoners Haus stand; dabei dachte sie an ihre Kindheit. Der Mann kam ihr körperlich allzu nahe. Das schwache Licht der fernen Straßenlaterne, das das Gesicht ihrer Mutter beleuchtete, fiel durch Bäume und über Büsche auch auf Melville Stoners Haus. Sie sah die Umrisse seiner Gestalt: er saß auf der Veranda. Sie wünschte, es wäre möglich, ihn mit einem Gedanken zu vernichten und aus dem Leben zu löschen. Da wartete er nun. Wenn ihre Mutter sich schlafen gelegt hatte, und auch sie selbst nach oben in ihr Zimmer gegangen war und wach lag – dann würde er in ihr heimliches Leben eindringen. Ihr Vater würde heimkommen, mit schleppenden Schritten auf dem Gehsteig heranschlurfen. Er würde ins Haus kommen und zur Hintertür gehen. Er würde an der Pumpe einen Eimer füllen, ihn ins Haus bringen und auf die Kiste beim Küchenausguß setzen. Dann würde er die Uhr aufziehen. Er würde –

Rosalind bewegte sich unruhig. Das Leben in Melville Stoners Gestalt war Herr über sie und hielt sie fest umklammert. Sie konnte ihm nicht entrinnen. Er würde in ihr Schlafzimmer kommen und in ihre geheimsten Gedanken eindringen. Nein, es gab für sie kein Entrinnen. Sie meinte sein spöttisches Lachen durch das stille Haus schallen zu hören; es übertönte die entsetzlichen, banalen Geräusche des Alltagslebens. Sie wollte das nicht! Wenn Melville Stoner plötzlich stürbe, würde süße Stille sein. Sie wünschte, sie könnte ihn mit einem Gedanken vernichten – alle Männer vernichten. Sie wünschte, ihre Mutter nähme sie in ihre Arme. Das würde sie vor den Männern behüten. Aber noch bevor der Abend verging, würde die Mutter ihr etwas zu sagen haben – Worte voller Lebensweisheit und Wahrheit.

Rosalind verscheuchte Melville Stoners Gestalt aus ihren Gedanken. Es war nicht anders, als hätte sie da oben in ihrem Zimmer das Bett verlassen, den Mann an der Hand gefaßt und ihn zur Tür geführt. Sie hatte ihn aus dem Zimmer entfernt und die Tür zugemacht.

Aber ihre Gedanken spielten ihr einen Streich. Kaum war Melville Stoner draußen, da kam Walter Sayers herein. Sie durchlebte noch einmal die Stunde, als sie an jenem Sommerabend neben Walter im Auto saß: sie hielten auf der Weide, und er sang. Die Kühe mit ihren weichen, breiten Mäulern, mit ihrem süßen, grasduftenden Atem umringten sie.

Nun waren Rosalinds Gedanken voller Süße. Sie ruhte und wartete – wartete, daß ihre Mutter sprechen würde. In ihrer Gegenwart hatte Walter Sayers sein langes Schweigen gebrochen. Bald würde auch das schon so lange dauernde Schweigen zwischen Mutter und Tochter gebrochen werden. Der Sänger, der nicht mehr singen wollte, hatte zu singen begonnen, weil sie bei ihm war. Gesang war die wahre Sprache des Lebens, er war der Triumph des Lebens über den Tod.

Welch süßen Trost hatte sie empfunden, als Walter Sayers sang! Wie strömte da das Leben durch ihren Körper! Wie lebendig hatte sie sich plötzlich gefühlt! In jenem Augenblick hatte sie fest und endgültig beschlossen, sich mit diesem Mann zu verbinden, sich physisch mit ihm zu verbinden – durch ihn im Körperlichen das zu finden, was er mit seinem Gesang durch sie gefunden hatte.

Wenn sie ihrer Liebe zu diesem Mann körperlichen Ausdruck verlieh, so würde sie das weiße Wunder des Lebens finden, das Wunder, von dem sie geträumt hatte, als sie, ein dummes und törichtes Mädchen, im Gras des Obstgartens lag.

Durch den Körper des Sängers würde sie dem weißen Wunder des Lebens nahekommen, es mit ihrer Hand berühren. Ich will freudig alles andere dafür opfern, dachte sie.

Wie friedvoll und ruhig war nun die Sommernacht. Sie hatte das Lied, das Walter Sayers damals auf dem Feld sang, nicht verstanden, da es in einer fremden Sprache gedichtet war; aber nun verstand sie alles, auch den Sinn der seltsamen, fremdländischen Worte.

Das Lied handelte vom Leben und vom Tod. Was gab es sonst auch zu besingen? Nicht mit eigenen Gedanken hatte sie den Sinn des Liedes nun plötzlich verstanden. Walters Geist nahte sich ihr. Er hatte den spottenden Geist Melville Stoners verdrängt. Wie vieles verdankte ihr Geist, die erwachende Frau in ihr, der Seele Walters! Nun sagte er ihr den Sinn des Liedes.

Ja, es war, als schwebten die Worte des Liedes durch die stille Straße des Landstädtchens in Iowa. Sie sangen von der Sonne, die in den Rauchwolken über der großen Stadt versinkt, sie sangen von den Möwen, die vom See kamen und über der großen Stadt schwebten.

Nun schwebten die Möwen über dem Strom. Der Strom war chrysoprasfarben. Sie, Rosalind Wescott, stand auf einer Brücke im Herzen der großen Stadt und war im Innersten überzeugt, daß das Leben schmutzig und häßlich war. Sie war im Begriff, sich in den Fluß zu stürzen, sich selbst zu vernichten, um rein zu werden.

Was war am Tod des Körpers gelegen? Die Vögel stießen seltsame, schrille Schreie aus. Die Schreie der Vögel waren wie die Stimme Melville Stoners. Sie wirbelten und kreisten in der Luft über ihr. Noch ein paar Herzschläge – dann warf sie sich in den Fluß, und die Vögel schossen in langer, anmutig geschwungener Linie herab. Dann war ihr Körper tot, davongetragen vom Strom, hinweggespült, der Verwesung entgegen; ihr wahres Leben aber schwang sich auf mit den Vögeln, stieg mit den langen, anmutigen Bogen des Vogelflugs in die Luft.

Rosalind lag gespannt und reglos auf der Veranda zu Füßen ihrer Mutter. In der Luft über dem heißen, schlafenden Städtchen, tief im Grund verborgen unter allen kleinen und großen Städten, sang das Leben sein Lied, sang es ohne Unterlaß. Die Melodie des Lebens war im Summen der Bienen, im Quaken der Laubfrösche und im Lied der Neger, die Baumwollballen auf einen Flußdampfer rollten.

Das Lied war ein Aufruf. Es sang wieder und wieder die Geschichte vom Leben und vom Tod – vom Leben, das ewig dem Tod unterliegt, vom Tod, der ewig vom Leben besiegt wird.

Rosalinds Mutter brach ihr langes Schweigen, und Rosalind versuchte sich der Macht des Liedes zu entziehen, das in ihr zu singen begonnen hatte – –

Die Sonne sank am westlichen Himmel über der großen Stadt – –

Leben vom Tod besiegt,
Tod überwunden vom Leben.

Die Fabrikschlote ragten als leuchtende Pfeiler in den Himmel.

Leben vom Tod besiegt,
Tod überwunden vom Leben.

Der Schaukelstuhl, in dem Rosalinds Mutter saß, knarrte nicht mehr. Worte tropften langsam von ihren weißen Lippen. Dies war die Stunde, in der Mutter Wescott von ihrem Leben Zeugnis ablegen mußte. Immer war sie unterworfen gewesen. Nun mußte sie triumphieren – in ihrer Tochter Rosalind, die aus ihrem Leib geboren war. Ihr mußte sie deutlich sagen, was das Schicksal aller Frauen war. Mädchen wuchsen träumend, glaubend und hoffend auf. Doch es war wie eine Verschwörung. Die Männer redeten ihnen etwas vor, schrieben Bücher und sangen Lieder über etwas, das sie Liebe nannten. Und die Mädchen glaubten ihnen. Sie heirateten, oder sie gingen ohne Ehe enge Beziehungen zu Männern ein. In der Hochzeitsnacht gab es dann einen rohen Überfall – und danach mußte die Frau versuchen, sich so gut sie es eben konnte zu retten. Sie zog sich mehr und mehr in sich selbst zurück. Mutter Wescott hatte sich ihr Leben lang in ihrem Haus, in der Küche ihres Hauses verkrochen. Als die Kinder da waren und die Jahre vergingen, hatte ihr Mann weniger und weniger von ihr verlangt. Und nun nahte das Unheil von neuem. Nun stand ihrer Tochter dieselbe Erfahrung bevor, nun sollte sie dasselbe durchmachen, das ihr Leben vergiftet hatte.

Wie stolz war sie auf Rosalind gewesen, als das Kind in die Welt hinauszog und seinen eigenen Weg ging! Rosalind hatte eine ganz eigene Art, sich zu kleiden und sich zu bewegen. Sie war stolz und aufrecht, ein sieghaftes Menschenkind. Sie brauchte keinen Mann.

»Gott, Rosalind, tu es nicht, tu es nicht!« stammelte sie immer wieder.

Wie sehr hatte sie sich gewünscht, daß Rosalind sich keusch und rein bewahren würde! Auch sie war einmal jung gewesen, ein stolzes, aufrechtes Mädchen. Konnte wohl ein Mensch auf den Gedanken kommen, sie habe sich gewünscht, ›Mutter Wescott‹ zu werden, fett, schwerfällig und alt? Ihr ganzes Eheleben lang war sie in ihrem Haus, in der Küche ihres Hauses geblieben – aber sie hatte doch ihre Beobachtungen gemacht, hatte gesehen, welchen Weg es mit den Frauen zu nehmen pflegte. Ihr Mann hatte sich aufs Geldverdienen verstanden und sie immer gut versorgt. Er war ein langsamer, wortkarger Mann, aber er war auf seine Art nicht schlechter als andere Männer in Willow Springs. Die Männer arbeiteten um des Geldes willen, sie aßen ausgiebig, und nachts kamen sie dann zu der Frau, die sie geheiratet hatten.

Vor ihrer Ehe hatte Mutter Wescott auf der Farm ihres Vaters gelebt. Dort hatte sie beobachtet, wie die Tiere ihre Liebesspiele trieben, wie das Männchen das Weibchen verfolgte, bedrängte und grausam überwältigte. Dies war die Art, wie das Leben sich immer wieder erneuerte. Ihr Eheleben war eine graue und schreckliche Zeit gewesen. Warum hatte sie den Wunsch gehabt, sich zu verheiraten? Sie versuchte, Rosalind zu erklären, wie es gekommen war. »Ich sah ihn hier an einem Samstagnachmittag auf der Main Street, als ich mit Vater in die Stadt gekommen war«, sagte sie. »Zwei

Wochen darauf traf ich ihn dann wieder, bei einer Tanzerei auf dem Land.« Sie sprach wie jemand, der weit gelaufen ist und eine wichtige, unaufschiebbare Botschaft überbringen muß. »Er wollte mich zur Frau haben, und ich sagte ja. Er wollte mich zur Frau haben, und ich sagte ja.«

Sie kam über die Tatsache ihrer Ehe nicht hinaus. Meinte ihre Tochter etwa, sie hätte nichts Wesentliches über das Verhältnis von Mann und Frau zu sagen? Ihr ganzes Eheleben lang war sie im Haus ihres Mannes geblieben, hatte geschuftet wie ein Tier, hatte schmutzige Kleidungsstücke gewaschen, schmutziges Geschirr gespült und Essen gekocht.

Und sie hatte sich ihre Gedanken gemacht. Alle die Jahre hindurch hatte sie nachgedacht. Es war eine furchtbare Lüge im Leben der Menschen – das ganze Leben war eine einzige Lüge. Oh, sie hatte über alles nachgedacht, alles. Irgendwo gab es eine Welt, die völlig anders war als die Welt, in der sie lebte. Es war ein Paradies, in dem es keine Heirat und kein Eheleben gab, ein windstiller Ort jenseits des Geschlechtlichen, wo die Menschheit in einem Zustand der Seligkeit lebt. Aus irgendeinem unbekannten Grund war sie aus diesem Paradies vertrieben und auf die Erde herabgeschleudert worden. Das war die Strafe für eine unsühnbare Sünde – die Sünde der geschlechtlichen Lust.

Auch in ihr war diese Sünde mächtig gewesen, ebenso wie in dem Mann, den sie geheiratet hatte. Sie hatte sich die Ehe gewünscht. Warum hätte sie sonst wohl ja gesagt? Es war ein Fluch, der Mann und Weib zwang, die Sünde zu begehen, durch die sie sich zerstörten. Niemand konnte entkommen, nicht Mann noch Frau – nur ein paar seltene Heilige.

Wieviel hatte sie gegrübelt! In ihrer Hochzeitsnacht, als ihr Mann an ihr seine Begierde befriedigt hatte, sank er in tiefen Schlaf; sie aber schlief nicht. Sie verließ leise das Bett, ging ans Fenster und sah zu den Sternen hinauf. Die Sterne waren so still. Wie langsam und stetig durchquerte der Mond den Himmelsraum! Die Sterne sündigten nicht. Sie rührten einander nicht an. Jeder Stern war getrennt von allen anderen Sternen, war ein heiliges, unverletzliches Wesen. Auf der Erde unter dem Sternenhimmel aber war alles verderbt – Bäume, Blumen, Gräser, die Tiere auf dem Feld, die Menschen, Mann und Frau. Sie alle waren verderbt. Sie lebten einen Augenblick, und dann verwelkten sie. Auch sie selbst verwelkte. Das Leben war eine Lüge. Das Leben pflanzt sich durch eine Lüge fort, die man Liebe nennt. Ja, dies war die Wahrheit: Das Leben selbst ging aus der Sünde hervor und pflanzte sich durch die Sünde fort. »Liebe? So was gibt es gar nicht. Das Wort ist eine Lüge. Der Mann, von dem du mir da erzählst, begehrt dich nur, um mit dir zu sündigen«, sagte sie. Damit stand sie schwerfällig auf und ging ins Haus.

Rosalind hörte, wie sie im Dunkeln hin und her ging. Dann erschien sie in der Tür und blickte auf ihre Tochter hinunter, die gespannt und wartend auf der Veranda lag. Das leidenschaftliche Bedürfnis zu verneinen wurde so stark, daß sie meinte ersticken zu müssen. Rosalind kam es vor, als ob ihre Mutter, die da hinter ihr im Dunkeln stand, eine große Spinne geworden wäre, die sie in ein schwarzes Netz locken wollte. »Männer können den Frauen nur weh tun«, sagte sie. »Es ist nicht ihre Schuld, denn sie können nicht anders. Sie sind nun mal so. Das, was die Leute Liebe nennen, gibt es nicht. Es ist eine Lüge.

Das Leben ist schmutzig. Die Frau besudelt sich, wenn sie sich von einem Mann berühren läßt!« Mutter Wescott schrie die Worte laut heraus. Es war, als würden sie ihrem tiefsten Innern entrissen. Als sie geendet hatte, verschwand sie im Dunkeln, und Rosalind hörte, wie sie langsam zur Treppe ging, die zum Schlafzimmer hinaufführte. Sie weinte auf die sonderbare, halb erstickte Weise, wie dicke alte Frauen weinen. Die schwerfälligen Füße, die schon die Treppe hinaufstiegen, machten halt, und einen Augenblick war alles still. Mutter Wescott hatte von dem, was sie eigentlich hatte sagen wollen, nichts gesagt. Sie hatte alles überlegt, was sie ihrer Tochter sagen wollte. Warum wollten ihr nun die Worte nicht kommen? Ihr leidenschaftliches Bedürfnis zu verneinen war nicht gestillt. »Es gibt keine Liebe. Das Leben ist eine Lüge. Es führt uns zu Sünde, Tod und Verderben!« rief sie.

Rosalind erlebte etwas Seltsames, fast Unheimliches. Die Gestalt der Mutter schwand aus ihren Gedanken; sie sah sich selbst wieder als ganz junges Mädchen. Sie war mit Freundinnen zu einer Freundin gegangen, die unmittelbar vor der

Hochzeit stand. Sie betrachteten die weißen Kleidungsstücke, die auf einem Bett lagen. Eine ihrer Begleiterinnen, ein dummes, flachbrüstiges Mädchen, fiel neben dem Bett auf die Knie. Rosalind hörte einen Schrei. Kam er von dem Mädchen oder von der müden, enttäuschten alten Frau im Wescottschen Haus? »Tu es nicht! O Rosalind, tu es nicht!« flehte eine von Schluchzen erstickte Stimme.

Nun war das Haus der Wescotts stumm, wie draußen die Straße und wie der sternenübersäte Himmel, zu dem Rosalind hochblickte. Die Gespanntheit in ihr ließ nach, und sie versuchte wieder zu denken. Da schwebte etwas schwingend im Gleichgewicht hin und her, her und hin. War das nur ihr Herz, das schlug? Ihre Gedanken begannen sich zu klären. Das Lied, das sie von Walters Lippen gehört hatte, sang immer noch in ihr – –

Leben besiegt den Tod,
Tod siegt über das Leben.

Sie setzte sich auf und verbarg das Gesicht in den Händen. Ich bin nach Willow Springs gekommen, um mich zu prüfen. Ist es eine Prüfung auf Leben und Tod? fragte sie sich. Ihre Mutter war die Treppe hinaufgestiegen und da oben in ihrem dunklen Schlafzimmer verschwunden.

Das Lied, das Rosalind sang, verstummte nicht –

Leben besiegt den Tod,
Tod siegt über das Leben.

War dieses Lied ein männlicher Lockruf, der Ruf, mit dem das Männchen nach dem Weibchen rief – war es eine Lüge, wie ihre Mutter gesagt hatte? Es klang nicht wie eine Lüge. Das Lied war von den Lippen Walters gesungen worden, und sie hatte ihn verlassen und war zu ihrer Mutter gegangen. Dann war Melville Stoner, ein anderer Mann, zu ihr gekommen. Auch in ihm sang das Lied vom Leben und vom Tod. Wenn das Lied nun im Menschen verstummte – kam dann der Tod? War der Tod nur Verneinung? Das Lied sang in ihrer Seele. Welch eine Wirrnis!

Mutter Wescott war nach ihrem letzten Aufschrei weinend zu Bett gegangen. Nach einer Weile folgte ihr Rosalind. Sie warf sich ohne sich auszukleiden auf ihr Bett. Dann lagen die beiden Frauen und warteten. Draußen in der Nacht vor seinem Haus saß Melville Stoner, der Mann, der alles wußte, was zwischen Mutter und Tochter vorgegangen war. Rosalind dachte an die Brücke über den Fluß, in der großen Stadt nahe der Fabrik, und an die Möwen, die hoch über dem Fluß schwebten. Sie wünschte, sie wäre in diesem Augenblick dort und stände auf der Brücke. Es müßte süß sein, wenn ich mich jetzt in den Fluß stürzen könnte, dachte sie. Im Geist sah sie sich rasch hinabfallen – und sah den noch rascheren Fall der Vögel aus der Höhe. Sie stießen auf sie hinunter, um das Leben zu erhaschen, das sie von sich werfen wollte – rasch und in schönem Bogen stießen sie herab. Davon sprach das Lied, das Walter gesungen hatte.

Henry Wescott kam von seinem Abendschwatz in Emanuel Wilsons Laden nach Hause. Er stapfte schweren Schrittes durch das Haus zur Hintertür und zur Pumpe. Man vernahm das langgezogene Kreischen des Pumpenschwengels; dann kam Henry Wescott ins Haus und setzte den Eimer auf die Kiste beim Küchenausguß. Dabei wurde ein wenig Wasser verschüttet. Das gab ein leises Platschen – als berühre ein nackter Kinderfuß patschend die Erde – –

Rosalind fuhr hoch. Die tote, kalte Benommenheit, die in den letzten Tagen auf ihr gelastet hatte, verschwand. Kalte Totenhände hatten sie umkrallt gehalten. Nun hatte sich der Griff gelöst. Ihr Koffer stand irgendwo in einem Schrank, aber sie dachte gar nicht daran. Schnell zog sie die Schuhe aus, nahm sie in die Hand und schlich auf Strümpfen auf den Korridor hinaus. Ihr Vater kam schwerfällig die Treppe herauf und ging an ihr vorüber, während sie sich an die Wand des Korridors drückte und nicht zu atmen wagte.

Wie schnell arbeiteten nun ihre Gedanken, wie leicht war ihr Herz! Es fuhr ein Zug nach Osten, nach Chicago, der um zwei Uhr früh durch Willow Springs kam. So lange wollte sie nicht warten. Sie wollte die acht Meilen bis zum nächsten Städtchen an der Strecke zu Fuß gehen. So kam sie doch wenigstens weg aus dieser Stadt, und die Stunden des Wartens würden schneller vergehen. Ich brauche jetzt Bewegung, dachte sie, als sie die Treppe hinabeilte und stumm das Haus verließ.

Sie ging auf dem Rasen neben dem Weg zur Gartentür vor dem Haus Melville Stoners, und da kam er ihr schon entgegen. Er lachte spöttisch. »Ich dachte es mir, daß ich heute nacht noch einmal Gelegenheit zu einem Gespräch mit Ihnen haben würde«, sagte er mit einer Verbeugung. Rosalind wußte nicht, wieviel er von dem Gespräch zwischen ihr und ihrer Mutter gehört hatte. Aber das war jetzt egal. Er wußte alles, was Mutter Wescott gesagt hatte, was sie überhaupt sagen konnte – alles, was Rosalind sagen oder begreifen konnte. Dieser Gedanke war für Rosalind unendlich süß. Melville Stoner war es, der das Städtchen Willow Springs dem Schatten des Todes entriß. Worte waren überflüssig. Mit ihm war sie verbunden durch etwas, das über allen Worten und über aller Leidenschaft stand – Freundschaft für immer, lebendige Freundschaft.

Sie gingen schweigend nebeneinander her bis zum Rand der Stadt; dann streckte Melville Stoner ihr die Hand hin. »Wollen Sie nicht mit mir kommen?« fragte sie. Er schüttelte den Kopf und lachte. »Nein«, sagte er. »Ich will hierbleiben. Die Zeit des Wanderns ist für mich längst vorüber. Ich will hierbleiben, bis ich sterbe. Ich will hierbleiben mit meinen Gedanken.«

Er drehte sich um; er durchquerte den Lichtkreis einer Straßenlaterne – es war die letzte, denn hier wurde die städtische Straße zur Landstraße, die ostwärts zur nächsten Stadt führte. Dann verschwand er in der Dunkelheit. Rosalind sah ihm nach, und etwas an seinen langen, hüpfenden Schritten erinnerte sie wieder an einen riesigen Vogel. Er ist wie die Möwen, die in Chicago über dem Fluß schweben, dachte sie. Sein Geist schwebt über dem Städtchen Willow Springs. Und wenn die Menschen hier auch bei lebendigem Leibe sterben, schießt er herab und entreißt ihnen, was schön an ihnen ist.

Erst ging sie langsam auf der Landstraße zwischen den Maisfeldern dahin. Die Nacht war wie ein weites, stilles

Land, durch das sie in Frieden wandern konnte. Eine leichte Brise ging raschelnd durch die Maisstauden. Hier gab es keine furchtbaren, bedeutungsschweren Menschenlaute – Alltagsgeräusche der Menschen, deren Leib noch lebt, deren Seele aber längst gestorben ist, die sich ins Sterben gefügt haben und nur noch ans Sterben glauben. Die Maishalme rieben sich aneinander: das gab ein leises, liebliches Raunen, als würde neues Leben geboren. Das alte, abgestorbene, nur körperhafte Leben wurde abgestreift und weggeworfen. Vielleicht kam neues Leben ins Land.

Rosalind begann zu laufen. Sie hatte die Stadt und ihre Eltern von sich geworfen, wie ein Läufer ein schweres und unnötiges Kleidungsstück von sich wirft. Am liebsten hätte sie auch die Kleider von sich geworfen, die ihre Nacktheit verhüllten. Sie hätte nackt sein mögen, nackt und neu geboren. Zwei Meilen vor der Stadt führte eine Brücke über den Willow Creek. Das Bachbett war leer und ausgetrocknet, aber in der Dunkelheit konnte ihre Phantasie Wasser hineinzaubern, rasch fließendes Wasser, Wasser von der Farbe des Chrysopras. Sie war rasch gelaufen; nun blieb sie auf der Brücke stehen. Ihr Atem ging in kurzen, keuchenden Stößen.

Nach einer Weile ging sie weiter. Erst ging sie langsam, bis sie wieder zu Atem gekommen war, dann begann sie wieder zu laufen. Prickelndes Lebensgefühl erfüllte ihren Körper. Sie fragte sich nicht, was sie nun tun würde, wie sie sich mit der Frage auseinandersetzen sollte, um derentwillen sie nach Willow Springs gekommen war, in der unbestimmten Hoffnung, ihre Verwirrung durch ein Wort ihrer Mutter gelöst zu sehen. Sie lief nur. Vor sich sah sie die staubige Straße, die wie ein endloses Band aus der Finsternis auf sie zukam. Sie lief weiter, immer weiter, in einen schwach glimmenden Lichtstreifen hinein. Das Dunkel öffnete sich vor ihr. Es war eine Lust zu laufen; jeder Schritt schenkte ihr neu das Bewußtsein, entronnen zu sein. Ein köstliches Gefühl stieg in ihr auf: Als sie so dahinlief, meinte sie zu sehen, daß das Licht unter ihren Füßen heller wurde. Es war, als fürchtete sich die Nacht vor ihr und spränge ihr aus dem Weg. Sie fühlte sich stark und mutig. Sie war ein Wesen geworden, das von Licht erfüllt war. Sie war eine Schöpferin des Lichts. Ihr

Nahen erschreckte die Nacht, daß sie vor ihr zurückwich. Als sie dies dachte, fühlte sie die Kraft, ohne Pause zu laufen: ja, sie wünschte fast, sie könnte ewig so dahineilen, durch das Land, durch kleine und große Städte, um die Dunkelheit zu verscheuchen mit ihrer Gegenwart.

Die Verlobung

Eines Abends, als sie in dem Garten hinter ihrem elterlichen Hause saß, küßte er sie, und sie stand hastig von der Bank auf und lehnte sich an einen Baum. Wie mild und still, wie schön war die Nacht! Er war seltsam erregt; so ähnlich, dachte er mit nachsichtigem Lächeln über sich selbst, fühlt sich wohl auch ein Soldat, wenn er sich eine günstige Ausgangsstellung für einen bevorstehenden Kampf gesichert hat. Für den Augenblick war sie vergessen, er blieb allein auf der Bank sitzen und lächelte vor sich hin. Hätte ein Trompetenstoß die Stille des Gartens zerrissen, um ihn für seine mannhafte Tat als siegreichen Helden zu feiern, er wäre nicht allzu überrascht gewesen. Die Vorstellung, ein Eroberer zu sein, fesselte ihn, und wenn er sich auch im stillen auslachte, spielte er doch weiter mit dem Gedanken. Ein Napoleon, der seinem Schicksalsstern folgt, ein Alexander, der nach weiteren Welten lechzt, die er erobern könnte ... Hatte er sie nicht unversehens geküßt, ohne sie um Erlaubnis zu fragen? Hatte er nicht die Festung im Sturm genommen? So gingen kühne Männer vor! Er lachte leise vor sich hin.

Sie hatte den Kuß erwartet, obwohl sie sich einredete, sie wünschte ihn nicht. Immerhin war sie darauf vorbereitet, und er war es nicht. Es war das drittemal, daß sie sich trafen.

Am meisten hatte die erste Begegnung sie aufgewühlt. Er war in die Stadt gekommen, ohne daß man wußte, wer er war, und dann hatte es sich herumgesprochen, er gelte in der intellektuellen Welt als bedeutender Mann. Man hatte ihn aufgefordert, in dem Verein, der sich Donnerstags-Klub nannte, einen Vortrag zu halten, und sie war mit ihrem Vater, dem Herausgeber der einzigen Zeitung der Stadt, hingegangen.

An diesem ersten Abend hatte er einen Funken in ihre Phantasie geworfen. Was für gewagte Gedanken hatte er geäußert! Sein Thema war der Einfluß des Christentums auf die Zivilisation, und die Art, wie er von Jesus, dem Mann aus Nazareth, sprach, war für den Donnerstags-Klub unerhört und aufreizend gewesen. Mit welchem Feuer, welcher Beredsamkeit hatte er den heiligen Jüngling geschildert, den Zimmermann aus einem obskuren Dorf, der seine eigenen Gedanken dachte und die Lehren der Ältesten verwarf! Wenn er nicht seinem Handwerk nachging, wanderte er allein in die Berge und predigte. Die Inbrunst der Seele und die langen Stunden und Tage stiller Versenkung hatten ihn zu einem tiefgründigen Mystiker gemacht. Wer hatte je gewagt, in dem Mann Jesus einen Menschen wie andere zu sehen, der den allgemein geltenden Anschauungen und Maßstäben entgegentrat und den Mut hatte, aus seinem Leben ein abenteuerliches Experiment zum Besten der menschlichen Gesellschaft zu machen?

Die Zuhörer des Donnerstags-Klubs, den ihr Vater mit etlichen anderen Herren zu literarischen Studien ins Leben gerufen hatte, waren über diesen Vortrag ganz aufgebracht. Nach der Zusammenkunft protestierten einige Mitglieder; der Klub sei nicht gegründet worden, um religiöse Fragen zu erörtern, das gehe denn doch zu weit!

Sie fand, diese Leute hatten den Sinn seiner Ausführungen gar nicht erfaßt. Es ging dem Redner nicht um religiöse Dinge. Während sie neben ihrem Vater saß und ihre Blicke über die Klubmitglieder – Ehepaare und unter ihnen verstreut einzelne Junggesellen – schweifen ließ, war sie voller Freude, daß ein solcher Mann in ihre Stadt gekommen war, um unter ihnen zu leben. Als er weiter von dem Mann aus Galiläa sprach, wie er in dem fernen Land von Ort zu Ort zog und durch die Macht seiner kühnen und schönen Erscheinung Teufel austrieb, wurde sie so ergriffen, daß ihr Tränen in die Augen traten. Der Redner war ein Mann von dreißig Jahren, und auch Jesus, der Christus, den er mit so beredten Worten schilderte, war dreißig Jahre alt gewesen, als er zu seiner zivilisatorischen Sendung aufbrach. Als der Redner nach dem Vortrag mit ihr und ihrem Vater nach Hause ging, hatte sie geschwiegen, während die beiden Männer sich unterhielten. Schon da hatte er sie etwas zu sehr beachtet. Sie hätte ihn lieber von ferne verehrt. Sie war versucht, laut zu wiederholen, was die Knechte der Pharisäer gesagt hatten, die ausgeschickt waren, Jesus im Tempel zu fangen, und mit leeren Händen zurückkehrten: »Es hat nie ein Mensch so geredet wie dieser Mensch«, hatten sie voller Staunen gesagt.

Während die drei unter den Bäumen dahingingen, kam er auf den Hauptpunkt seines Vortrags zurück. »Die Herrschaften haben mich offenbar mißverstanden«, sagte er lachend. »Ich hatte bei meinen Ausführungen nicht die Absicht, an religiöse Dinge zu rühren. Ich dachte nur an den barbarischen Hintergrund des Lebens Jesu Christi und seine dramatischen Möglichkeiten. Sie verstehen wohl, was ich meine: das milde, lächelnde Land Galiläa, der See mit den weißen Städten an seinen Ufern, die Fischer, die ihre Netze im Stich ließen, um dem Mann zu folgen, der die seltsame neue Lehre von Frieden, Vergebung und Liebe verkündete. Und dann die bunten Menschenscharen in den Gassen der Städte und in Jerusalem, der Lahme am Teich Bethesda beim Schaftor, die Dirne, die seine Füße mit ihrem Haar trocknete, als er beim Mahle saß, die Szene im Garten in der Nacht vor der Kreuzigung, die Kreuzigung selbst – warum sollte man das alles nicht als schöne und tiefsinnige Dichtung nehmen? Ich bin überzeugt, daß es als solche seine stärkste Wirkung auf die Menschheit ausgeübt hat.«

Während er sich an jenem Abend auf dem Heimweg mit ihrem Vater unterhielt, hatte er sich hin und wieder auch an sie gewandt, und einmal bat er sie halb um Verzeihung für den Ernst des Gesprächs. »Langweilt Sie das alles nicht?« fragte er, und ein Schauer rann ihr durch den Körper. Sie verneinte mit einer Handbewegung und wandte sich ab, und sobald sie zu Hause angekommen waren, entschuldigte sie sich und ging hinauf in ihr Zimmer.

Die beiden Männer setzten ihre Unterhaltung noch lange fort, und sie zog sich aus und lag bei offener Tür im Bett, damit sie ihre Stimmen hören konnte. Was für ein Abend war das für sie gewesen! Ihr Vater, im täglichen Leben ein ziemlich prosaischer Mensch, war angeregt und sprach gut, und der Neuankömmling erschien ihr als der wundervollste Mensch, den sie je erlebt hatte. Seine kräftige knabenhafte

Stimme klang durch die Eingangshalle die Treppe hinauf; sie setzte sich in ihrem Bett auf und lauschte, bis ins Innerste ergriffen. Die Stimme hatte sie sich selber entrückt und in das Land Galiläa versetzt, das er so lebendig geschildert hatte, sie stand inmitten einer großen Volksmenge und hörte einem anderen Fremden von dreißig Jahren zu, der plötzlich aus der Fremde gekommen war und zu ihnen sprach. Ein Wort, das sie in der Bibel gelesen hatte, kam ihr in den Sinn, und sie sprach es laut vor sich hin. Sie war nicht mehr sie selbst, sie war eine fremde Frau in einem fremden Land. »Gesegnet sei der Schoß, der dich getragen, und die Brüste, die dich gesäugt haben!« hörte sie sich völlig hingerissen rufen.

Zwei Wochen nach jener Begegnung sah sie ihn wieder, und es war peinlich und traurig, wie er bei diesem zweiten Zusammensein mit einem Bums von seinem Sockel stürzte.

Er schrieb ihr ein Briefchen und bat sie, mit ihm in ein Konzert zu gehen, und der Gedanke, den ganzen Abend dicht neben ihm zu sitzen und Musik zu hören, erregte sie sehr. Als der Abend nahte und sie wie immer ihren häuslichen Pflichten nachging, war es, als hätte ihre Seele ihren Körper verlassen und wäre in eine Sphäre geistiger Abenteuer entschwebt. Abwesend ging sie im Haus herum, und als ihr Vater bei Tisch zu ihr sprach, wurde sie verwirrt, und heiße Röte stieg ihr in die Wangen. »Was ist denn mit dir los?« fragte er lachend. »Du benimmst dich ja auf einmal wie ein Schulmädchen. Was hast du denn?«

Schließlich war sie ja nicht mehr so jung, und der neu zugezogene Mann war nicht der erste, der sich von ihr angezogen fühlte. Schon zweimal hatte ein Mann aus der Stadt um sie angehalten, aber noch nie war sie in eine so seltsame Verzükkung geraten. »Mit ihm und mir wird es anders sein. Wir werden einen neuen Weg ins Unbekannte gehen«, flüsterte sie vor sich hin. Sie stellte sich dabei nichts Bestimmtes vor. Es genügte ihr, daß dieser Neue in die Stadt gekommen war; es wäre ihr genug, ab und zu schweigend neben ihm zu sitzen, seine Stimme zu hören und in seiner Nähe zu sein, während sein Geist ungewöhnliche neuartige Bilder entwarf.

Ja, es ist wahr, es gibt eine Religion des Schönen, dachte sie. Ihre Mutter, die sie mit fünfzehn Jahren verloren hatte, war stets eine praktizierende Gläubige gewesen, und auch sie selber hatte sich in jüngeren Jahren eine Zeitlang religiöser Begeisterung hingegeben. Später hatte sie aufgehört, in die Kirche zu gehen; sie fühlte sich als aufgeklärte Intellektuelle.

Nun lachte sie über sich selbst. Neben ihm bin ich ein Kind, dachte sie in der Erinnerung, mit welchem Feuer er vor dem Donnerstags-Klub gesprochen hatte. Zufriedenheit zog in ihr Herz ein. Jedes Leben sollte von einer tiefen geistigen Liebe erfüllt sein, sprach sie bei sich. Ich bin wie jene Frau in der Bibel, die an einem glühendheißen Tag allein zum Brunnen in der staubigen Ebene hinabstieg und dort den heiligen Mann auf dem Brunnenrand sitzen fand, ihn, der den Weg des wahren Lebens wußte.

Im Konzert tat er einiges, das sie störte.

Vor allem war er ganz und gar nicht in die Musik vertieft oder von ihr davongetragen, und den ganzen Abend sah er sie mit verlangenden Augen an. Auf dem Heimweg unterhielt er sich nicht mit ihr, sondern überließ sich schweigend und befangen seinen Gedanken. Und dann küßte er sie, und ihre Verzückung verflüchtigte sich jäh; eine nüchterne Entschlossenheit nahm völlig Besitz von ihr.

Es war zehn Uhr, als sie nach Hause kamen, und ihr Vater war noch auf der Redaktion. Der Mond schien, sie gingen in den Garten und saßen zusammen auf einer Bank. Als er sie geküßt hatte, erhob sie sich und lehnte sich an einen Baum, denn nun mußte sie sich erst wieder zurechtfinden. Sie hatte sich einem kindlichen Traum hingegeben und ihm mit ihren Kinderhänden einen Tempel errichtet. Nun war der Tempel mit Getöse zusammengestürzt, und nur ein Haufen Steine und eine Staubwolke waren davon übriggeblieben.

Um die Spannung des Augenblicks zu überwinden, führte sie ihn aus dem Garten auf die Straße. Trotz allem war er für sie nicht abgetan. Sie wollte etwas von ihm. Sie gingen unter den Bäumen die stille Straße entlang; eine Gruppe junger Männer zog an ihnen vorüber, ein albernes Liebeslied trällernd.

Bald kamen sie ans Ende der Straße und in die Felder, und da sollte sie seine bodenlose Dummheit kennenlernen. Er wollte sie unter ein Holundergebüsch ziehen, das in einem schmalen Graben am Rande des Feldes wuchs. Als sie sich erschrocken sträubte, wurde er böse. »So war es also eine Lüge, daß du dich hast küssen lassen?« fragte er schroff. »Es hat dir also nichts bedeutet? Bist du denn wie alle die andern Frauen, die küssen, ohne sich etwas dabei zu denken?«

Als sie dann zum drittenmal zusammenkamen, wurde alles zwischen ihnen geregelt. Zwischen den Kräften, die in ihnen beiden schlummerten, war ein Krieg ausgebrochen, aber nach jener dritten Begegnung schlossen sie Frieden miteinander. Es war an einem Samstagnachmittag, und sie machten zusammen einen Ausflug aufs Land. Sie hatte eine dicke Strickjacke und derbe Schuhe angezogen, und er trug in einem kleinen Rucksack das Picknick, das sie vorbereitet hatte. Sie lächelte zuversichtlich vor sich hin, er aber war gereizt und fühlte sich unglücklich. Wenn er sie ansah, kam er sich vor wie jemand, der dazu verdammt ist, mit bloßen Händen gegen eine steinkalte Mauer zu kämpfen. Die Mauer war hart wie Diamant, aber von warmem, weichem Rankenwerk überwachsen.

Anfangs ging eine Weile alles gut, und dann begann zwischen ihnen der entscheidende Kampf. Am Nachmittag, während sie in einem kleinen Wäldchen, wo welkes Laub unter ihren Füßen raschelte, unter den duftenden, in frischer Frühlingsfülle prangenden Bäumen dahinwanderten, schien sie nahe daran, seinem fordernden Verlangen nachzugeben; als aber der Abend kam und sie, am Ufer eines kleinen Baches im Gras sitzend, ihr Essen verzehrt hatten, wurde sie sehr sachlich und bestimmt. »Wir müssen in die Stadt zurück, ehe es dunkel wird«, sagte sie und ging ihm voraus auf einem Feldweg der staubigen Straße zu.

Der Kampf erreichte schnell seinen Höhepunkt. Als sie die Stadt fast erreicht hatten, geriet ihre eigensinnige Entschlossenheit ins Wanken. Sie traten in einen Obstgarten am Wegrand. Neben dem Drahtzaun schichtete er dürre Zweige auf und machte ein Feuerchen, und an den Zaun gelehnt, sahen sie schweigend in die Flammen. Eine dünne Rauchsäule stieg durch das Geäst der Bäume empor. »Es ist wie Weihrauch«, sagte sie und schmiegte sich an ihn; er schloß sie in die Arme. Da Vollmond war, wurde es nicht ganz dunkel; unmerklich ging der Tag in die Nacht über.

Zwei Jungen von einer in der Nähe gelegenen Farm, die ihre Kühe an einer Hecke entlang heimwärtstrieben, sahen sie so eng umschlungen stehen. Sie kletterten über den Zaun und schlichen sich im Schatten näher, um sie zu beobachten.

Plötzlich hatte sie Angst, sie riß sich aus seinen Armen und entfernte sich langsam längs des Zauns. Er kam ihr nach und zog sie an sich. In innerem Widerstreit fühlte sie ihre Sicherheit schwinden, der Kampf schien verloren. Sie hätte fliehen mögen und wollte zugleich nicht fliehen. Sie war es müde.

Dann gab sie sich einen Ruck, wandte sich um und ging entschiedenen Schritts quer durch den Garten, und er blieb am Zaun stehen und ließ sie gehen. Einer der Bauernjungen rief dem andern zu: »Das gibt nichts. Sie ist ihm weggelaufen.« Sie kletterten zurück über den Zaun und rannten an der Hecke entlang auf ihren Stall zu, und Stille senkte sich wieder über den Garten. Da kam sie zu ihm zurück, ihre Augen funkelten und ihre Hände bebten.

»Siehst du nun, wohin du mich gebracht hast?« fragte sie in scharfem Ton. »Jetzt ist es passiert.« Einen Augenblick kam sie sich erniedrigt vor, geschlagen, doch rasch fand sie ihre Selbstsicherheit wieder. Sie zitterte, aber die ganze Wirklichkeit des geordneten Lebens stärkte ihr den Rücken.

Er verstand nicht. »Jetzt gibt es einen Skandal«, sagte sie. »Dir mache ich keinen Vorwurf, ich bin selber schuld. Warum habe ich dir so nachgegeben?«

Sie versuchte zu erklären. »Natürlich kennen mich diese Jungen«, sagte sie und wandte ihr Gesicht zur Seite. »Sie haben gesehen, wie wir uns hier umarmten und küßten. Es ist hell genug, daß man alles sehen kann. Wie entsetzlich! Nun gibt es einen Skandal, sie werden meinen Namen durch den Schmutz ziehen!«

Verblüfft und verwirrt sah er sie an. Daß sie bei ihrem verliebten Spiel belauscht worden waren, hatte ihn eher belustigt, er hätte fast laut herausgelacht. Nun war er beschämt und zerknirscht.

Sie trat an den Zaun und legte ihr Gesicht an den obersten

Draht, von Schluchzen geschüttelt. Er stand dabei und betrachtete sie ratlos.

Dann kam ihm ein Gedanke. »Nun«, sagte er zögernd, »wir könnten ja heiraten; wir könnten uns trauen lassen.«

Über ihren Kopf weg sah er auf das freie, in Mondlicht gebadete Land hinaus. Der Wind erhob sich, Wolken fegten über den Himmel, ihre flüchtigen Schatten huschten wie toll über die Felder. Er fühlte, wie etwas Schattenhaftes, Zauberisches sich aus ihnen beiden verflüchtigte. Und er kam sich vor wie ein Tier, das arglos im nächtlichen Wald spielte und plötzlich mit seinem Fuß in eine Falle geraten ist. Ihn überkam ein wildes Verlangen zu entfliehen, wie ein Wolkenschatten in rasender Schnelle über die Felder zu jagen und in unbekannter, geheimnisvoller Ferne zu verschwinden; aber seine Füße waren bleischwer geworden. Er wurde festgehalten, an die Erde gebunden, nun nicht mehr von seinem Begehren, sondern von einem warmen Gefühl, das noch leise widerstrebend, der Kraft zustimmte, die sie an die Erde band.

Als sie aufblickte, nahm er sie wieder in die Arme und drückte sie an sich und schaute dabei wieder über ihren Kopf weg in die Ferne. Ihr Körper, der vor Erregung gebebt hatte, beruhigte sich. »Am besten heiraten wir sofort«, sagte er. »Es gibt Dinge, die ich bisher nicht verstanden habe. Komm, wir wollen in die Stadt gehen und uns sofort trauen lassen, noch diese Nacht. Das wird allen unsren Schwierigkeiten ein Ende bereiten.«

Der Mann, der eine Frau wurde

Mein Vater war Drogist und hatte einen kleinen Laden in unserer Stadt oben in Nebraska; sie sieht tausend anderen Städten, in denen ich seither gewesen bin, so ähnlich, daß es unnötig ist, sich mit ihrer Beschreibung aufzuhalten und eure und meine Zeit damit zu vergeuden, daß ich sie beschreibe.

Kurz und gut, ich wurde Verkäufer in unserem Drugstore; nach dem Tod meines Vaters wurde er verkauft, und meine Mutter nahm das Geld und ging nach dem Westen, zu ihrer Schwester in Kalifornien; mir gab sie vierhundert Dollar für meine ersten Schritte in die Welt. Ich war damals gerade neunzehn Jahre alt.

Ich ging nach Chicago, wo ich wiederum einige Zeit als Verkäufer in einem Drugstore angestellt war, und dann, als es auf einmal mit meiner Gesundheit bergab ging, vielleicht weil ich mein einsames Leben in der Großstadt und den Anblick und Geruch der Lebensmittel so leid war, beschloß ich, etwas zu unternehmen, was mir damals als das große Abenteuer vorkam, und ging eine Zeitlang auf Walze, arbeitete ab und zu, wenn ich kein Geld mehr hatte, doch wenn ich irgend konnte, zigeunerte ich unter freiem Himmel herum oder fuhr auf Güterzügen kreuz und quer durchs Land, um mich in der Welt umzusehen. Ich habe sogar nachts in abgelegenen Orten ein bißchen gestohlen – einmal einen piekfeinen Anzug, den jemand draußen auf der Wäscheleine hatte hängen lassen und ein andermal Schuhe aus einer Kiste im Güterwagen –, aber mir war dabei immer so himmelangst, ich würde erwischt und eingelocht, daß ich einsah, daß ich nicht dazu geboren war, mein Glück als Spitzbube zu machen.

Das Schönste, was ich in diesen Wanderjahren erlebt habe, war, als ich einmal als Stallbursche bei Rennpferden arbeitete, und dabei bin ich einem Burschen ungefähr meines

Alters begegnet, der sich seither als Schriftsteller einen Namen gemacht hat.

Der junge Mann, von dem ich erzähle, war als Reitknecht zu einem Rennplatz gegangen, um Schwung und starke Farben in sein Leben zu bringen, wie er immer sagte.

Damals war er noch unverheiratet und hatte als Schriftsteller noch keinen Erfolg. Ich will damit sagen, er war ledig, und ich glaube, es ging ihm wie mir; etwas reizte ihn an den Männern, die sich auf einem Rennplatz herumtreiben, den Kundschaftern und Zaungästen, den Stallburschen, Trabern, Niggern und Rennschiebern. Ihr wißt ja, wenn ihr viel auf Rennplätzen gewesen seid, was für lustige und lockere Vögel das sind; wohl die größten Schwindler, die ich je gesehen habe, und für Sparsamkeit und Moral haben sie nicht viel übrig, im Gegensatz zu den meisten Drogisten und Kurzwarenhändlern und solchen Leuten, mit denen mein Vater zu Hause in Nebraska befreundet gewesen war; auch fürs Kniebeugen waren sie nicht zu haben, und ebensowenig fürs Bücklingemachen vor Leuten, von denen sie annahmen, sie seien vornehmer oder reicher oder mächtiger als sie selber.

Ich will damit nur sagen, es waren unabhängige Gesellen, so eine Geh-zum-Teufel- und Komm-trinken-wir-einen-Whisky-Bande, und wenn einer von ihnen beim Wetten gewonnen hatte, sie reingelegt hatte, wie wir das nannten, dann ging er mit dem Geld um, als ob's Dreck wäre, solange er was hatte. Kein König oder Präsident oder Seifenfabrikant, der mit seiner Familie nach Europa reist, kann großartiger mit Geld um sich schmeißen als so ein Kerl mit seinen dicken Brillantringen und brillantbesetzten Hufeisen in der Krawatte und alledem.

Ich mochte diese gottlose Bande schrecklich gern, und er auch.

Eine Zeitlang war er Stallbursche bei einem Rennpferd, dem Wallach Lumpy Joe, der einem großen Mann mit schwarzem Schnurrbart namens Alfred Kreymborg gehörte; und er tat sein Bestes, um sich vorzumachen, er sei ein wahrer Pferdefreund. Wir waren zufällig auf derselben Tour und zogen den ganzen Herbst hindurch in Westpennsylvania von einem Jahrmarkt zum andern, und an schönen Abenden streiften wir viel zusammen herum und unterhielten uns.

Sagen wir, es ist Montag- oder Dienstagabend, und unsere Pferde sind für die Nacht versorgt. Die Rennen fingen gewöhnlich erst später in der Woche an, etwa mittwochs. Auf dem Rennplatz gab es stets eine kleine Kantine, Speisesaal genannt, die meist vom Frauenverein Christlicher Temperenzler der betreffenden Stadt betrieben wurde; da gingen wir zum Essen hin, denn da konnten wir für fünfundzwanzig Cent eine ganz prima Mahlzeit bekommen. Damals wenigstens fanden wir sie ganz prima.

Ich richtete es immer so ein, daß ich neben diesem Burschen saß, Tom Means hieß er, und nach dem Essen gingen wir wieder nach unseren Pferden sehen, und wenn wir zu Lumpy Joe kamen, kaute er sein Heu in seiner Box, und neben ihm stand Alfred Kreymborg und zupfte an seinem Schnurrbart und sah so traurig aus wie ein lahmer Kranich.

Aber in Wirklichkeit war er gar nicht traurig. »Ihr beiden Burschen möchtet jetzt wohl in die Stadt gehn zu den Mädchen. Ich alter Gauner bin längst darüber hinaus. Geht ihr nur. Ich setze mich hierhin und werde schon für euch ein Auge auf eure Pferde haben«, pflegte er zu sagen.

So zogen wir denn los. Aber wir gingen nicht in die Stadt, um uns an die Mädels heranzumachen, die gern mit uns angebändelt hätten, weil wir Auswärtige waren und zum Rennplatz gehörten. Wir gingen lieber aufs Land. Manchmal kamen wir in eine hügelige Gegend, und der Mond schien. Die Blätter fielen von den Bäumen und lagen auf der Straße, und wir stiefelten da durch und wirbelten sie auf mitsamt dem Staub.

Um die Wahrheit zu sagen, ich hatte mich wohl in Tom Means, der fünf Jahre älter war als ich, verliebt; aber das hätte ich damals nicht zu sagen gewagt. Wir Amerikaner sind zu scheu und schüchtern, um so etwas zu sagen; bei uns würde ein Mann niemals zugeben, daß er einen andern liebt, das hab ich gemerkt; sie scheuen sich sogar, sich selber solche Gefühle einzugestehen. Ich glaube, sie fürchten, man könnte etwas darin sehen, was es durchaus nicht zu bedeuten braucht.

Wir wanderten also herum, und manche Bäume waren schon kahl und sahen aus wie Menschen, die da feierlich an der Straße standen und horchten, was wir uns erzählten. Doch ich sagte nicht viel. Meistens redete Tom Means.

Manchmal war es schon spät, wenn wir zum Rennplatz zurückkamen, der Mond war untergegangen, und es wurde dunkel. Dann gingen wir oft noch um die Rennbahn, immer rundherum, wohl ein dutzendmal, ehe wir ins Heu krochen und uns schlafen legten.

Zwei Dinge waren es, von denen Tom immerzu sprach: vom Geschichtenschreiben und von Rennpferden, meistens aber von Rennpferden. Die leisen Geräusche auf dem Rennplatz und der Pferdegeruch und alles, was mit Pferden zu tun hat, machten ihn ganz aufgeregt. »Ach zum Teufel, Herman Dudley!« brach er mit einemmal aus, »mir brauchst du nichts zu erzählen. Ich bin weiter herumgekommen als du und hab eine Welt von Menschen kennengelernt. Kein Mann und keine Frau, nicht mal die eigene Mutter ist etwas so Schönes wie ein Pferd, ich meine ein Vollblutpferd.«

Manchmal redete er lange so weiter und sprach von den Menschen, die er kennengelernt hatte, und von ihren Eigentümlichkeiten. Er wollte Schriftsteller werden, und wenn was draus würde, sagte er, würde er schildern, wie so ein Zuchtpferd galoppiert und trabt und im Schritt geht. Ob er das später getan hat, weiß ich nicht. Er hat viel geschrieben, aber ich bin in diesen Dingen nicht sehr beschlagen. Ich vermute jedenfalls, er hat's nicht getan.

Aber wenn er auf die Pferde zu sprechen kam, war er wundervoll. Ich hätte nie so ein Gefühl für Pferde bekommen, und die Zeit bei ihnen hätte mir nicht halb soviel Freude gemacht, wenn er nicht gewesen wäre. Oft redete er stundenlang, sprach von dem Wuchs der Pferde und von ihrer Seele und von ihrem Willen, als ob es menschliche Wesen wären. »Großer Gott, Herman«, sagte er dann immer und packte meinen Arm, »zieht es dir nicht die Kehle zusammen? Ich kann dir sagen, wenn ein gutes Pferd wie der Lumpy Joe, den ich versorge, sich oben in der Geraden streckt, und er kommt, du weißt, er kommt, und du weißt, wie sein Herz klopft, und du weißt, er macht's, und du weißt, er läßt keinen Gaul vor – packt's dich da nicht, Herman, packt's dich da nicht wie der Satan?«

In dieser Tonart redete er, und dann fing er manchmal vom Schreiben an, und auch dabei war er Feuer und Flamme. Er hatte so einige Ideen über das Erzählen; ich hab mich zwar nie dazu überwinden können, viel darüber nachzudenken, aber es kann trotzdem sein, daß das, was er sagte, in mir gearbeitet und mich dazu gebracht hat, daß ich nun selber diese Geschichte schreiben möchte.

Ich habe damals auf dem Rennplatz etwas erlebt, das ich mir einmal von der Seele reden muß; es ist wie ein Zwang, ein Gefühl in meinem Innern läßt mir keine Ruhe.

Ich weiß zwar nicht recht warum, aber ich muß es einfach loswerden. Es wird vielleicht etwas Ähnliches, wie es für einen Katholiken die Beichte ist; oder besser noch, wie wenn man das Zimmer, in dem man wohnt, gründlich sauber macht, wenn man Junggeselle ist, wie ich es so lange gewesen bin. Im Zimmer ist ein schreckliches Durcheinander, tagelang hat man das Bett nicht gemacht und die Kleider und andere Sachen einfach unten in den Wandschrank gepfeffert oder gar unters Bett. Und dann staubt man alles schön ab und zieht frische Laken auf, und dann zieht man sich ganz aus und scheuert den Fußboden, auf allen vieren herumkriechend, so sauber, daß man davon essen könnte; dann macht man einen Spaziergang, und wenn man nach einer Weile heimkommt, riecht das Zimmer so frisch und sauber, und man fühlt sich auch innerlich erfrischt, ein besserer Mensch.

Ich muß sagen, diese Geschichte hat mir auf dem Herzen gelegen, ich habe oft von dem, was darin passiert, geträumt, selbst als ich schon mit Jessie verheiratet und glücklich war. Manchmal hab ich sogar nachts laut geschrien. Darum hab ich mir gesagt: Ich will die verflixte Geschichte aufschreiben. Also los!

Es war schon tief im Herbst, und wenn wir morgens aus unseren Decken krochen, die wir in unsern winzigen Dachkammern über den Pferdeställen im Heu ausgebreitet hatten, und unsern Kopf herausstreckten, um Ausschau zu halten, war der Boden weiß von Rauhreif. Sobald wir aufwachten, wurden auch die Pferde wach. Ihr wißt ja, wie das auf den Rennplätzen ist – die kleinen scheunenähnlichen Ställe mit dem niedrigen Heuboden darüber liegen alle in einer Reihe, und jede Stalltür hat zwei Flügel, einen, der dem Pferd nur bis an die Brust reicht, und den oberen, der nur nachts und bei schlechtem Wetter geschlossen wird.

Morgens wird der obere Flügel aufgemacht und an der Mauer eingehakt, und die Pferde strecken ihren Kopf heraus. Das Gras innerhalb des grauen Ovals der Bahn ist weißbereift. Gewöhnlich ist eine Equipe mit sechs, zehn oder gar zwölf Pferden da, und vielleicht haben sie einen Neger als Koch dabei, der auf dem freien Platz vor der Reihe der Ställe an einem offenen Feuer kocht, und jetzt ist er gerade bei der Arbeit, und die Pferde blicken mit ihren großen Augen umher und wiehern, und ein Hengst äugt nach einer der anderen Stalltüren und sieht da eine sanftäugige Stute, die ihn anguckt, und er schickt seinen Trompetenruf zu ihr hinüber, und eine Männerstimme lacht, und nirgends ist eine Frau zu sehen und nichts, das an sie erinnert, und jedem ist so zum Lachen ums Herz, und meist lacht man auch.

Es ist wunderschön, aber wie schön es war, kam mir erst zum Bewußtsein, als ich Tom Means kennenlernte und ihn über all das sprechen hörte.

Als sich das zutrug, was ich erzählen will, war Tom nicht mehr bei mir. Eine Woche vorher hatte sein Herr, Alfred Kreymborg, seinen Gaul Lumpy Joe auf die Jahrmarkt-Tour nach Ohio mitgenommen, und ich bin Tom nie wieder auf den Rennplätzen begegnet.

In den Ställen wurde gemunkelt, Lumpy Joe, ein großer, schlanker brauner Wallach, heiße eigentlich gar nicht Lumpy Joe, er sei ein Rekordpferd, das im Jahr zuvor in Iowa drüben und im ganzen Nordwesten den Schnelligkeitsrekord gehalten habe, und Kreymborg habe ihn sich geholt und den Winter über versteckt gehalten und unter seinem neuen Namen nach Pennsylvania gebracht; auch in den Büchern habe er alles säuberlich getilgt.

Ich weiß davon nichts und habe mit Tom nie darüber gesprochen; jedenfalls waren er und Kreymborg und Lumpy Joe alle nicht mehr da.

Diese Tage werde ich wohl nie vergessen, und wie Tom nachts redete, und wie wir vorher, in den ersten Septembertagen, vor den Ställen herumhockten, und wie Kreymborg auf einer umgekehrten Kiste saß und seinen langen schwarzen Schnurrbart zwirbelte und dabei manchmal ein kleines Liedchen vor sich hin summte, von dem man kaum ein Wort verstand. Es handelte von einem tiefen Brunnen und einem kleinen grauen Eichhörnchen, das innen an der Brunnenwand hinaufkletterte; fast nie sah man ihn lachen oder lächeln, aber da war irgend etwas in seinen feierlichen grauen Augen, nicht eigentlich ein Zwinkern, etwas Zarteres.

Die andern unterhielten sich leise, und Tom und ich saßen schweigend dabei. Am besten erzählte er immer nur, wenn wir beide allein waren.

Um seinetwillen – falls ihm meine Geschichte je vor Augen kommt – sollte ich erwähnen, daß wir auf der einzigen großen Rennbahn, die wir besuchten, in Readville, Pennsylvania, den alten Pop Geers sahen, den großen Traber höchstpersönlich. Seine Pferde waren, von unseren Ställen aus gesehen, weit jenseits der Bahn untergebracht. Ein Mann wie er hatte wahrscheinlich die Wahl unter den besten Plätzen für seine Pferde.

Eines Abends gingen wir hinüber und standen da herum, und da war auch Geers selbst; er saß vor einem der Ställe auf einer Kiste und klopfte mit der Reitpeitsche auf den Boden. Auf den Rennplätzen nannte man ihn nur den ›Schweiger von Tennessee‹, und wirklich, er war schweigsam – jedenfalls an dem Abend. Wir standen bloß da und gafften ihn vielleicht eine halbe Stunde lang an, dann gingen wir wieder, und an jenem Abend sprach Tom noch begeisterter, als ich ihn je gehört hatte. Er sagte, es sei der Ehrgeiz seines Lebens, abzuwarten, bis Tom Geers tot sei, und dann ein Buch über ihn zu schreiben; und in dem Buch würde er zeigen, daß es wenigstens einen Amerikaner gab, der nicht verrückt darauf war, ein reicher Mann oder Besitzer einer großen Fabrik zu werden oder sonst ein Teufelskerl in diesem Stil. »Ich glaub, ihm ist es genug, herumzusitzen und zu warten, bis der große Augenblick seines Lebens kommt, wenn er ein schnelles Pferd auf der Strecke an die Spitze bringt, und dann gibt er sich, als ging's um seine Seele, ganz dem hin, was er da vor sich hat«, sagte Tom, und dabei war er so erregt, daß er anfing zu schluchzen. Wir gingen auf der Bahn an der Innenseite des Zauns entlang, und es dämmerte, und in den Bäumen in der Nähe zwitscherten ein paar Vögel, vielleicht bloß Spatzen, und man hörte die Grillen zirpen, und um eine kleine Laterne drüben im Westen zwischen den Bäumen tanzten Falter wie Stäubchen in der Luft. Tom sagte das über Pop Geers, doch ich glaube, dabei schwebte ihm vor allem vor, wie er selber hätte sein mögen und nicht war; und dann ging er hin und stellte sich an den Zaun, und es schüttelte ihn, als ob er heulte, und ich fing auch an zu heulen, obwohl ich nicht wußte warum.

Aber vielleicht wußte ich es doch. Ich glaube, Tom sehnte sich danach, wenn er Schriftsteller würde, das zu erleben, was der alte Pop Geers erleben mochte, wenn sein Pferd um die obere Kurve sauste und er die Strecke vor sich hatte; denn wenn er sein Pferd als Erstes durchs Ziel bringen wollte, mußte er's jetzt erreichen. Tom sagte, jeder Mann hätte das Zeug dazu in sich, nachzufühlen, was er da erlebte, aber eine Frau könnte das nie und nimmer verstehen, höchstens mit dem Gehirn. Solche Reden über Frauen ließ er oft vom Stapel, aber ich muß dazu bemerken, er hat später trotz alledem eine geheiratet.

Doch zurück zu meinem Strickzeug. Als Tom weg war, zog der Stall, zu dem ich gehörte, weiter durch lauter hübsche kleine Bezirkshauptstädte von Pennsylvanien. Der Eigentümer meines Pferdes, ein sonderbarer, hitziger Mensch aus Ohio, der eine Menge Geld mit Pferden verloren hatte, aber immer dachte, er könnte einmal alles in einem großen Coup zurückgewinnen, hatte dies Jahr beim Wetten ganz nettes Glück gehabt. Mein Gaul, ein zäher kleiner Wallach, ein Fünfjähriger, war schön regelmäßig als Erster durchs Ziel gegangen; so nahm mein Herr einen Teil seines Gewinns und kaufte einen dreijährigen schwarzen Hengst, ein Rennpferd namens O My Man. Mein Wallach hieß Pick-it-boy; wenn er lief und in die Gerade eingebogen war, wurde sein Herr immer fast toll vor Aufregung und schrie, daß man's anderthalb Meilen weit hören konnte. »Los, pick it, boy, pick it, boy, hols dir, Junge!« rief er in einem fort; darum hatte er dem schönen kleinen Wallach, als er ihn in die Hand bekam, diesen Namen gegeben.

Das war aber auch ein Renner! Wie die Jungen auf dem Rennplatz immer sagten, »machte er sich scharf an die andern ran und hängte sie alle glatt ab, einen nach dem andern«. Er war, was wir ein geborenes Rennpferd nannten, legte sich von selbst mit aller Schnelligkeit, die er in sich hatte, ins Zeug, und erforderte nicht viel Training. »Man braucht weiter nichts zu tun als ihn auf der Rennbahn loszulassen, und ab geht er«, sagte mein Herr immer zu den andern Männern, wenn er mit seinem Gaul prahlte.

Seht ihr, so hatte ich abends nicht viel zu tun, seit Tom weg war, und dann kam der neue Hengst mit einem Schwarzen namens Burt als Pferdeburschen.

Ich mochte ihn sehr gern und er mich auch, aber das war nicht dasselbe wie mit Tom und mir. Wir waren gut Freund miteinander, und ich glaube, Burt hätte manches für mich getan und ich wohl auch für ihn, was Tom und ich füreinander nicht getan hätten.

Aber mit einem Neger kann man nicht so ein Herz und eine Seele sein wie mit einem Weißen. Das hatte einen Grund, den man zwar nicht begreift, aber es ist doch wahr. Man hat zuviel über den Unterschied zwischen Schwarzen und Weißen geredet, und beide haben eine Scheu voreinander, und es hilft nichts, dagegen anzugehen; und ich glaube, Burt und ich, wir fühlten es beide, und so war ich also mutterseelenallein.

Damals erging es mir wie so oft, als ich ein junger Bursche war; ich hab es mir nie ganz erklären können. Jetzt denke ich manchmal, es kam alles daher, daß ich allmählich ein Mann wurde und nie mit einer Frau zusammen gewesen war. Ich weiß nicht, was mit mir los ist. Ich kann ein Mädchen nicht ansprechen. Ich hab's hundertmal im Leben versucht, aber jedesmal war es dasselbe.

Mit Jessie ist es nun natürlich anders; aber zu der Zeit, von der ich spreche, war Jessie noch im weiten Feld, und ich hatte noch allerhand durchzumachen, ehe ich sie bekam.

Die Männer auf dem Rennplatz, die Pferdeburschen und Traber und alle die Kerls, die in der Stadt fremd sind, kommen natürlich nicht ohne Frauen aus, wie ihr euch wohl denken könnt. Aber das haben sie auch nicht nötig. In jeder Stadt gibt es ›Motten‹, die um den Rennplatz herumschwärmen. Sie denken wohl, sie hätten es da mit Männern zu tun, die ein romantisches Leben führen, und das lockt sie. Solche Mädchen spazieren den Ställen entlang, wo die Rennpferde sind, und wenn du sie keck anguckst, dann bleiben sie stehen und machen allerhand Getue mit deinem Pferd. Sie streichen ihm mit ihren Händen über die Nüstern, und das ist der Augenblick, wo man sich dranhalten muß – wenn man nicht so einer ist wie ich, der den Dreh nicht findet –; da mußt du dann lächeln und sagen »Hallo, Kleine«, und dich mit einer von ihnen für den Abend nach dem Essen in der Stadt verabreden. Ich brachte das nicht fertig, obwohl ich mir weiß Gott alle Mühe gab, immer wieder. Da kam manchmal ein Mädchen allein daher, so eine niedliche Krabbe, und machte mir schöne Augen, und ich wollte und wollte doch so gern, aber ich brachte kein Wort heraus. Tom und später Burt haben mich oft deswegen ausgelacht, aber ich glaube, wenn ich auch imstande gewesen wär, eine von ihnen anzusprechen, und mich mit ihr verabredet hätte, wäre doch nichts daraus geworden. Wir wären wahrscheinlich durch die Stadt getippelt und, wo sie zu Ende ist, ins Dunkle gegangen, und dann hätte sie mich mit Knüppeln verprügeln müssen, bevor ich ein Schrittchen weitergegangen wäre.

So also stand es mit mir, nachdem ich mich einmal an Tom und unsere Gespräche gewöhnt hatte, und Burt hatte natürlich seine Freunde unter den Schwarzen. Ich wurde faul und blies Trübsal, und es fiel mir schwer, meine Arbeit zu tun.

Ja, so war es. Manchmal hockte ich nur so herum, vielleicht unter einem Baum, am späten Nachmittag, wenn die Rennen des Tages zu Ende waren und die Menge sich verlaufen hatte. Immer waren Scharen von anderen Männern und Jungen da, die an dem Tag kein Pferd im Rennen hatten; die standen oder saßen dann vor den Ställen herum und unterhielten sich.

Eine Weile hörte ich ihnen zu, und dann war mir, als ob ihre Stimmen sich immer mehr entfernten; auch alles, was ich sah, rückte von mir weg. Da war vielleicht ein Baum, nicht weiter als hundert Yards von mir entfernt, der löste sich einfach aus dem Boden und schwebte davon wie eine Distelflocke. Er wurde kleiner und kleiner hoch oben am Himmel, und dann auf einmal – bums! war er wieder da, wo er hingehörte, fest in der Erde; und ich hörte wieder die Stimmen der Männer, die miteinander redeten.

In dem Sommer, als ich mit Tom zusammen war, hatten wir herrliche Nächte erlebt. Gewöhnlich streiften wir herum und unterhielten uns, bis es schon spät war, und dann kroch ich in meinen Bau und ging schlafen. Immer ging mir etwas von dem, was Tom gesagt hatte, noch durch den Sinn, wenn ich allein war, in meine Decke eingemummelt. Er zauberte einem beim Erzählen allerhand Bilder vor Augen, und die Bilder blieben in meinem Kopf, so wie Burt immer von den Schweinsrippchen sagte: »Reich mir mal die ollen Schweinsrippen rüber, die halten wenigstens vor«, und so hielt es in meiner Phantasie vor, was Tom erzählt hatte. Er brachte etwas in einem in Gang, und das lief dann immer weiter, und die Gedanken spielten damit, daß es war, als liefe man in einer seltsamen fremden Stadt herum, so deutlich stand einem alles vor Augen; und so glitt man in den Schlaf und hatte wundervolle Träume und wachte morgens in bester Stimmung auf.

Und dann war er weg, und das alles hörte auf, und ich fiel in den flauen Zustand, den ich geschildert habe.

Nachts sah ich im Traum immer nackte Mädchen und ihren Mund und solche Dinge (weiß der Himmel was), und wenn ich wach wurde, war mir ganz gottsjämmerlich zumut.

Burt war sehr gut zu mir. Er half mir immer dabei, Pick-it-boy nach dem Rennen abzukühlen, er tat auch manches für mich, wozu am meisten Geschicklichkeit und Flinkheit gehört, wie dem Pferd die Fesseln schön glatt zu wickeln, und er paßte auf, daß jeder Riemen genau richtig saß und jede Schnalle genau im richtigen Loch, bevor mein Pferd zu einem Rennen auf die Bahn ging.

Burt spürte, daß ich in einer schlechten Haut steckte, und er sorgte dafür, daß der Boß es nicht merkte. Wenn der Boß da war, strich er mich immer heraus. »Der gescheiteste Bursche, mit dem ich je auf einem Rennplatz gearbeitet habe«, sagte er und grinste, und das zu einer Zeit, wo ich das Salz auf dem Brot nicht wert war.

Es gibt eine Arbeit bei den Pferden, zu der man immer viel Zeit braucht. Am späten Nachmittag, wenn es im Rennen gewesen ist, und man hat es dann abgewaschen und abgerieben, muß es langsam bewegt werden, manchmal stundenlang, damit es sich allmählich abkühlt und keinen Muskelkrampf bekommt. Ich übernahm dieses Amt für unsre beiden Pferde, und Burt tat das Schwierigere. Er hatte dadurch mehr freie Zeit, mit den andern Niggern zu schwatzen oder zu würfeln, und mir war das keine Last. Es war mir sogar lieb; nach einem harten Rennen war sogar der Hengst O My Man ziemlich fromm, selbst wenn Stuten in der Nähe waren.

Man geht und geht und geht, immer im kleinen Kreis, den Kopf des Pferdes dicht neben der Schulter, und rings auf dem Platz geht das Leben und Treiben seinen Gang, und es ist sonderbar, man hat ein Gefühl, als ob man eigentlich gar nicht dazugehörte. Vielleicht geht es keinem andern so wie mir damals, außer jungen Leuten, die noch nicht Männer geworden und noch nie mit Mädchen oder Frauen zusammen gewesen sind – wirklich zusammen bis ins Letzte, meine ich. Ich fragte mich oft, ob auch junge Mädchen so wären, ehe sie heirateten oder auf die Straße gingen, wie wir sagten.

Doch wenn ich mich recht entsinne, habe ich damals nicht viel gedacht. Oft hätte ich vergessen, zum Abendessen zu gehn, wenn Burt mich nicht gerufen und daran erinnert hätte. Manchmal vergaß er's auch und ging mit einem andern Nigger in die Stadt, und dann versäumte ich es ganz und gar.

So machte ich denn mit dem Pferd langsam, langsam, langsam die Runde. Die Leute verließen jetzt den Jahrmarktsplatz, manche zu Fuß, andere fuhren mit Bauernwagen oder Fords zu ihrer Farm zurück. Der Staub hing in Wolken in der Luft, und drüben im Westen, wo die Stadt lag, ging eben die Sonne unter und schien als roter Feuerball durch den Staub. Nur wenige Stunden vorher hatte die Menge getobt vor Erregung, alles hatte laut geschrien. Auch mein Pferd war an dem Nachmittag im Rennen gewesen, und ich hatte mit meiner Pferdedecke über der Schulter vor der Tribüne gestanden, meist neben Burt, und wenn sie in die Gerade einbogen, dann schrie auch mein Herr los mit seiner komisch hohen Stimme, die all das Gebrüll oben auf der Tribüne zu übertönen schien. In einem fort rief er: »Los, pick it, boy, pick it, boy, los, hols dir, Junge!« wie er's immer tat, und mein Herz hämmerte so, daß ich kaum atmen konnte, und Burt beugte sich vor und schnickte mit den Fingern und murmelte: »Komm, meine Süße! Komm schön nach Haus! Deine Mama wartet auf dich! Komm, kriegst auch 'lasse und Brot, mein kleiner Pick-it-boy!«

Nun, all das war nun vorüber, und die Stimmen der Leute, die noch herumstanden, waren nur gedämpft zu hören. Und Pick-it-boy – ich führte ihn langsam um das kleine Rund, damit er sich allmählich abkühlte, wie ich schon sagte –, auch er war nun anders. Vielleicht war er ganz nah dran gewesen, sich das Herz aus dem Leib zu rennen, um als Erster am Draht anzukommen oder als Erster durchs Ziel zu gehen, und nun war alles an ihm ruhig und müde, so wie es fast die ganze Zeit über in mir aussah, nur daß ich müde war, aber ruhig nicht.

Wie gesagt, wir trotteten immer im Kreis, rundherum und rundherum und rundherum. Ich glaube, auch in mir ging etwas immer rundherum und rundherum und rundherum. Auch die Sonne tat es zuweilen und die Bäume und die Staubwolken. Manchmal mußte ich mich ordentlich zusammenreißen und aufpassen, daß ich meine Füße richtig auf den Boden setzte und nicht herumtorkelte wie ein Betrunkener.

Und ein Gefühl überkam mich, so sonderbar, daß es sich schwer beschreiben läßt. Es hatte etwas mit dem Leben in dem Pferde und in mir zu tun. In den letzten Jahren habe ich manchmal gedacht, ein Neger könnte eher verstehen, was ich jetzt sagen will, als ein Weißer. Ich meine etwas von Mensch und Tier, etwas, das es zwischen ihnen gibt und das ein Weißer vielleicht nur erleben kann, wenn er ein bißchen aus dem Lot ist, wie ich es wohl damals war. Doch ich glaube, manche Leute, die mit Pferden umgehen, spüren es zuweilen auch. Vielleicht ist es . . . meint ihr nicht, es könnte sein, daß etwas, das wir Weißen haben und worauf wir große Stücke halten und mächtig stolz sind, im Grunde gar nicht etwas so Großartiges ist?

Es ist etwas in uns, das will groß und wichtig und bedeutend werden und will uns nicht einfach *sein* lassen – sein wie ein Pferd oder ein Hund oder ein Vogel ist. Nehmen wir an, Pick-it-boy hat an dem Tag im Rennen gesiegt. Das kam in jenem Sommer ziemlich oft vor. Nun, er war weder stolz darauf, wie ich's an seiner Stelle gewesen wäre, noch regte sich irgend etwas Niedriges in ihm. Er war einfach er selbst, machte seine Sache mit einer Art Einfalt. So war Pick-it-boy, und ich spürte das in ihm, während ich gemächlich mit ihm in der sinkenden Dämmerung meine Runden ging. Irgendwie, ich kann's nicht erklären, schlüpfte ich in ihn hinein und er in mich. Oft blieben wir ohne Grund stehen, und er schnupperte mir mit seiner Nase übers Gesicht.

Manchmal wünschte ich, er wäre ein Mädchen, oder ich wäre ein Mädchen und er ein Mann. Es klingt verrückt, wenn man's so sagt, aber so war es wirklich. So mit ihm zusammenzusein, so lange und so ruhig, das heilte etwas in meinem Innern. Nach einem solchen Abend schlief ich oft tief und hatte nicht solche Träume, wie ich erzählt habe.

Doch ich war nicht für lange geheilt und war auch nicht zu heilen. Mein Körper schien ganz in Ordnung und so gesund wie immer, aber es war kein Funke in mir.

So ging es tiefer und tiefer in den Herbst, und wir kamen in die letzte Stadt, die wir noch mitnehmen wollten, bevor mein Herr seine Pferde für den Winter einstellte, drüben in seinem Heimatort in Ohio, jenseits der Staatseisenbahn; die Rennbahn lag auf einem Hügel, oder vielmehr auf einer Art Hochplateau oberhalb der Stadt.

Mit dem Ort war nicht viel los, die Unterkünfte waren baufällig, und die Bahn sah schlimm aus, besonders in den Kurven. Kaum waren wir angekommen und hatten uns in den Ställen eingerichtet, da fing es an zu regnen, und es regnete die ganze Woche lang, so daß man den Jahrmarkt aufschieben mußte.

Da die Beutel nicht sehr prall waren, hauten viele der Pferdebesitzer gleich wieder ab, aber unser Herr blieb. Die Jahrmarktsunternehmer kamen für die Unkosten auf, einerlei ob die Rennen in der nächsten Woche stattfänden oder nicht.

Und die ganze Woche über hatten Burt und ich kaum etwas anderes zu tun, als morgens die Ställe zu misten und den Augenblick abzupassen, wenn der Regen ein bißchen nachließ, um mit den Pferden um die schlammige Bahn zu trotten und sie danach zu säubern, zuzudecken und wieder in die Ställe zu bringen.

Das war für mich die allerschwerste Zeit. Burt war nicht so übel dran, denn da spukten noch ein paar Dutzend andere Schwarze herum, und abends gingen sie in die Stadt, besäuselten sich ein bißchen und kamen spät zurück, singend und schwatzend, selbst bei dem kalten Regen.

Und eines Abends geriet ich in den Schlamassel, von dem ich euch erzählen will.

Es war ein Samstagabend, und wenn ich jetzt daran zurückdenke, ist mir, als wäre niemand mehr auf dem Platz gewesen als ich allein. Früher am Abend waren die Pferdejungen einer nach dem andern zu mir in den Stall gekommen und hatten mich gefragt, ob ich da hocken bliebe. Und als ich ja sagte, baten sie mich, ein Auge auf ihr Pferd zu haben, daß ihm nichts passierte. »Brauchst nur ab und zu mal rüberzuschlendern, nicht, Junge?« sagte einer; »ich will bloß mal schnell in die Stadt für ein paar Stunden.«

Natürlich sagte ich ja, und bald war es stockfinster auf dem elenden kleinen Jahrmarktsplatz, und keine lebende Seele in der Nähe außer den Pferden und mir.

Ich hielt das aus, solange ich konnte, lief in dem Dreck und Regen hin und her und wünschte mir dabei immerzu, ich wäre ein anderer Mensch und nicht ich. Wäre ich anders, dachte ich, dann säße ich jetzt nicht hier, sondern wäre mit den übrigen drunten in der Stadt. Ich sah mich in Kneipen gehn und Schnäpse trinken, und später würde ich vielleicht in ein gewisses Haus gehen und mir ein Mädchen nehmen.

Der Gedanke ließ mich nicht mehr los, und während ich da in der Dunkelheit herumstolperte, war mir, als wäre es Wirklichkeit, was ich mir vorstellte.

Nur war ich nicht bei so einem billigen Weibe, wie ich's gefunden hätte, wenn ich den Mumm gehabt hätte zu tun, wozu ich Lust hatte, sondern bei einem Mädchen, wie ich es, so glaubte ich damals, niemals auf der Erde finden konnte. Es war schlank und wie eine Blume, aber es hatte auch etwas von einem Rennpferd, schien mir, einem wie Pick-it-boy, wenn er in der Strecke lief.

Und ich dachte an sie und dachte an sie, bis ich den Gedanken nicht mehr aushalten konnte. Irgendwas muß ich tun, unbedingt, sagte ich mir.

So lief ich, obwohl ich all den Stalljungen versprochen hatte, zu bleiben und auf ihre Pferde aufzupassen, von dem Jahrmarktsplatz weg und ein Stück den Hügel hinunter. Ich ging weiter, bis ich an eine niedrige kleine Kneipe kam, nicht auf der Hauptstraße der Stadt, sondern am halben Hang. Die Kneipe war einmal ein Wohnhaus gewesen, ein Farmhaus, so schien es mir, aber wenn es je ein Farmhaus war, bin ich überzeugt, daß der Farmer, der da gewohnt und das Land an dem Hügelhang bestellt hat, auf keinen grünen Zweig gekommen ist. Die Gegend sah nicht nach Ackerland aus, wie man es rings um die andern Landstädtchen sieht, die wir den ganzen Spätsommer und Herbst hindurch aufgesucht hatten. Wo man nur hintrat, guckten Steine aus dem Boden, und die Bäume waren meist niedrig und verkümmert. Alles sah verwildert und ungepflegt und armselig aus, meine ich. Auf dem flachen Land weiter oben, wo der Rennplatz lag, gab es ein paar Äcker und Weiden; da wurden Schafe gezüchtet, und auf dem Feld neben der Bahn, auf der Seite, die von der Stadt am weitesten entfernt lag, hatte einmal ein Schlachthaus gestanden, von dem noch Mauerreste zu sehen waren. Es war schon lange her, daß es benutzt worden war, aber immer noch lagen Tierknochen auf dem Feld herum, und ein haarsträubender Gestank kam aus dem alten Gebäude.

Die Pferde scheuten den Ort, ebenso wie wir Stallburschen, und wenn wir sie morgens auf der morastigen Bahn traben ließen, damit sie für das Rennen in Form blieben, hoben Pick-it-boy und O My Man jedesmal schnaubend die Nüstern, sobald wir sie die Gegengerade herauf lenkten und auf das verfallene Schlachthaus zusteuerten. Dann bäumten sie sich und bissen auf den Zaum, fielen aus dem Schritt und sausten ab, bis sie den Aasgestank hinter sich hatten, und weder Burt noch ich konnten sie bändigen. »Das ist ja eine höllische Stadt und eine Hölle von Rennplatz«, sagte Burt immer. »Wenn sie je hier ihren verdammten ollen Jahrmarkt abhalten, dann wird dahinten jemand abgeworfen und bricht sich vielleicht das Genick.« Ob es wirklich so kam, weiß ich nicht, denn ich bin nicht bis zum Jahrmarkt dageblieben, aus

Gründen, die ich euch gleich erzählen werde; aber Burt hatte schon recht. Ein Rennpferd ist nicht wie ein Mensch. Das findet sich nicht damit ab, seine Arbeit auf einem ekelhaften, faulenden Abfallhaufen zu tun wie der Mensch, und auch den Gestank hält es nicht aus.

Doch weiter im Text. Ich lief also in der Dunkelheit und dem kalten, durchdringenden Regen den Hügel hinunter und brach allen mein Wort, ich würde dableiben und nach den Pferden sehen. Als ich zu der kleinen Kneipe kam, beschloß ich, einzukehren und einen Schnaps zu trinken oder zwei. Ich wußte längst aus Erfahrung, daß mir schon zwei Schnäpse so zu Kopf stiegen, daß ich beinah blau war und nicht mehr geradeaus gehen konnte, aber in dieser Nacht scherte ich mich den Deubel drum.

So bog ich von der Straße ab auf einen schmalen Fußpfad, der zur Tür der Kneipe führte. Früher, als das Haus dem Farmer gehörte, mußte dort die gute Stube gewesen sein, denn da war eine Veranda vorgebaut.

Ich blieb davor stehen, ehe ich die Tür öffnete, und schaute mich ein bißchen um. Von dort aus konnte ich geradewegs hinuntersehen auf die Hauptstraße des Ortes, als wäre ich in einer Großstadt wie New York oder Chicago und guckte vom fünfzehnten Stock eines Bürogebäudes auf die Straße.

Der Hang war mächtig steil, und die Landstraße führte in immer neuen Windungen bergauf, sonst hätte niemand aus der Stadt zu ihrem gottverlassenen ollen Jahrmarktsplatz heraufkommen können.

Es war keine großartige Stadt, die ich da sah – eine Hauptstraße mit einer Menge Kneipen und ein paar Läden, ein paar schicken Kinos und einigen Fords; kaum Frauen oder Mädchen waren zu sehen, aber Männer in Scharen. Ich versuchte mir auszumalen, das Mädchen, von dem ich geträumt hatte, als ich in dem Dreck und der Dunkelheit oben auf dem Rennplatz herumlief, lebte in diesem Ort, aber das konnte ich mir einfach nicht vorstellen. Es war ebenso undenkbar, wie daß Pick-it-boy in den Zustand geriete, in dem ich mich damals befand, und in die lausige Drecksbude ginge, wo ich hineinwollte.

Doch ich wußte, daß die Stadt von dort oben nicht ganz zu

überblicken war. Weiter hinten in den Bergen oder in einer Biegung des Tals mußten noch die trostlosen Quartiere liegen, in denen die Bergleute Pennsylvaniens hausen. Ich vermute, da es ein Samstagabend war und obendrein regnete, waren die Frauen und Kinder alle zu Hause geblieben und nur die Männer ausgegangen, um sich zu besaufen. Ich bin seitdem in einigen anderen Zechenorten gewesen, und wenn ich Bergmann wäre und sollte in so einer Stadt leben oder in einem der Häuser, wo sie mit ihren Frauen und Kindern wohnen, ich würde auch ausgehen und mich besaufen.

Da stand ich also und schaute hinunter und fühlte mich hundeelend und war so naß und kalt wie eine Ratte im Abwässerkanal. Ich sah ein Gewimmel dunkler Gestalten dort unten, und hinter der Hauptstraße floß ein Fluß vorbei, dessen Geplätscher selbst bei mir oben deutlich zu hören war; und weiter weg, jenseits des Flusses, lagen Eisenbahnschienen, auf denen Rangierlokomotiven hin und her fuhren. Sie hatten wohl mit den Gruben zu tun, in denen die Männer der Stadt arbeiteten. Jedenfalls, wie ich da stand und schaute und hinunterhorchte, gab es ab und zu einen Krach, als ob ein Donner durch die Wolken rollte; ich vermute, es waren Kohlenhaufen, ganze Wagenladungen, die in einen Kohlenwaggon gekippt wurden.

Und außerdem lag an einem Hügel in der Ferne eine Reihe Koksöfen. Sie hatten kleine Türen, durch die die Glut herauszüngelte; und da sie dicht beieinander standen, einer neben dem andern, sah es aus, als ob da ein riesenhafter Menschenfresser läge und lauernd die Zähne bleckte.

Bei diesem Anblick, ja allein schon beim Anblick der erbärmlichen Höhlen, mit denen sich die Menschen als Behausung begnügen, bekam ich das Grausen; mich schauderte am ganzen Leib, daß es mir fast die Leber umkehrte. In dieser Nacht packte mich eine Verachtung aller Menschen, mich selber eingeschlossen, wie ich sie wohl nie wieder so heftig empfunden habe. Im Grunde, glaube ich, ist den Frauen weniger ein Vorwurf zu machen als den Männern. Sie haben ja diesen Zirkus nicht aufgezogen.

Dann stieß ich die Tür auf und trat in die Kneipe. Etwa ein Dutzend Männer, vermutlich Bergleute, saßen an den

Tischen und spielten Karten; an der einen Seite der langen, engen, schmuddligen Bude befand sich eine Bar, und ein dicker Mann mit rotem Gesicht und Schnurrbart stand hinter der Theke.

Es stank wie überall in solchen Lokalen, wo Männer herumhocken, die von der Arbeit kommen und ihre Kleider, in denen sie geschwitzt und vielleicht sogar geschlafen haben, immer auf dem Leibe tragen, ohne sie zu waschen. Wenn ihr je in einer Großstadt gewesen seid, wißt ihr ja wohl Bescheid. Da spürt man den Gestank besonders an Regenabenden im Autobus, wenn ein Haufen Fabrikarbeiter mitfährt. In meinem Trampleben habe ich den Gestank gründlich kennengelernt, und er ist mir auch gründlich zum Ekel geworden.

Da stand ich nun also in der Kneipe, mit einem Glas Whisky in der Hand, und mir war, als ob alle die Bergleute mich anglotzten, was sie gar nicht taten; aber ich bildete mir's ein, und so kam es für mich auf dasselbe heraus. Und wie ich aufblickte, sah ich mein Gesicht in dem alten, gesprungenen Spiegel hinter der Bar. Es hätte mich nicht gewundert, wenn die Bergleute mich angegafft hätten, so wie ich aussah. Ich – ich meine mein Gesicht – war fahl und gedunsen, und aus irgendeinem Grund, ich weiß nicht ganz warum, war das gar nicht mein Gesicht. Es ist etwas Komisches, was ich euch da erzähle, und ich weiß so gut wie ihr selber, was ihr von mir denkt; ihr braucht also nicht zu glauben, ich wäre ein Einfaltspinsel oder ich schämte mich. Es ist mir einfach ein Rätsel. Ich habe inzwischen viel darüber nachgedacht und kann mir doch keinen Vers darauf machen. Ich weiß aber, ich habe vor jenem Abend nie so ausgesehen, und auch seitdem nie wieder. Vielleicht war es Einsamkeit, weiter nichts als die Einsamkeit, die mich schon allzulange quälte. Oft habe ich mich gefragt, ob Frauen im allgemeinen einsamer sind als Männer.

Die Sache ist nämlich die: das Gesicht, das mich da aus dem Spiegel hinter der Bar ansah, als ich an jenem Abend von meinem Glas Whisky aufblickte, war gar nicht mein Gesicht, sondern ein weibliches Gesicht. Es war ein Mädchengesicht, das will ich damit sagen. Das war's. Es war das Gesicht eines Mädchens, eines einsamen und verängstigten Mädchens. Und es war fast noch ein Kind.

Als ich das sah, ist mir das Glas mit dem Whisky beinah aus der Hand gefallen, aber ich kippte ihn hinunter, legte einen Dollar auf den Bartisch und bestellte noch einen. Ich muß hier vorsichtig sein, hier steht mir wieder was bevor, sagte ich mir; wenn einer der Kerls hier drinnen mich anrempelt, gibt's Krach. Als ich den zweiten intus hatte, ließ ich mir einen dritten geben. Wenn ich den dritten ausgetrunken habe, dachte ich, geh ich hier raus und wieder auf den Berg, auf den Jahrmarktsplatz, sonst werde ich blau und mach mich hier zum Narren.

Und dann, während ich so grübelte und mein drittes Glas Whisky trank, fingen die Leute in der Kneipe an zu lachen, und natürlich glaubte ich, sie lachten über mich. Es war aber nicht wahr. Keiner da drinnen hatte mich eigentlich beachtet.

Sie lachten über einen Mann, der eben zur Tür hereingekommen war. So einen Kerl hatte ich im Leben noch nicht gesehen. Er war ungeheuer groß und breit und hatte rotes Haar, das ihm wie Borsten aus dem Kopf stand, und er trug einen rothaarigen Jungen auf dem Arm. Der Kleine sah genauso aus wie er, groß, ich meine für sein Alter, und hatte dasselbe struppige rote Haar.

Er kam herein und setzte das Kind auf den Bartisch, dicht neben mich, und bestellte sich ein Glas Whisky, und alle Männer in der Kneipe fingen an zu grölen und über ihn und den Jungen zu lachen. Nur taten sie's nicht, wenn er hinsah, so daß er nicht wußte, wer's war; ihr Gegröle und Gelächter ging immer los, wenn er den Kopf nach der andern Seite wandte. Sie nannten ihn ›Spinner‹. »Der olle Zinnpott hat 'n Sprung, und der wird täglich breiter«, sang einer, und wieder brachen alle in Gelächter aus.

Ich bin ein bißchen ratlos, wie ich euch bloß verständlich machen soll, wie mir an dem Abend ums Herz war. Denn, seht ihr, darum geht es mir, das möchte ich versuchen, wenn ich mich schon damit eingelassen habe, diese Geschichte zu schreiben. Ich bilde mir nicht ein, ich könnte euch etwas beibringen oder sonst irgendwie nützlich sein. Ich möchte nur, daß ihr mich ein bißchen versteht, so wie ich euch verstehen möchte oder irgendeinen andern Menschen, je nach Gelegenheit. Jedenfalls, die ganze verdammte Sache, die da im

Gange war, ich meine in der kleinen Kneipe an dem regnerischen Samstagabend, kam mir vor, als wäre es nicht ganz wirklich. Ich hab's euch schon erzählt, wie ich in den Spiegel hinter der Bar guckte und da statt in mein eigenes Gesicht in das eines verschreckten jungen Mädchens sah. Ja, die Männer, die Bergleute, wie sie da in der halbdunklen Bude hinter den Tischen saßen, der Barwirt mit dem roten Gesicht, der unheimliche riesenhafte Kerl, der eingetreten war, und sein seltsam aussehender Junge, der auf dem Bartisch hockte – sie alle wirkten wie Figuren eines Theaterstücks, gar nicht wie wirkliche Menschen.

Und auch ich war nicht ich selber – und ich bin doch weiß Gott kein Gespensterseher. Jeder, der mich kennt, weiß das genau.

Und dann der Mann, der eben hereingekommen war. Es ging etwas von ihm aus, das einem das Gefühl gab, als wäre er gar kein Mensch. Es war eher, als stände da, sagen wir, ein Pferd, nur hatte er nicht Augen wie ein Pferd. In Pferdeaugen liegt etwas Ruhiges, und das hatten seine nicht. Wenn ihr mal mit einer Laterne in der Hand bei Nacht einen Waldweg gegangen seid und habt dann auf einmal etwas Seltsames in der Luft gewittert und seid stehengeblieben, und da irgendwo vor euch glommen die Augen eines kleinen Tieres aus der toten Mauer von Finsternis ... Die Augen glänzen groß und ruhig, aber jedes hat in der Mitte einen Punkt, in dem es tanzt und flackert. Man fürchtet nicht, das kleine Tier würde einen anspringen, man hat Angst, die kleinen Augen könnten einen anspringen; so ein Gefühl ist das. Aber ein Pferd, wenn man nachts zu ihm in den Stall kommt, oder ein Tier, das man bei Nacht im Wald aufgestört hat, die sprechen nicht; und der große Mann, der mit seinem Kind hereingekommen war, redete. Er redete die ganze Zeit über, murmelte etwas in seinen Bart, wie man so sagt, und ich konnte nur ab und zu ein paar Wörter aufschnappen. Dieses Gemurmel machte ihn irgendwie grausig. Seine Augen sprachen etwas ganz anderes als seine Lippen. Sie schienen uneins miteinander, als gehörten sie nicht demselben Menschen.

Vor allen Dingen war der Mann viel zu groß. Alles an ihm war unnatürlich groß, seine Hände, seine Arme, seine Schultern, sein Rumpf, sein Kopf; er war von einer Riesenhaftigkeit, die etwas Wucherndes hatte, etwa wie man es bei Bäumen und Büschen in tropischen Ländern sieht. Ich bin zwar nie in den Tropen gewesen, aber ich habe Bilder davon gesehen. Nur seine Augen waren winzig klein. Wie Vogelaugen saßen sie in seinem riesigen Kopf. Und ich erinnere mich auch an seine Lippen, wulstig wie Negerlippen.

Er nahm von mir so wenig Notiz wie von den andern in der Bude, sondern sprach in einem fort murmelnd mit sich selber oder mit dem Jungen auf dem Bartisch, das konnte ich nicht unterscheiden.

Erst trank er einen Whisky und dann einen zweiten. Ich stand da und starrte ihn an, in Gedanken versunken – in einen wahren Wirrwarr von Gedanken, vermute ich.

Ich hab da wohl bei mir gedacht: na ja, das ist so einer, wie man sie in den Städten immer herumlaufen sieht. Ich meinte, einer, der nicht ganz richtig im Kopf ist. Fast in jeder Stadt, wohin man kommt, findet man einen und manchmal zwei, drei Verrückte, die da herumlaufen. Sie trotten durch die Straßen und murmeln vor sich hin, und im allgemeinen sind die Leute grausam zu ihnen. Ihre Angehörigen tun nach außen hin sehr fürsorglich, aber in Wirklichkeit sind sie es nicht; und die andern in der Stadt, Männer und Jungen, treiben gern ihren Spaß mit ihnen. Sie halten diese Kerls, diese sanften Blöden, zum Narren, indem sie sie losschicken, ein rundes Viereck oder ein Dutzend Löcher für Zaunpfähle zu kaufen, oder hängen ihnen ein Schild auf den Rücken, worauf steht: »Gib mir 'nen Tritt«, oder dergleichen, und dann laufen sie hinterher und lachen, als hätten sie wunder was Lustiges angestellt.

Da war also dieser Verrückte in der Kneipe, und ich merkte, daß die Männer sich auf seine Kosten amüsierten und ihm einen Schabernack spielen wollten; aber sie trauten sich nicht recht an ihn heran. Er war keiner von den Sanftmütigen, das war klar wie dicke Tinte. Ich starrte immerzu den Mann und seinen Jungen an und dann wieder das seltsame, gespenstische Bild von mir in dem gesprungenen Spiegel hinter der Bar. »Ratten, Ratten, die im Boden wühlen – die Bergleute sind Ratten, mein Häschen«, hörte ich ihn zu dem feierlich ernsten Kleinen sagen. Ich glaube, er war am Ende gar nicht so verrückt.

Der Kleine auf dem Bartisch blinzelte zu seinem Vater auf wie eine Eule, die man bei Tageslicht fängt; und nun trank der Vater noch ein Glas Whisky. Er trank sechs Glas, eins nach dem andern, und es war billiger Zehn-Cent-Fusel. Er mußte geradezu gußeiserne Eingeweide haben.

Unter den Männern waren zwei oder drei (vielleicht waren sie im Grunde ängstlicher als die andern und mußten sich darum vor ihnen extra aufspielen), die hörten nicht auf zu lachen und über den Riesenkerl und seinen Jungen Witze zu reißen. Und ein Bursche war da, das war der Schlimmste von dem Pack. Den vergesse ich nie, wie der aussah und was ihm danach passierte.

Er war so richtig einer von der angeberischen Sorte. Er hatte auch das Lied angefangen von dem Sprung in dem alten Zinnpott, der immer breiter wird. Er sang es zwei-, dreimal, und dann wurde er kühner und stand auf und ging in der Kneipe hin und her und fing es immer wieder von vorn an. Er hatte sich auffällig herausstaffiert mit einer Phantasieweste, die voll brauner Tabakflecke war, und er trug eine Brille. Jedesmal wenn er einen Witz machte, den er für komisch hielt, zwinkerte er zu den andern hinüber, als wollte er sagen: »Seht, was ich für ein Kerl bin! Ich hab keine Angst vor dem Langen«, und dann lachten die andern los.

Der Besitzer der Bar muß gemerkt haben, was da im Gange war, denn er lehnte sich immer wieder über die Theke und sagte zu dem Witzbold: »Ps-st! Hör auf damit!«, aber das half nichts. Der Bursche plusterte sich auf wie ein Truthahn, setzte sich den Hut schief auf den Kopf und blieb dicht hinter dem Riesen stehen und sang nochmal das Lied von dem Sprung in dem alten Zinnpott. Das war einer von der Sorte, die man nicht dazu bringen kann, das Maul zu halten, bis man ihnen den Holzkopf einhaut, und das ließ diesmal denn auch nicht lange auf sich warten.

Der Riese sprach nämlich immer so murmelnd weiter zu seinem Jungen und trank seinen Whisky, als hätte er nichts gehört, und dann mit einem Mal drehte er sich um, und seine große Hand packte blitzschnell – nicht den Wichtigtuer, sondern mich. Mit einem Schwung seines Armes zog er mich an seinen Riesenleib. Dann schob er mich weiter und zwängte mich mit der Brust gegen die Theke, so daß ich das Gesicht seines Jungen gerade vor mir hatte. »So, du hältst ihn fest, und weh dir, wenn du ihn fallen läßt, ich bring dich um!« sagte er in ganz gewöhnlichem, ruhigem Ton, als ob er einem Nachbarn guten Morgen wünschte.

Das Kind beugte sich vor und schlang seine Arme um meinen Kopf, aber es gelang mir doch, ihn so weit herumzudrehen, daß ich sehen konnte, was da kam.

Den Anblick vergeß ich nie. Der Riese war herumgefahren und hatte den Angeber beim Wickel, und das Gesicht des Burschen hättet ihr sehen sollen. Der Große muß in der Stadt wohl in dem Ruf gestanden haben, er sei bösartig, wenn er auch nicht ganz bei Verstand war, denn dem mit der großen Schnauze stand jetzt der Mund offen vor Schreck, der Hut war ihm vom Kopf gefallen, und er sagte keinen Mucks mehr. Als Tramp hab ich einmal gesehen, wie ein kleiner Junge vom Zug überfahren wurde. Der Kleine balancierte auf einer Schiene und wollte ein paar andern Kindern damit Eindruck machen, daß er ihnen zeigte, wie nah er eine Lokomotive an sich herankommen ließ, ehe er wegsprang. Und die Lokomotive pfiff unaufhörlich, und vor einem Haus in der Nähe sprang eine Frau auf der Veranda herum und schrie gellend, und der Junge ließ die Lokomotive näher und näher herankommen, um sich vor den andern um so heldenmütiger zu zeigen, und dann schwankte er und fiel hin. Gott, ich werde nie den Ausdruck in seinem Gesicht vergessen, in der einen Sekunde, ehe es ihn erwischte und zermalmte; und nun, dort in der Kneipe, sah ich denselben Ausdruck des Entsetzens in einem anderen Gesicht.

Einen Moment machte ich die Augen zu, denn es ging mir durch und durch; und als ich sie wieder aufmachte, sauste gerade die Faust des großen Kerls nieder, dem andern ins Gesicht. Der eine Schlag erledigte ihn; er sackte zusammen wie ein Tier unter einem Axthieb.

Und dann kam das Allerschrecklichste. Der Riese hatte schwere Stiefel an, und er hob einen Fuß und stampfte damit dem andern, der bleich und stöhnend am Boden lag, auf den

Rücken. Ich hörte die Knochen knirschen, und dabei wurde mir schwarz vor Augen, so daß ich mich kaum auf den Beinen halten konnte; aber ich mußte stehenbleiben und den Kleinen festhalten, sonst wäre ich als nächster an die Reihe gekommen.

Denn der Riese schien gar nicht aufgeregt oder sonst was, sondern murmelte weiter vor sich hin wie vorher, als er friedlich an der Theke lehnte und seinen Whisky trank; und jetzt hob er wieder den Fuß, und wer weiß, ob er nicht diesmal den andern ins Gesicht treten wollte, um ihm ›bloß als Denkzettel die Landkarte auszuwischen‹, wie die Sportsleute und Boxkämpfer manchmal sagen. Ich schlotterte wie im Schüttelfrost; aber Gott sei Dank, das Kind, das seine Arme um mich geschlungen hatte und sich mit einer Hand an meiner Nase festhielt, so daß ich am nächsten Morgen noch die Kratzer von seinen Fingernägeln entdeckte – das Kind fing Gott sei Dank in diesem Augenblick an zu heulen, und sein Vater kümmerte sich nicht mehr um den Mann am Boden, sondern drehte sich um, stieß mich beiseite, nahm den Kleinen auf den Arm und stapfte aus der Kneipe, immer noch vor sich hin murmelnd wie seit dem Augenblick, als er eingetreten war.

Ich ging auch hinaus, aber mein Abgang vollzog sich ohne jede Würde, kann ich euch sagen. Ich stahl mich davon wie ein Dieb oder ein Feigling, der ich vielleicht auch bin, wenigstens teilweise.

Und so war ich wieder draußen im Dunkeln, und die Nacht war so kalt und naß und schwarz und gottverlassen, wie sie nur je ein Mensch erlebt hat. In dieser Nacht waren mir die Menschen so zuwider geworden, daß mir speiübel wurde, wenn ich nur an sie dachte. Eine Weile stolperte ich einfach so vor mich hin durch den Straßendreck den Berg hinauf, zurück zum Rennplatz, und dann, fast ohne zu wissen, wie ich dahingekommen war, fand ich mich im Stall bei Pick-it-boy.

Das war eines der schönsten, süßesten Gefühle, an die ich mich erinnern kann, in jener Nacht in dem warmen Stall zu sein, allein mit dem Pferd. Den andern Stallburschen hatte ich gesagt, ich wollte ab und zu an der Reihe der Ställe entlanggehen und einen Blick auf die übrigen Pferde werfen, aber ich hatte mein Versprechen jetzt vollkommen vergessen. Ich lehnte mich mit dem Rücken gegen die Stallwand und grübelte darüber, wie die Menschen so gemein und niedrig und so ganz verkrampft und verdreht werden können; und wie auch die besten unter ihnen jederzeit dafür anfällig sind, vielleicht einfach weil sie menschliche Wesen sind und nicht schlicht und rein in ihren Gedanken und in ihrer Seele wie die Tiere.

Vielleicht könnt ihr euch denken, wie einem in solch einem Augenblick ums Herz ist. Da geht einem manches durch den Kopf, kuriose Kleinigkeiten, Belanglosigkeiten, die ganz vergessen schienen. Einmal, als kleiner Junge, warst du mit deinem Vater zusammen, und er war fein angezogen wie für eine Beerdigung oder für den Vierten Juli und hielt dich an der Hand und ging mit dir eine Straße entlang. Und ihr kamt an einem Bahnhof vorbei, und da stand eine Frau. Sie war fremd in der Stadt und gekleidet, wie du noch nie eine Frau gesehen hattest, so hübsch sah sie aus. Viel später sagtest du dir, sie hatte einen guten Geschmack in Kleidern, wie ihn eigentlich so wenige Frauen haben, aber damals glaubtest du, das müsse eine Königin sein. In Märchen hattest du oft von Königinnen gelesen, und das war eine aufregende Vorstellung. Was für schöne Augen die fremde Dame hatte, und was für herrliche Ringe trug sie an den Fingern!

Dann kam dein Vater wieder aus dem Bahnhof, vielleicht hatte er seine Uhr nach der Bahnhofsuhr gestellt, und nahm dich bei der Hand, und er und die Frau lächelten einander etwas verlegen zu, und du schautest sehnsüchtig nach ihr zurück; und als ihr außer Hörweite wart, fragtest du deinen Vater, ob sie wirklich eine Königin sei. Und vielleicht gehörte dein Vater zu denen, die sich nicht gerade glühend begeistern für Schlagworte wie Demokratie und Land der Freiheit und all das Gerede von freiem Bürgertum, und er sagte zu dir, er hoffe, es sei eine Königin; ja, soviel er wisse, sei sie wirklich eine Königin.

Oder, sagen wir, wenn du so in die Enge getrieben bist wie ich in jener Nacht, und kennst dich nicht mehr aus in dir selbst und anderen und weißt keine Antwort auf die Frage, wozu du lebst oder wozu der und jener, der dir gerade vorschwebt, auf der Welt ist – dann schlägst du dir vielleicht die Menschen ganz aus dem Kopf und denkst an andere Dinge, die du gesehen und erlebt hast; zum Beispiel, wie du im Winter einmal durch verschneites Land gingst, drüben in Iowa, und leise, warme Laute aus einem Stall dicht an der Landstraße hörtest; oder wie du ein andermal auf einem Berg standest, und die Sonne ging unter, und der Himmel wurde mit einemmal eine unermeßliche zartgetönte Schale wie ein von Edelsteinen schimmernder Kelch, den eine herrliche Königin in einem fernen, mächtigen Reich einmal im Jahr auf einem großen Tisch draußen unter einem Baum aufstellt, wenn sie alle ihre getreuen und liebenden Untertanen einlädt, mit ihr ein Festmahl zu halten.

Ich kann mir natürlich nicht vorstellen, was ihr euch in Gedanken ausmalt, wenn ihr in einer so trostlosen Verfassung seid wie ich in jener Nacht. Vielleicht habt ihr wie ich den Hang, von Frauen zu träumen. Vielleicht aber seid ihr wie der Mann, dem ich einmal auf der Landstraße begegnet bin; der sagte zu mir, wenn er solche Anwandlungen hätte, dann dächte er an nichts anderes als an etwas zu futtern und an ein breites, schönes, sauberes, warmes Bett, worin er schlafen möchte. »Weiter wünsche ich mir nichts, mit etwas anderem lasse ich mich gar nicht ein«, sagte er. »Wär ich wie du und dächte an Frauen, dann fände ich mich eines Tages an einem Rock festgehakt, und sie würde mir das alte doppelte Kreuz aufladen, und für den Rest meines Lebens arbeitete ich dann womöglich in einer Fabrik, um sie und ihre Bälger zu ernähren.«

Nun, einerlei – ich war, wie ich schon sagte, allein mit dem Pferd in dem Stall da oben auf dem verlassenen Jahrmarktsplatz und fühlte mich sehr elend im Gedanken an die Menschen, und wie sie sein können.

Da auf einmal kam mir wieder die seltsame Empfindung wie schon ein paarmal vorher; ich meine, mir war, als verständen wir einander auf geheimnisvolle Weise, Pick-it-boy und ich.

So trat ich zu ihm und strich ihm mit den Händen über den ganzen Körper, einfach weil ich ihn gern anfühlte, und wie ich manchmal, um die Wahrheit zu sagen, auch gern mit den

Händen den Körper eines Mädchens gestreichelt hätte, das ich gesehen hatte und hübsch fand. Meine Hände strichen über seinen Kopf und Nacken und hinunter über seinen prallen, festen, runden Bauch, und dann über seine Flanken und an seinen Beinen hinab. Ein leises Zittern lief über seine Flanken, ich weiß es noch, und einmal drehte er den Kopf nach mir und fuhr mir mit seiner kalten Nase über den Nacken und biß mich ein wenig in die Schulter, ganz leicht, nur zum Spiel. Es tat ein bißchen weh, aber das machte mir nichts.

Darauf kletterte ich durch eine Luke auf den Heuboden und dachte, der Abend sei nun wenigstens überstanden, und war froh darüber; aber er war's durchaus nicht, noch lange nicht.

Da meine Kleider alle durch und durch naß waren und wir Rennbahnjungen so etwas wie Nachthemden oder Pyjamas nicht besaßen, mußte ich natürlich nackt ins Heu kriechen.

Aber wir hatten eine Menge Pferdedecken, davon legte ich einen Stapel aufeinander und kuschelte mich hinein und versuchte, für diesen Abend an nichts mehr zu denken. Da ich bei Pick-it-boy gewesen und ihn so nah, gleich unter mir wußte, fühlte ich mich ein bißchen wohler. Dann schlief ich fest ein und träumte und – zack! als hätte sich jemand hinterrücks herangeschlichen und schlüge mit einem Knüppel auf mich los, wurde mir ein neuer Schreck eingejagt.

Wahrscheinlich hatte ich, aufgeregt wie ich war, vergessen, die Tür unten zu Pick-it-boys Stall zuzuriegeln, und zwei Neger waren hereingekommen, in dem Glauben, es sei ihr Stall, und durch die Luke zu mir heraufgeklettert. Sie waren ziemlich angesäuselt, wenn auch nicht, was man stockbesoffen nennt, und ich vermute, sie hatten etwas vor, worauf zwei weiße Stallburschen, die etwas Geld in der Tasche haben, nie verfallen wären.

Ich will damit sagen, zwei weiße Pferdejungen, die sich einen angetrunken haben und unten in der Stadt auf den Bummel gegangen sind – wenn die Weiber haben wollten, könnten sie sie schon finden. In jeder Stadt, in der ich gewesen bin und von der ich gehört habe, kann man Weiber dieser Art auftreiben, und natürlich hätte ihnen ein Barkellner schon einen Tip gegeben, wohin sie gehen müssen.

Ein Neger aber wüßte in dem Land da oben, wo es keine oder nur sehr wenige Negerinnen gibt, nicht, was er anfangen sollte, wenn's ihn packt und er darauf aus ist.

So ist es immer. Burt und einige andere Neger, mit denen ich näher bekanntgeworden bin, haben mir mehr als einmal davon erzählt. Nehmen wir einmal einen jungen Schwarzen – nicht einen Rennplatzburschen oder Tramp oder sonst einen von der unteren Schicht, sondern, sagen wir, einen, der auf einem College studiert und gelernt hat, sich zu benehmen, und sich bemüht, ein anständiger Mensch zu sein, so gut er nur kann, und sich rein zu halten, wie man so sagt: ist der etwa besser dran? Wenn der sich etwas Geld verdient hat und sich in ein feines Restaurant setzen oder gute Musik hören oder ein gutes Theaterstück sehen möchte, dann kriegt er ›das dreckige Ende von der Mistforke zu schmecken‹, wie wir auf dem Rennplatz sagten; ist das nicht wahr?

Und selbst an so einem gemeinen Ort wie diese sogenannten ›üblen Häuser‹ ist es dasselbe. Die Weißen, Stallknechte und andere, können dahin gehen und ohne weiteres Negerinnen genug finden, und das tun sie auch. Aber laß nur mal einen schwarzen Pferdeburschen es umgekehrt probieren, und sieh, wie es ihm dann ergeht.

Seht ihr, jetzt wo ich hier in meinem eigenen Haus sitze und schreibe und meine Frau Jessie in der Küche einen Auflauf bäckt oder was weiß ich, nun kann ich mir die Sache ganz plausibel zusammenreimen; und ich kann zeigen, daß die beiden Neger, die auf den Heuboden stiegen, wo ich schlief, in ihrem Vorhaben gerechtfertigt sind, und ich könnte darüber eine Predigt halten, wie die Neger in unserm Land ganz von selbst dazu kommen; aber ich kann euch sagen, in jener Nacht hab ich mir die Sache nicht so überlegt.

Denn, versteht ihr, sie hatten mich in ihrem halb benebelten Kopf, als einer der beiden mir die Decke weggezogen hatte, für ein Mädchen gehalten. Einer trug eine Stallaterne, aber sie qualmte und war schmutzig und leuchtete nicht sehr hell. So mögen sie geglaubt haben – denn ich war wohl damals hübsch weiß und schlank, ähnlich wie ein junges Mädchen –, irgendein weißer Stallbursche hätte mich hier heraufgebracht. Mädchen aus der Stadt, die an einem Regenabend mit einem Stallknecht auf den Rennplatz kommen, sind ja nicht gerade eine Ausgeburt der Phantasie; die Art werdet ihr in den Städten zur Genüge finden. Ich habe zu meiner Zeit manch eine gesehen.

Also, stelle ich mir vor, haben die beiden großen Niggerböcke, angesäuselt wie sie waren, sich einfach entschlossen, mich dem weißen Stallburschen, der mich hergebracht hatte und mich so unvorsichtig herumliegen ließ, wegzuschnappen.

»Jes', du nur still liegen, Honey. Wir sein kein Sweine, tun dir nix«, sagte einer der beiden mit leisem, glucksendem Lachen, in dem noch etwas anderes mitklang. Es war ein Lachen, bei dem es einem kalt überläuft.

Wie es der Satan wollte, war mir die Kehle wie zugeschnürt; ich konnte nichts sagen, nicht ein Wort. Warum ich nicht losbrüllte und sie anschrie: »Zum Teufel mit euch!« oder sie ein bißchen an der Nase herumführte und sie dann verscheuchte, ich weiß es nicht; ich konnte es einfach nicht. Ich versuchte es und versuchte es, daß mir die Kehle weh tat, aber ich brachte keinen Laut hervor. Ich lag bloß da und starrte sie an.

Das war eine tolle Nacht! Nie wieder hab ich eine ähnliche erlebt.

Ob ich Angst hatte? Allmächtiger Gott, ich kann euch sagen, ich verging schier vor Angst.

Denn die beiden schwarzen Gesichter beugten sich nah über mich, ich spürte den Schnapsatem auf meinen Wangen, und ihre Augen glänzten in dem trüben Schein der rauchigen Laterne, und genau mitten in ihren Augen war das tanzende, flackernde Licht, von dem ich euch sagte, daß man's in den Augen des Wildes sieht, wenn man nachts mit einer Laterne durch den Wald geht.

War das ein Durcheinander! Seht ihr, mein Leben lang – denn ich hatte keine Schwestern, und damals hatte ich auch noch kein Mädchen – hatte ich von Mädchen geträumt und an sie gedacht, und für mich hatte ich immer eine reine, unschuldige ersehnt, die Gott vielleicht eigens für mich erschaffen hätte. So sind die Männer. Einerlei, wie großartig sie daherreden: »Die Frauen soll der Teufel holen!« – irgendwo in ihrem Innern verborgen haben sie doch diese

Vorstellung. Das mag anmaßend sein, aber sie haben sie nun mal; die Sorte ›Los-komm-schon‹-Weiber, die wir heutzutage haben, die immer sagen: »Ich bin ebensoviel wert wie ein Mann, und was die Männer tun, tue ich auch«, die sind auf dem Holzweg, wenn sie meinen, sie könnten sich auf diese Weise einen Mann fürs Leben ergattern.

So hatte ich mir eine Prinzessin erdichtet, weidenschlank und mit schwarzem Haar, nur um von ihr zu träumen. Und ich dachte sie mir scheu; sie würde davor zurückschrecken, irgendeinem Menschen auch nur das geringste von ihren Gefühlen zu verraten, außer mir. Ich glaube, ich habe mir eingebildet, wenn ich einem solchen Mädchen in Fleisch und Blut begegnete, wäre ich der Starke und Sichere und sie die Ängstliche, Schüchterne.

Und nun war ich selber dieses Mädchen, oder doch ihr sehr ähnlich.

Ich wand mich und zappelte wie ein Fisch, den man soeben vom Angelhaken losgemacht hat. Was ich dann tat, kam ganz unüberlegt. Ich wurde gepackt und versuchte mich ihnen zu entwinden, weiter nichts.

Die beiden Nigger fielen über mich her, aber irgendwie – gleich am Anfang hatten sie die Laterne umgestoßen, und sie war erloschen –, na ja, ich weiß nicht, wie es kam, jedenfalls, als die beiden sich über mich hermachen wollten, griffen sie ins Leere.

Mein Glück wollte es, daß meine Füße in die Luke gerieten, durch die man den Pferden das Heu in den Stall hinunterwirft, und durch die wir hinaufkletterten, wenn Schlafenszeit war und wir oben im Heu in unsre Decken kriechen wollten; und schon glitt ich hinunter, hielt mich gar nicht erst damit auf, mit den Füßen nach der Leiter zu tasten, sondern ließ mich einfach hinunterrutschen.

In weniger als einer Sekunde war ich draußen in der Regennacht, und die beiden Schwarzen waren durch die Luke heruntergekommen und durch die Stalltür, mir nach.

Wie lange oder wie weit sie mich verfolgten, werde ich wohl nie herausbekommen. Es war stockfinster und regnete jetzt in Strömen, und der Wind hatte sich erhoben und heulte. Mit meinem weißen Körper muß ich in der Dunkelheit als ein matter Strich zu erkennen gewesen sein, jedenfalls glaubte ich, sie könnten mich sehen, während ich sie nicht sehen konnte, und das machte meine Angst zehnmal schlimmer. Jeden Augenblick dachte ich, sie würden mich packen.

Ihr könnt euch wohl denken, wie es einem Menschen geht, der zu Tode erschrocken und ganz verstört ist, wie ich es war. Vielleicht sind die beiden Nigger eine Weile hinter mir hergelaufen, quer über die schlammige Rennbahn und bis zu dem Baumstreifen, der in der Mitte des Ovals wuchs; aber wahrscheinlicher ist wohl, daß sie die Jagd nach ein paar Minuten aufgegeben haben, in ihr eigenes Quartier gekrochen und schlafen gegangen sind. Sie waren ja angeheitert, wie ich sagte, und vielleicht nahmen sie es mehr als Jux.

Aber ob es so war, wußte ich ja nicht. Im Laufen hörte ich immerzu Geräusche, das Prasseln und Plätschern des Regens durch das alte welke Laub, das noch an den Bäumen hing, und das Sausen des Windes; am meisten bin ich erschrocken, als ich mit meinen bloßen Füßen auf einen dürren Zweig trat und er knackend zerbrach.

Rätselhaft und unheimlich war mir vor allem ein regelmäßiges Geräusch, das sich anhörte, als liefe ein schwerer Mensch schnaufend hinter mir her. Vielleicht war es mein eigener Atem, der so hechelte und keuchte. Und ich glaubte wieder das glucksende Lachen zu hören wie oben auf dem Stallboden, das mir einen Schauder durch Mark und Bein jagte. Natürlich sah ich in jedem Baum, an dem ich vorüberkam, einen Mann, der da stand und nach mir greifen wollte, und ich sprang zur Seite – bums! gegen andere Bäume. Immer wieder prallte ich mit der Schulter gegen einen Baum, daß ich mir die Haut abschürfte, und jedesmal war mir, als lange eine riesige Hand nach mir und packe mich und kralle sich mir ins Fleisch.

Wie lange es so ging, weiß ich nicht; vielleicht eine Stunde, vielleicht nur fünf Minuten. Jedenfalls lichtete sich die Finsternis nicht, und das Entsetzen ließ mich nicht los, und ich konnte nicht schreien oder auch nur einen Laut von mir geben, auch wenn es mein Leben gekostet hätte.

Warum eigentlich nicht? Ich kann's nicht sagen. Vielleicht weil ich in jener Stunde ein Mädchen war, und doch kein

Mädchen? Vielleicht schämte ich mich zu sehr, daß ich ein Mädchen geworden war und Angst hatte vor einem Mann, um mich bemerkbar zu machen. Es ist mir ein Rätsel und bis heute völlig unverständlich.

Aber jedenfalls war mir die Kehle wie zugeschnürt. Ich würgte und würgte, daß es mir im Hals schmerzte, und kein Laut kam heraus.

Und dann, nach langer Zeit, oder was mir wie eine lange Zeit vorkam, hatte ich die Bäume zwischen den Strecken hinter mir und war wieder auf der freien Bahn. Ich glaubte, die beiden Schwarzen wären immer noch hinter mir her, versteht ihr, und rannte wie ein Irrer.

Es muß die Rückgerade gewesen sein, die ich hinauflief, denn nach einer Weile kam ich zu der Stelle, wo an dem Feld an der Rennbahn das alte Schlachthaus stand. Ich merkte es an dem fürchterlichen Gestank. Dann gelang es mir, angstgepeitscht wie ich war, über den hohen verwitterten Zaun des Jahrmarktsgeländes zu klettern, und ich fand mich auf dem Feld beim Schlachthaus.

Dabei bemühte ich mich immerzu, zu rufen oder zu schreien, und dann dachte ich wieder: sei vernünftig und sag den beiden Schwarzen, daß du ein Mann bist und kein Mädchen; aber ich war nicht dazu imstande. Und dann hörte ich ein Geräusch, als ob ein Brett in dem Zaun knarrte oder splitterte, und glaubte, sie verfolgten mich immer noch.

Also hetzte ich wie von Sinnen weiter über das Feld, stolperte und fiel auf irgend etwas. Ich sagte ja schon, daß rings um das ehemalige Schlachthaus alles mit Knochen besät war, die schon lange dagelegen hatten und weiß verwittert waren. Es waren Schädel von Schafen und Rindern und alles mögliche andere.

Und als ich der Länge nach hinschlug, stürzte ich mitten hinein in dieses kalte, starre, bleiche Gebein.

Wahrscheinlich war es das Gebein eines Pferdes, das da lag. In diesen kleinen Städten schleift man die alten, ausgedienten Tiere, wenn sie verenden, ins Freie auf ein Feld und häutet sie da, um das Fell für ein paar Dollar zu verschachern. Einerlei, was für ein Pferd es gewesen ist, das ist gewöhnlich sein Los. Vielleicht ist selbst Pick-it-boy und O My Man und manch anderer prächtige Renner, den ich gesehen und gepflegt habe, so geendet.

Ich glaube, es war ein Pferdeskelett, das da lag, und es muß auf dem Rücken gelegen haben. Vögel und Wild hatten das Fleisch abgenagt, und der Regen hatte die Gebeine blankgewaschen.

Kurz und gut, ich stürzte vornüber und riß mir dabei die Hüfte auf, und meine Hände klammerten sich an etwas fest. Ich war mitten zwischen den Rippen des Pferdes gelandet, und mir war, als ob sie sich um mich schlössen. Und meine Hände hatten die Kiefer des Pferdes zu packen gekriegt, und die Kinnbacken waren von dem Regen, der über sie rann, kalt wie Eis. Ich saß in einem Käfig aus gebleichtem Gebein und hielt gebleichtes Gebein in den Händen.

Dies war ein neues Grauen, und es durchdrang mich bis auf den Grund, bis auf den Grund der Seele, meine ich. In einer Scheune hab ich mal gesehen, wie ein Hund eine Ratte beutelte – so schüttelte es mich. Das Grauen schlug über mir zusammen, wie eine Woge über einen Spaziergänger am Strand hereinbricht. Man sieht sie nahen und versucht zu laufen, um ihr auszuweichen, doch wie man sich landeinwärts wendet, ragt vor einem eine Felsenklippe, die man nicht erklimmen kann. Aber die Woge kommt heran, hoch wie ein Berg, und schon ist sie da, türmt sich dicht vor dir, und nichts in der Welt kann ihr Einhalt gebieten. Und schon hat sie dich niedergeworfen und reißt dich mit und wälzt dich um und um und wäscht dich rein, ganz rein, aber vielleicht wäscht sie auch alles Leben aus dir.

Und das war's, was ich erlebte – ich war wie tot vor blindem Entsetzen. Es war ein Gefühl, als striche der Finger Gottes mir den Rücken herunter und brenne mich rein; ja, so war es.

Das ganze alberne Hirngespinst, ich sei ein Mädchen geworden, brannte er mir mit Stumpf und Stiel aus.

Endlich schrie ich los, und der Bann war gebrochen. Ich versichere euch, ich habe geschrien, daß man's anderthalb Meilen weit hören konnte.

Sofort wurde mir besser, und ich krabbelte aus dem Knochenhaufen, und dann stand ich wieder auf meinen Füßen und war nicht mehr eine Frau oder ein junges Mädchen, sondern ein Mann, und meines Wissens bin ich es bis heute geblieben. Selbst die finstere Nacht schien mich nun warm und lebendig zu umfangen wie eine Mutter, die ihr Kind im Dunkeln umarmt.

Doch auf den Rennplatz konnte ich nicht mehr zurückkehren, denn ich schluchzte und weinte und schämte mich vor mir selber, daß ich mich so zum Narren gemacht hatte. Jemand hätte mich sehen können, und das hätte ich in diesem Augenblick nicht ertragen können.

So ging ich über das Feld und rannte nun nicht mehr wie ein Irrer, und bald kam ich an einen Zaun und kletterte hinüber und fand mich auf einem anderen Feld, wo ein Strohschober stand; es war purer Zufall, daß ich in der pechschwarzen Nacht darauf stieß.

Der Strohschober hatte schon lange dort gestanden, und die Schafe hatten tüchtig daran herumgeknabbert, so daß auf der einen Seite ein ordentliches Loch hineingefressen war, tief wie eine Höhle. Das spürte ich und tastete mich hinein, und drinnen waren ungefähr ein Dutzend Schafe.

Als ich auf allen vieren da hineinkroch, ließen sie sich kaum aufstören; sie ruckelten nur ein bißchen hin und her und legten sich dann wieder nieder.

So legte ich mich dann zwischen sie. Sie waren warm und sanft und gut wie Pick-it-boy, und mir wurde da drinnen in ihrer Mitte so wohl, wie ich mich noch bei keinem menschlichen Wesen gefühlt hatte, das ich damals kannte.

So kam ich denn zur Ruhe, und nach einer Weile schlief ich ein; als ich aufwachte, war schon heller Tag, und es war nicht mehr sehr kalt, und der Regen hatte aufgehört. Die Wolken zogen am Himmel dahin, und vielleicht würde in der nächsten Woche der Jahrmarkt und das Rennen stattfinden; aber ich wußte schon, daß ich das nicht mehr miterleben würde.

Denn es kam nun, wie ich es mir gedacht hatte. Ich mußte über die Felder und die Rennbahn laufen, um zu meinen Kleidern zu kommen, am hellichten Tag, und ich war splitterfasernackt; und natürlich würde schon jemand auf sein und Lärm schlagen, und sämtliche Stallburschen und Traber würden ihren Kopf herausstrecken und brüllen vor Lachen.

Und sie würden mir tausend Fragen stellen, und ich würde zu verstört sein und mich zu sehr schämen, um zu antworten, und dann finge ich vielleicht an zu heulen und würde mich erst recht schämen.

Wie ich erwartet, so kam's; aber als das Gejohle und Gelächter auf ihrem Höhepunkt waren, kam Burt aus dem Stall, wo O My Man stand, und wie er mich sah, wußte er nicht, was das zu bedeuten hatte, aber er ahnte, daß etwas Ungehöriges dahintersteckte, woran ich nicht schuld war.

Da wurde er so wütend, daß es ihm eine Minute die Sprache verschlug; und dann nahm er eine Mistgabel und tobte damit vor den übrigen Ställen hin und her und machte der Bande von Stalljungen und Trabern so ein königliches Donnerwetter, wie ihr es euch kaum vorstellen könnt. Ihr hättet hören sollen, wie er da mit seinem Slang auspackte. Es war einfach großartig!

Inzwischen schlüpfte ich auf den Stallboden, und schluchzend vor Freude und Dankbarkeit, ihn so schimpfen und fluchen zu hören, fuhr ich wie der Wind in meine feuchten Kleider und machte, daß ich wieder herunterkam, gab Pick-it-boy einen Abschiedskuß auf die Wange und sauste davon.

Das Letzte, was ich von diesem Abschnitt meines Lebens sah, war Burt, der immer noch herumwetterte und schrie, wer mir da einen Schabernack gespielt hätte, solle herauskommen, er werde es ihm heimzahlen. Er hatte die Mistgabel noch in der Hand und schwenkte sie rund um sich, und ab und zu schlug er damit blindwütig gegen einen Baum oder sonst was, und kein einziger ließ sich mehr blicken. Und nicht einmal Burt sah mich, wie ich am Zaun entlang und zum Tor hinaus rannte, um dann den Berg hinunterzujagen und Rennplatz und Trampleben für immer hinter mir zu lassen.

Ich bin ein Narr

Es war ein harter Schlag für mich, einer der schlimmsten, die ich je erlebt habe. Und obendrein hatte ich mir das alles in meiner Torheit selber eingebrockt. Noch jetzt, wenn ich daran denke, könnte ich manchmal losheulen und fluchen und möchte mir am liebsten einen Tritt geben. Ja, vielleicht ist es mir sogar heute, nach so langer Zeit noch, eine gewisse Befriedigung, mich zu blamieren, indem ich es erzähle.

Es begann an einem Oktobernachmittag um drei Uhr, als ich bei den Herbstrennen der Traber und Galopper in Sandusky, Ohio, auf der Tribüne saß.

Um die Wahrheit zu sagen: ich kam mir ein bißchen albern vor, daß ich überhaupt auf der Tribüne saß. Im vorhergehenden Sommer war ich mit Harry Whitehead aus meiner Heimatstadt losgezogen und hatte, zusammen mit einem Nigger namens Burt, einen Job als Pferdebursche für einen der beiden Gäule angenommen, die Harry bei den Herbstrennen laufen ließ. Mutter weinte, und meine Schwester Mildred, die sich gerade in dem Herbst um eine Stelle als Lehrerin in unserer Stadt bemühte, tobte und schimpfte die ganze Woche vor meiner Abreise im Hause herum. Beide fanden es eine Schmach, daß jemand von unserer Familie Stallbursche bei Rennpferden werden wollte. Ich glaube, Mildred fürchtete, ein Stalljunge als Bruder würde ihr jegliche Aussicht auf die Stelle, für die sie so lange gearbeitet hatte, zuschanden machen.

Aber schließlich mußte ich arbeiten, und etwas anderes war nicht zu finden. So ein kräftiger Bengel von neunzehn Jahren kann doch nicht einfach zu Hause herumhocken, und um den Leuten ihren Rasen zu mähen und Zeitungen auszutragen, war ich schon zu groß. Die Knirpse, die den Leuten schon durch ihre Winzigkeit ans Herz rührten, schnappten mir immer die Stellen weg. Ein Bursche war da, der erzählte jedem, der seinen Rasen mähen oder seine Zisterne reinigen lassen wollte, er täte alles Geld in die Sparbüchse, um aufs College gehen zu können. Nächtelang lag ich wach und grübelte, wie ich ihm ein Bein stellen könnte, ohne erwischt zu werden; immer malte ich mir aus, wie ein Eisenbahnwaggon über ihn wegrollte oder ihm ein Ziegelstein auf den Kopf fiel, wenn er durch die Straßen ging. Aber lassen wir das.

Ich bekam also die Stelle bei Harry, und ich mochte Burt sehr gern. Wir kamen glänzend miteinander aus. Er war ein baumlanger Nigger mit trägen, schlacksigen Bewegungen und sanften, gütigen Augen, aber wenn es zu einer Rauferei kam, konnte er zuschlagen wie Jack Johnson. Er hatte für Bucephalus zu sorgen, einen großen schwarzen Hengst, der 2,09 oder 2,10 Meter machte, wenn's drauf ankam, und ich einen kleinen Wallach, Doktor Fritz hieß er, der den ganzen Herbst hindurch kein Rennen verlor, wenn Harry wollte, daß er siegte.

Gegen Ende Juli fuhren wir in einem Viehwaggon mit den beiden Pferden von daheim ab und blieben bis in den späten November unterwegs von einem Rennen oder Jahrmarkt zum andern. Es war für mich eine wunderbare Zeit, das muß ich sagen. Jetzt denk ich manchmal: die Jungen, die so ganz ordentlich zu Hause aufwachsen und nie einen braven Nigger als besten Freund haben und auf höhere Schulen oder Colleges gehen und nie was klauen oder sich ein bißchen betrinken, oder von Kerls, die etwas davon verstehen, das Fluchen lernen, und nie in Hemdsärmeln und dreckigen Stallhosen vor der Tribüne stehen, wenn die Rennen im Gange sind und die Tribüne vollbesetzt ist mit fein angezogenen Leuten ... Doch was nützt es, davon zu reden? Solche Burschen haben von Gott und der Welt keine Ahnung. Sie haben nie Gelegenheit gehabt, was zu lernen.

Aber ich hatte sie. Burt lehrte mich, wie man ein Pferd striegelt und es nach dem Rennen ausdampfen läßt und ihm die Fesseln bandagiert und noch manches andere, was für jeden Mann viel wert ist. Er verstand es, eine Binde so glatt um ein Pferdebein zu wickeln, daß man sie, wäre sie von der gleichen Farbe gewesen, nicht von dem Fell hätte unterscheiden können; und ich glaube, er wäre auch ein großer Traber geworden, so ein As wie Murphy und Walter Cox und die andern, wenn er nicht Schwarzer gewesen wäre.

Ei du allmächtiger Strohsack, war das ein Spaß! Da kam man so etwa Samstag oder Sonntag in eine Bezirkshauptstadt, und am nächsten Dienstag fing der Jahrmarkt an und dauerte bis zum Freitagnachmittag. Doktor Fritz lief, sagen wir, am Dienstagnachmittag in dem Zweieinviertelmeilen-Trabrennen, und bei dem ›Frei-für-alle‹-Galopp am Donnerstagnachmittag hängte Bucephalus alle andern Gäule spielend ab. Es blieb einem viel Zeit, da stand man dann so herum, hörte den Gesprächen über Pferde zu, sah, wie Burt irgendeinen Flegel, der ihm frech kam, niederboxte, und man lernte allerhand über Pferde und Menschen und schnappte eine Menge Zeugs auf, das einem für das ganze weitere Leben nützlich sein konnte, wenn man ein bißchen helle war und sich merkte, was man da sah, hörte und fühlte.

Und wenn dann am Ende der Woche das Rennen vorbei und Harry nach Hause abgehauen war, um sich um seinen Mietstall zu kümmern, und ich und Burt die beiden Pferde vor den Wagen spannten und schön langsam und gemächlich, damit sie sich nicht heißliefen, durchs Land fuhren zum nächsten Rennen, und so weiter und so weiter – na, wißt ihr!

Herrgott nochmal, die schönen Hickorynußbäume und Buchen und Eichen und andern Bäume an den Landstraßen, alle braun und rot, und das duftete so herrlich, und Burt sang ein Lied vom ›Tiefen Strom‹, und die Mädchen auf dem Lande, die überall aus den Fenstern guckten, und alles! Nein, von mir aus könnt ihr euch alle eure Colleges an den Hut stecken. Ich weiß, wo ich meine Bildung her habe.

Na, da kommt man dann unterwegs an so einem kleinen Nest vorbei, vielleicht am Samstagnachmittag, und Burt sagt: »Hier wolln wir mal absteigen«, und das taten wir denn auch.

Wir brachten die Pferde in einen Mietstall und fütterten sie, und dann holte man seinen Sonntagsanzug aus dem Kasten und machte sich fein.

Und in der Stadt wimmelte es von Farmern, wie immer am Samstagabend; die gafften uns an, denn sie merkten gleich, daß wir Leute vom Rennplatz waren, und die Kinder hatten vielleicht noch nie einen Nigger gesehen und hatten Angst vor ihm und liefen weg, wenn wir durch die Hauptstraße spazierten.

Das war vor der Prohibition und all dem Unsinn, und so gingen wir beide in eine Kneipe, und das ganze junge Volk kam angelaufen und stand um uns herum, und immer war einer darunter, der tat, als verstände er was von Pferden, und machte sich an uns heran und fragte uns allerhand, und dann logen wir das Blaue vom Himmel über unsere Pferde, und ich sagte, sie gehörten mir, und dann sagte irgendein Bursche: »Darf ich Sie zu 'nem Whisky einladen?«, und Burt konnte dann so ganz lässig sagen: »Na schön, meinetwegen, ein Schlückchen wär mir ganz angenehm. Dann wolln wir mal 'ner Flasche den Hals brechen«, – daß dem andern die Spucke wegblieb. Junge, Junge!

Aber das alles hat mit der Geschichte, die ich erzählen will, eigentlich nichts zu tun. Kurz und gut, wir kamen im November wieder nach Hause, und ich versprach Mutter, für immer mit den Rennpferden Schluß zu machen. Es gibt so vieles, was man seiner Mutter versprechen muß, weil sie es nicht besser weiß.

So machte ich mich dann, weil es in unserer Stadt ebensowenig Arbeit für mich gab wie vorher, als ich zu den Rennen fuhr, auf nach Sandusky und fand eine ganz gute Stelle als Stallbursche bei einem Mann, der ein Fuhr- und Transportunternehmen mit Lagerhäusern und einen Kohlenhandel und ein Immobiliengeschäft betrieb. Da war ich fein heraus, hatte gutes Essen und jede Woche einen freien Tag und zum Schlafen ein Feldbett in einer großen Scheune; und meist brauchte ich nur Heu und Hafer heranzuschaufeln für die vielen Pferde, ganz ordentliche, aber klobige Rösser, die es beim Rennen nicht mit 'ner Kröte aufgenommen hätten. Mir gefiel es nicht übel da, und ich konnte noch Geld nach Hause schicken.

Und dann, wie ich euch schon anfangs erzählte, fingen die Herbstrennen in Sandusky an, und ich bekam meinen freien Tag und ging hin. Um zwölf hörte ich mit der Arbeit auf, zog meine guten Sachen an, tat mir einen Stehkragen um und setzte meinen neuen braunen Derbyhut auf, den ich mir am Samstag vorher gekauft hatte.

Erst ging ich in die Stadt und spazierte mit den Gecken herum. Ich bin immer darauf bedacht gewesen, ein bißchen elegant aufzutreten; so auch jetzt. Ich hatte vierzig Dollar in der Tasche, und so ging ich ins West House, ein großes Hotel, und begab mich an den Zigarrenstand: »Geben Sie mir drei Zigarren zu fünfundzwanzig Cent«, sagte ich. Im Rauchsalon und in der Bar war ein Gedränge von Rennbahnbesuchern und eleganten Fremden aus anderen Städten, und ich mischte mich unter sie. An der Bar stand einer mit einem Spazierstock und einem Windsor-Knoten, ein Fatzke, daß mir geradezu übel wurde, als ich ihn sah. Ich hab es gern, wenn ein Mann was aus sich macht und sich fein anzieht, aber so eine Protzerei kann ich nicht vertragen. So schubste ich ihn ziemlich unsanft zur Seite und ließ mir einen Whisky geben. Er guckte mich an, als wollte er mir frech kommen, aber dann besann er sich anders und sagte nichts. Und dann trank ich noch einen Whisky, nur um ihm zu imponieren, und ging hinaus und nahm eine Droschke zur Rennbahn, ganz für mich allein, und als ich dort anlangte, löste ich eine Karte für den besten Platz, den ich kriegen konnte; nur eine Loge wollte ich nicht. Das wär denn doch zuviel Angeberei gewesen.

Da saß ich nun also kreuzfidel auf der Tribüne und sah auf die Stallburschen herunter, wie sie in ihren schmutzigen Stallhosen, die Pferdedecken über die Schulter geworfen, mit ihren Pferden herauskamen, gerade so wie ich im Jahr vorher. Mir gefiel das eine beinah ebenso gut wie das andre: hier oben zu sitzen und mich erhaben zu fühlen, oder da unten zu sein und nach den Leuten oben zu gucken, wobei ich mir noch erhabener und wichtiger vorkam. Eins ist so schön wie das andre, wenn man's richtig nimmt. Das hab ich schon oft gesagt.

Nun, gerade vor mir auf der Tribüne saß damals ein Bursche mit ein paar jungen Mädchen ungefähr in meinem Alter. Der junge Mann war wirklich ein netter Kerl. Er sah so aus, als könnte er einer von denen sein, die auf dem College studieren, um nachher Rechtsanwalt oder Zeitungsverleger zu werden oder was Ähnliches, aber er war gar nicht von sich eingenommen. Auch unter solchen Leuten gibt es einige wenige, die in Ordnung sind, und einer davon war er.

Er hatte seine Schwester und ein anderes Mädchen bei sich, und die Schwester schaute über seine Schulter, ohne besondere Absicht, nicht um anzubändeln – so eine war sie nicht –, und zufällig trafen sich unsere Augen.

Ihr wißt ja, wie das ist. Ach, was war sie für ein süßes Mädchen! Sie trug ein weiches Kleid aus einem blauen Stoff; es sah aus, als wär gar nichts dran, war aber gut geschnitten und genäht und alles. Soviel verstand ich schon davon. Ich wurde rot, als sie mir so direkt ins Gesicht sah, und sie auch. So ein reizendes Mädchen hab ich mein Lebtag nicht wieder gesehen. Sie war kein bißchen hochnäsig; und sie sprach so fein, ohne grammatische Fehler, aber ganz natürlich, nicht wie eine Lehrerin oder so. Ich will nur sagen, sie war okay. Vielleicht war ihr Vater ein wohlhabender Mann, aber nicht so reich, daß sie sich was darauf hätte einbilden können, seine Tochter zu sein, wie es viele tun. Möglicherweise hatten sie in ihrer Heimatstadt einen Drugstore oder ein Kurzwarengeschäft oder dergleichen. Sie hat es mir nicht gesagt, und ich hab sie nicht danach gefragt.

Meine Verwandten sind auch alle okay, falls ihr das wissen wollt. Mein Großvater war Waliser, und drüben im alten Europa, in Wales, war er . . .

Doch das tut nichts zur Sache.

Als der erste Gang des ersten Rennens vorüber war, ließ der junge Mann die beiden Mädchen, mit denen er zusammen war, allein, um unten eine Wette abzuschließen. Ich wußte, was er vorhatte, obwohl er sich damit nicht großtat und laut darüber redete, wie's mancher tut, damit die andern auch merken, was für ein Kerl er ist. So einer war er nicht. Nun, er kam zurück, und ich hörte, wie er den beiden Mädchen erzählte, auf welches Pferd er gesetzt hatte, und als die Traber in der Bahn waren, sprangen sie alle immer wieder auf und schwitzten vor Aufregung, wie es immer ist, wenn die Leute ihr Geld beim Rennen riskiert haben und das Pferd, auf das sie gesetzt haben, so ziemlich unter den letzten ist, und sie denken, gleich legt es sich ins Zeug und holt auf, aber es tut's nicht, weil es keinen Mumm in den Knochen hat, um es rundheraus zu sagen.

Gleich darauf kamen dann die Pferde für das 2,18-Rennen heraus, und darunter war eines, das ich kannte. Bob French zog mit dem Pferd herum, aber es gehörte ihm nicht. Der Eigentümer war ein Mr. Mathers aus Marietta, Ohio.

Dieser Mr. Mathers hatte Geld wie Heu; er besaß Kohlenbergwerke oder dergleichen und ein hochherrschaftliches Haus auf dem Lande. Er hatte eine Leidenschaft für Rennpferde, war aber Presbyterianer oder etwas Ähnliches, und höchstwahrscheinlich war seine Frau das auch und nahm es damit noch viel genauer als er. Darum ließ er seine Pferde nie selber laufen; auf den Rennplätzen von Ohio erzählte man sich, wenn eines seiner Pferde reif fürs Rennen war, betraute er Bob French damit und tat vor seiner Frau, als habe er es verkauft.

So hatte also Bob die Pferde an der Hand, und er machte damit so ziemlich, was er wollte, und das kann man Bob nicht verdenken, ich wenigstens nahm es ihm nicht übel. Manchmal legte er's drauf an zu siegen, manchmal nicht. Ich kümmerte mich nicht viel darum, wenn ich für ein Pferd zu sorgen hatte. Mir kam es nur darauf an zu wissen, daß es die Schnelligkeit in sich hatte, an die Spitze zu gehen, wenn man's von ihm verlangte.

Da erschien nun also, wie ich schon sagte, Bob mit einem von Mr. Mathers' Pferden in diesem Rennen; es hieß About Ben Ahem, wenn ich nicht irre, und war schnell wie der Wind. Es war ein Wallach, mit 2,21 markiert, konnte aber auch in 2,08 oder 2,09 laufen.

Als Burt und ich, wie ich euch erzählte, das Jahr vorher zusammen unterwegs waren, trafen wir einen Nigger, den Burt kannte und der bei Mr. Mathers in Dienst war; und eines Tages, als wir auf dem Jahrmarkt von Marietta nicht im Rennen waren und unser Boß nach Hause gefahren war, statteten wir ihm einen Besuch ab.

Alle waren auf dem Rennplatz außer diesem Nigger, und er führte uns durch das ganze vornehme Haus, und er und Burt machten sich über eine Flasche Wein her, die Mr. Mathers in seinem Schlafzimmer, hinten in einem Wandschrank, vor seiner Frau versteckt hatte, und dann zeigte er uns dieses Pferd Ahem. Und Burt schwärmte wieder davon, Traber zu werden, hatte aber als Schwarzer wenig Aussicht, in die Höhe zu kommen; und er und der andere Nigger süffelten die ganze Flasche Wein aus, und Burt kriegte 'nen Schwips.

Schließlich ließ der Nigger ihn mit diesem About Ben Ahem eine Meile auf der Bahn traben, die Mr. Mathers für sich ganz allein auf der Farm hatte anlegen lassen. Und Mr. Mathers hatte ein einziges Kind, eine Tochter, die anscheinend kränklich und auch nicht besonders hübsch war; und die kam auf einmal nach Hause, und wir mußten den About Ben Ahem Hals über Kopf wieder in den Stall bringen.

Ich erwähne das nur der Ordnung halber. Also weiter von dem Nachmittag auf dem Jahrmarkt von Sandusky: Dem jungen Mann war's ziemlich peinlich, daß er die Wette verloren hatte, weil er doch mit den Mädchen zusammen war. Ihr wißt ja, wie man sich als junger Bursche dabei blamiert vorkommt. Das eine Mädchen war seine Freundin und das andere seine Schwester. Das hatte ich schon herausbekommen.

Aha, sagte ich mir, jetzt will ich ihm mal den richtigen Tip geben!

Er war furchtbar nett, als ich ihn auf die Schulter tippte. Er und die Mädchen waren von Anfang an nett zu mir und die ganze Zeit bis zum Schluß. Ich kann nichts gegen sie sagen.

Er lehnte sich also zurück, und ich gab ihm den Tip mit About Ben Ahem. »Setzen Sie keinen Cent auf diesen ersten Gang«, sagte ich zu ihm, »denn da wird er daherkriechen wie ein Ochs vorm Pflug, aber nach dem ersten Gang gehn Sie gleich hinunter und wetten Sie, so hoch Sie können.«

Nein, so ein nobler Junge ist mir nie wieder vorgekommen. Da saß so ein dicker Kerl neben dem kleinen Mädchen; sie hatte mich schon zweimal angesehen und ich sie, und wir waren beide rot geworden. Und was tut da der Bruder? Hat den Nerv und dreht sich zu dem Dicken um und bittet ihn, den Platz mit mir zu tauschen, so daß ich mich zu ihnen setzen konnte.

Ach du gerechter Strohsack! Da hatte ich die Bescherung!

Ich Esel! Mußte mich auch drüben in der West-House-Bar der Hafer stechen, daß ich, bloß weil dieser Fatzke mit dem Spazierstock und der komischen Krawatte da herumstand, aus dem Häuschen geriet und all den Whisky trank, aus lauter Angeberei!

Natürlich mußte sie das merken, wo ich jetzt so dicht neben ihr saß, daß sie meinen Atem riechen konnte. Ich hätte mich am liebsten mit Fußtritten von der Tribüne gejagt und um die ganze Rennbahn gehetzt in einem Tempo, daß ich fast alle Gäule, die da in dem Jahr liefen, ausgestochen hätte!

Denn das Mädchen war alles andre als 'ne dumme Gans. Was hätte ich in dem Augenblick nicht für ein Stück Kaugummi gegeben oder für eine Salmiakpastille oder ein Stückchen Lakritz oder sonst was. Ich war froh, die Fünfundzwanzig-Cent-Zigarren in der Tasche zu haben, und ohne weiteres gab ich dem jungen Mann eine davon und steckte mir selbst eine an. Dann stand der Dicke auf, und wir tauschten die Plätze, und da thronte ich nun Seite an Seite mit ihr.

Sie stellten sich vor; die Freundin des Jungen hieß Miss Elinor Woodbury, und ihr Vater war Faßfabrikant in einem Ort namens Tiffin, Ohio. Und der junge Mann selbst hieß Wilbur Wessen, und seine Schwester war Miss Lucy Wessen.

Es muß wohl an ihren blendenden Namen gelegen haben, daß ich dann so übergeschnappt bin. Denn nur weil einer Stalljunge bei einem Rennpferd gewesen ist und bei einem Fuhrunternehmer die Pferde versorgt, ist er noch lange nicht besser oder schlechter als irgendein anderer. Das habe ich immer gedacht und auch gesagt.

Aber ihr wißt ja, wie es so einem jungen Burschen den Kopf verdrehen kann. Die feinen Kleider und ihre hübschen Augen, und wie sie mich über die Schulter ihres Bruders angesehen hatte und ich sie und wir beide rot geworden waren – all das hatte mir's angetan.

Und da sollte ich mich vor ihr als armer Teufel hinstellen? Wißt ihr, was ich tat, Narr, der ich war? Ich sagte, ich sei Walter Mathers aus Marietta, Ohio, und dann band ich den dreien das tollste Lügenmärchen auf, das ihr je gehört habt. Das Pferd About Ben Ahem gehöre meinem Vater, log ich, er habe es diesem Bob French für die Rennen überlassen, weil unsere Familie sehr stolz sei und nie bei einem Rennen aufträte, nicht mit unserem Namen, meinte ich. Dabei kam ich so richtig in Fahrt, und sie beugten sich alle zu mir herüber und hörten zu, und Miss Lucy Wessens Augen glänzten, und so ging ich denn aufs Ganze.

Ich erzählte ihnen von unserm Landsitz in Marietta und den großen Stallungen und dem herrrlichen Backsteinhaus auf einem Hügel über dem Ohio, das uns gehörte; aber ich war klug genug, nicht damit zu protzen. Ich machte nur den Anfang und ließ sie dann alles weitere aus mir herausziehen. Ich gab mich beim Erzählen so zurückhaltend, wie ich nur konnte. Unsere Familie nennt nicht mal eine Faßfabrik ihr eigen, und soweit ich zurückdenken kann, sind wir immer arm wie Kirchenmäuse gewesen; aber wir haben darum doch nie einen Menschen angebettelt, und mein Großvater drüben in Wales ... Aber lassen wir das.

So saßen wir da nebeneinander und unterhielten uns, als kennten wir uns seit Jahren; ich erzählte noch, mein Vater hätte geahnt, daß Bob French eine Schiebung vorhatte, und mich heimlich nach Sandusky geschickt, um zu sehen, ob ich ihm auf die Schliche kommen könnte.

Und dann spielte ich meinen Trumpf aus: ich hätte die Sache mit den 2,18-Rennen herausgekriegt, in dem About Ben Ahem starten sollte.

Ich sagte, er würde den ersten Gang verlieren, indem er liefe wie eine lahme Kuh, und dann würde er zurückkommen und ihnen allen das Fell über die Ohren ziehen. Und um das zu erhärten, zog ich dreißig Dollar aus der Tasche und gab sie Mr. Wilbur Wessen und bat ihn, wenn es ihm nichts ausmachte, möchte er nach dem ersten Gang hinuntergehen und sie für mich auf About Ben Ahem setzen, einerlei zu welchem Satz. Ich müßte nämlich vermeiden, daß Bob French oder einer der Pferdejungen mich sahen.

Und richtig, beim ersten Rennen fiel About Ben Ahem aus dem Schritt und sah aus wie ein Holzpferd oder als wär er krank, und wurde Letzter. Dann ging Wilbur Wessen hinunter zum Buchmacher unter der Tribüne, und da saß ich nun mit den beiden Mädchen allein, und als Miss Woodbury einmal nach der andern Seite guckte, hat mich Lucy Wessen so ganz sachte, wißt ihr, mit der Schulter berührt. Nicht daß sie sich an mich geschmiegt hätte, beileibe nicht. Ihr wißt ja, wie eine Frau das kann. So heimlich und leise rückt sie einem ein bißchen näher, aber ohne dreist zu werden. Na, ihr kennt das ja wohl. O du lieber Himmel!

Und dann haben sie mir einen Schreck eingejagt! Sie hatten nämlich, ohne daß ich's merkte, miteinander ausgemacht, Wilbur Wessen sollte fünfzig Dollar wetten, und die beiden Mädchen hatten jedes noch zehn Dollar von ihrem eigenen Geld riskiert. Da wurde mir ganz flau, aber mir sollte noch viel flauer werden.

Wegen des Wallachs, dieses About Ben Ahem, und ob sie auch gewinnen würden, machte ich mir keine großen Sorgen. Das ging alles wie am Schnürchen. Ahem sauste ab wie einer, der einen Scheffel faule Eier auf dem Markt losgeschlagen hat und sich dünne macht, ehe die Sache ruchbar wird; und Wilbur Wessen bekam neun zu zwei für sein Geld. Aber etwas anderes nagte an mir.

Als nämlich Wilbur wieder auf die Tribüne kam, nachdem er die Wette abgeschlossen hatte, sprach er die ganze Zeit über fast nur mit Miss Woodbury, und Lucy Wessen und ich blieben für uns allein wie auf einer einsamen Insel. Gott, wenn ich doch bloß bei der Wahrheit geblieben wär oder gewußt hätte, wie ich mich aus dem ganzen Schwindel wieder herausziehen könnte! Es gibt keinen Walter Mathers, hätte ich ihr und den andern am liebsten gesagt, hat nie einen gegeben, und wenn einer existierte, würde ich morgen nach Marietta, Ohio, gehen und ihn niederknallen.

Da stand ich nun, ich riesiger Tölpel! Im Handumdrehen war das Rennen zu Ende, und Wilbur ging hinunter und kassierte unser Geld ein; dann fuhren wir mit einer Droschke in die Stadt, und Wilbur spendierte uns ein feines Essen im West House und eine Flasche Champagner dazu.

Und ich saß bei diesem Mädchen, und sie sagte nicht viel, und ich sagte auch nicht viel. Eins weiß ich sicher: sie war nicht von mir eingenommen, weil ich ihr vorgelogen hatte, ich hätte einen reichen Vater und all das. So etwas spürt man schon ...

Ach du Allmächtiger! Da war nun dies Mädchen, wie man es nur einmal im Leben findet, und wenn man dann nicht schnell bei der Hand ist und Nägel mit Köppen macht, dann ist es für immer aus und vorbei, und man kann ebensogut von der Brücke springen. Sie sehen einen an mit einem Blick, der tief aus dem Innern kommt, aber gar nicht so wie ein Vamp, und – kurz und gut, dies Mädchen möchte man zu seiner Frau machen und sie mit lauter schönen Dingen umgeben wie Blumen und feinen Kleidern, und von ihr möchte man die Kinder haben, die man sich wünscht, und möchte gute Musik hören und keine Schlager. Ja, denkste!

In der Nähe von Sandusky, auf der andern Seite der Bucht, gibt es einen Ort, der Cedar Point heißt. Nach dem Essen fuhren wir mit einem Boot hinüber, wir ganz allein. Mit dem Zehn-Uhr-Zug mußten Wilbur, Miss Lucy und Miss Woodbury zurück nach Tiffin, Ohio, denn wenn man mit zwei solchen Mädchen ausgeht, darf man nicht leichtfertig sein und den Zug verpassen und die ganze Nacht draußen bleiben wie mit irgendeinem Flittchen.

Und Wilbur rannte zu der Barkasse, und die kostete ihn fünfzehn blanke Dollar; aber das hätte ich nie erfahren, wenn ich nicht gehorcht hätte. Er war kein Wichtigtuer, der nicht.

Drüben in Cedar Point hielten wir uns nicht auf, wo das gewöhnliche Herdenvieh sich zusammendrängte. Es gab da große Tanzsäle und Restaurants für das junge Volk, aber am Strand konnte man entlangwandern, bis wo es dunkel war, und da gingen wir hin.

Sie sprach kaum ein Wort, und ich auch nicht; und ich war heilfroh, daß meine Mutter so eine ordentliche Frau war, die wußte, was sich gehört, und uns Kinder bei Tisch immer ermahnte, mit der Gabel zu essen und die Suppe nicht zu schlürfen und uns nicht so laut und wüst zu benehmen wie der Plebs, den man auf den Rennplätzen sieht.

Dann ging Wilbur mit seinem Mädchen am Strand weiter, und Lucy und ich setzten uns an eine dunkle Stelle, wo die Wurzeln alter Bäume, die das Wasser bloßgewaschen hatte, aus der Erde ragten; und die Zeit, bis wir wieder hinüberfahren mußten, damit sie rechtzeitig zu ihrem Zuge kämen, verging im Nu. Wie ein Wimpernzucken so schnell war es vorbei.

Wir saßen da im Dunkeln, wie ich sagte, und der alte Baumstumpf streckte seine Wurzeln wie Arme in die Luft, und es roch nach Wasser, und die Nacht war so ... als könnte man sie mit Händen fühlen, so warm und weich und dunkel, und so süß wie eine Apfelsine.

Ich hätte weinen und fluchen und springen und tanzen mögen, so verrückt war ich, so glücklich und so traurig.

Als Wilbur von dem einsamen Spaziergang mit seinem Mädchen zurückkam und Lucy ihn sah, sagte sie: »Jetzt müssen wir zum Zug«; und auch ihr stand das Weinen nah, aber sie wußte ja nicht, was ich wußte, und ihr konnte nicht so herzzerreißend zumute sein wie mir. Und dann, ehe Wilbur und Miss Woodbury zu uns kamen, hob sie ihr Gesicht und gab mir schnell einen Kuß und lehnte ihren Kopf an meine Schulter, und sie zitterte am ganzen Leibe, und ... ach Gott!

Manchmal hoffe ich, ich kriege Krebs und sterbe bald. Ihr könnt euch wohl denken, warum. – In dieser Stimmung fuhren wir mit der Barkasse über die Bucht zurück, und da war es auch schön dunkel. Sie flüsterte mir zu, ihr wäre, als könnten wir beide aus dem Boot steigen und auf dem Wasser gehen; es hört sich albern an, aber ich verstand sie.

Und dann waren wir schnell am Bahnhof und fanden da einen ganzen Schwarm von Halbwüchsigen, wie sie sich auf den Jahrmärkten herumtreiben, ein Gedränge und Gewühle wie in einer Viehherde; wie sollte ich es ihr da sagen? »Es ist ja nicht für lange; du wirst mir bald schreiben, und ich schreibe dir«; das war alles, was sie sagte.

Was hatte ich für ein Glück gehabt! Wie ein Berg Heu, den man in Brand steckt. Ach, ich Glückspilz!

Vielleicht würde sie mir schreiben, nach Marietta natürlich, und der Brief würde zurückkommen mit dem Stempel der Vereinigten Staaten auf dem Umschlag: »Empfänger hier nicht bekannt«, oder was sie sonst in solchen Fällen auf die Briefe stempelten. Wie hatte ich es nur fertiggebracht, ihr vorzuspiegeln, ich sei ein hohes Tier, ein feiner Herr – ihr, dem anständigsten Menschenkind, das Gott je erschaffen hat?

Herrgott nochmal! Was für eine wunderbare Chance hatte ich gehabt!

Und dann fuhr der Zug in den Bahnhof, und sie stieg ein; und Wilbur Wessen kam und schüttelte mir die Hand, und Miss Woodbury war auch nett und verneigte sich vor mir und ich mich vor ihr, und der Zug fuhr ab, und ich stürzte davon und weinte wie ein kleiner Junge.

O je! Ich wär am liebsten hinter dem Zug hergelaufen und hätte ihn zusammengeschlagen, daß er wie ein Güterzug nach einem Zusammenstoß ausgesehen hätte; aber du lieber Gott, was hätte das genützt? Habt ihr jemals einen solchen Narren gesehen?

Ich kann euch versichern: hätte ich in diesem Augenblick meinen Arm gebrochen oder mir wär ein Zug über den Fuß gefahren, ich wäre nicht zum Doktor gelaufen. Ich hätte den Schmerz ausgehalten – ja, das hätte ich getan.

Und noch etwas versichere ich euch: hätt ich nicht den Fusel getrunken, dann wär ich nicht so ein Tölpel gewesen, ihr einen solchen Schwindel zu erzählen; das war bei einer Dame wie ihr nie wieder gutzumachen.

Ich wollte, ich hätte diesen Burschen mit dem Windsorknoten und dem Spazierstock jetzt hier vor mir. Ich würde ihn glatt zusammenschlagen. Hol ihn der Teufel! Der verdammte Esel!

Und wenn ich nicht der zweite bin, dann geht nur und sucht mir einen, und ich häng meine Arbeit an den Nagel und geh bummeln und geb ihm meinen Job. Ich hab keine Lust mehr, zu arbeiten und Geld zu verdienen und zu sparen für so einen Idioten wie mich.

Begegnung im Süden

Er erzählte mir von seinem Mißgeschick – er war mit dem Flugzeug abgestürzt – mit einem leichten, vornehm gelassenen Lächeln auf den schmalen Lippen, die den sensiblen Menschen verrieten. Solche Dinge kämen nun einmal vor. Der Ton gefiel mir, der Mann war mir sympathisch.

Es war in New Orleans, wo ich seit einiger Zeit lebte. Als er zu mir kam, war mein Freund Fred, den er besuchen wollte, nicht mehr da, aber dieser Fremde fesselte mich gleich, ich wünschte sehr, ihn näher kennenzulernen; darum schlug ich ihm vor, den Abend gemeinsam zu verbringen. Als wir die Treppen von meiner Wohnung hinunterstiegen, sah ich, daß er ein Krüppel war. Das leichte Hinken, der schmerzliche Ausdruck, der manchmal über seine Züge ging, das leise Lachen, das lustig klingen sollte, was ihm aber nicht ganz gelang – alles dies fing schon an, mir die Geschichte zu erzählen, die ich nun niederschreiben will.

Ich werde ihn zu Tante Sally mitnehmen, dachte ich. Nicht jeden Besucher nimmt man zu Tante Sally mit. Doch wenn sie bei guter Stimmung ist und wenn der Gast ihr Herz gewinnt, kommt ihr niemand gleich. Zwar lebt sie schon seit dreißig Jahren in New Orleans, aber daß sie aus dem Mittelwesten stammt und dort aufgewachsen ist, merkt man ihr immer noch an.

Doch ich stürze mich ein bißchen zu unvermittelt in meine Geschichte.

Zuallererst muß ich von meinem Gast sprechen; der Diskretion halber will ich ihn David nennen. Ich spürte sogleich, daß er einen Drink nötig hatte, und den kann man sich in New Orleans – der Stadt der Romanen und der heißen Nächte – selbst in Prohibitionszeiten ohne weiteres verschaffen. Wir trieben denn auch etliche auf, und mir war schon etwas schwindlig im Kopf, aber ich sah, daß alles, was wir getrunken hatten, ihm nichts machte. Die Nacht kam mit dem jähen Erlöschen aller Lichter und dem raschen, rauchigen, samtpfotigen Überfall des Dunkels, der für diese halbtropische Stadt charakteristisch ist, als er aus seiner Hüfttasche eine Flasche zum Vorschein brachte. Sie war so groß, daß ich ganz verblüfft war. Wie hatte er eine so große Flasche bei sich tragen können, ohne daß es wie ein Auswuchs erschien? Denn er war sehr klein und zart gebaut. Vielleicht hat sich bei ihm, wie bei einem Känguruh, eine Art natürlicher Vorratsbeutel entwickelt, dachte ich. Wirklich hatte er einen Gang wie ein Känguruh, wenn man sich's auf einem gemütlichen Abendbummel vorstellt. Ich ging neben ihm her und dachte an Darwin, und was für Wunder die Prohibition bewirkt. Wir sind doch ein wundervolles Volk, wir Amerikaner, dachte ich. Wir beide waren in glänzender Stimmung und fanden einander über die Maßen sympathisch.

Er erklärte mir die Sache mit der Flasche. Das Zeug, sagte er, werde von einem Neger auf der Pflanzung seines Vaters, irgendwo in Alabama, gebrannt. Wir saßen auf den Stufen eines unbewohnten Hauses im Herzen des alten französischen Viertels von New Orleans – dem Vieux Carré –, und er setzte mir auseinander, sein Vater habe durchaus nicht die Absicht, gegen das Gesetz zu verstoßen – das heißt, soweit es sich in vernünftigen Grenzen hielt. »Unser Nigger brennt den Whisky nur für uns«, sagte er. »Wir halten ihn einzig zu diesem Zweck. Er hat sonst nichts zu tun, brennt nur den Whisky für die Familie, weiter nichts. Wenn er welchen verkaufte, würden wir ihm die Hölle heiß machen. Ich bin sicher, Dad würde ihn erschießen, wenn er ihn bei irgendeinem gesetzwidrigen Trick erwischte, und du kannst Gift darauf nehmen, unser Nigger weiß das auch, das kann ich dir sagen. Aber er ist ein famoser Whiskybrenner, findest du nicht auch?« fügte David hinzu. Er sprach von Jim mit freundschaftlicher Wärme. »Du lieber Gott, er ist schon bei uns, solange ich denken kann, er ist bei uns geboren. Seine Frau kocht für uns, und Jim braut uns unsern Whisky. Die beiden wetteifern miteinander, wer seine Sache am besten macht, aber ich glaube, Jim bleibt Sieger. Von Mal zu Mal macht er's besser, und unsere ganze Familie – weiß Gott, der Whisky geht uns übers Essen, wir brauchen ihn einfach nötiger.«

Kennt ihr New Orleans? Habt ihr einmal einen Sommer dort erlebt oder einen regnerischen Winter oder die herrlichen Tage im Spätherbst? Manche seiner Bewohner, die fortschrittlichen Leute, sehen jetzt mit Verachtung auf ihre Stadt herab. In New Orleans empfindet man es als eine Schande, daß es nicht wie Chicago oder Pittsburgh aussieht.

David und mir aber war es so gerade recht. Wir wanderten gemächlich, seines kranken Beins wegen, kreuz und quer durch die Altstadt; rings um uns hörten wir Negerinnen in der Dämmerung lachen, Schatten huschten über die alten Häuser, Kinder schossen mit schrillem Geschrei zu den Torwegen ein und aus. Die Altstadt war einst fast ganz französisch, doch jetzt wird sie mehr und mehr italienisch. Immerhin bleibt sie romanisch. Das Leben spielt sich meist unter freiem Himmel ab. Von der Straße aus konnte man die Leute beim Abendessen sitzen sehen – alle Fenster und Türen standen offen. Ein Mann zankte sich mit seiner Frau auf italienisch. In einem Patio hinter einem Haus sang eine Negerin ein französisches Lied.

Wir verließen die engen Gäßchen, und vor der dunklen Kathedrale gönnten wir uns einen Schluck aus der Flasche, und einen weiteren auf dem kleinen Platz ihr gegenüber. Da steht das Denkmal des Generals Jackson, er schwenkt ununterbrochen den Hut vor den Touristen aus dem Norden, die im Winter herunterkommen, um sich die Stadt anzusehen. Zu Füßen seines Pferdes ist eine Inschrift: »Die Union muß und wird bestehen bleiben!« Wir tranken feierlich auf diese Losung, worauf sich der General ein bißchen tiefer zu verneigen schien. »Das muß ein stolzer Mann gewesen sein«, sagte David, als wir dann zum Hafenviertel hinuntergingen, um uns dort im Dunkeln hinzusetzen und den Mississippi zu betrachten. Was ein guter New Orleanser ist, der geht wenigstens einmal am Tag dorthin und schaut auf den Mississippi. Nachts ist es, als schliche man sich in ein dunkles Schlafzimmer, um ein schlummerndes Kind zu betrachten – ja, so ähnlich ist es –, ich meine, es gibt einem ein ebenso warmes, schönes Gefühl. David ist ein Dichter, und so sprachen wir in der Dunkelheit dort am Strom von Keats und Shelley, den beiden englischen Dichtern, die allen Südstaatlern lieb und teuer sind.

Alles dies, müßt ihr verstehen, geschah, bevor ich mit ihm zu Tante Sally ging.

Tante Sally ebenso wie ich selber stammt aus dem Mittelwesten. Wir sind hier unten nur Gäste, aber vielleicht gehören wir dennoch auf eine eigentümliche Weise zu dieser Stadt. Ich habe es so im Gefühl. Ich weiß nicht recht, woran es liegt.

Aus dem Norden kommen Männer und Frauen in Scharen zu uns herunter, und wenn sie dann in den Norden zurückkehren, schreiben sie über den Süden. Niggergeschichten schreiben, das ist der Pfiff. Die liest man im Norden gern. Sie sind so amüsant! Kürzlich war einer der bekanntesten Verfasser von Niggergeschichten hier unten, und ein Bekannter von mir, ein Südstaatler, suchte ihn auf. Der Schriftsteller schien ein bißchen nervös. »Ich verstehe nicht viel vom Süden und den Südstaatlern«, sagte er. »Aber Sie haben sich doch damit einen Namen gemacht«, erwiderte mein Freund. »Sie sind weit und breit als Erzähler bekannt, der über den Süden und das Leben der Schwarzen schreibt.« Der Schriftsteller merkte wohl, daß man sich über ihn lustig machte. »Hören Sie mal«, sagte er, »ich will mich durchaus nicht für einen Intellektuellen ausgeben. Ich bin Geschäftsmann. Daheim, oben im Norden, verkehre ich meistens mit Geschäftsleuten, und in meinen Mußestunden geh ich in den Country Club. Ich möchte nicht, daß Sie denken, ich wollte mich als Intellektueller aufspielen.

Ich gebe den Leuten, was sie haben wollen«, sagte er. Mein Freund hatte den Eindruck, daß er wütend war. »Und was haben Sie nun vor zu schreiben?« fragte er mit Unschuldsmiene.

Doch mir geht es jetzt nicht um die Schriftsteller aus den Nordstaaten, die Negergeschichten schreiben. Meine Gedanken sind bei dem Poeten aus dem Süden, der, seine Flasche fest in den Händen, mit mir im Dunkeln an der Dampferanlegestelle saß und auf den Mississippi schaute.

Er sprach ziemlich ausführlich über seine Begabung zum Trinken. »Ich habe sie nicht immer gehabt. Sie hat sich erst nach und nach entwickelt«, sagte er. Allmählich rückte er damit heraus, wie er zum Krüppel geworden war. Ihr müßt bedenken, mein Kopf war ein bißchen benebelt. Der Strom, der bei New Orleans sehr tief und gewaltig ist, wälzte sich in der Finsternis leise dem Golf zu. Der ganze Strom schien sich von uns zu entfernen und lautlos ins Dunkel zu gleiten wie ein breiter, laufender Gehsteig.

Als er am späten Nachmittag bei mir erschienen war und wir zu unserm gemeinsamen Stadtbummel aufbrachen, hatte ich bemerkt, daß er beim Gehen ein Bein nachschleifte und immer wieder seine abgezehrte Hand an die ebenso abgezehrte Wange legte.

Dort am Fluß erklärte er es mir, nicht anders als ein Junge erzählen würde, er habe sich die Zehe gestoßen, als er einen Berg hinunterlief. Als der Weltkrieg ausbrach, war er nach England gegangen und bei den Fliegern eingetreten, und das tat er ebenso unbekümmert, wie ein Farmer, der einen Abend in der Stadt verbringt und ins Kino geht.

Die Engländer hatten ihn gern genommen. Er war immerhin ein Mann mehr. Gerade damals waren sie froh über jeden, den sie bekommen konnten. Er war klein und zart gebaut, doch wurde er ein erstklassiger Flieger und diente den ganzen Krieg hindurch in einem britischen Luftgeschwader; aber schließlich bekam er einen Treffer und stürzte ab.

Er brach sich beide Beine, das eine an drei Stellen, die Kopfhaut war schlimm zerrissen, und mehrere Gesichtsknochen waren gesplittert.

Sie hatten ihn in ein Feldlazarett gebracht und zusammengeflickt. »Es war meine Schuld, daß es eine ziemliche Stümperei blieb«, sagte er. »Weißt du, so ein Feldlazarett ist eine wahre Hölle. Da lagen Männer, die ganz verstümmelt waren und stöhnten und starben. Dann brachten sie mich in ein Lazarett hinter der Front, und da war es auch nicht viel besser. Der Junge, der in dem Bett neben mir lag, hatte sich in den Fuß geschossen, um nicht in den Kampf zu müssen. Das taten viele, aber warum sie sich den Fuß dazu aussuchten, geht mir über den Verstand. Das ist eine scheußliche Stelle, lauter feine Knöchelchen. Wenn du dich jemals anschießen willst, such dir ja nicht so eine heikle Stelle dazu aus. Nicht die Füße. Ich kann dir sagen, das ist ein böser Mißgriff.

Der Mann neben mir jedenfalls jammerte unaufhörlich, und ich wurde ihn leid und das Lazarett ebenfalls. Als es mir besser ging, hab ich so getan, als hätten die Schmerzen in dem Bein nachgelassen. Das war natürlich gelogen. Die Nervenschmerzen im Bein und im Gesicht haben nie aufgehört. Hätte ich ihnen die Wahrheit gesagt, ich glaube, dann hätten sie mich wieder ganz ordentlich zusammengeflickt.«

Jetzt ging mir ein Licht auf. Kein Wunder, daß ihm das Trinken so gut bekam. Als ich das begriffen hatte, beschloß ich, mit ihm weiterzutrinken und bei ihm zu bleiben, bis er mich so leid wurde wie den Burschen, der irgendwo in Frankreich neben ihm im Lazarett gelegen hatte.

Das Schlimme war, daß er nie schlief, daß er nur Schlaf finden konnte, wenn er betrunken war. »Ich hab einen Knacks weg«, sagte er lächelnd.

Erst als wir bei Tante Sally waren, wurde er richtig gesprächig. Tante Sally war schon zu Bett gegangen, als wir zu ihr kamen, doch als wir läuteten, stand sie auf, und wir setzten uns alle drei in den kleinen Patio hinter ihrem Haus. Sie ist eine stattliche Person mit mächtigen Armen und einem ebensolchen Bauch, und sie hatte nur einen leichten geblümten Morgenrock über ihr dünnes, lächerlich kindliches Nachthemd geworfen.

Der Mond war inzwischen aufgegangen, und draußen in der schmalen Gasse des Vieux Carré hockten drei Matrosen von einem Schiff, das im Hafen lag, auf dem Bordstein und sangen:

»Ich werd es kriegen,
Du wirst es kriegen,
Wir alle werdens kriegen,
Jeder zu seiner rechten Zeit.«

Sie hatten ganz nette Knabenstimmen, und nach jeder Strophe sangen sie den Refrain im Chor und brachen dann in schallendes Gelächter aus.

In Tante Sallys Patio stehen viele breitblättrige Bananenstauden, und ein Chinabeerenbaum wirft seinen weichen, purpurnen Schatten auf das Ziegelpflaster.

Tante Sally ist für mich ein ebenso erstaunliches Wesen, wie er es war. Als wir bei ihr gelandet waren und alle an einem Tischchen in ihrem Patio saßen, lief sie ins Haus und kam sogleich mit einer Flasche Whisky zurück. Sie schien auf den ersten Blick erkannt zu haben, was mit ihm los war, hatte ohne überflüssige Worte begriffen, daß der kleine Mann aus den Südstaaten im finsteren Haus der Schmerzen lebte, daß Whisky ihm guttat, daß er seine pochenden Nerven beruhigte, wenn auch nur vorübergehend. »Alles ist nur vorübergehend, wenn man's richtig nimmt«, hörte ich Tante Sally förmlich sagen.

Eine Weile saßen wir schweigend da; David hatte ihr seine Ergebenheit bekundet und zwei Glas aus ihrer Flasche getrunken. Nun stand er auf und ging in dem Patio hin und her, kreuz und quer durch das Netzwerk der fein umrissenen Schatten auf den Ziegeln. »Es ist eigentlich ganz in Ordnung, das Bein«, sagte er, »nur drückt etwas auf die Nerven, weiter ist es nichts.« Ich war mit mir zufrieden. Ich hatte das Richtige getan, indem ich ihn zu Tante Sally brachte. Ich habe ihn zu einer Mutter gebracht, sagte ich mir. Immer habe ich das Mütterliche in ihr empfunden, seit ich sie kenne.

Und nun muß ich wohl ein wenig von ihr berichten. Das wird nicht so einfach sein. Ihre ganze Nachbarschaft in New Orleans lebt von den Geschichten, die über sie umgehen.

Tante Sally ist in den alten Tagen nach New Orleans gekommen, als die Stadt noch wild und allem weit offen war und aus dem vollen lebte. Was sie gewesen war, bevor sie herkam, wußte kein Mensch; kurz und gut, sie eröffnete ein Vergnügungslokal. Das ist sehr, sehr lange her. Ich war damals noch ein junger Bursche oben in Ohio. Wie ich schon sagte, kam Tante Sally irgendwoher aus dem Mittelwesten. In einem dunklen, subtilen Sinn wäre es mir schmeichelhaft, wenn sie aus demselben Staat stammte wie ich.

Das Haus, das sie eröffnete, war eines der ältesten Bauwerke hier im französischen Viertel. Als sie es erworben hatte, hatte sie eine Idee. Statt es zu modernisieren, in kleine

Zimmer aufzuteilen und dergleichen mehr, ließ sie es, wie es war, und wandte ihr Geld darauf, brüchige alte Wände zu erneuern, die alten breiten, gewundenen Treppen auszubessern und die altertümlich hohen, düsteren Zimmer und die matt getönten Marmorkamine wieder herzurichten. Der Hang zu sündigen, scheint es, sitzt uns nun mal im Blut, und gar zu viele Leute sind eifrig dabei, der Sünde allen Reiz zu nehmen. Da ist es schön, wenn sich jemand findet, der's umgekehrt macht. Es wäre für Tante Sally bedeutend vorteilhafter gewesen, wenn sie das Haus modern eingerichtet hätte, bei dem Gewerbe, das sie damals betrieb. Doch wenn alte Räume, breite, altmodische Treppen und alte, eingebaute Kochherde – wenn alle diese Dinge auch nicht gerade Liebespaare dazu verlockten, dort in dunkler Nacht Unterschlupf zu suchen, so waren sie wenigstens für etwas anderes geeignet. Sie machte ein Haus für Glücksspiel und Zechgelage daraus, und über die Damen, die sich da hereinstahlen, braucht man sich keinen Zweifeln hinzugeben. »Ich wußte schon, wie ich meine Schäfchen ins trockene bringe«, hat Tante Sally einmal zu mir gesagt.

Sie leitete das Unternehmen und scheffelte Geld, und das Geld steckte sie wieder in das Haus. Eine baufällige Mauer ließ sie schön wieder aufbauen, pflanzte Bananenstauden in den Patio, setzte den Chinabeerenbaum und päppelte ihn auf. An der Mauer blühte die liebliche Rose von Montana in verschwenderischer Pracht. Und in einem Winkel des Höfchens wuchs in dichten Massen die duftende Lantana.

Als der Chinabeerenbaum, den sie in die Mitte des Patio gepflanzt hatte, so hoch geworden war, daß er Sonne bekam, füllte er die ganze Nachbarschaft mit seinem Duft.

Fünfzehn, zwanzig Jahre ging es so, mit Spielern vom Mississippi und Rennpferdebesitzern um die Tische an den Fenstern der weitläufigen Säle oben im Haus, das einst ohne Zweifel das Stadthaus einer reichen Pflanzerfamilie gewesen war – in den rauschenden vierziger Jahren. Auch Frauen schlüpften in der Abenddämmerung hinein. Getränke wurden verkauft. Tante Sally schöpfte den Schaum am Spieltisch ab, strich ohne Erbarmen ihren Anteil ein.

Von den nächtlichen Liebespärchen ließ sie sich gut bezahlen. Keine Fragen, und ein guter Preis für die Getränke. Moll Flanders hätte bei Tante Sally leben können. Was für ein Paar hätten die beiden abgegeben! Der Chinabeerenbaum gedieh üppig. Die Lantana blühte, und im Herbst die Rose von Montana.

Tante Sally verdiente ein Vermögen. Mit dem Geld hielt sie das Haus schön instand. Und die ganzen Jahre hindurch legte sie etwas auf die hohe Kante.

Eine mütterliche Seele, eine brave, mitfühlende Frau aus dem Mittelwesten, nicht wahr? Einmal ließ ein Rennstallbesitzer vierundzwanzigtausend Dollar bei ihr und verschwand. Niemand wußte, daß sie das Geld hatte. Es wurde berichtet, der Mann sei tot. Er hatte unten am französischen Markt einen Spieler ermordet, und während sie hinter ihm her waren, gelang es ihm, sich zu Tante Sally zu flüchten und ihr seine Beute in Verwahrung zu geben. Einige Zeit darauf fischte man eine Leiche aus dem Fluß; sie wurde als der Pferdemensch identifiziert, in Wirklichkeit aber war er bei einer Razzia in New York als Falschmünzer geschnappt worden und kam erst nach sechs Jahren aus dem Gefängnis wieder raus.

Als er endlich frei war, machte er sich natürlich schnurstracks nach New Orleans auf. Sicherlich war ihm dabei nicht ganz geheuer. Sie hatte ihn ja in der Hand. Wenn er Lärm schlug, würde man ihm wegen Mordes den Prozeß machen, und dann ging es um Kopf und Kragen. Es war Nacht, als er bei Tante Sally ankam; sie ging sofort an einen alten Ziegelbackofen, der in die Küchenwand eingemauert war, und holte einen Beutel hervor. »Hier ist es«, sagte sie. Die ganze Sache war in jenen Zeiten einfach etwas völlig Alltägliches für sie. Spieler um die Tische in den oberen Räumen, eine Zuflucht für Liebespaare, und in dem Patio unten der Duft der Pflanzen.

Als Tante Sally Fünfzig war, hatte sie genug verdient und ließ sie alle vor die Tür setzen. Sie verweilte nicht zu lange auf dem Pfad der Sünde und ging darauf nicht allzu weit, wie es jene Moll Flanders getan, so stand sie nun gut da und hatte ein angenehmes Leben. »Sie wollten doch nun mal spielen und trinken und mit den Damen schäkern. Die Damen hatten das ganz gern. Ich hab nie eine hereinkommen sehen, die sich ernstlich sträubte. Am schlimmsten war es morgens, wenn sie weggingen. Dann sahen sie so belämmert und schuldbewußt aus! Wenn ihnen so dabei zumute war, warum kamen sie dann eigentlich? Wenn ich einen Mann zu mir nahm, dann wollte ich ihn auch, verlaß dich drauf, und dann gab es kein Gejammer und kein Getue und nichts.

Ich wurde das alles ein bißchen leid, um die Wahrheit zu sagen«, lachte Tante Sally. »Aber erst als ich mein Schäfchen im trockenen hatte. Und sie stahlen mir einfach zuviel Zeit, als ich genug hatte, um sorgenlos zu leben.«

Tante Sally ist jetzt Fünfundsechzig. Wenn man sie gern hat und sie einen gern hat, dann läßt sie einen bei sich im Patio sitzen und plaudert von den alten Zeiten, den guten alten Zeiten des Stroms. Und immer noch wirkt etwas von dem französischen Einfluß in New Orleans nach, eine Art praktischer Vernunft – doch was ich eigentlich sagen wollte: wenn man Tante Sally kennt, und sie ist einem gewogen, und wenn deine Dame zufällig der Blumenduft in einem nächtlichen Patio locken sollte – doch ich gehe eigentlich ein bißchen zu weit. Ich wollte nur andeuten, daß Tante Sally auch mit Fünfundsechzig noch nicht hartherzig geworden ist. Sie ist und bleibt eine mütterliche Seele.

Wir saßen plaudernd in dem Gärtchen, der kleine Dichter aus dem Süden, Tante Sally und ich – oder vielmehr sie unterhielten sich und ich hörte zu. Der Urgroßvater des Südstaatlers war Engländer, der jüngere Sohn einer Adelsfamilie, und er war herübergekommen, um als Pflanzer sein Glück zu machen, was ihm auch gelang. Er und seine Söhne besaßen einmal mehrere große Plantagen mit Sklaven, aber davon waren Davids Vater nur ein paar hundert Morgen und eines der alten Häuser übriggeblieben, irgendwo drüben in Alabama. Das Land ist hoch mit Hypotheken belastet, und das meiste liegt schon seit Jahren brach. Die Arbeit der Neger wird immer kostspieliger und unbefriedigender, seit so viele Schwarze nach Chicago davongelaufen sind, und der Vater des Dichters und der eine Bruder, der zu Hause geblieben ist, taugen nicht viel für die Landarbeit. »Wir sind nicht kräftig genug und verstehen auch nichts davon«, sagte der Dichter.

Er war nach New Orleans gekommen, um Fred zu besuchen und sich mit ihm über Dichtung zu unterhalten, aber Fred war nicht mehr in der Stadt. Ich konnte nur mit ihm herumschlendern und ihm helfen, seinen hausgemachten Whisky zu trinken. Ich hatte schon fast ein dutzendmal einen Zug getan. Morgen früh würde ich mit einem Kater aufwachen. Ich hielt mich zurück und hörte dem Gespräch Davids mit Tante Sally zu. Der Chinabeerenbaum sei soundso viele Jahre alt – sie sprach von ihm wie von einer Tochter. »Als er noch jung war, hat er allerhand Krankheiten durchgemacht, aber er ist durchgekommen.« Ein Nachbar hatte an einer Seite des Höfchens eine hohe Mauer errichtet, so daß die Kletterpflanzen nicht mehr so viel Sonne bekamen, wie sie brauchten. Die Bananenstauden aber gediehen vortrefflich, und der Chinabeerenbaum sei jetzt groß und stark genug, um für sich selber zu sorgen. Immer wieder schenkte sie David Whisky ein, und der löste ihm die Zunge mehr und mehr.

Er sprach von der Stelle an seinem Bein, wo irgend etwas, ein Knochen vielleicht, auf den Nerv drückte, und von seiner linken Wange. Man hatte eine Silberplatte in den Kiefer unter die Haut gelegt. Sie befühlte die Stelle mit ihrem dicken runzligen Finger. Sanfter Mondschein fiel auf das Pflaster des Patios. »Ich kann nur irgendwo im Freien schlafen«, sagte er.

Zu Hause auf der Pflanzung seines Vaters verfolgte ihn den ganzen Tag der Gedanke, ob er nachts Schlaf fände.

»Ich geh zu Bett, aber bald steh ich wieder auf. Unten steht nachts immer eine Flasche Whisky auf dem Tisch bereit; ich trinke so drei, vier Glas, dann gehe ich hinaus.« Oft erlebte er dabei etwas Schönes.

»Im Herbst ist es am schönsten«, sagte er. »Da sieht man die Neger Melasse machen.« Jeder Neger habe hinter seiner Hütte ein Stückchen Land, wo er Zuckerrohr anpflanzen kann, und im Herbst machen die Schwarzen dann ihre 'lasse. Ich nehme die Flasche in die Hand und gehe in die Felder, ohne daß die Nigger mich sehen. Wenn ich so die Flasche bei mir habe, trinke ich tüchtig und lege mich dann auf die Erde. Die Moskitos stechen mich ein bißchen, doch das stört mich nicht sehr. Ich bin dann wohl so betrunken, daß ich's kaum spüre. Der leichte Schmerz gibt dem starken dauernden Schmerz eine Art Rhythmus – es ist wie im Gedicht.

In einem Schuppen machen die Nigger ihre 'lasse, das heißt, sie pressen den Saft aus dem Zuckerrohr und kochen ihn ein, bis er zäh ist. Sie singen bei ihrer Arbeit. In ein paar Jahren wird unsre Familie wohl kein Land mehr haben. Die Banken könnten schon jetzt die Hand darauf legen, wenn sie wollten. Aber sie wollen es gar nicht. Es würde ihnen zuviel Scherereien machen, es selbst zu bewirtschaften, nehme ich an.

Abends im Herbst pressen die Nigger das Zuckerrohr aus. Unsre Nigger leben fast nur von 'lasse und Grütze.

Sie arbeiten gern bei Nacht, darüber bin ich sehr froh. Da stapft ein alter Maulesel immer im Kreis herum, und neben der Presse liegen Stapel von trockenem Zuckerrohr. Die Nigger kommen, Männer und Frauen, alte und junge. Vor dem Schuppen zünden sie ein Feuer an. Und der alte Maulesel geht immer rundherum.

Und die Nigger singen. Sie lachen und rufen einander zu. Manchmal lieben sich die Nigger und ihre Mädchen auf dem trockenen Zuckerrohr. Ich höre es dann rascheln.

Ich komme also aus dem großen Haus, mit meiner Flasche, und schleiche mich, tief an den Boden gebückt, heran, bis ich ihnen ganz nah bin. Da lieg ich dann, ein bißchen betrunken. Das alles macht mich glücklich. Ich kann ein Weilchen schlafen, so auf der Erde, während die Nigger singen und niemand weiß, daß ich da bin.

»Ich könnte hier schlafen, auf den Ziegeln hier«, sagte David und wies auf die Stelle, wo die großen Bananenblätter den breitesten und tiefsten Schatten warfen.

Er erhob sich von seinem Stuhl und hinkte, einen Fuß nachschleifend, durch den Patio und legte sich auf das Ziegelpflaster.

Lange saßen Tante Sally und ich da und sahen einander, ohne ein Wort zu sagen an, und plötzlich winkte sie mir mit ihrem dicken Finger, und wir schlichen ins Haus.

»Ich lasse dich zum Straßentor hinaus«, sagte sie. »Laß ihn schlafen, wo er liegt.« Trotz ihrer Beleibtheit und ihrem Alter ging sie leise wie ein Kätzchen durch den Patio. Ich kam mir neben ihr schwerfällig und unbeholfen vor. Als wir drinnen waren, flüsterte sie mir zu, sie hätte, irgendwo in dem alten Haus versteckt, noch eine Flasche Champagner aus den alten Tagen. »Ich werde ihm für seinen Vater eine Flasche mitgeben, wenn er heimfährt«, fügte sie hinzu. Mir schien, sie war sehr glücklich darüber, daß sie ihn bei sich hatte, betrunken auf dem Ziegelboden ihres Patios liegend und schlafend. »Auch in den alten Tagen haben wir oft Männer aus den besten Familien hier gehabt«, sagte sie. Ehe wir durch die Küchentür ins Haus traten, hatte ich noch einen Blick auf David geworfen, der nun im tiefen Schatten des Mauerwinkels schlief. Kein Zweifel, auch er war glücklich, hatte sich glücklich gefühlt seit dem Augenblick, in dem ich ihn zu Tante Sally gebracht hatte. Was für ein kleiner geplagter Kerl, wie er so unter dem Nachthimmel auf den Ziegeln lag, im dichten Schatten der Bananenstauden.

Nachdenklich ging ich hinein und trat durch das Straßentor auf die schmale Gasse hinaus. Ja, ich war doch wohl ein Mann aus dem Norden. Tante Sally aber war wohl ganz und gar ein Kind des Südens geworden, nachdem sie so lange hier gelebt hatte.

Der größte Stolz ihres Lebens war, fiel mir ein, daß John L. Sullivan ihr einst die Hand geschüttelt hatte und daß sie P. T. Barnum kennengelernt hatte.

»Auch Dave Gears habe ich gekannt. Du willst mir doch wohl nicht weismachen, du wüßtest nicht, wer Dave Gears war, wie? Na, das war einer der tollsten Spieler, die diese Stadt je gesehen hat.«

Um auf David und seine Gedichte zurückzukommen – sie erinnern mich immer an Shelley. »Wenn ich dichten könnte wie Shelley, wie wär ich glücklich! Dann wär mir's gleich, was aus mir würde«, hatte er am Anfang unseres Abendbummels gesagt.

Ich schwelgte in heiteren Gedanken, als ich so meines Weges ging. Es war dunkel auf der Straße und zuweilen lachte ich laut auf. Mir war ein Gedanke gekommen, der tanzte mir im Kopf herum, und ich fand ihn höchst ergötzlich. Er hatte etwas mit Aristokraten zu tun, solchen Leuten wie Tante Sally und David. Herrgott, dachte ich, vielleicht versteh ich sie doch ganz gut. Ich stamme ja selber aus dem

Mittelwesten. Mir scheint, auch wir bringen unsere Aristokraten hervor. Immerzu mußte ich an Tante Sally denken und an mein Geburtsland Ohio. Hoffentlich kommt sie auch von da oben, aber ich glaube, man forscht ihrer Vergangenheit besser nicht zu genau nach, sagte ich mir, während ich lächelnd in der weichen, milden, rauchigen Nacht davonging.

Tod im Wald

I

Die alte Frau lebte auf einer Farm in der Nähe der Stadt meiner Kindheit. Überall auf dem Lande und in kleinen Städten sieht man solche alten Frauen, aber niemand kennt sie näher. So eine Alte kommt mit ihrem alten, abgerackerten Gaul in die Stadt gefahren, oder sie geht den ganzen Weg zu Fuß, ihren Korb am Arm. Vielleicht hat sie ein paar Hühner und will Eier verkaufen. Die nimmt sie in ihrem Korb mit und bringt sie zum Händler. Dort tauscht sie die Eier gegen anderes ein. Sie bekommt dafür etwas Pökelfleisch und Bohnen, auch wohl noch ein, zwei Pfund Zucker und ein bißchen Mehl.

Danach geht sie zum Metzger und bittet um etwas Fleisch für ihre Hunde. Vielleicht kauft sie ihm für zehn oder fünfzehn Cent etwas ab, aber dann bittet sie noch um eine Zugabe. Früher gaben die Metzger jedem Leber umsonst, der sie nur mitnehmen wollte. Bei uns zu Hause gab es immerzu Leber. Einmal bekam einer meiner Brüder in dem Schlachthaus beim Jahrmarktsplatz unserer Stadt eine ganze Rindsleber geschenkt. Wir aßen so lange daran, daß wir sie schließlich nicht mehr sehen konnten. Sie kostete uns keinen Cent. Seitdem ist mir allein schon der Gedanke daran zuwider.

Die alte Bäuerin bekam etwas Leber und einen Suppenknochen. Sie suchte weiter keinen Menschen auf, und sobald sie beisammen hatte, was sie brauchte, machte sie sich auf den Heimweg. Es war eine ordentliche Last für einen so alten Rücken. Niemand ließ sie unterwegs aufsteigen. Die Leute fahren auf der Landstraße einfach an so einer alten Frau vorbei, ohne sie auch nur zu bemerken.

Solch ein altes Weiblein kam einen Sommer und Herbst hindurch auf ihrem Weg in die Stadt immer an unserm Haus vorüber, als ich ein kleiner Junge war und wegen rheumatischen Entzündungen, wie sie es nannten, im Bett lag. Wenn sie später zurückkehrte, schleppte sie einen schweren Packen auf dem Rücken. Immer liefen zwei oder drei große, sichtlich ausgehungerte Hunde hinter ihr her.

Es war nichts Besonderes an der alten Frau. Sie war eine der Namenlosen, die kaum ein Mensch kennt, aber ich machte mir Gedanken über sie. Jetzt, nach all den Jahren, ist sie mir auf einmal wieder eingefallen und was damals geschah. Es ist eine richtige Geschichte.

Sie hieß Grimes und wohnte mit ihrem Mann und ihrem Sohn in einem kleinen, ungestrichenen Haus am Ufer eines schmalen Flüßchens, vier Meilen von unserer Stadt entfernt. Der Mann und der Sohn waren hartgesottene Gesellen. Obwohl der Sohn erst einundzwanzig war, hatte er schon eine Zeitlang im Kittchen gesessen. Von dem Mann der Alten wurde gemunkelt, er stehle Pferde und treibe sie in eine andere Gegend. Wenn ab und zu irgendwo ein Pferd vermißt wurde, war stets auch der Mann verschwunden. Nie hat ihn jemand auf frischer Tat ertappt. Als ich einmal um Tom Whiteheads Mietstall herumlungerte, kam der Mann und setzte sich auf eine Bank vor dem Stall. Zwei oder drei andere Männer waren noch da, doch keiner sprach mit ihm. Er blieb ein paar Minuten sitzen und stand dann auf und ging wieder. Nach ein paar Schritten drehte er sich noch einmal um und starrte die Männer an. Drohende Herausforderung lag in seinem Blick. ›Na gut, ich hab's mit Freundlichkeit versucht, aber ihr wollt ja nicht mit mir sprechen. So ist es schon immer gewesen, wenn ich hier in die Stadt kam. Und wenn euch eines Tages eins eurer schönen Pferde abhanden kommt, was dann?‹ Natürlich sagte er das nicht laut. ›Ich möchte einem von euch gern mal einen Kinnhaken versetzen‹, sagte sein Blick. Ich weiß noch, wie mir's bei dem Blick kalt über'n Rücken lief.

Der Alte stammte aus einer Familie, die früher mal wohlhabend gewesen war. Er hieß Jake Grimes. Jetzt kommt mir alles deutlich wieder. Sein Vater, John Grimes, hatte eine Sägemühle besessen, als das Land eben besiedelt worden war, und damit viel Geld verdient. Dann hatte er angefangen zu trinken und den Frauen nachzulaufen. Als er starb, war nicht mehr viel übrig.

Den Rest brachte Jake durch. Bald gab es kein Holz mehr zu schlagen, und sein Land war fast alles hin.

Seine Frau hatte er sich bei einem deutschen Farmer geholt, bei dem er einmal im Juni in der Weizenernte arbeitete. Sie war damals ein blutjunges Ding und schrecklich verängstigt. Der Farmer hatte es nämlich auf das Mädchen abgesehen – sie war ein angenommenes Kind, glaube ich –, und seine Frau hatte Verdacht geschöpft. Das ließ sie an dem Mädchen aus, wenn der Mann nicht in der Nähe war. Und wenn die Frau in die Stadt mußte, um Besorgungen zu machen, war der Farmer hinter dem Mädchen her. Sie hat dem jungen Jake erzählt, es sei nie etwas Schlimmes passiert; doch er wußte nicht, ob er ihr glauben sollte.

Er selber hatte leichtes Spiel mit ihr, als er zum erstenmal mit ihr ausging. Er hätte sie nicht geheiratet, wenn nicht der Farmer versucht hätte ihm zu zeigen, wer der Herr im Hause war. Eines Abends, als Jake auf der Farm beim Dreschen half, willigte sie ein, mal in seinem Einspänner mit ihm spazierenzufahren, und am nächsten Sonntagabend kam er, sie abzuholen.

Es gelang ihr auch, aus dem Hause zu kommen, ohne daß ihr Herr sie sah, aber als sie in den Wagen steigen wollte, erschien er. Es war fast dunkel, und unversehens tauchte er neben dem Kopf des Pferdes auf. Er packte das Pferd beim Zügel, und Jake griff nach der Peitsche.

Na, die haben sich verdroschen! Der Deutsche war ein Draufgänger. Ob seine Frau sich einen Vers darauf machte, war ihm wohl einerlei. Jake schlug ihm mit der Peitsche über Gesicht und Schultern, aber das Pferd scheute, und er mußte abspringen.

Dann gingen die beiden erst richtig aufeinander los. Das Mädchen sah nichts davon, denn das Pferd ging mit ihr durch und rannte fast eine Meile die Straße hinunter, ehe sie es zum Stehen brachte. Es gelang ihr dann, es an einen Baum zu binden. (Ihr fragt mich, woher ich das alles weiß. Ich muß es als Junge aus dem Kleinstadtgeschwätz aufgeschnappt haben, und das ist mir im Gedächtnis haftengeblieben.) Jake fand sie dort, als er mit dem Deutschen fertig war. Sie kauerte halb tot vor Angst auf dem Wagensitz. Sie hat Jake dann allerhand erzählt: wie der Deutsche immer hinter ihr her gewesen sei, wie er sie einmal in der Scheune in die Enge getrieben habe und ihr ein andermal, als sie beide zufällig allein auf dem Hof waren, das Kleid von oben bis unten zerriß. Damals, sagte sie, hätte der Deutsche sie vielleicht erwischt, wenn er nicht gehört hätte, wie seine Alte gerade zum Hoftor hereinfuhr. Sie war in der Stadt gewesen, um Vorräte einzukaufen. Gleich würde sie das Pferd in den Stall bringen. Der Deutsche konnte sich noch rechtzeitig aufs Feld hinausstehlen, ehe seine Frau ihn sah. Er drohte dem Mädchen, er würde sie umbringen, wenn sie ihn verriete. Was konnte sie da tun? Sie log, sie hätte sich das Kleid im Stall zerrissen, als sie das Vieh fütterte. Ja, ich erinnere mich jetzt, daß sie ein angenommenes Mädchen war, sie wußte nicht, wo ihr Vater und ihre Mutter waren. Vielleicht hatte sie gar keinen Vater. Ihr wißt schon, was ich meine.

Solche Ziehkinder werden oft grausam behandelt. Es sind elternlose Kinder, wahre Sklaven. Damals gab es noch sehr wenig Waisenhäuser. Die Kinder wurden irgendeiner Familie vertraglich überantwortet. Wie sie es trafen, war reine Glückssache.

II

Sie heiratete Jake und bekam einen Sohn und eine Tochter; doch die Tochter blieb nicht lange am Leben.

Dann fütterte sie das Vieh. Das war ihre Arbeit, tagein, tagaus. Bei dem deutschen Farmer hatte sie für ihn und seine Frau das Essen gekocht. Die Frau war eine kräftige Person mit breiten Hüften und arbeitete fast den ganzen Tag mit ihrem Mann auf dem Feld. Das Mädchen sorgte für ihr Essen und für das Futter der Kühe im Stall, sie fütterte die Schweine, die Pferde und Hühner. Schon als junges Mädchen war sie von früh bis spät damit beschäftigt gewesen, die einen und andern zu füttern.

Dann heiratete sie Jake Grimes, und nun mußte sie den füttern. Sie war ein schmächtiges Ding, und als sie drei oder vier Jahre verheiratet war und die beiden Kinder geboren hatte, wurde ihr zarter Rücken krumm. Jake hatte immer ein Rudel großer Hunde um sein Haus, das am Bach in der Nähe der Mühle lag, die nun stillstand. Er handelte mit Pferden, wenn er nicht gerade einen Diebeszug machte, und immer standen bei ihm ein paar armselige Klepper herum, die nur Haut und Knochen waren. Er hielt auch drei oder vier Schweine und eine Kuh. All das Viehzeug graste auf den wenigen Morgen Weideland, die von dem Besitz der Grimes übriggeblieben waren, und Jake drückte sich vor der Arbeit, wo er konnte.

Er stürzte sich in Schulden, um eine Dreschmaschine zu kaufen, und hatte sie einige Jahre in Betrieb, aber sie machte sich nicht bezahlt. Die Leute trauten ihm nicht. Sie fürchteten, er würde ihnen nachts Korn stehlen. Nur in der weiteren Umgebung konnte er Arbeit finden, und dann kosteten die Wege zuviel.

Im Winter ging er auf Jagd und schlug etwas Brennholz, um es in der Nachbarstadt zu verkaufen. Als der Sohn heranwuchs, kam er ganz auf seinen Vater heraus. Sie betranken sich zusammen, und wenn sie heimkamen, und es war nichts zu essen im Hause, gab er der Alten eins über den Kopf. In aller Eile schlachtete sie dann eins von ihren paar Hühnern. Aber schlachtete man sie alle, so hätte sie ja keine Eier mehr zu verkaufen, wenn sie in die Stadt ging, und was sollte sie dann anfangen?

Ihr Leben lang mußte sie sich den Kopf darüber zerbrechen, woher sie für alle die hungrigen Mäuler das Futter nehmen sollte; womit die Schweine füttern, damit sie fett wurden und im Herbst geschlachtet werden konnten. Wenn sie geschlachtet waren, nahm ihr Mann den Löwenanteil von dem Fleisch mit in die Stadt und verkaufte es. War er nicht als erster bei der Hand, so tat es der Junge. Manchmal gerieten sie sich darüber in die Haare, und während sie sich prügelten, stand die Frau zitternd dabei.

Längst hatte sie sich angewöhnt zu schweigen – ein für allemal. Doch als sie anfing zu altern – sie war noch keine Vierzig –, wenn also ihr Mann und ihr Sohn unterwegs waren, um Pferde zu verkaufen oder sich zu betrinken oder zu jagen oder zu stehlen, ging sie manchmal im Haus und auf dem Hof umher und brummelte vor sich hin.

Wovon sollte sie sie alle satt kriegen? – das war ihre ständige Sorge. Die Hunde mußten gefüttert werden. In der Scheune war nicht mehr genug Heu für die Pferde und die Kuh. Wenn sie die Hühner nicht fütterte, wie sollten sie da Eier legen? Wenn sie keine Eier zu verkaufen hatte, wie sollte sie dann in der Stadt alles das beschaffen, was sie nötig hatte, um das Leben auf der Farm in Gang zu halten? Gott sei Dank, ihren Mann brauchte sie wenigstens nicht mehr zu ernähren – gewissermaßen. Das hatte bald nach ihrer Heirat und der Geburt der Kinder aufgehört. Wohin ihn seine weiten Streifzüge führten, wußte sie nicht. Manchmal war er wochenlang unterwegs, und als der Junge herangewachsen war, zogen sie zusammen los.

Ihr überließen sie die Sorge für die ganze Farm, und Geld hatte sie keins. Sie kannte niemanden. Kein Mensch in der Stadt sprach mit ihr. Wenn der Winter kam, mußte sie sich Reisig fürs Feuer zusammensuchen und sehen, wie sie das Vieh satt kriegte mit ganz wenig Korn.

Das Vieh im Stall brüllte ihr hungrig entgegen, die Hunde folgten ihr überallhin. Die Hühner legten im Winter schlecht. Sie verkrochen sich in einen Winkel der Scheune, aber die Frau ließ sie nicht aus den Augen. Denn wenn die Hühner im Winter ihre Eier in die Scheune legen und man findet sie nicht gleich, dann gefrieren sie und platzen.

Eines Wintertags wanderte die alte Frau mit ein paar Eiern in die Stadt, und die Hunde liefen ihr nach. Erst gegen drei Uhr brach sie auf, und es schneite stark. Sie fühlte sich schon seit ein paar Tagen nicht recht wohl, und so ging sie, dürftig gekleidet und mit gebeugtem Rücken, vor sich hin murmelnd ihres Weges. Sie hatte einen alten Kornsack bei sich, in dem sie zuunterst, sorgsam verpackt, ihre Eier trug. Es waren nicht viele, aber im Winter steigen die Preise für die Eier. Sie würde sie gegen Fleisch eintauschen, etwas Pökelfleisch, ein bißchen Zucker und vielleicht etwas Kaffee. Der Metzger würde ihr wohl auch ein Stück Leber geben.

Als sie in der Stadt angelangt war und ihre Eier einhandelte, blieben die Hunde draußen vor der Tür. Sie hatte

Glück, sie bekam, was sie brauchte, mehr sogar, als sie gehofft hatte. Dann ging sie weiter zum Metzger, und er gab ihr etwas Leber und Fleisch für die Hunde.

Es war das erstemal seit langer Zeit, daß ein Mensch freundlich zu ihr sprach. Der Metzger war allein in seinem Laden, als sie kam, und es ärgerte ihn, daß eine so alte, offenbar kränkliche Frau bei solchem Wetter unterwegs sein mußte. Es war bitterkalt, und nun schneite es wieder, nachdem es am Nachmittag ein wenig aufgehört hatte. Der Metzger machte eine Bemerkung über ihren Mann und ihren Sohn, er schimpfte auf die beiden, und die alte Frau sah ihn dabei ganz groß an; leise Verwunderung sprach aus ihren Augen. Er sagte, wenn ihr Mann oder ihr Sohn etwas von dem abbekommen sollten, was er ihr in den Sack gesteckt hätte, von der Leber oder dem dicken Knochen, an dem noch allerhand Fleisch hing, dann sähe er die beiden lieber verhungern.

Verhungern? Nein, man mußte doch allen zu essen geben! Die Männer mußten zu essen bekommen, die Pferde, die zwar zu nichts nütze waren, aber vielleicht verkauft werden konnten, mußten ihr Futter haben, und auch die armselige, magere Kuh, die seit drei Monaten keine Milch mehr gab.

Die Pferde, die Kuh, die Schweine, die Hunde und die Menschen.

III

Die alte Frau wollte möglichst vor dem Dunkelwerden wieder zu Hause sein. Die Hunde folgten ihr auf den Fersen und schnupperten an dem schweren Kornsack, den sie sich auf dem Rücken befestigt hatte. Als sie am Stadtrand angelangt war, hatte sie an einem Zaun haltgemacht und den Sack mit einem Stück Schnur, das sie sich zu diesem Zweck in die Rocktasche gesteckt hatte, auf den Rücken gebunden. So ließ er sich leichter tragen, denn die Arme taten ihr weh. Es wurde ihr schwer, wenn sie über Zäune klettern mußte, und einmal fiel sie hin und landete im Schnee. Die Hunde sprangen um sie herum, und sie hatte Mühe, wieder auf die Füße zu kommen, aber sie schaffte es. Wenn sie querfeldein ging und über die Zäune stieg, konnte sie auf einen Abkürzungsweg gelangen, der über einen Hügel und durch den Wald führte. Sie hätte auch auf der Landstraße außenherum gehen können, doch das war eine Meile weiter, und sie fürchtete, es würde ihr zuviel. Und außerdem mußte das Vieh gefüttert werden. Ein bißchen Heu war noch da und etwas Mais. Vielleicht brachten ihr Mann und ihr Sohn Futter mit, wenn sie nach Hause kamen. Sie waren mit dem einzigen Einspänner weggefahren, den die Grimes noch besaßen, einem klapprigen Ding mit einem klapperdürren Gaul davor, und zwei weitere Klepper führten sie am Halfter mit. Sie wollten auf den Pferdehandel und, wenn's ging, beim Tauschen etwas Geld herausschlagen. Vielleicht kamen sie betrunken heim. Es war gut, etwas im Haus zu haben, wenn sie zurückkehrten.

Der Sohn hatte ein Verhältnis mit einer Frau in der Bezirkshauptstadt, die fünfzehn Meilen entfernt war. Es war ein ziemlich grobes, hartherziges Weib. Im Sommer hatte der Sohn sie einmal mit nach Hause gebracht. Sie und der Sohn hatten beide schon getrunken. Jake Grimes war nicht da, und der Sohn und sein Frauenzimmer hatten die alte Frau wie eine Magd herumkommandiert. Es machte ihr nicht viel; sie war ja daran gewöhnt. Was auch geschah, sie sagte nie ein Wort. Damit kam sie am besten durch. So hatte sie es als junges Mädchen bei dem Deutschen gehalten, und ebenso seit sie Jake geheiratet hatte. Als damals ihr Sohn die Frau mitbrachte, blieben sie die ganze Nacht und schliefen zusammen, als ob sie verheiratet wären. Die alte Frau hatte sich darüber nicht aufgeregt, wenigstens nicht sehr. Sie hatte es im Leben aufgegeben, sich über etwas aufzuregen.

Mit dem Packen auf ihrem Rücken wanderte sie mühselig über freies Feld, wo sie durch tiefen Schnee stapfen mußte, und kam dann in den Wald.

Dort gab es einen Pfad, aber es war schwer, ihn nicht zu verfehlen. Gerade oben auf dem Hügel, wo der Wald am dichtesten war, befand sich eine kleine Lichtung. Ob jemand einst daran gedacht hatte, dort ein Haus zu bauen? Die Lichtung war so groß wie ein Baugrundstück in der Stadt, geräumig genug für ein Haus mit Garten. Der Pfad lief an ihrem Rand entlang, und als die alte Frau dort ankam, setzte sie sich an den Fuß eines Baumes, um sich auszuruhen.

Wie unbesonnen von ihr! Doch als sie sich zurechtgerückt hatte und ihre Last gegen den Baumstamm gestützt hatte, war ihr wohl; aber wie sollte sie wieder aufkommen? Einen Augenblick dachte sie mit Sorge daran, dann schloß sie still die Augen.

Sie muß eine Weile geschlafen haben. Wenn man so durchgefroren ist, kann man nicht noch mehr frieren. Gegen Abend wurde es etwas milder, und der Schnee fiel immer dichter. Doch nach einiger Zeit klärte es sich auf. Sogar der Mond kam hervor.

Alle ihre vier Hunde waren Mrs. Grimes in die Stadt nachgelaufen, lauter große, hagere Tiere. Männer wie Jake Grimes und sein Sohn halten sich immer solche Hunde. Die Tiere werden schlecht behandelt, mit Fußtritten traktiert, aber sie bleiben. Um nicht zu verhungern, mußten die Grimesschen Hunde meist selber auf Futtersuche gehn, und das hatten sie auch getan, während die alte Frau, an den Baum gelehnt, am Rand der Lichtung eingeschlummert war. Im Wald und in den umliegenden Feldern hatten sie Kaninchen aufgestöbert, und bei ihrem Beutezug hatten sich noch drei fremde Hunde zu ihnen gesellt.

Nach einiger Zeit kamen die Hunde alle wieder auf die Lichtung. Irgend etwas machte sie unruhig. Solche klaren, kalten Mondnächte haben etwas Erregendes für Hunde. Vielleicht rührt sich dann in ihnen ein Urinstinkt, der sich aus den Zeiten vererbt hat, als sie noch Wölfe waren und in den Winternächten in Rudeln durch die Wälder streiften.

Die Hunde, die nun vor der alten Frau auf der Lichtung haltmachten, hatten ein paar Kaninchen gefangen, ihr Heißhunger war gestillt. So fingen sie an zu spielen, liefen im Kreis auf der Lichtung herum. Immer rundherum und rundherum liefen sie, jeder mit der Nase an dem Schwanz des andern. Es muß ein seltsames Bild gewesen sein, wie sie unter dem winterlichen Mond auf der Waldlichtung zwischen den schneebeladenen Bäumen stumm die Runde machten, immer in der Spur, die ihre Pfoten in den weichen Schnee getreten hatten. Die Hunde gaben keinen Laut. Sie liefen nur immer im Kreis herum. Wer weiß, vielleicht hat die alte Frau sie noch so gesehen, ehe sie starb. Vielleicht ist sie noch ein paarmal aufgewacht und hat mit ihren trüben alten Augen das seltsame Bild betrachtet.

Die Kälte hat sie wohl kaum gespürt, war wohl nur schläfrig. Das Leben ist zäh und schwindet nur langsam. Mag sein, daß die alte Frau nicht mehr ganz bei klarem Verstand war. Vielleicht träumte sie von ihrer Mädchenzeit bei den Deutschen oder von den Jahren vorher, als sie noch ein Kind war, bevor ihre Mutter davonlief und sie im Stich ließ.

Es sind gewiß keine schönen Träume gewesen. Sie hatte wenig Schönes in ihrem Leben erlebt. Ab und zu verließ einer der Grimesschen Hunde den Kreis und blieb vor ihr stehen. Er schnupperte ihr mit der Schnauze übers Gesicht, und die rote Zunge hing ihm dabei aus dem Maul.

Vielleicht war es so etwas wie eine Beschwörung, ein Todesbann, dieser Lauf immer in der Runde. Mag sein, daß die ursprüngliche Wolfsnatur, die die Nacht und das Herumhetzen im Schnee in ihnen wieder wach werden ließen, sie dunkel beängstigte.

Wir sind keine Wölfe mehr! Wir sind Hunde, Diener des Menschen. Bleib am Leben, Mensch! Wenn der Mensch stirbt, werden wir wieder Wölfe!

Wenn einer der Hunde sich der Alten näherte, wie sie da mit dem Rücken gegen den Baum gelehnt saß, und ihr übers Gesicht schnupperte, schien er jedesmal befriedigt und lief wieder mit den andern rundum. Den ganzen Abend kam so immer wieder einer ihrer Hunde zu ihr, bis sie starb. Später, als ich erwachsen war, wurde mir das alles klar, denn in den Wäldern von Illinois habe ich, auch in einer Winternacht, einmal erlebt, wie ein Rudel Hunde sich ebenso verhielt. Die Hunde warteten darauf, daß ich stürbe, so wie sie in jener Nacht, als ich noch ein Kind war, auf den Tod der alten Frau gewartet hatten; doch als es mir geschah, war ich noch ein junger Mann und dachte nicht daran, zu sterben.

Die alte Frau ist sanft und friedlich gestorben. Als einer ihrer Hunde wieder zu ihr gelaufen kam und witterte, daß sie tot war, hörten alle Hunde zu laufen auf.

Sie scharten sich um sie.

So, nun war sie tot. Solange sie lebte, hatte sie ihre Hunde gefüttert. Und was nun?

Da war das Bündel auf ihrem Rücken, der Kornsack mit dem Pökelfleisch, der Leber, die der Metzger ihr geschenkt hatte, dem Fleisch für die Hunde und den Suppenknochen. Der Metzger in der Stadt hatte ihr, plötzlich von Mitleid überkommen, den Kornsack tüchtig vollgepackt. Es war eine reiche Beute für die alte Frau gewesen.

Nun wurde es eine reiche Beute für die Hunde.

IV

Plötzlich sprang einer der Grimesschen Hunde aus dem Rudel vor und begann an dem Bündel auf dem Rücken der alten Frau zu zerren. Unter Wölfen wäre dieser der Anführer des Rudels geworden. Was er tat, machten ihm nun alle die andern nach.

Alle schlugen ihre Zähne in den Kornsack, den sich die alte Frau mit einer dicken Hanfschnur auf den Rücken gebunden hatte.

Sie schleiften den Leichnam der Alten auf die offene Lichtung hinaus. Rasch war ihr das abgetragene Kleid von den Schultern gerissen. Als man sie einen oder zwei Tage darauf fand, war ihr das Kleid bis zu den Hüften vom Leibe gezerrt, doch ihren Körper hatten die Hunde nicht angerührt. Sie hatten nur das Fleisch aus dem Kornsack geholt, weiter nichts. Sie war steif gefroren, als man sie fand, und die Schultern waren so schmal und der Körper so schmächtig, daß sie im Tode wie ein zartes junges Mädchen aussah.

Solche Dinge geschahen damals noch, als ich ein Junge war, in Städten des Mittelwestens und auf Farmen der Nachbarschaft.

Ein Jäger, der Kaninchen schießen wollte, fand die Leiche der alten Frau, aber er rührte sie nicht an. Irgend etwas, die kreisförmige Spur auf der kleinen beschneiten Lichtung, das Schweigen ringsum, der zerwühlte Schnee, wo die Hunde den Leichnam hin und her gezerrt hatten, um den Kornsack loszureißen oder aufzuschlitzen – irgend etwas schlug den Mann da mit Entsetzen, und er eilte davon, der Stadt zu.

Ich war auf der Hauptstraße mit einem meiner Brüder, der Zeitungsjunge war und gerade die Abendblätter in die Geschäfte brachte. Es wurde schon fast dunkel.

Der Jäger ging zu einem Krämer und erzählte ihm seine Geschichte. Dann ging er in eine Eisenwarenhandlung und in ein Drugstore. Die Leute begannen sich auf dem Gehsteig zusammenzuscharen. Dann machten sie sich auf und zogen auf der Landstraße zu der Lichtung im Wald.

Mein Bruder hätte seine Zeitungen weiter austragen müssen, doch das tat er nicht. Alles lief in den Wald. Der Leichenbestatter ging und der Sheriff ging. Ein paar Männer stiegen auf einen Wagen und fuhren bis dahin, wo der Pfad von der Landstraße abbog und in den Wald führte, doch die Pferde hatten keine sehr scharfen Hufeisen und rutschten auf der glatten Straße aus. Sie kamen nicht schneller voran als wir, die wir zu Fuß hingingen.

Der Sheriff war ein hochgewachsener Mann, der im Bürgerkrieg am Bein verwundet worden war. Auf einen schweren Stock gestützt, humpelte er eilig die Straße entlang. Mein Bruder und ich folgten ihm auf den Fersen, und unterwegs schlossen sich noch andere Männer und Jungen an.

Als wir zu der Stelle kamen, wo die alte Frau die Straße verlassen hatte, war es dunkel geworden, doch der Mond war aufgegangen. Der Sheriff dachte, es könne sich um einen Mord handeln. Er stellte dem Jäger allerhand Fragen. Der Jäger ging, das Gewehr über der Schulter, voran, und sein Hund folgte ihm bei Fuß. Ein Kaninchenjäger kommt nicht leicht in die Lage, eine so wichtige Rolle zu spielen. Er nahm die Gelegenheit gründlich wahr, wie er da mit dem Sheriff an der Spitze des Zuges schritt. »Wunden hab ich keine gesehen. Es war ein schönes junges Mädchen. Sie lag mit dem Gesicht im Schnee. Nein, ich kenne sie nicht.« Der Jäger hatte sich den Leichnam nicht näher angesehen. Die Sache war ihm nicht geheuer. Sie konnte ja ermordet worden sein, und vielleicht sprang jemand hinter einem Baum hervor und ermordete ihn auch noch. Gegen Abend und im Wald, wenn die Bäume ganz kahl sind und der Boden weiß ist von Schnee, und alles so still ist, kann man wohl an Leib und Seele erschauern. Wo etwas Rätselhaftes oder Unheimliches in der

Nähe geschehen ist, hat man nur den einen Gedanken, sich so schnell man kann davonzumachen.

Die Schar der Männer und Jungen war an der Stelle angelangt, wo die Frau das Feld überquert hatte, und nun zog alles hinter dem Sheriff und dem Jäger her die kleine Anhöhe hinauf in den Wald.

Mein Bruder und ich schwiegen. Er trug sein Bündel Zeitungen in einer Tasche um die Schulter gehängt. Wenn er in die Stadt zurückkam, mußte er erst seine Zeitungen weiter austragen, ehe er zum Abendessen nach Hause ginge. Wenn ich mitging, wie er sicherlich schon beschlossen hatte, kämen wir beide zu spät heim. Mutter oder unsere ältere Schwester würde uns das Essen aufwärmen müssen.

Aber wir hatten ja etwas zu erzählen. Eine solche Gelegenheit findet ein Junge nicht alle Tage. Wir hatten Glück gehabt, daß wir zufällig gerade bei dem Krämer waren, als der Jäger hereinkam. Der Jäger war vom Lande. Wir hatten ihn beide noch nie gesehen.

Die Schar der Männer und Jungen hatte nun die Lichtung erreicht. Es wird schnell dunkel an solchen Winterabenden, aber der Vollmond erhellte alles. Mein Bruder und ich standen neben dem Baum, unter dem die alte Frau gestorben war. Sie sah nicht alt aus, wie sie im Mondschein dalag, steifgefroren und still. Einer der Männer drehte sie im Schnee um, und ich sah alles. Ein seltsames, geheimnisvolles Gefühl ließ mich erschauern, und meinem Bruder ging es ebenso. Es kann auch die Kälte gewesen sein.

Beide hatten wir noch nie den Körper einer Frau gesehen. Vielleicht machte der Schnee, der an dem erfrorenen Leib haftete, ihn so weiß und schön, wie Marmor. Keine Frau war aus der Stadt mitgekommen; doch einer der Männer, es war der Schmied, zog seinen Mantel aus und deckte sie damit zu. Dann hob er sie auf und trug sie auf seinen Armen in die Stadt, und alle anderen gingen schweigend hinterher. Da wußte noch niemand, wer sie war.

V

Ich hatte alles gesehen, den länglichen Kreis im Schnee, wie eine Rennbahn im Kleinen, wo die Hunde gelaufen waren, hatte gesehen, wie die Männer so geheimnisvoll angerührt waren, hatte den nackten weißen Rücken gesehen, der so jung erschien, hatte gehört, was die Männer einander zuflüsterten.

Die Männer standen vor einem Rätsel. Sie trugen die Tote zum Leichenbestatter, und als der Schmied, der Jäger, der Sheriff und noch einige andere hineingegangen waren, schlossen sie die Tür zu. Wäre mein Vater dagewesen, sie hätten ihn sicher hineingelassen, aber wir Jungen durften es nicht.

Ich trug mit meinem Bruder die übrigen Zeitungen aus, und als wir heimkamen, erzählte mein Bruder, was wir erlebt hatten.

Ich schwieg still und ging früh zu Bett. Vielleicht befriedigte es mich nicht, wie er es erzählte.

Später muß ich in der Stadt wohl noch mehr Einzelheiten von der Geschichte der alten Frau gehört haben. Am nächsten Tag fand man heraus, wer sie war, und es wurde eine Untersuchung angestellt.

Der Mann und der Sohn wurden irgendwo gefunden und in die Stadt gebracht; man versuchte, sie mit dem Tod der alten Frau in Verbindung zu bringen, doch damit war es nichts. Sie hatten ein einwandfreies Alibi.

Trotzdem war die Stadt gegen sie aufgebracht. Sie mußten die Gegend verlassen. Wohin sie gingen, habe ich nie erfahren.

Ich erinnere mich nur noch an das Bild dort im Wald, an die Männer, wie sie da herumstanden, an die nackte, mädchenhaft aussehende Gestalt, die mit dem Gesicht im Schnee lag, an die Spur, die die Hunde hinterlassen hatten, und den kalten, klaren Winterhimmel über uns. Weiße Wolkenfetzen trieben am Himmel dahin. Sie jagten durch den kleinen offenen Raum zwischen den Baumkronen.

Die Szene im Wald wurde für mich, ohne daß ich's wußte, zum Kern der Geschichte, die ich zu erzählen versuche. Die weiteren Einzelheiten habe ich erst allmählich, lange danach, zusammengetragen.

Manches ist wirklich so geschehen. Als junger Mann habe ich auf der Farm eines Deutschen gearbeitet. Die Magd, die dort arbeitete, fürchtete ihren Brotherrn. Die Frau des Farmers haßte sie.

Da habe ich manches gesehen. Später, in einer mondhellen Winternacht in einem Wald von Illinois, erlebte ich das rätselhafte, fast unheimliche Abenteuer mit den Hunden. Und als ich noch in der Schule war, ging ich einmal an einem Sommertag mit einem anderen Jungen ein paar Meilen außerhalb der Stadt an einem Bach entlang und kam zu dem Haus, in dem die alte Frau gelebt hatte. Niemand hatte seit ihrem Tod mehr in dem Haus gewohnt. Die Türen waren aus den Angeln gefallen; die Fensterscheiben waren alle zerbrochen. Während der Junge und ich draußen auf der Straße standen, kamen zwei Hunde, sicher nur herumstreunende Bauernhunde, um die Ecke gelaufen. Es waren große hagere Tiere, sie kamen an den Zaun und starrten uns, die wir auf der Landstraße standen, böse an.

Das Ganze, die Geschichte der alten Frau, war für mich, als ich älter wurde, wie eine Melodie, die von ferne zu mir herüberwehte. Die Töne dazu mußte ich mir mit der Zeit einen nach dem andern zusammensuchen. Es war etwas daran, das mich nicht losließ, und ich versuchte, es zu verstehen.

Leibliches Leben zu ernähren – das war das Los der Frau gewesen, die man da tot gefunden. Wenigstens hat sie nie etwas anderes getan. Immer ernährte sie leibliches Leben: ehe sie geboren wurde, als Kind, als junges Mädchen auf der Farm des Deutschen, nach ihrer Heirat, als sie älter wurde und noch im Sterben. Sie nährte das animalische Leben in Kühen, Hühnern und Schweinen, in Pferden, in Hunden und in Menschen. Ihre Tochter war als kleines Kind gestorben, mit dem Sohn verknüpfte sie kein seelisches Band. Am Abend ihres Todes eilte sie heim, auf ihrem Rücken Nahrung für das animalische Leben herbeischleppend. Sie starb auf der Lichtung im Walde, und selbst im Tode noch gab sie dem Lebendigen Nahrung.

Wahrscheinlich fühlte ich, daß mein Bruder, als wir an jenem Abend nach Hause kamen und er die Geschichte erzählte und meine Mutter und meine Schwester dasaßen und ihm zuhörten, das Wesentliche nicht erfaßte. Er war zu jung dazu, und ich war es auch. Etwas so in sich Abgerundetes hat seine eigene Schönheit.

Ich will den Punkt nicht dramatisieren. Ich möchte nur erklären, was mich an seiner Erzählung damals und auch später immer unbefriedigt ließ. Ich spreche nur davon, damit ihr versteht, warum es mir keine Ruhe ließ und ich die einfache Geschichte noch einmal von Anfang an erzählen mußte.

Die Geschworenen mögen entscheiden

Sie betrieben eine Schnapsbrennerei oben in den Bergen. Sie waren ihrer drei. Alle drei waren rauhe Kerls.

Das heißt, mit ihnen war nicht zu spaßen, wenigstens nicht mit zweien von der Bande.

Da war vor allem Harvey Groves. Sein Vater, der alte Groves, war vor dreißig Jahren in die Berge gekommen und hatte dort eine Menge Land gekauft.

Er besaß nicht einen Cent und hatte nur eine kleine Anzahlung auf das Land gemacht.

Sofort fing er an, schwarz gebrannten Moon-Whisky zu machen. Er war einer von denen, die aus allem möglichen ganz ordentlichen Whisky brauen. Einer, der wirklich etwas davon versteht, macht Whisky aus Kartoffeln, aus Buchweizen, aus Gerste, aus Mais oder was er sonst bekommen kann. Jemand aus dieser Gegend saß mal im Gefängnis. Da machte er Whisky aus den Dörrpflaumen, die die Gefangenen zum Frühstück bekamen; wenigstens nannte er das Whisky. Der alte Groves pflegte seinen Whisky unten in der Sägemühle zu verkaufen. Drüben auf dem Briar Top Mountain wurde damals ein großer Wald abgeholzt. Die Stämme rollten sie den Berg hinunter und beförderten sie in den Ort Lumberville. Der alte Groves verkaufte seinen Whisky an die Holzfäller und Mühlenarbeiter, und der Direktor wurde wütend. Er ließ den alten Groves in sein Büro kommen, um ihm seine Meinung zu sagen.

Statt dessen sagte der alte Groves ihm seine Meinung. Der Direktor sagte, er werde dem alten Groves schon das Handwerk legen, damit meinte er, ihm die Distriktspolizei oben in den Bergen auf den Hals hetzen; und der alte Groves erwiderte dem Direktor, wenn sich ein Polizist in seinen Bergen blicken ließe, würde er das ganze hoch um die Sägemühle von Lumberville aufgestapelte Holz in Brand stecken.

Das sagte er, und das galt; und der Mühlendirektor wußte, daß es galt.

Der Alte kam damit durch. Er blieb oben in seinen Bergen und zog seine große Kinderschar auf. Die zu Hause waren lauter Jungen. Die Grovesschen Mädchen sind zwar hierzulande in aller Munde, aber was aus ihnen geworden ist, habe ich nie gehört. Jetzt sind sie nicht mehr hier.

Harvey Groves war ein großer, grobknochiger junger Mann mit nur einem Auge. Das andere hatte er bei einer Schlägerei verloren. Er war fast noch ein Junge, als er schon anfing zu trinken, und wo er in den Bergen auftauchte, war der Teufel los; und als der Alte an Krebs starb und bald nach ihm seine Frau, und das Land unter die Söhne aufgeteilt und verkauft wurde, versoff und verspielte er seinen Anteil.

Als er Fünfundzwanzig war, fing er mit der Schwarzbrennerei an. Cal Long und George Small machten mit. Die drei legten ihr Geld zusammen, um den Destillierapparat zu kaufen.

Heutzutage kann man schwarzen Whisky schon in einem kleinen Destillierapparat brennen, ungefähr vierzehn Gallonen in einem Brand, und ein Brand dauert etwa eine Nacht; das ist dann der sogenannte ›Über-Nacht-Schnaps‹.

Er ist leicht an den Mann zu bringen. Viele kaufen ihn auf und setzen ihn in den Bergwerksdistrikten östlich von hier ab. Es ist ein ziemlich scharfes Zeug.

Cal Long, der sich mit Harvey zusammentat, ist ein großer bärtiger Kerl, stark wie ein Ochse. Einer der gemeinsten Hunde unter der Sonne. Wenn er nicht getrunken hat, könnte man ihn für einen ganz friedfertigen Menschen halten, aber wenn er anfängt zu saufen, dann sieh dich vor! Meist hat er ein langes Messer bei sich, und schon manchen hat er damit übel zugerichtet. Dreimal hat er schon im Gefängnis gesessen.

Der dritte im Bunde war George Small. Er kam oft an unserm Haus vorbei, denn eine Zeitlang wohnte er in unserer Gegend. Er ist ein kleiner, sichtlich nervöser junger Mann und hat bis zum vergangenen Sommer auf der Farm des alten Barclay gearbeitet. Eines Tages im letzten Herbst, als ich an der Straße, wo es zu Barclays Farm geht, unter einer Brücke saß und angelte, kam George daher.

Was damals mit ihm los war, habe ich nie erfahren. Ich saß still unter der Brücke, und er kam auf der Landstraße heran und machte ganz merkwürdige Bewegungen mit den Händen. Er wusch sie sozusagen trocken. Seine Lippen bewegten sich. Kurz vor der Brücke macht die Straße einen Bogen, so sah ich ihn schon eine halbe Meile herankommen. Ich hockte unter der Brücke und konnte ihn sehen, ohne daß er mich sah. Als er näher kam, hörte ich auch, was er sagte: »O mein Gott, gib, daß ich's nicht tue!« wiederholte er immerzu. Im Frühjahr zuvor hatte er geheiratet. Vielleicht hatte er Kummer mit seiner Frau. Ich sehe sie noch vor mir, eine kleine Rothaarige. Einmal traf ich die beiden zusammen. George trug ihr Kind auf dem Arm, wir blieben beieinander stehen und hielten einen kleinen Schwatz. Die Frau entfernte sich ein Stückchen. Sie war scheu wie die meisten Frauen aus den Bergen. George zeigte mir das Kleine; es war kaum zwei Wochen alt und hatte ein runzliges, altes Gesichtchen. Es schien um Jahrzehnte älter als Vater und Mutter, aber George barst fast vor Stolz, als ich es betrachtete.

Wie er dazu kam, mit Männern wie Harvey Groves und Cal Long gemeinsame Sache zu machen, ist mir unbegreiflich, und warum sie ihn dabeihaben wollten, ist mir ebenso unbegreiflich.

Ich hatte immer den Eindruck, daß er ein ländlicher Neurotiker war, wie man sie in den Städten oft sieht. Er schien mir unter den Männern dieser Berge stets fehl am Platz.

Möglicherweise war er unter den Einfluß Cal Longs geraten. Männer wie Cal tyrannisieren ja gern andre Leute durch ihre Brutalität, aber ihm machte es auch Vergnügen, jemanden seelisch zu drangsalieren.

Luther Ford hat mir so eine Geschichte von Cal und George erzählt. An einem Winderabend sei Cal vor George Smalls Häuschen erschienen – eine kleine Bruchbude oben in den Bergen – und habe George herausgerufen. Die beiden zogen zusammen los in die Stadt und betranken sich. Gegen zwei Uhr morgens kamen sie zurück und blieben auf dem Weg vor Georges Haus stehen. Ich erzählte ja schon von seiner Frau. Luther sagte, sie sei damals krank gewesen. Sie erwartete ihr zweites Kind. Ein Nachbar hatte Luther Ford die Sache geschildert. Was sich da abgespielt hat, gehört zu den gräßlichen Dingen, die auf dem Land häufig vorkommen; man kriegt eine Gänsehaut, wenn man's hört. Er sagte, die beiden Männer hätten auf dem Weg gestanden und die kranke Frau da drinnen verflucht.

Der kleine, nervöse George Small lief da im Schnee auf und ab und verfluchte seine Frau, und Cal Long stachelte ihn immer noch mehr an. George sei wie ein kleiner Gockel herumstolziert. Es muß ein sehenswerter Anblick gewesen sein, aber es konnte einem wohl auch übel dabei werden. Luther Ford sagte, bloß vom Erzählenhören hätte er schon so ein sonderbares Gefühl in der Magengrube gehabt.

Anfang dieses Frühjahrs also verlegten sich die drei aufs Whiskybrennen.

Mit Cal und Harvey Groves war es die alte Geschichte: ein Hund frißt den andern. Sie hatten den Destillierapparat gemeinsam gekauft, jeder hatte ein Drittel zu den Kosten beigetragen, und dann eines Nachts, nachdem sie zwei Fäßchen gebrannt und verkauft hatten, machte sich Harvey mit dem Brenngeschirr davon und ließ die beiden andern sitzen.

Natürlich überlegte sich Cal, wie er ihn dafür rankriegen könnte.

Es gab kein Gesetz, das er und George anrufen konnten – oder wie man das nennt, wenn man mit Hilfe des Gesetzes jemanden fangen will.

Cal brauchte eine Woche, um ausfindig zu machen, wo Harvey sich versteckt hatte und die Brennerei betrieb, und dann ging er zu George.

Er wollte Harvey erwischen, aber er wollte auch den Destillierapparat an sich bringen.

So begab er sich dann zu George Smalls Häuschen und stapfte zur Tür herein. George saß da und erstarrte vor Schrecken bei seinem Anblick. Seine Frau, dünner denn je, seit sie ihr zweites Kind bekommen hatte, und noch ziemlich krank, lag auf dem Bett. In diesen kleinen Berghütten gibt es häufig nur einen einzigen Raum, in dem alle kochen, essen und schlafen – oft eine große Familie.

Als die Frau Cal erblickte, fing sie an zu weinen, und sehr wahrscheinlich war auch George nahe daran, loszuheulen.

Cal setzte sich auf einen Stuhl und zog eine Flasche aus der Tasche. Georges Frau sagte, er habe schon getrunken gehabt. Er bot auch George einen Drink an, schob ihm die Flasche mit einem so drohenden Blick hin, daß George es annehmen mußte. George nahm vier- oder fünfmal einen tüchtigen Schluck, ohne Cal oder seine Frau, die stöhnend und weinend auf dem Bett lag, noch einmal anzusehen. Cal sagte nicht ein einziges Wort.

Dann sprang George plötzlich auf und begann – diesmal ohne die Geste des Händewaschens, wie damals – seine Frau anzubrüllen.

»Bist du still, du gottverdammtes Weib!« schrie er.

Dann tat er etwas Hirnverbranntes. In der Kammer gab es nur zwei Stühle, auf dem einen hatte Cal Long gesessen und George auf dem andern. Als Cal aufstand, nahm George die Stühle einen nach dem andern mit hinaus und schlug sie an der Ecke der Hütte in tausend Stücke.

Cal Long lachte darüber. Dann sagte er zu George, er solle sein Gewehr holen.

George gehorchte. Es hing an einem Haken im Haus und war, vermute ich, geladen, und die beiden gingen zusammen in den Wald.

Harvey Groves war übermütig geworden. Er muß geglaubt haben, Cal hätte Angst vor ihm. Das ist die Schwäche dieser harten Kerls. Sie meinen immer, kein andrer wäre so hartgesotten wie sie selber.

Harvey hatte den Destillierapparat in einer baufälligen Hütte auf dem Land, das einmal seinem Vater gehört hat, aufgestellt, und machte gerade einen Tagesbrand.

Er hatte da oben zwei Gewehre, kam aber gar nicht dazu, auch nur eins zu benutzen.

Cal und George müssen sich in dem hohen Gras und Kraut ganz nah an das Haus herangepirscht haben.

Sie standen dicht davor, George mit dem Gewehr in der Hand, und da erschien Harvey in der Haustür. Manche dieser Bergbewohner, die schon mit den Gesetzen in Konflikt gekommen sind, als sie noch halbe Kinder waren, haben scharfe Augen und Ohren.

Es muß ein entsetzlicher Augenblick gewesen sein. Ich habe

mit Luther Ford und einigen anderen darüber gesprochen. Natürlich tut George uns allen leid.

Luther, in dem ein Dramatiker steckt, führt die Szene gerne vor. Sicherlich ist seine Fassung eine Ausgeburt der Phantasie. Wenn er die Geschichte erzählt, kniet er im Gras und hält einen Stock in der Hand. Er fängt an zu zittern, daß die Spitze des Stockes hin und her wackelt. Einen Baum in einiger Entfernung nimmt er aufs Korn als Harvey Groves, der nun tot ist. Wenn er uns das so vorspielt, wobei wir alle um ihn herumstehen und uns, trotz der lächerlichen Figur, die Luther dabei macht, beinah der Atem stockt, wackelt er etwa fünf Sekunden mit dem Stock wie einer, der vor Angst nicht aus noch ein weiß, und auf einmal erstarrt er, ganz feste Entschlossenheit.

Luther könnte seine Sache besser machen, wenn er von anderer Statur wäre, nicht so ein langer Kerl mit lockeren Gliedern, während George Small, dessen Rolle er in der Tragödie spielt, klein ist und, wie gesagt, nervös und krampfhaft zapplig. Aber Luther tut, was er kann, leise bemerkt er zu uns Zuschauern: »Jetzt hat Cal mich in den Rücken gestupst.«

Er stellt sich's nämlich folgendermaßen vor, müßt ihr verstehen: die beiden Männer haben sich am späten Nachmittag an das einsame Häuschen in den Bergen herangeschlichen, George Small mit dem schwergeladenen Schießgewehr voraus, in Wirklichkeit von Cal Long, der ihm auf den Fersen folgt, vorwärts getrieben, einem Mann, so erklärt Luther, dem George einfach nicht gewachsen war; und in dem verhängnisvollen Augenblick, als sie Harvey Groves gegenüberstanden und es wohl darum ging, zu schießen oder erschossen zu werden, und George schwach wurde, berührte Cal Long ihn im Rücken.

Diese Berührung war nach Luthers Auffassung ein Befehl. Das hieß: »Schieß!«, und Georges Körper erstarrte, und er schoß. Und er traf sogar.

Neben der Haustür lag ein Stück Eisenblech. Was es damit für eine Bewandtnis hatte, weiß ich nicht. Vielleicht war es ein Teil des gestohlenen Destillierapparats. In dem Bruchteil einer Sekunde, den Harvey noch zu leben hatte, riß er das Blech an sich und hielt es vor sich wie einen Schild.

Die Kugel durchschlug glatt das Metall und Harveys Kopf und noch ein Brett hinter seinem Kopf. Vielleicht war das Gewehr gar nicht geladen gewesen, als George es aus seinem Haus holte. Gut möglich, daß Cal Long es geladen hatte.

Jedenfalls ist Harvey Groves tot. Luther sagt, verendet wie eine Ratte in ihrem Loch – er sei einfach vornübergestürzt, hätte noch ein paarmal um sich geschlagen und sei tot gewesen. Wie eine Ratte in ihrem Loch noch viel um sich schlagen kann, wenn sie verendet, ist mir schleierhaft.

Nach dem Mord rannten Cal und George natürlich davon, doch bevor sie den ersten Schritt taten, nahm Cal George Small das Gewehr aus den Händen und warf es ins Gras.

Bloß so zum Beweis, sagt Luther, mit wessen Gewehr der Mord begangen worden war.

Sie rannten also davon und versteckten sich selbstverständlich. Sie brauchten sich damit nicht sonderlich zu beeilen. Es war ja eine einsame Gegend, wo sie Harvey Groves niedergeknallt hatten, und es hätten Tage vergehen können, ehe man ihn fand, wenn nicht George Smalls Frau, die krank war und ebenso nervös wie er, in die Stadt hinuntergelaufen wäre, nachdem Cal und George die Hütte verlassen hatten; dort ging sie weinend und händeringend von Laden zu Laden wie eine Irre und erzählte allen Leuten, ihr Mann und Cal Long wollten jemanden umbringen.

Das brachte natürlich alle in Bewegung. Manche Leute in der Stadt müssen Bescheid gewußt haben, daß Cal und George und Harvey unter einer Decke steckten, und was sie zusammen trieben.

Sie fanden die Leiche am nächsten Morgen – der Mord war um vier Uhr nachmittags geschehen –, und schon am Nachmittag darauf wurde George Small gefaßt.

Cal Long war seine Gesellschaft bald leid geworden und hatte ihn sich selbst überlassen; er mochte sehen, wie er durchkam. Cal haben sie noch nicht erwischt. Viele Leute meinen, den würden sie nie kriegen. »Der ist zu gerissen«, sagt Luther Ford.

George fanden sie jenseits der Berge am Straßenrand sitzend. Er sagt, Cal Long hätte ein vorüberfahrendes Auto angehalten, einen Ford, und sich den Fahrer mit einem

Revolver, den er schon die ganze Zeit in der Tasche gehabt hatte, gefügig gemacht.

Man hat nicht einmal den Mann ausfindig gemacht, der den Ford steuerte. Vielleicht war es jemand, der Cal kennt und fürchtet.

Kurz und gut, sie haben George Small drüben in der Bezirkshauptstadt ins Gefängnis gesteckt, und er erzählt jedem, daß er den Mord begangen hat, und sitzt da und stöhnt und reibt sich die komischen kleinen Hände und sagt immerzu: »Lieber Gott, gib, daß ich's nicht tue!«, wie an dem Tag, als er über die Brücke kam und ich unter der Brücke angelte und ihn sah und hörte, lange bevor dies Unglück über ihn hereinbrach. Ich nehme an, sie werden ihn hängen oder auf dem elektrischen Stuhl hinrichten – je nachdem, was in diesem Staat üblich ist –, wenn man über ihn zu Gericht sitzt.

Und seine Frau liegt mit hohem Fieber im Bett und, sagt Luther, hat nun ganz den Verstand verloren.

Aber Luther, der die Sache so dramatisch darstellt, wenn er nur ein Publikum findet, und der so etwas wie ein Prophet ist, meint, wenn sie zu dem Verfahren Geschworene aus dieser Gegend nehmen müssen, würden die Geschworenen, mag auch der Tatbestand gegen ihn sprechen, ihn als ›nicht schuldig‹ befinden.

Er jedenfalls, sagt Luther, würde das tun, und andere, die seine Darstellung der Geschichte gesehen haben und Cal Long und Harvey Groves und George Small besser kennen als ich, da sie schon länger in dieser Gegend leben und die drei kannten, als sie noch kleine Jungen waren, sagen dasselbe.

Das mag wahr sein. Ich selber, so wie ich nun einmal bin und nachdem ich dies alles gehört und gesehen habe . . .

Wie soll ich wissen, was ich denke?

Das ist natürlich eine Sache, über die die Geschworenen zu befinden haben.

Bruder Tod

Von den beiden Eichen standen nur noch die Stümpfe da, kniehoch für einen nicht allzu großen Mann und mit einer ganz glatten Schnittfläche. Für die beiden Kinder waren sie etwas Geheimnisvolles. Sie hatten zugesehen, wie man die beiden Bäume fällte, aber als die Stämme stürzten, waren sie weggelaufen. Daß die beiden Stümpfe stehenblieben, hatten sie nicht bedacht, sie hatten nicht einmal hingeschaut. Als Ted später mit seiner Schwester Mary von ihnen sprach, sagte er: »Ob sie wohl bluten, so wie ein Bein blutet, wenn der Doktor es einem Mann abschneidet?« Er hatte allerhand Geschichten aus dem Kriege erzählen hören. Eines Tages war sogar ein Mann, der den Weltkrieg mitgemacht und einen Arm verloren hatte, auf die Farm gekommen, um einen der Landarbeiter zu besuchen. Ted hatte ihn in einer Scheune im Gespräch mit dem andern gesehen. Aber bei seinen Worten erhob Mary sogleich Widerspruch. Sie hatte nicht das Glück gehabt, gerade in der Scheune zu sein, als der Einarmige mit dem andern sprach, und sie beneidete Ted darum. »Meinst du denn, bei Frauen und Mädchen würden die Beine nicht bluten?« sagte sie; doch Ted erwiderte, das sei Blödsinn. »Frauen und Mädchen nimmt man nicht ein Bein oder einen Arm ab, das gibt es nicht«, behauptete er. »Warum nicht? Das möchte ich ja nun mal wissen, warum nicht?« sagte Mary immer wieder.

Wären sie doch dageblieben, als damals die Bäume gefällt wurden! »Dann hätten wir hingehen und die Stellen befühlen können«, sagte Ted; die Stümpfe, meinte er. Ob sie noch warm gewesen waren? Ob sie wohl geblutet hatten? Nachher gingen sie hin und befühlten die Stellen, doch es war ein kalter Tag, und die Baumstümpfe waren kalt. Ted behauptete steif und fest, nur Männern würden Arme und Beine abgenommen, doch Mary dachte an Autounfälle. »Du darfst doch nicht nur an den Krieg denken. Auch mit dem Auto kann ein Unglück passieren«, sagte sie; aber Ted war nicht zu überzeugen.

Sie waren beide noch Kinder, doch etwas hatte sie sonderbar alt gemacht für ihre Jahre. Mary war vierzehn und Ted elf, aber Ted war nicht gesund, das glich den Altersunterschied einigermaßen aus. Sie waren die Kinder eines wohlhabenden Farmers namens John Grey, der in der Gegend des Blue Ridge in Südwestvirginia wohnte. Das breite Tal, Rich Valley genannt, war von einer Eisenbahnlinie und einem Flüßchen durchzogen, und im Norden und Süden sah man hohe Berge. Ted hatte ein Herzleiden, irgendeinen Schaden, den er von einer schweren Diphterie, an der er mit acht Jahren erkrankt war, zurückbehalten hatte. Er war dünn und schwächlich, aber ein eigentümlich lebhaftes Kind. Der Doktor sagte, er könne jeden Augenblick sterben, einfach tot umfallen. Seine Schwester Mary hatte ihn darum besonders lieb. Es hatte in ihr eine starke und energische Mütterlichkeit geweckt.

Die ganze Familie, die Nachbarn auf den umliegenden Farmen im Tal und selbst die Kinder in der Schule, die die beiden besuchten, spürten das Band zwischen den Geschwistern. »Sieh mal, wie sie zusammen dahergehen«, sagten die Leute. »Sie scheinen ja manchmal ganz vergnügt miteinander, aber sie sind viel zu ernst. Ja, für ihr Alter sind sie gar zu ernst. Doch ich glaube, unter den Umständen ist es wohl verständlich.« Jeder wußte ja, wie es mit Ted stand. Es war Mary sehr nahegegangen und hatte sie verändert. Mit ihren vierzehn Jahren war sie noch ein Kind und zugleich eine erwachsene Frau. Das Frauliche in ihr kam oft ganz unerwartet zum Vorschein.

Sie konnte sich in ihren Bruder hineinfühlen. Sie hatte Verständnis für ihn, der mit einem solchen Herzen leben mußte, einem Herzen, das jeden Augenblick aufhören konnte zu schlagen, so daß er tot umfiel, gefällt wie ein junger Baum. Die anderen Familienmitglieder der Familie Grey, das heißt, die älteren, Mutter und Vater und der älteste Bruder Don, der jetzt achtzehn war, erkannten wohl, daß die beiden Geschwister miteinander durch etwas verbunden waren, das ihnen allein gehörte, aber es war keine besonders klare Erkenntnis. Selbst bei den eigenen Angehörigen muß man ja jeden Augenblick auf Überraschungen gefaßt sein und sie können einem manchmal sehr weh tun. Man muß vor ihnen auf der Hut sein. Ted und Mary waren beide schon dahintergekommen.

Ihr Bruder Don war wie der Vater und schon mit achtzehn Jahren fast ein Mann. Von solchen Söhnen sagen die Leute: »Ein braver Junge! Das wird einmal ein rechter, solider Mann, auf den Verlaß ist.« Der Vater hatte als junger Mann nie getrunken, war nie hinter den Mädchen her gewesen, hatte nie über die Stränge geschlagen. Leichtsinnige Jugend hatte es im Rich Valley genug gegeben, als er ein junger Mann war. Manche hatten große Landgüter geerbt und alles mit Glücksspiel, Zechgelagen, Rennpferden und Weibern verpulvert. Das war beinahe schon Tradition in Virginia, aber John Grey war Landwirt mit Leib und Seele, wie alle Greys vor ihm. Es gab in dem Tal noch manche andere große Rinderfarm, die einem Grey gehörte. John Grey, das sagte jeder, war der geborene Viehzüchter. Er kannte sich in Fleischvieh aus, dem großen sogenannten Exporttyp, er verstand die Jungtiere auszulesen und auf Fleisch zu mästen. Er wußte auch, wie und wo man an das Jungvieh kam, das auf seinen Weiden besonders gut gedieh. Es war Blaugrasland. Die großen Fleischrinder kamen unmittelbar von seinen Weiden auf den Markt. Zur Greyschen Farm gehörten zwölfhundert Morgen Land, das meiste mit Blaugras bewachsen.

Der Vater war ein echter Landmann und gierig, immer noch mehr Land zu erwerben. Er hatte angefangen als Viehzüchter auf einer kleinen Farm von etlichen zweihundert Morgen, die er von seinem Vater geerbt hatte. Sie lag dem damals bedeutenden Besitz der Aspinwahl am nächsten, und nachdem er einmal begonnen hatte, ihnen ihr Land abzukaufen, hörte er nicht mehr auf. Immer mehr brachte er an sich, machte sich immer näher an die Aspinwahl heran, die ein leichtlebiger Schlag waren und die Leidenschaft für Pferde im Blut hatten. Sie taten sich einiges darauf zugute, zu den Aristokraten Virginias zu gehören, ihre Familie blickte, wie sie ohne übermäßige Bescheidenheit betonten, auf viele, viele

Generationen zurück; großzügige Gastfreundschaft zu üben, Rennpferde zu halten, hohe Summen auf Pferde zu verwetten gehörte zu ihrer Familientradition. Stück um Stück ging ihr Grund und Boden in John Greys Hände über, jetzt zwanzig Morgen, dann dreißig, dann fünfzig, bis er schließlich auch den Wohnsitz der Aspinwahl erwarb und eine der Töchter Aspinwahl zur Frau nahm, wenn auch nicht die jüngste und nicht eine der hübschesten. Das Gut Aspinwahl war um diese Zeit auf weniger als hundert Morgen zusammengeschmolzen, aber er ruhte nicht, schlug Jahr um Jahr, indem er immer vorsichtig und klug zu Werk ging, jeden Penny nützte, keinen Cent verschwendete, ein Stück Land nach dem andern zu dem jetzigen Greyschen Gutsbesitz. Das ehemalige Wohnhaus der Aspinwahl war ein großes altes Backsteinhaus mit Kaminen in allen Zimmern und sehr behaglich eingerichtet.

Die Leute fragten sich, warum Louise Aspinwahl wohl John Grey geheiratet hatte, aber sie äußerten ihre Verwunderung mit einem verschmitzten Lächeln. Die Aspinwahlschen Töchter waren alle gut erzogen und hatten auswärtige Colleges besucht, doch Louise war nicht sonderlich hübsch. Nach der Heirat wurde sie hübscher, ja, sie war auf einmal eine beinahe schöne Frau. Die Aspinwahl waren sehr feinsinnig veranlagt, wie jeder wußte, und wirklich noble Menschen, aber die Männer konnten ihr Herz nicht an das Land hängen wie die Greys. In dieser ganzen Gegend wußten die Leute John Grey gebührend zu schätzen. Man achtete ihn hoch. »Ein tüchtiger Mann«, sagten sie, »und grundehrlich. Und er hat den Viehverstand, das ist es.« Er brauchte nur mit seiner großen Hand einem Ochsen über die Flanken zu streichen, um fast aufs Pfund genau zu sagen, wieviel er wog; wenn er ein Kalb oder einen Jährling ansah und sagte: »Aus dem wird was«, dann wurde was draus. Ein Ochse ist ein Ochse. Man erwartet von ihm nichts anderes, als daß ihm das Futter anschlägt und zu Fleisch wird.

Don, der älteste Sohn der Familie, war sichtlich ein echter Grey und würde ganz auf den Vater herauskommen. Schon lange hatte er sich unter der Jugend der Landsmannschaft von Virginia durch seine Leistungen hervorgetan und schon mit neun oder zehn Jahren Preise bei der Begutachtung von

Ochsen gewonnen. Mit zwölf Jahren hatte er ohne Hilfe bei einem Wettbewerb mehr Mais auf einem Morgen Land gezogen als jeder andere Junge im Staat.

Für Mary war das alles ein bißchen aufregend, ja, unheimlich, denn sie war ein eigentümlich aufgewecktes Mädchen, altklug und jung in einem und sehr feinfühlig. Da war Don, ihr ältester Bruder, ein großer stattlicher Bursche wie der Vater, und daneben der jüngere Bruder Ted. Eigentlich, nach dem üblichen Lauf der Welt, wäre es für sie als Schwester das Natürliche gewesen, wenn sie nach Jungmädchenart für Don geschwärmt hätte; doch so war es durchaus nicht. Aus irgendeinem Grund war Don für sie bloß vorhanden. Er stand außerhalb, nicht innerhalb ihrer Welt, während Ted, der scheinbar Schwächliche der Familie, ihr Alles war.

Immerhin, Don war vorhanden, so kraftvoll, so besonnen und anscheinend so selbstsicher. Sein Vater hatte als junger Viehzüchter mit zweihundert Morgen angefangen, und nun besaß er zwölfhundert Morgen Land. Was würde Don Grey machen, wenn er anfing? Er wußte schon, wenn er auch nichts sagte, daß er auf eigene Faust anfangen wollte. Er wollte selbständig etwas in die Hand nehmen, sein eigener Herr sein. Sein Vater war bereit, ihn auf ein College oder eine landwirtschaftliche Hochschule zu schicken, doch davon wollte Don nichts wissen. »Nein«, hatte er erwidert, »hier kann ich mehr lernen.«

Schon gab es eine Spannung, eine Rivalität zwischen Vater und Sohn, wenn sie sie auch nicht an die Oberfläche dringen ließen. Es gab zuweilen Meinungsverschiedenheiten über praktische Fragen, über Entscheidungen, die zu fällen waren. Bisher hatte der Sohn sich noch immer untergeordnet.

So ist es in einer Familie; innerhalb ihrer Gemeinschaft bilden sich kleine Gruppen für sich, da gibt es Eifersucht und stillen Haß, insgeheim gehen verschwiegene Kämpfe vor sich. Bei den Greys waren es Mary und Ted, Don und sein Vater, und schließlich die Mutter mit den beiden jüngeren Geschwistern, Gladys, einem Mädchen von nun sechs Jahren, und dem zweijährigen Henry.

Mary und Ted lebten in ihrer eigenen Welt, aber diese eigene Welt hatten sie sich nicht ohne Kampf geschaffen. Das

Schlimme war nämlich, daß Ted wegen seines Herzens, das jeden Augenblick stillstehen konnte, von den andern immer sehr zart angefaßt wurde; am liebsten hätten sie ihn in Watte gepackt. Nur Mary hatte ein Gefühl dafür, daß gerade das ihn wütend machte und kränkte.

»Nein, Ted, ich an deiner Stelle täte das lieber nicht.«

»Aber Ted, sei doch vorsichtig!«

Manchmal wurde Ted kreideweiß und zitterte vor Wut, weil alle, Don, der Vater, die Mutter ihn so überwachten und ermahnten, einerlei, was er tun wollte, ob mit einem der beiden Wagen der Familie fahren lernen oder zu einem Vogelnest auf einen Baum klettern oder mit Mary um die Wette laufen. Da man auf einer Farm lebte, hatte er natürlich Lust, sich ein Fohlen zuzureiten, es von Anfang an in die Hand zu nehmen, es an den Sattel zu gewöhnen, mit ihm loszureiten. »Nein, Ted, das darfst du nicht.« Er konnte schon ganz nett fluchen, das hatte er von den Farmarbeitern und den Jungen in der Landschule gelernt. »Hol sie der Teufel! Verdammt noch mal!« sagte er zu Mary. Nur Mary konnte nachfühlen, wie ihm zumute war, und auch sie hätte es noch nicht in klare Worte fassen können, nicht einmal im stillen. Das war eines von den Dingen, die sie über ihre Jahre alt machten. Es stellte sie abseits von der übrigen Familie und weckte in ihr eine ungewöhnliche Entschiedenheit. »Das dürfen sie nicht tun!« Immer wieder ertappte sie sich dabei, daß sie vor sich hin sagte: »Das dürfen sie nicht tun!«

Wenn er nur noch ein paar Jahre zu leben hat, sollen sie ihm die kurze Zeit, die ihm bleibt, nicht verderben. Wie können sie nur machen, daß er immerzu stirbt, Tag für Tag? So ausgeprägt empfand sie es freilich noch nicht. Aber sie grollte den andern. Wie eine Leibwache stellte sie sich vor Ted.

Mehr und mehr zogen sich die beiden Geschwister von den andern zurück in eine Welt für sich, und nur einmal ließ Mary ihre Empfindungen laut werden. Es geschah ihrer Mutter gegenüber.

Es war an einem der ersten Sommertage, als Ted und Mary draußen im Regen spielten. Sie waren auf einer der Seitenveranden des Hauses, wo das Wassser aus den Dachrinnen plätscherte. An einer Ecke der Veranda sprudelte ein kräftiger Strahl aus der Traufe, da sprangen sie durch, erst Ted, dann Mary, und kamen wieder auf die Veranda, naß bis auf die Haut und mit triefenden Haaren. Es war eine Lust, das Wasser auf der Haut zu fühlen, unter den Kleidern, und sie kreischten vor Lachen, als auf einmal die Mutter in der Tür erschien. Sie sah Ted an. Mit einer Stimme voller Angst und Sorge rief sie: »Ach Ted, das darfst du nicht, du weißt es doch!« Weiter nichts. Aber darin lag alles. Zu Mary kein Wort. Das war es. »Ach Ted, das darfst du nicht; du darfst nicht schnell laufen, nicht reiten, nicht auf Bäume klettern. Die geringste Erschütterung kann genügen.« Es war wieder die alte Geschichte; Ted wußte natürlich, was gemeint war. Er wurde schneeweiß und bebte. Warum konnten die andern nicht begreifen, daß dies hundertmal schlimmer für ihn war? An jenem Tage rannte er, ohne der Mutter zu antworten, von der Veranda und durch den Regen zu den Ställen hinüber. Er suchte eine Zuflucht vor allen Menschen. Mary konnte es ihm nachfühlen.

Und da wurde sie plötzlich sehr heftig und altklug. Mutter und Tochter sahen einander an, die Frau von fast Fünfzig und das vierzehnjährige Mädchen. Das natürliche Verhältnis war ganz auf den Kopf gestellt. Mary fühlte es, aber sie fühlte auch, daß sie etwas tun mußte. »Du solltest doch mehr Vernunft haben, Mutter!« sagte sie ernst. Auch sie war bleich geworden. Ihre Lippen zitterten. »Du darfst es nicht mehr sagen! Tu es nie, nie wieder!«

»Was denn, Kind?« Erstaunen, ja fast Zorn klangen aus der Stimme ihrer Mutter. »Immer erinnerst du ihn wieder daran«, entgegnete Mary. Ihr kamen die Tränen, doch sie schluckte sie herunter.

Die Mutter verstand. Es war ein seltsam gespannter Augenblick, bis auch Mary die Mutter stehenließ und durch den Regen zu den Ställen hinüberging. So einfach war es eben doch nicht! Die Mutter hätte dem Mädchen nachstürzen, es schütteln mögen für die Frechheit, die es sich da herausnahm. So ein Kind noch, und will es besser wissen – wagt es, die Mutter zu tadeln! Was lag nicht alles in Marys Worten – daß man Ted lieber sterben lassen sollte, früh und jäh, als ihm immer wieder den Tod, die Gefahr eines plötzlichen

Todes vor Augen zu führen. Und die Worte des Kindes verrieten, wie es das Leben einschätzte. Das Leben, was ist es wert? Gibt es nichts Schrecklicheres als den Tod? Die Mutter wandte sich um und ging schweigend ins Haus, während Mary zu dem Stall lief, wo sie Ted sofort fand. Er hatte sich in eine leere Pferdeboxe geflüchtet, stand mit dem Rücken an die Wand gelehnt und starrte vor sich hin. »Ja?« sagte er gleich, und Mary erwiderte: »Komm, Ted!« Jetzt mußte man etwas anstellen, und wenn es auch vielleicht noch bedenklicher war als im Regen herumzutollen. Es hörte schon auf zu regnen. »Komm, wir ziehen unsre Schuhe aus«, sagte Mary. Auch barfußlaufen gehörte zu den Dingen, die Ted verboten waren.

Sie zogen die Schuhe aus, ließen sie im Stall und gingen in den Obstgarten. Hinter dem Obstgarten floß ein schmaler Bach entlang, der weiter unten in einen Fluß mündete; er mußte jetzt stark angeschwollen sein. Sie wateten darin herum, und auf einmal wurde Mary von der Strömung umgerissen, so daß Ted sie aus dem Wasser ziehen mußte. Dann sagte sie es ihm. »Ich hab mit Mutter gesprochen.« Sie war ernst geworden.

»Was?« fragte Ted. »Du, ich glaub, du wärst ertrunken, wenn ich dich nicht gerettet hätte«, fuhr er fort.

»Ja, wahrhaftig«, erwiderte Mary. »Ich hab ihr gesagt, sie soll dich in Ruhe lassen.« Plötzlich brauste sie auf. »»Das sollen sie alle – sollen dich in Ruhe lassen!« stieß sie hervor.

Das war das Band zwischen ihnen. Ted trug das Seine dazu bei. Er war ein phantasievoller Junge und dachte sich immer neue waghalsige Spiele aus. Vielleicht hatte die Mutter mit dem Vater und Don, dem älteren Bruder, gesprochen. Denn nun war man geneigt, die Geschwister gewähren zu lassen, und das schien ihnen einen größeren Spielraum zu geben, ihren Horizont zu erweitern. Es war, als hätte sich ihnen ein Tor geöffnet. Immer schufen sie an ihrer kleinen inneren Welt, schufen sie mit jedem Tag neu, und in ihr fanden sie eine neue Geborgenheit. Die beiden Kinder fühlten – doch hätten sie ihr Gefühl nicht in Worte fassen können –, daß sie nun, da sie in ihrer selbstgeschaffenen Welt wohnten und in ihr eine neue Geborgenheit gefunden hatten, sich mit einemmal der äußeren Welt zuwenden konnten, um mit neuen Augen zu sehen, was da draußen vorging, in dieser Welt, die auch den andern gehörte.

Eine ganze Welt außerhalb ihrer eigenen ging ihnen nun auf, in der Familie, auf der Farm, im Farmhaus; eine Welt, in der es viel zu sehen, die einem viel zu denken gab; ein Drama war dort im Gange, das Drama der menschlichen Beziehungen ... Auf so einem Gut kommen Kälber und einjährige Ochsen an, um gemästet zu werden, große schwere Ochsen werden auf den Markt getrieben, Fohlen werden für die Feldarbeit abgerichtet oder zugeritten, gegen Ende des Winters werden die kleinen Lämmer geboren. Die menschliche Seite des Lebens freilich war verwickelter, oft unverständlich für ein Kind, aber seit dem Zusammenstoß mit der Mutter an jenem Regentag auf der Veranda war es Mary, als hätten sie und Ted eine neue Familie gegründet. Alles auf der Farm, im Haus und in den Ställen wurde schöner. Sie spürten eine neue Freiheit. Wenn die beiden Kinder am späten Nachmittag aus der Schule kamen, wanderten sie auf der Landstraße nach Hause. Da waren auch andere Kinder unterwegs, sie aber richteten es so ein, daß sie hinter ihnen zurückblieben oder weit vorausgingen. Sie schmiedeten Zukunftspläne. »Ich will Krankenschwester werden, wenn ich groß bin«, sagte Mary. Sie erinnerte sich noch blaß an die Pflegerin aus der Bezirkshauptstadt, die im Haus gewesen war, als Ted so schwer krank war. Ted sagte, er wollte, sobald er könnte – jedenfalls würde er nicht abwarten, bis er so alt wäre, wie Don jetzt war –, von zu Hause fort und nach dem Westen gehen ..., weit weg, sagte er. Er wollte Cowboy werden oder Bronco-Buster, so einer, der Wildpferde mit dem Lasso fängt und sie zähmt, oder sonst etwas, und wenn das alles nicht ginge, meinte er, dann Eisenbahningenieur. Die Bahnlinie des Rich Valley durchquerte ein Stück der Greyschen Farm, und von der Landstraße aus sahen sie nachmittags manchmal ganz in der Ferne Züge mit einer langen Rauchfahne daherfahren. Ein schwaches Rattern war dann bis zu ihnen zu hören, und an klaren Tagen konnte man sogar die Pleuelstange an der Lokomotive schwingen sehen.

Die Baumstümpfe auf dem Feld nahe beim Haus waren alles, was von den beiden Eichbäumen übriggeblieben war. Die Kinder hatten die Bäume in lebhafter Erinnerung. An einem Tag im frühen Herbst hatte man sie gefällt.

An der Rückseite des Greyschen Hauses – das einst das Wohnhaus der Aspinwahl gewesen war – lief eine Veranda entlang, und von den Stufen der Veranda führte ein Pfad zu einer steinernen Brunnenkammer. Sie faßte eine Quelle, die dort entsprang; sie floß als Bächlein am Rande eines Feldes entlang, an zwei langen Wirtschaftsgebäuden vorüber und durch eine Wiese, und mündete dann in ein Flüßchen – einen ›branch‹, wie man in Virginia sagt –; und die beiden Bäume hatten dicht nebeneinander hinter der Brunnenkammer und einem Zaun gestanden.

Es waren üppige Bäume, sie wurzelten in fruchtbarer, immer feuchter Erde, und der eine hatte einen dicken Ast, der nah über dem Boden aus dem Stamm kam, so daß Ted und Mary hinaufklettern konnten und von ihm auf einen anderen Ast in dem Baum daneben, und im Herbst, wenn die übrigen Bäume, die um das Haus standen, ihre Blätter schon abgeworfen hatten, hing an den Eichen noch das blutrote Laub. An trüben Tagen sah es wie geronnenes Blut aus, wenn aber die Sonne schien, standen die Bäume flammend gegen die fernen Berge. Die Blätter blieben hängen und flüsterten und wisperten, daß es sich anhörte, als ob die Bäume sich etwas erzählten.

John Grey hatte beschlossen, die beiden Bäume fällen zu lassen. Anfangs war es mehr eine Erwägung. »Ich glaube, ich lasse sie schlagen«, verkündete er.

»Aber warum denn?« fragte seine Frau. Ihr bedeuteten die Bäume viel. Sie waren von ihrem Großvater eigens an der Stelle gepflanzt worden, sagte sie, weil er eine bestimmte Wirkung im Auge hatte. »Sieh doch, wie schön sie im Herbst gegen die Berge aussehen, wenn man auf der hinteren Veranda steht.« Sie erzählte, wie man die jungen Eichen, schon ziemlich hohe Stämme, aus einem weit entfernten Wald geholt hatte. Ihre Mutter hatte oft davon gesprochen. Ihr Großvater hatte einen besonderen Sinn für Bäume. »Das ist echt Aspinwahl«, sagte John Grey. »Es ist doch Garten genug da, hier rund ums Haus, und auch Bäume genug. Sie geben dem Haus und dem Garten nicht einmal Schatten. Das sieht den Aspinwahl ähnlich, sich soviel Plackerei um ein paar Bäume zu machen und sie auch noch dahin zu pflanzen, wo Gras wachsen könnte.« Nun war er auf einmal entschlossen, die Erwägung hatte sich plötzlich in ihm gefestigt. Vielleicht hatte er zuviel über die Aspinwahl und ihre noblen Allüren anhören müssen. Das Gespräch über die Bäume fand mittags bei Tisch statt, und Mary und Ted hörten das alles.

Es begann bei Tisch und wurde nachher draußen fortgesetzt, im Garten hinter dem Haus, wohin die Frau ihrem Mann gefolgt war. Er verließ den Tisch ganz unvermittelt und ohne ein Wort, erhob sich rasch und ging mit schwerem Schritt hinaus, die Türen mit einem Knall hinter sich zuwerfend.

»Tu es nicht, John!« rief seine Frau, die auf der Veranda stand, ihm nach. Es war ein kühler Tag, aber die Sonne schien, und die Eichen loderten wie hohe Freudenfeuer vor den grauen Feldern und Bergen in der Ferne. Der älteste Sohn der Familie, der junge Don, der dem Vater so ähnlich sah und ihm anscheinend auch in allem andern nachschlug, war mit der Mutter aus dem Haus gekommen, und hinter ihm die beiden Geschwister Ted und Mary; und erst sagte Don nichts, als aber der Vater auf den Einwand der Mutter nicht antwortete und zu der Scheune ging, sprach auch er. Was er sagte, gab offenbar den Ausschlag, es machte den Entschluß des Vaters unumstößlich.

Das war etwas für die Geschwister! Sie standen etwas entfernt von den andern und sahen und hörten betroffen zu. Sie waren in einer Welt für sich, ihrer Kinderwelt. ›Laßt uns in Ruhe, und wir lassen euch auch in Ruhe.‹ So verständlich freilich war es ihnen damals noch nicht. Die eigentliche Bedeutung dessen, was an jenem Nachmittag im Garten geschah, erfaßte Mary erst lange danach, als sie erwachsen war. Für den Augenblick empfand sie nur schärfer, daß sie und Ted abseits standen und von den andern durch eine Mauer getrennt waren. Doch vielleicht sah sie schon damals ihren Vater in einem neuen Licht, sah sie auch Don und ihre Mutter in einem neuen Licht.

Etwas Zerstörendes trieb sein Wesen in der Welt und in allen menschlichen Beziehungen. All dies, an jenem Tag nur dumpf gefühlt – und Ted fühlte es ebenso wie sie selber, dessen war sie stets sicher –, wurde Mary erst klar, als Ted gestorben war. Da war die Farm, die der Vater den Aspinwahl abgerungen hatte – durch größere Beharrlichkeit, überlegene Klugheit. Aus Bemerkungen, die ab und zu im Familienkreis gefallen waren, formte sich mit der Zeit ein Bild. Der Vater, John Grey, war ein erfolgreicher Mann. Er hatte erworben. Er besaß. Er war es, der befahl, und er hatte die Macht, seinen Willen durchzusetzen. Und diese Macht erstreckte sich, nach allen Seiten ausgreifend, nicht nur über das Dasein anderer, über ihre Impulse, Wünsche, Bedürfnisse – die ihm vielleicht nie kamen, die er vielleicht nicht einmal verstand –, sie ging weit darüber hinaus. Es war in einem tieferen Sinn auch eine Macht über Leben und Tod. Ob Mary Grey schon in jenem Augenblick so weit dachte ...? Nein, das konnte sie eigentlich wohl nicht ... Aber sie war ja in einer außergewöhnlichen Lage durch die enge Beziehung zu ihrem Bruder Ted, dessen Leben an einem Haar hing.

Besitz verlieh sonderbare Rechte, Herrschaftsrechte – den Vätern über ihre Kinder, Männern und Frauen über Ländereien, Häuser, Äcker, Fabriken in den Städten. ›Ich will die Bäume im Obstgarten schlagen lassen. Sie tragen zwar, aber nicht die richtige Sorte Äpfel. Mit diesen Äpfeln ist kein Geld mehr zu verdienen.‹

›Aber Sir ... wissen Sie ... Sehen Sie mal ... wie die Bäume gegen den Hügel dort stehen, gegen den Himmel.‹

›Unsinn! Gefühlsduselei!‹

Wie verwirrend!

Und dabei wäre es ganz töricht gewesen, Mary Greys Vater für gefühllos zu halten. Sein Leben lang hatte er schwer geschuftet, hatte als junger Mann vielleicht vieles entbehrt, was ihm Bedürfnis war, wonach er sich innig sehnte. Aber einer muß in dieser Welt die Dinge in die Hand nehmen. Besitz bedeutet Macht, gibt das Recht zu sagen: ›Tu dies ...‹ oder ›Tu jenes ...‹ Und was man lange und schwer erkämpft hat, wird einem unendlich teuer.

Regte sich da etwas wie Haß zwischen dem Vater und dem

ältesten Sohn Grey? ›Du bist auch einer, dem der Drang zur Macht im Blut sitzt, bist mir darin so ähnlich. Und du bist jung, und ich bin ein alternder Mann.‹ Bewunderung und Furcht in einem. Wenn man die Macht in Händen behalten will, ist es nicht gut, Furcht zu zeigen.

Der junge Don war dem Vater geradezu lächerlich ähnlich. Er hatte die gleichen Linien ums Kinn, die gleichen Augen. Beide waren robuste Männer. Schon hatte der junge denselben Gang wie sein Vater. Da war derselbe Mangel an Zartheit des Gefühls und in der Art, wie er etwas anfaßte – dieselbe rauhe Kraft, die sich durchsetzt und etwas zuwege bringt.

Als John Grey Louise Aspinwahl heiratete, war er schon ein reifer Mann und auf dem Weg zum Erfolg. Männer wie er heirateten nicht jung und unbedacht. Jetzt war er den Sechzig nahe, und da war sein Sohn – ganz sein Ebenbild, der gleiche kraftvolle Schlag.

Beide liebten das Land, liebten den Besitz. ›Meine Farm, mein Haus, meine Pferde, Rinder, Schafe.‹ Bald nun, in zehn, höchstens fünfzehn Jahren, würde das Leben des Vaters zu Ende gehen. ›Sieh, schon wird meine Hand etwas unsicher. Alles dies wird meinem Griff entgleiten.‹ Und all das, was er, John Grey, sein eigen nannte, war ihm ja nicht in den Schoß gefallen. Es hatte viel Geduld und große Beharrlichkeit gekostet. Fünf, zehn, fünfzehn Jahre lang hatte er gearbeitet und gespart und die Farm der Aspinwahl Stück für Stück aufgekauft. ›Diese Narren! Fühlten sich gern als Aristokraten und warfen ihr Land weg, einmal zwanzig Morgen, dann dreißig, dann fünfzig.

Züchteten Pferde, mit denen man nicht einen Morgen Acker pflügen konnte!

Und außerdem hatten sie mit dem Lande Raubbau getrieben, nichts hineingesteckt, nichts getan, den Boden zu bereichern, ihn fruchtbar zu machen. So einer dachte: Ich bin ein Aspinwahl, ein Gentleman. Ich mache mir die Hände nicht schmutzig mit Pflügen.

Narren, die nicht begreifen, was es heißt, Land zu besitzen, über Geld und Gut zu verfügen – daß es Verantwortung bedeutet. Sie sind zweitklassige Menschen.‹

Er hatte eine Aspinwahl zur Frau genommen, und sie entpuppte sich als die beste, die tüchtigste, wurde schließlich sogar die schönste der ganzen Sippschaft.

Und da war nun sein Sohn; er stand im Augenblick neben der Mutter, beide waren die Verandastufen herabgestiegen. Es war natürlich und nur recht und billig, daß der Junge – so wie er war und zu werden versprach – eines Tages den Besitz übernahm und damit selber ans Ruder kam.

Selbstverständlich mußten auch die anderen Kinder zu ihrem Recht kommen. Damit wird man schon fertig, wenn man das Zeug dazu hat (und John Grey fühlte, sein Sohn hatte das Zeug dazu). Man zahlt die anderen aus, trifft ein Abkommen mit ihnen. Es waren Ted – er würde nicht am Leben bleiben – und Mary und die beiden jüngeren Geschwister. ›Um so besser für dich, wenn du dich auch anstrengen mußt.‹

Alles dies, was jetzt ausgetragen wurde und Vater und Sohn jäh zu Gegnern machte, ging der Tochter, die noch kaum mehr als ein Kind war, erst mit der Zeit auf. Wann spielt sich das eigentliche Drama ab? – wenn der Same in die Erde gesenkt wird, oder später, wenn die Pflanze ausgewachsen ist und die Knospe sich entfaltet, oder erst wenn die Frucht reift? Die Greys waren tüchtige Menschen – bedächtig, sparsam, fleißig, tatkräftig, geduldig. Warum hätten sie sonst die Aspinwahl aus dem Rich Valley verdrängt? Aber das Blut der Aspinwahl floß auch in den beiden Kindern, Mary und Ted.

Einer der Aspinwahl – Onkel Fred, ein Bruder Louise Greys – besuchte sie zuweilen auf der Farm. Er war eine sehr eindrucksvolle Erscheinung, hochgewachsen, mit einem grauen Bart à la Van Dyck, ein bißchen schäbig gekleidet, aber stets von einer undefinierbaren Vornehmheit. Er kam aus der Bezirkshauptstadt, wo er mit einer Tochter lebte, die einen Kaufmann geheiratet hatte. Der Onkel war ein höflicher alter Mann von vollendeter Lebensart, aber in Gegenwart seines Schwagers fiel er immer in ein merkwürdig frostiges Schweigen.

Der Sohn stand an jenem Herbsttag neben der Mutter, und die beiden Geschwister, Mary und Ted, ein wenig abseits.

»Tu's nicht, John!« bat Louise Grey noch einmal. Der Vater, der zu der Scheune hinüberging, blieb stehen.

»Ich denke, doch.«

»Nein, du tust es nicht!« fiel auf einmal der junge Don ein. Mit überraschender Festigkeit blickte er den Vater an. Blitzartig trat da die Spannung zwischen den beiden Männern zutage: ›Es ist mein!‹ – ›Mein wird es sein!‹ Der Vater fuhr herum und sah den Sohn scharf an, dann an ihm vorbei, als wäre er Luft.

Eine Weile versuchte die Mutter noch, ihn umzustimmen.

»Aber warum denn? Warum?«

»Sie geben zuviel Schatten. Da wächst kein Gras.«

»Aber wir haben doch Gras in Hülle und Fülle, so viele Morgen Grasland!«

John Grey antwortete seiner Frau, doch nun sah er wieder seinen Sohn an. Unausgesprochene Worte flogen zwischen ihnen hin und wider.

›Es ist mein. Ich habe hier zu befehlen. Was soll das heißen, daß du mir sagst: Du tust es nicht!?‹

›Aha! Ja, noch ist es dein, aber über kurz oder lang wird es mir gehören.‹

›Eher seh ich dich in der Hölle!‹

›Du Narr! Noch nicht! Noch nicht!‹

Nichts von dem, was da steht, wurde in jenem Augenblick laut, und später konnte die Tochter Mary sich nicht genau auf die Worte besinnen, die zwischen den beiden Männern gefallen waren. Jäh war der Widerstand in Don erwacht – vielleicht sogar der plötzliche Entschluß, der Mutter beizustehen – vielleicht noch etwas anderes – vielleicht schlug in dem jungen Don ein Gefühl durch, das dem Blut der Aspinwahl in seinen Adern entsprang – verdrängte im Augenblick die Liebe zu den Bäumen die Liebe zum Gras – dem Gras, von dem die jungen Ochsen fett wurden ...

Derselbe Don, der Klubpreise gewonnen hatte, der Sieger im Wettbewerb der jungen Maispflanzer und beim Begutachten junger Ochsen, Don, der mit ganzem Herzen an dem Land, an dem Besitz hing ...

»Du tust es nicht!« wiederholte er.

»Was tu ich nicht?«

»Die Bäume fällen!«

Der Vater gab im Augenblick keine Antwort; er ließ Frau und Kinder stehen und ging zu den Scheunen hinüber. Noch schien strahlend die Sonne. Ein leichter, aber scharfer Wind hatte sich erhoben. Die beiden Eichen flammten wie Freudenfeuer vor dem Hintergrund der Berge.

Es war um die Mittagszeit; zwei junge Männer erschienen, beide Angestellte der Farm, die in einem kleinen Gesindehaus hinter den Scheunen wohnten. Der eine, ein Mann mit einer Hasenscharte, war verheiratet, und der andre, ein recht hübscher, stiller Jüngling, hatte bei ihm Kost und eine Schlafstelle. Sie kamen von ihrem Mittagessen und gingen auf eine der Scheunen zu. Die herbstliche Maisernte war im Gange, sie wollten zusammen auf einem abgelegenen Acker Mais schneiden.

Der Vater ging zu der Scheune und kam mit den beiden Männern zurück. Sie trugen Äxte und eine lange Quersäge. »Ihr fällt die beiden Bäume da drüben.« Eine blinde, ja, sture Entschlossenheit war über John Grey gekommen. Und in diesem Augenblick wurde die Frau, die Mutter seiner Kinder ... Keines der Kinder konnte wissen, wie viele solcher Augenblicke sie durchgemacht hatte. Sie hatte nun einmal John Grey geheiratet. Er war ihr Mann.

»Wenn du das tust, Vater ...«, sagte Don Grey kalt.

»Tut, was ich euch sage. Geht, schlagt die beiden Bäume!« Dies zu den beiden Arbeitern. Der mit der Hasenscharte lachte. Sein Lachen klang wie das Gewieher eines Esels.

»Nicht!« sagte Louise Grey, aber diesmal galt es nicht ihrem Mann. Sie trat zu ihrem Sohn und legte die Hand auf seinen Arm.

»Nicht! Laß ihn!«

›Widersetz dich ihm nicht! Widersetz dich meinem Mann nicht!‹ Wie sollte ein Kind wie Mary das verstehen? Es braucht Zeit, bis man versteht, was das Leben bringt. Erst allmählich entfaltet es sich dem jungen Verstand. Mary stand neben Ted; sein junges, kindliches Gesicht war bleich und gespannt. Neben ihm der Tod. In jedem Augenblick. In jedem Augenblick.

›Hundertmal habe ich dies schon erlebt. So hat mein Mann

es zu etwas gebracht. Nichts kann ihn aufhalten. Ich habe ihn zum Mann genommen; er ist der Vater meiner Kinder.

Wir Frauen fügen uns lieber.

Es ist eher meine Sache als deine, Don, mein Sohn.‹

Eine Frau hängt mit allen Fasern ihres Herzens an der Familie, die sie um sich geschaffen hat.

Der Sohn aber sah die Dinge nicht mit ihren Augen. Er schüttelte die Hand der Mutter, die auf seinem Arm lag, ab. Louise Grey war jünger als ihr Mann, und wenn er den Sechzig nahe war, so wurde sie immerhin bald Fünfzig. In diesem Augenblick sah sie sehr zart und zerbrechlich aus. Im Augenblick sprach aus ihrer Haltung etwas ... Regte sich nicht doch das Blut in ihr, das Blut der Aspinwahl?

Vielleicht dämmerte dem Kind Mary in diesem Augenblick, was es hieß, Frau und Mann zu sein. Damals, in jenen Jahren, gab es für sie nur ein einziges männliches Wesen, den Knaben Ted. Später erinnerte sie sich, wie er in diesem Augenblick aussah, an den sonderbar alten Ausdruck seines jungen Gesichts. Sogar Verachtung stand darin, dachte sie später, Verachtung für den Vater und den Bruder, als sagte er sich – in Wirklichkeit hätte er dies damals nicht sagen können, dazu war er zu jung –: ›Schön, wir werden ja sehen! Das ist etwas! Was für verrückte Leute, mein Vater und mein Bruder! Ich hab ja nicht mehr lange zu leben. Aber solange ich noch da bin, will ich sehen, was daraus wird.‹

Der Bruder trat auf den Vater zu.

»Wenn du das tust, Vater ...«, sagte er abermals.

»Nun, was dann?«

»Dann geh ich weg von der Farm und komme nie wieder.«

»Na gut. Dann geh nur.«

Der Vater gab den beiden Männern, die schon die Axt an die Bäume legten, seine Anweisungen; jeder hatte sich einen Baum vorgenommen. Der junge Mann mit der Hasenscharte fing immer wieder an zu lachen; wie Eselsgeschrei hörte es sich an. »Hör auf damit!« sagte der Vater schroff, und sofort verstummte er. Der Sohn Don entfernte sich, ging unschlüssig auf die Scheune zu; dort blieb er stehen. Die Mutter, die kreidebleich geworden war, kehrte fast rennend ins Haus zurück.

Der Sohn wandte sich dem Haus zu und ging an den beiden jüngeren Geschwistern vorüber, ohne sie anzusehen, trat aber nicht ein. Zögernd schritt er den Pfad vor dem Haus entlang und durch das Tor auf die Landstraße. Sie lief ein paar Meilen weit durch das Tal und bog dann ab über einen Berg, der Bezirkshauptstadt zu.

Wie es der Zufall wollte, war Mary die einzige, die den Sohn Don auf die Farm zurückkehren sah. Drei oder vier Tage voller Spannung waren verstrichen. Vielleicht hatten Mutter und Sohn die ganze Zeit über heimlich miteinander in Verbindung gestanden. Es gab ein Telephon im Haus. Der Vater blieb den ganzen Tag auf den Feldern, und wenn er daheim war, sprach er kein Wort.

Mary war gerade in einer der Scheunen, als Don wiederkam und Vater und Sohn einander begegneten. Es war ein seltsames Wiedersehen.

Der Sohn kam ziemlich belämmert an – so sah ihn Mary später immer vor sich. Der Vater trat aus einem der Pferdeställe. Er hatte den Ackerpferden Mais vorgeschüttet. Weder Vater noch Sohn sahen Mary. Sie saß auf dem Fahrersitz eines Wagens, der in der Scheune geparkt war, und ihre Hände lagen auf dem Steuerrad, als wolle sie fahren.

»Nun?« sagte der Vater. Wenn er sich als Sieger fühlte, so ließ er es jedenfalls nicht merken.

»Vater«, sagte der Sohn, »ich bin wiedergekommen.«

»Ja, ich sehe es«, erwiderte der Vater. »Wir sind beim Maisschneiden.« Er ging auf das Scheunentor zu und blieb dann stehen. »Über kurz oder lang gehört es dir«, sagte er. »Dann bist du der Herr hier.«

Mehr sagte er nicht, und sie trennten sich, der Vater ging auf die entfernten Felder, der Sohn ins Haus. Mary war später fest überzeugt, daß kein Wort weiter über die Sache gesprochen wurde. Was hatte der Vater gemeint?

›Wenn es dir gehört, dann bist du der Herr hier.‹ Das war zuviel für das Kind. Das Verständnis reift erst mit der Zeit. Es bedeutete:

Dann hast du hier zu befehlen, und dann ist es an dir, dich durchzusetzen.

Männer wie wir dürfen nicht mit Gefühlskram herumtändeln. Einige müssen befehlen, und andre müssen gehorchen. Du kannst eines Tages ebenso verlangen, daß man dir gehorcht.

In einem Sinn heißt es sterben.

Etwas in dir muß sterben, ehe du besitzen und befehlen darfst.‹

So gab es offenbar mehr als eine Art zu sterben. Eine für Don Grey, und eine andere, wer weiß wie bald, für den jüngeren Bruder Ted.

Damals trieb ein ungestümes Verlangen, ins Helle zu kommen, Mary aus der Scheune, und noch lange danach ließ sie diese Geschehnisse auf sich beruhen, ehe sie versuchte, darüber Klarheit zu bekommen. Doch sprachen sie und ihr Bruder Ted, bevor er starb, noch oft über die beiden Eichbäume. An einem kalten Tag gingen sie hin und legten die Hände auf die Stümpfe, aber die Stümpfe waren kalt. Ted blieb bei seiner Behauptung, nur Männern würden Arme oder Beine abgeschnitten, und sie bestritt es. Sie unternahmen noch mancherlei, was Ted verboten war, doch niemand erhob Einspruch, und ein paar Jahre später starb er nachts still in seinem Bett.

Aber – daran mußte Mary später immer wieder denken – solange er lebte, fühlte man stets um ihn eine Atmosphäre der Freiheit, etwas, das ihm allein eigen war, und das machte es so wunderbar und so beglückend, mit ihm zusammen zu sein. Das kam daher, sagte sie sich am Ende, daß der Tod, der über ihm schwebte, es ihm ersparte, sich zu unterwerfen, wie sein Bruder sich unterworfen hatte – um des Besitzes willen, um des Erfolges willen, um eines Tages befehlen zu können –; daß er niemals dem subtileren und schrecklicheren Tod ins Gesicht zu sehen brauchte, den sein Bruder gestorben war.